《 남자 없는 출생 》

앤젤라 채드윅 장편소설 · 이수영 옮김

한스미디어

차례

텔레비전 인터뷰

"많은 논란을 불러일으킨 연구 끝에, 포츠머스대학 난임연구소 과학자들이 오늘 아침 두 여성 사이 인공수정 계획을 발표했습니다. 그리고 이들은 한 여성의 난자에 다른 여성의 유전물질을 주입해 수정시키는 시술을 합법화할 수 있도록, 인간의 체외수정과 태아 배양에 대한 법률 개정을 촉구하고 있습니다."

프롬프터를 읽는 진행자의 표정이 부자연스레 굳어 있다. "오늘 이 자리에 소위 '난자 대 난자 수정' 연구를 이끌고 있는 베카 제퍼슨 교수를 모셨습니다. 교수님, 어떻게 그런 일이 가능한지 설명 좀 부탁드립니다."

교수가 앉은 자리에서 등을 쭉 편다. 무릎을 붙이고 손은 허벅지 위에 가지런히 포갠 채 진행자에게 따뜻한 미소를 짓는다. "불러주셔서 고맙습니다. 우리 연구소의 신기술은 사실 일반적인 인공수정과 많은 부분이 닮았습니다. 두 여성의 난자를 채취하고, 그중 하나의 난자 핵에서 DNA를 추출한 다음 다른 난자에 주입하는 거죠. 이렇게 결합된 세포를 전류로 자극해서 자연 수정과 유사한 작용을 이끌어냅니다. 수정란이 둘로 분화하고, 이렇게 생긴 세포들이 계속 분화하면서 포배 또는 태아가 만들어집니다."

방송국에서 짧은 영상을 내보낸다. 전자현미경으로 본 난자의 모습이다. 구멍이 나 있는 회색 세포를 미세한 바늘이 찌르고, 배양접시에서 세포들이 분화하는 과정을 고속으로 보여준다. 세포핵을 염색하고 푸른 배경 조명을 비춰 세포벽도 잘 보인다.

"이것이 인간의 세포입니다." 교수가 설명한다. "지금까지는 이런 시험 배아들을 14일 이후엔 폐기해야 했지요. 하지만 곧 법률이 바뀌어 이들이 착상하고 궁극적으로는 아기로 태어날 수 있기를 기대합니다."

"제 생각에는 가정에서 이 장면을 지켜보는 시청자들이 이런 질문을 떠올릴 것 같습니다." 진행자가 말한다. "왜 그래야 하죠?"

"인공수정이 처음 시도된 1970년대에도 사람들은 같은 질문을 했습니다. 그 대답은 지금도 유효하죠. 자연적인 방식으로는 아이를 가질 수 없는 커플들이 있습니다. 지금 우리에게는 이런 난관을 극복하고 가족을 이루도록 도울 수 있는 기술이 있습니다. 당연히 사용해야죠."

"발표된 내용을 보면, 이 기술로 생긴 아이들은 늘 여성일 거라는데요?" 카메라가 잠시 진행자의 얼굴에 머물며 걱정스러운 표정을 잡아낸다.

교수가 자세를 약간 고쳐 앉는다. "네, 맞습니다. 인체 내 대부분의 세포에는 성염색체가 한 쌍 들어 있는데요, 여성에게는 X와 X, 남성에게는 X와 Y가 있죠. 하지만 생식세포, 즉 난자와 정자에는 성염색체가 한 쪽만 들어 있어요. 난자에는 늘 X 성염색체만 들어 있고요, 정자에는 X나 Y가 들어 있습니다." 교수가 말을 계속한다. "그래서 여성과 남성의 결합에 따른 자연 임신은, 난자가 어떤 정자와 결합하느냐에 따라 아기의 성별이 결정되죠. 하지만 난자에는 X 성염색체만 들어 있기 때문에, 난자와 난자가 결합하는 경우에는 여자아이밖에 태어날 수 없어요."

그러자 진행자가 눈빛을 반짝, 하며 장난기 섞인 심술궂은 말투를 쓴다. "그럼 이론적으로는 우리 남성들의 수가 점점 줄어들다가 멸종할 수 있겠군요?"

교수가 웃음을 터뜨린다. 하지만 눈까지 웃지는 않는다. "그럴 가능성은 매우 낮다고 생각합니다. 그렇지 않나요?"

1

안내 데스크에 앉은 여자에게 베카 제퍼슨 교수 좀 뵐 수 있느냐고 묻자, 한숨을 쉰다. "교수님은 미리 약속돼 있는 분만 만나요. 혹시 기자예요?"

내가 미소를 짓는다. "그렇게 티가 나나요? 내가 처음은 아닌가 보죠?"

여자가 코웃음을 친다. "물론이죠, 자기. 종일 난리였다고요. 자기가 열한 번째인가 그래요. 교수님 동생인 척한 기자도 있어요."

"난 우리 지역 신문기자예요. 〈포츠머스 포스트〉요. 그러니까 혹시……."

여자가 웃으면서 고개를 젓는다. 커다란 금색 링 귀걸이도 흔들린다.

"교수님이 오늘 여기 있긴 한가요? 혹시 런던에 갔어요?"

"미안하지만, 자기, 댁도 대학 홍보실에 전화해야 해요. 번호는 알죠?"

안내 데스크의 여자는 단호하다. 나는 웃으면서 고개를 끄덕이고 나온다. 그럴 줄 알았다. 매튜도 나를 여기 보내면서 짐작하고 있었을 것이다. 우리가 홍보실에 매일 전화했지만 대답은 늘 같았다. "의회 투표가 끝나면 우리 연구소 홈페이지에 입장을 발표하겠습니다." 지방의 작은 신문사는 따로 상대하지 않겠다는 거다.

건물 밖으로 나왔다. 우중충한 오후다. 길 건너 카페 처마 밑에 얇은 코트를 입은 학생들이 모여 옹송그리고 담배를 피운다. 하늘은 뿌연 회색빛이고 아침부터 가늘게 뿌려대던 비가 굵어지고 있다.

건물을 빙 돌아 연구소 주차장 입구를 찾는다. 차단기가 막고 있지만 틈새로 비집고 들어갈 수 있다. 파카에 달린 모자를 쓰고 건물 밖 비상계단 아래서 비를 피한다. 잠깐 트위터를 확인해보니 상원에서 투표가 진행되고 있다. 두 개의 문 가운데 한쪽을 선택하는 것이다. 아이가 두 어머니에게서 태어나는 데 찬성하는 의원들은 '만족' 문으로, 반대하는 의원들은 '불만족' 문으로 걸어간다. BBC 기자는 문을 통과하는 의원의 수를 실시간으로 알려주고 있다. 두 명이 연속해서 '불만족'으로, 그다음 한 명은 '만족'으로.

상원의원의 평균 나이는 69세다. 시대가 바뀌었다지만 저들 중 대부분의 성장기에는 동성애가 불법이었다. 레즈비언에게 생식의 자유를 넘겨줄 준비가 정말로 됐을까? 섬세한 줄무늬가 새겨진 비싼 남색 정장, 관절염을 앓는 무릎, 혐오감을 감추지 못하는 표정 같은 것들을 떠올리며 결과에 실망하지 말자고 마음먹는다.

지난 5월 크레타섬으로 휴가 갔을 때, 나한테 아기가 있으면 어떨까 하는 생각이 결국 떠올랐다. 거기서 로지와 나는 어떤 젊은 부부의 가족과 친해졌는데, 부모가 햇볕에 몸을 그을리는 동안 네 살짜리 남자아이와 로지는 지칠 줄도 모르고 공 던지기 놀이를 했다. 아이가 신나서 꺅 소리를 지를 때마다 나는 읽고 있던 P. D. 제임스*의 책에서 고개를 들고 엄마의 입술과 턱에 아빠의 이마를 완벽하게 섞어 물려받은 아이의 얼굴을 뜯어보지 않을 수 없었다. 나는 아이라면 사족을 못 쓰는 편이 아니라 그 반대에 가깝지만, 가슴을 찌르는 듯한 슬픔을 느끼지 않을 수 없었다. 나와 로지가 아이를 가질 수 있다면 어떤 모습일까? 난자 대 난자 수정이 아직 화제가 되기 전이었다. 그러니 그냥 순수한 가정에서 나온 생각이다. 하지만 계속 생각해봤다. 사랑하는 사람과 결합해 서로를 반씩 닮은 아이를 키운다는 건 얼마나 멋진 일일까?

우리와 어울리던 가족에게는 어린 아기도 있었다. 로지는 SPF 50짜리 자외선 차단제를 아기의 통통한 팔에 듬뿍 발라주면서 어르는 소리를 내고 호들갑을 떨었다. 그때 나는 갑자기 로지가 얼마나 아이를 원하는지 깨달았다. 그냥 아기에게 뭔가를 해주는 것만으로도 얼굴 전체, 아니 몸 전체로 기뻐하는 모습을 보니 알 수 있었다. 물론 로지가 아이들과 노는 모습을 처음 본 건 아니다. 로지는 벌써 두 번이나 친구 커플의 아이에게 대모가 돼줬으니까. 하지만 아이를 돌본다는 게 로지에게 얼마나 핵심적인 정체성인지는 처음으로 깨달았다.

지금까지 나는 이런저런 이유를 들고 인상을 쓰며 가족을 원

---

* 『여자에게 어울리지 않는 직업』, 『칠드런 오브 맨』 등 추리소설과 SF를 쓴 여성 소설가.

하지 않는다고만 했다. 로지가 저렇게 행복해하는 것을 못 본 체했다.

크레타섬에서 떠나기 전날 밤, 우리는 어느 바닷가 식당의 바깥자리에 앉았다. 해가 바닷속으로 지면서 물결이 반짝이고 하늘이 붉게 물들었다. 로지는 그을린 어깨를 시원하게 드러내는 연보라색 민소매 원피스를 입고, 숱 많고 곱슬곱슬한 금발을 등 뒤로 풀어 내렸다. 어지러울 정도로 관능적이었다. 머리를 한쪽으로 쓸어넘겨서 드러난 뒷덜미에 키스를 퍼붓고 싶었다.

나는 짧고 검은 머리를 샤워 뒤 대충 말리고 모기에 안 물리도록 긴팔 윗옷에 카고 바지를 입었다. 나도 햇볕에 몸을 태웠지만 로지처럼 황금빛이 도는 피부가 되지는 않았다. 어깨와 팔에 주근깨만 잔뜩 끼고 콧등은 허물이 벗어져 빨갰다.

"네가 몰리랑 잭이랑 같이 있으니까 아주 행복해 보이더라." 내가 로지에게 말했다. "아이들에 관해선 타고난 것 같아."

로지가 화이트 와인을 한 모금 마시고 나를 뚫어지게 바라보았다. 지난번에 내가 아이를 갖는 데 냉담하게 반응했을 때, 로지는 눈물까지 흘렸다. 일그러지며 발개지던 그 얼굴을 평생 잊지 못할 것 같다. 로지는 "그럼 우린 계속 둘뿐이겠네. 고양이나 햄스터를 키우면 되겠지." 하면서 쓸쓸하게 웃었다. 나는 그럼 될 거라고 스스로를 억지로 합리화했다. 부끄러운 기억이다.

나는 눈길을 떨구고 체크무늬 테이블보를 내려다봤다. 내 쪽에 흩어진 빵 부스러기를 손으로 쓸어냈다. 로지가 내 말을 기다리고 있었다.

"너한테 얼마나 중요한 문제인지, 난 이제야 깨달은 것 같아."

"줄스." 로지가 손을 뻗어 내 손을 잡았다. "걱정 마. 난 행복해. 알았지? 부담 주기는 싫어……." 그러고는 말끝을 흐리며 고개를 돌려 바다를 보았다.

나는 좀 충동적이 되었다. 이런저런 가능성들이 막 떠올랐다. 수많은 과정을 거쳐야 하고 비용도 만만찮겠지만……, 늘 현실적 이기만 하던 답답한 나 자신을 벗어나고 싶었다. "아냐, 얘기해보고 싶어. 전에는 정말 생각을 못 해봤거든."

로지가 나를 보았다. 놀란 표정이지만 눈빛이 반짝였다. 웨이터 가 내 샐러드를 탁자에 내려놓고 로지에게는 두툼하고 버터가 넉 넉히 발린 마늘빵 한 접시를 건넸다. 로지가 빵 한 조각을 집어 베어 물었다. 손가락이 기름기로 번들거렸다.

"오늘 네가 그 애들이랑 노는 걸 보니까…… 꽤 재미있어 보이 더라……. 로지, 그런 게 네 삶이어야 한다면, 당연히 나한테도 잘 맞을 거야. 넌 훌륭한 엄마가 될 테니까, 아이를 가져보자. 이젠 나도 알겠어."

로지가 빵을 접시에 내려놓고 입술을 깨물었다. 손을 뻗어 얼굴 을 감싸주고 싶었지만 움직일 수가 없었다. 로지가 간절히 바라 던 말을 드디어 들려줬다는 안도감에 손이 떨렸다. 빈속으로 오 래달리기를 한 사람처럼.

"줄스, 정말이야? 그냥 의무감에서 하는 말은 아니지?"

내가 고개를 젓고 잠깐 눈을 감았다. 아이를 기르는 데는 돈이 많이 든다. 잠도 제대로 못 잘 테고 장기 계획을 세우거나 야심을 키울 힘도 남아나지 못할 것이다. 게다가 이 모든 것에 더해, '생부'가 있다. 아이를 가지려면 필요한 낯선 남자의 존재가 우리 아기의 얼굴에 드러날 것이다. 자기가 생명을 준 아기에게 신화적 지배력을 행사할 것이 분명한 남자.

하지만 로지와 함께라면 상황이 다르다. 로지는 행복의 재능을 타고난 사람이다. 그 재능에 굴복할 때마다, 늘 경계하고 조심하기만 하던 내 본능을 누르고 로지의 선택을 따를 때마다, 나는 깊은 곳에서 솟아나는 기쁨을 느꼈다. 이 문제로 오랫동안 고민만 한 건 바보 같은 짓이다. 로지의 행복감이 나를 지켜주고 나에게 필요한 힘을 줄 것이다.

벌써 오후 4시가 지났다. 이제 20분 안에 제퍼슨 교수와 연락이 닿아 기사를 써내야 하지만, 그렇게 될 리가 없다. 의회 투표도 오늘 마감 전까지 끝나지 않을 것이다. 그래서 나는 인터뷰도 못 딴 채 두 가지 버전으로 기사를 써야 한다. 슬슬 날이 저물고 있다. 머리가 비에 푹 젖고, 파카에서 젖은 개 냄새가 난다. 점점 추워져서 주차장 주변을 좀 서성이면서도 눈에 띄지 않으려고 애쓴다. 그러고보니 건물 가까이 세워 둔 차들이 다른 차들보다 약간 더 넓은 공간을 차지하고 있다. 그리고 그 구역에는 금속 표지판이 붙어 있다. 느낌이 왔다.

첫 번째 표지판에 '학장용'이라고 쓰여 있다. 그래, 이 구역에서 하나는 그 교수의 자리다. 모든 기자가 노리는 사람. 의과대학에서도 가장 중요한 인물일 테지. 피식, 망할 기자들이 열한 명이나 다녀갔다지만 주차장에 와서 표지판을 본 사람은 나뿐일 거다. 표지판을 하나씩 읽어나간다. 병원장, 연구소장……. 전화기로 검색해 제퍼슨 교수의 공식 직함을 다시 확인해본다. 난임과 교수. 그럼 이들 중에는 없다. 젠장.

하지만 표지판이 없는 자리도 하나 있다. 검은색 골프 GTI가 서 있다. 표지판이 있어야 할 자리의 흔적을 보면, 최근에 뽑아낸 게 아닐까 싶다.

제퍼슨 교수의 연구 때문에 난리가 났으니, 주차 자리에 드러난 이름도 당연히 서둘러 치워야 했을 것이다. 이게 분명히 제퍼슨 교수 자리다. 차 안을 기웃거리면서 눈에 띄는 물건이 있는지 찾아본다. 조수석에 신문과 잡지가 쌓여 있고 빈 스타벅스 컵이 하나 보인다. 특별한 건 없지만, 충분히 기다려 볼 만하다.

처마 밑에서 간신히 비를 피하며 쓰레기통 사이에 자리를 잡고 투표 상황을 확인하자니 손가락이 차갑게 굳어간다. 이제 반쯤 진행되었다. 두 어머니 사이 아기 출산을 지지하는 쪽이 다섯 표 앞서 있다.

희망이란 고통스러운 감정이다. 투표 결과에 영향을 미치기 위해 내가 할 수 있는 일은 없다. 로지가 생각난다. 이제 임신 관련 책들을 사서 침대 옆 탁자에 쌓아두고 있다. 투표 결과가 부결로 나오면, 우리는 어떤 대화를 나눠야 할까? 정자를 어떻게 조달할지 얘기해야겠지. 내가 주도해나가야 한다. 로지가 눈치 보며 고민하지 않도록.

매튜한테 전화가 오지만 받지 않는다. 기사 왜 안 보내느냐고 난리 치는 소리를 들을 시간에 차라리 한 줄이라도 더 쓰는 게 낫다. 나는 결국 전화기 자판으로 기사를 쓰기 시작한다. 전 세계에 논쟁을 불러일으키고 국가를 양분한 연구의 중심지, 포츠머스에서 전하는 A4 한 쪽짜리 기사다. 첫 문단은 두 가지 버전으로 쓴다. 표결에서 승리했을 경우와 패했을 경우. 그리고 나머지 기사는 대부분 '논쟁'에 초점을 맞춘다. 교열자들이 고칠 시간이 부족할 때까지 최대한 시간을 끈다.

기사를 보내고나서 다시 트위터로 들어가 동영상을 튼다. 시위대가 의회 앞 도로를 점거하고 일제히 외친다. "난자 대 난자 반대!" 리듬이 딱딱 맞는다. 정성 들여 쓴 팻말도 같이 흔든다. "우리 아버지와 어머니를 위해!" "부결하라! 판도라의 상자를 열지 말라!" 카메라가 아버지의 어깨에 올라앉은 갈색 머리 남자애를 비춘다. 학교에서 하키 수업 때 나눠 주는 가슴 보호대를 찼는데, 거기 빨간 매직으로 글씨가 쓰여 있다. '멸종위기종.'

보면 화가 날 걸 알면서도, '자연임신연대' 홈페이지에 들어가 본다. 먼 미래의 인구 변화에 대해 터무니없이 호들갑을 떠는 글이 눈길을 끈다. 오늘 표결이 허용으로 나오면 남아 출생률이 급감할 거라고 열심히 설득하는 글이다. 비웃어버리고 말 수도 있지만, 너무나 많은 사람들이 그렇게 믿는다.

건물 뒷문이 열리고 머리를 바짝 깎은 키 큰 남자가 나온다. 번쩍이는 휴대전화를 귀에 대고 있다. "엄마, 난 못 해……. 저스틴은? 걔가……."

아직 날 못 봤다. 머리를 긁적이고 발을 좀 구르면서 내가 숨어 있는 게 아니라고 알린다. 하지만 남자는 통화에 너무 열중하고 있다.

"그렇지 않아……. 엄마도 알잖아, 난…… 오늘은 중요한 일이 있으니까 그렇지. 제발 좀 봐줘."

남의 통화를 엿듣는 사람이 된 것 같다. 내가 다시 머리를 긁적인다. 가방을 들어 요란하게 뒤적이고, 혼잣말도 중얼거린다. "어디다 뒀더라?"

남자가 고개를 획 돌리더니 날 보고 지나치게 놀란다. 계속 나를 흘금거리면서 통화를 마무리한다. "알았어, 엄마, 알았다고. 20분 내로 갈게. 전화 끊고 출발한다……. 아니…… 20분이면 도착한다니까."

남자가 전화를 끊고 나를 본다. "실례지만, 여긴 무슨 일로 오셨죠?"

"어, 미안합니다. 놀라게 하려던 건 아닌데요. 전 〈포츠머스 포스트〉 기자예요. 하지만 일 때문에 온 건 아닙니다. 제퍼슨 교수랑 얘기 좀 할 수 있을까 해서 왔어요. 여기서 일하시나요? 정말 대단한 일을……."

"맙소사! 여기서 이러면 안 되죠. 얼마나 놀랐는지 알아요? 취재할 게 있으면 홍보팀에 연락해요. 우린 밖에 숨어 기다리는 사람들하고 인터뷰 안 합니다."

"전 그저…… 혹시나…… 제퍼슨 교수는 못 만나도 소속 연구원 같은 분들과 얘기해볼 수 있을까 해서요. 조금 있으면 결과가 나올 테니까요."

남자가 슬쩍 웃으면서 갈색 가죽 재킷 안주머니에 전화를 넣는다. "방금 투표 끝났어요."

나도 모르게 숨을 죽인다. 제발……. 침을 꿀꺽 삼킨다. "그럼 결과는……?"

"가결됐어요. 열두 표 차이로 간신히."

나는 환호 대신 안도의 신음을 흘린다. 나도 모르게 허리가 꺾이며 무릎을 짚고 길게 숨을 내쉰다.

그때 주차장으로 몇 사람이 우르르 몰려나온다. 웃고 떠들다가 한 여자가 외친다. "어이, 스콧, 너도 갈 거야?"

남자가 뒤돌아본다. "못 가. 할 일이 있어. 내일 봐."

사람들이 나를 보더니 입을 다물고 각자 차로 들어가 시동을 건다.

의회가 법안을 가결했다. 온몸에 소름이 돋으며 환희가 밀려온다. 이렇게 간절히 바라던 일이 이뤄진 건 처음이다.

"정말 법안이 통과됐어요?"

남자가 활짝 웃으며 손을 내민다. 방어적 태도는 잠시 내려놓고 기념비적 순간을 나누려는 것처럼. "스콧 비숍이라고 합니다. 베카의 연구팀에서 일해요. 교수님은 지금 없지만……." 하면서 검은 골프 GTI를 향해 고갯짓을 한다. "저게 제 차거든요. 베카가 없을 땐 제가 좀 쓰죠. 그나저나 추리력이 좋네요. 표지판을 떼어도 소용없을 거라고 관리팀에 말하긴 했지만."

"어쨌든 정말 가결된 거죠?"

"법안은 확실히 통과됐습니다."

"정말 기쁘겠네요. 믿기지 않아요."

스콧은 청바지에서 자동차 열쇠를 꺼낸다. "그렇죠, 그럼……."

"잠깐만요!" 그냥 보내줄 순 없다. 물어볼 말이 너무 많다. "그럼 이제 어떻게 되는 건지 알려줘요. 저랑 제 파트너…… 우리도 그렇게 하고 싶어요."

스콧은 너그럽게 웃으면서도 계속 자기 차 쪽을 흘금거린다. "기술이 본격적으로 사용되려면 앞으로도 갈 길이 멀어요. 몇 년간 임상 시도를 거쳐야죠."

"그래요, 그렇겠죠. 하지만 임상 시도에는…… 지원자가 필요하잖아요? 저랑 제 파트너는 건강해요. 그러니까…… 전 이제 서른넷이지만 관리를 잘 했고, 이 지역에 사니까 연구소에 오기도 쉽죠." 내가 애원하듯 말한다.

"한두 주 안에 자세한 공지가 홈페이지에 올라올 겁니다."

"그럼……."

"지원서를 내셔야죠. 건강검진도 받아야 할 테고. 저기, 근데 전 이제 정말 가봐야 해서요. 어차피 필요한 정보는 전부 홈페이지에 올라올 거예요." 스콧이 차 문을 열고 올라타려다가 잠시 멈춘다. "근데 성함이……?"

"줄스라고 해요. 줄리엣 커티스."

"만나서 반가워요, 줄스. 그리고 걱정 말아요. 지원 절차는 공개적으로 투명하게 진행될 테니까."

스콧이 손을 흔들며 떠나간다. 나는 바로 BBC 웹사이트를 확인해본다. 의회에서 '두 어머니 사이 체외수정' 법안이 아슬아슬하게 통과되었다.

로지가 바로 전화를 받더니 먼저 말했다. "너도 봤어?"

"믿을 수가 없어. 의회가 우리를 위해 이런 결정을 내리다니."

"우리뿐 아니라 모두를 위해 엄청난 일이야!" 로지가 외쳤다.

나는 웃는다. "꼭 우리를 위한 선물 같아!"

건물 앞을 지나가는데 〈스카이뉴스〉 트럭과 뉴스팀이 보인다. 푹 젖은 담배를 꼬나문 카메라맨을 보니 그 앞에 가서 친절하게, 연구원들은 모두 뒷문으로 나갔다고 일러주고 싶다. 하지만 아무래도 계속 히죽거리게 될 것 같다. 내가 자기를 비웃는다고 생각하게 할 순 없다.

다시 로지 생각을 한다. 내가 마침내 아기 이야기를 꺼냈을 때 그 눈에서 반짝이던 불꽃을 기억한다. 로지는 훌륭한 엄마가 될 것이다. 그리고 그 아이는 내 아이도 될 것이다. 내 아이가 로지의 사랑과 보살핌을 받으며 자랄 것이다. 정자 기증자, 크레타섬을 떠난 이래 머릿속을 떠나지 않던 그 존재의 악몽은 결국 사라질 수 있게 되었다.

2

　지원서는 법안이 통과되고 3개월이나 지난 3월에야 다운로드
할 수 있었다. 우리는 바로 그날 저녁에 나란히 앉아 서류를 작성
한다. 첫 번째 제출자가 되고 싶다. 피터스필드로 돌아오니 이미
날이 어두웠지만, 오늘은 특별한 날이니까 로지가 제일 좋아하는
중국 음식점에 들러 북경오리와 잡채와 특제 볶음밥을 포장한다.

　집 안은 따뜻하지만 로지는 회색 운동복 바지에 스웨터를 두
개나 껴입고 있다. 로지는 추위를 못 참아 침대 옆에도 늘 담요를
둔다.

　"배고파 혼났네." 로지가 봉투를 빼앗으며 태블릿을 건넨다. "내
가 차릴 테니 그동안 이 야비한 기사 좀 봐."

　집으로 돌아와서 거실 풍경을 보면 나는 아직도 종종 가슴이
시큰거린다. 이곳은 원래 로지의 집이었다. 할머니에게 받은 유산
이다. 우리가 같이 살고나서 1년쯤 되었을 때 정부에서 동반자 제
도를 도입했다. 동성애 커플에게 결혼 대신 주어진 것이다. 그때
나는 혹시 로지가 원하지 않을까 생각하면서도 섣불리 말을 꺼낼
수 없었다.

그런데 로지가 선수를 쳤다. 내 스물네 번째 생일, 긴 하루를 보내고 피터스필드에서 가장 좋은 이탈리아 식당인 마리넬라에 갔다. 로지는 반짝이는 립스틱을 바르고 머리를 공들여 틀어 올렸다. 나를 위해 꾸민 것이다. 나는 아직도 그런 로지를 보면 짜릿한 기쁨을 느낀다.

"동반자 제도라니 진짜 짜증 나." 로지가 말을 꺼냈다. "마지못해 내놓은 거지. 결혼 대신 이걸로 만족하라는 뜻이야."

나는 실망감을 숨기며 와인을 한 모금 마셨다. 내가 결혼식을 간절히 바라는 것은 전혀 아니다. 하지만 법적으로 맺어지면 우리 사이가 더 굳건해질 것 같았다. 게다가 사회적으로 인정받을 수 있다.

로지가 좀 구겨진 두꺼운 종이를 가방에서 꺼냈다. "하지만 네 이름이 우리 집에 들어가야 한다고는 생각해."

"로지, 그럴 수 없어. 네 집인데."

"우리 집이야. 네 것이기도 해. 게다가 나한테 무슨 일이라도 생기면…… 유언장도 써두는 편이 좋을 것 같아. 주택 담보 대출에도 네 이름이 올라가긴 할 거야. 하지만 얼마 안 돼. 그리고 너한테 대출금을 갚게 하지는 않을 거야."

주변의 대화 소리, 웃음소리, 그릇 달그락거리는 소리가 활기차게 들려왔다. 나는 아무 말도 할 수 없었다.

로지가 손을 뻗어 내 팔을 쓰다듬었다. 로지는 사람들이 쳐다봐도 신경 쓰지 않았다. 노려봐도 상관 안 했다.

"너도 나랑 계속 같이 살 생각인지…… 내가 너무 당연하게 생각했나?"

"로지, 당연하지……."

로지가 기쁜 표정을 지었다. 안도하는 것 같기도 했다. 어떻게 확신을 못 했는지 모르겠다.

실내장식을 다시 하는 비용은 내가 댔다. 최소한 그 정도는 하고 싶었다. 그 덕분에 지금 깔린 푹신한 카펫을 밟을 때마다 깊숙하게 파묻히는 발가락이 그 값어치를 충분히 느끼는 것 같다. 검은 가죽 소파와 안락의자가 있고, 길게 펼쳐지는 접이식 참나무 식탁도 있다. 이 모두가 어릴 적 꿈꾸던 그대로다. 공공 주택단지에서 자란 내가 성공한 사람들의 삶으로 상상하던 모습이다. 거실에서 가구들을 쓸어볼 때마다, 아니 소파에 푹 파묻힐 때마다 손과 몸에 와 닿는 감촉과 섬유 유연제 향기 같은 것들이 아직도 내 가슴을 감사로 벅차오르게 만든다.

나는 소파에서 〈트리뷴〉 기사를 읽기 시작한다. 무슨 내용일지 짐작하지만, 혹시나 따뜻한 지지의 목소리도 들리지 않을까 하고 아직 기대하게 된다.

남자 없는 세상?
남성이 배제되는 생명 실험이 지원자 모집을 시작하다

'아버지가 배제된 인간 창조'가 대학 연구 시설에 허용됨에 따라, 전문가들은 심각한 인구 불균형이 영국을 약화하고 도시를 테러리즘에 무력하게 만들 것이라며 경고하고 있다.

오늘 포츠머스대학은 논란 많은 체외수정 실험의 레즈비언 지원자 모집을 본격적으로 시작했고, 이 지원자들을 통해 1년 안에 세계 최초의 '두 어머니 사이 아기'가 태어날 것이라고 예고했다.

하지만 주요 사회학자들이 이 실험의 인위적 방식이 우리 사회에 미칠 충격에 대해 심각한 우려를 제기했다. 장기 인구 동향 분석 전문가인 재스퍼 크로닌 박사는 영국에서 10년 안에 남아 출생률이 18퍼센트까지 급감할 수 있다고 주장했다. "그렇게 되면 군인, 경찰, 소방관을 모집하는 데 심각한 차질을 빚을 수 있습니다." 박사는 말한다. "나치의 우생학 이래 최대 규모의 사회개조 계획입니다."

중국과 미국 등 17개국은 이 시술을 금지한 데 이어 다른 조치들도 곧 발표할 예정이다.

oooooooooooooooooooooooooooooooooooooooooooooooooooooooooooo

로지가 돌아와 내 무릎에 쟁반을 놓는다. "나치를 운운한 것도 열 받지만, '임상 시도'라고 하는 대신 매번 꼭 '실험'이라고 하는 게 진짜 화나. 정론지라는 것들까지. 단어 하나를 선택할 때도 괴물처럼 보이게 만들려고 아주 애를 쓰는 것 같아."

"괴물을 만들어야 신문이 팔리니까."

"나도 알아. 하지만 이렇게까지 비열하게 나와야 하나? 진보를 축하해야 하는 거 아니야?"

"신경 꺼. 지원서나 보자."

우리는 음식을 먹으면서 태블릿을 본다. 온갖 정보와 병원 기록 등 연구소에서 요구하는 것들이 정말 많다. 하룻밤에 작성할 수 있는 지원서가 아니다. 여기저기 연락해야 하고, 며칠 걸려야 받을 수 있는 서류도 많다.

로지가 말한다. "누가 임신할지도 결정해야지."

내가 말한다. "난 늘 네가 임신한 모습을 상상했어. 너도 알잖아."

전에도 의논한 내용이지만, 로지는 아직도 내가 배 속에서 아기를 기르는 기쁨을 포기할 수 있다는 게 믿기지 않는 모양이다. "정말이야, 줄스? 그래도…… 좀 더 생각해봐. 엄마가 되는 데 임신은 중요한 일이야. 난 네가 나중에 후회할까 봐……."

나는 로지의 관자놀이에 키스한다. "충분히 생각했어. 네가 해야 해." 내가 임신을 하다니, 생각만 해도 소름 끼치고 구역질이 난다는 말은 하지 않는다.

로지의 뺨에 기쁨의 미소가 번진다. 지원서를 읽어 내려가다가 '가족 병력' 부분에서 나를 돌아보며 걱정스러운 표정을 짓는다. "이걸 다 채울 수 있겠어?"

나도 지원서를 읽어본다. '모계 병력. 어머니 쪽 친척 중에 다음 질병을 겪은 분이 있습니까?' 질병 목록이 길게 이어진다. 심장병과 뇌졸중부터 '취약 X 증후군'처럼 들어본 적도 없는 유전병까지.

로지가 나를 뚫어지게 쳐다본다. 가끔은 내 어머니의 죽음에 대해 나보다 더 슬퍼하는 것 같다. 아기 때 어머니를 여읜 나는 슬퍼한 기억 자체가 없다. 내가 포크를 내려놓고 로지를 안는다. "걱정 마. 아빠가 알려줄 거야."

다음 날 저녁, 우리가 아빠 집에 간다. 아빠는 규모가 작은 공공 주택단지에 산다. 똑같이 생긴 집들이 벽을 맞대고 이어지는 거리. 주차 공간은 턱없이 부족하고 보도는 개똥과 담배꽁초, 껌 자국으로 얼룩져 있다. 로지를 처음 데려왔을 때 느낀 수치심이 아직도 생생하다. 아무렇지도 않은 표정을 유지하느라 애쓰며, 찻잔 가장자리를 닦아내고 싶은 걸 꾹 참고 홍차를 마시던 로지의 모습이 떠오른다.

아빠가 현관문을 열자 대마초의 들큼하면서도 퀴퀴한 냄새가 훅 끼친다. "아이고, 어서 와라. 웬일이니?" 아빠는 놀라면서도 기쁜 표정을 짓는다.

"들어가도 돼요?" 아빠는 평소보다 더 어수선해 보인다. 이유는 몰라도 늘 단추 달린 셔츠를 갖춰 입는데, 오늘 저녁에 입고 있는 하늘색 셔츠는 구겨지고 땀자국이 났다. 머리는 검어서 아직 젊어 보이지만 덥수룩하고 떡이 됐다. 좀 더 자주 찾아봐야 한다고 생각은 늘 한다. 하지만 아빠가 자신을 제대로 돌보지 않는 모습을 보니 죄책감을 느끼던 속이 뒤틀리는 듯하다.

나는 곧장 주방으로 가서 주전자를 불에 올리고, 로지는 아빠와 어색하게 포옹하고 키스한다. 로지가 그렇게 해줘서 고맙지만, 어떤 냄새를 맡을지 생각하니 볼이 확 달아오른다. 우리가 가져온 페퍼민트 차를 우리는데 로지도 와서 얼쩡거린다.

거실에 차를 내려놓으니, 아빠는 김이 오르는 잔은 내버려두고 대마초를 한 대 더 태울 준비를 한다. 나를 쳐다보며 권하는 표정이길래 고개를 젓는다. 아빠가 후루룩 소리를 내며 담뱃대를 한

참 빨아들인다.

니코틴에 찌든 벽지는 원래 문양을 알아볼 수 없고 창틀도 검게 변했다. 로지를 옆에 앉히고 이런 풍경을 보는 게 괴롭지만, 이상하게도 여전히 이곳에 오면 집에 돌아온 기분을 느낀다. 어린 시절 내내 여기에서 벗어나고 싶어 했지만, 지금은 가끔 여기에서 다시 사는 꿈을 꾼다.

아빠가 짙은 연기를 길게 내뱉는다. "점심에 그린드래곤에 갔었어. 빌이 네 안부를 묻더라. 경찰이 옆집에 또 다녀갔대."

나는 고개를 끄덕인다. 피터스필드는 예스러운 변두리 도시지만, 어디나 그렇듯 이면을 품고 있다. 내가 어릴 때부터 안 사람들이 예쁜 창턱 화분 뒤에 숨겨진 사연들을 들려주는 등 도움을 가끔 준다.

침묵이 흐른다. 내가 너무 꼿꼿이 앉아 있었다는 걸 깨달아 자세를 좀 풀려고 노력한다. 내가 아이 가지려는 걸 알면 아빠는 놀랄 것이다. 최근에는 얘기해보지 않았지만 전부터 늘 아빠와 나는 임신을 피해야 할 덫처럼 여겼다. 아빠는 내가 아홉 살 때부터 주의를 주었다. 이마에 구불구불 깊은 주름까지 만들면서, 책임을 방기할 경우 펼쳐질 끔찍한 삶에 대해 묘사했다.

내 생각이 바뀌었다는 걸 좀 더 일찍 알렸어야 했다. 이제 와서 얘기하려니 아빠를 실망시키는 딸이 된 기분이다.

대마초 기운이 도는지 아빠가 소파에 털썩 기댄다. "빌의 딸 샐리 알지? 그 애 남편이 떠났대. 그리고 열아홉 살 꼬마랑 동거한다는구나. 토끼 같은 자식."

로지는 입을 열지 않는다. 나는 차를 한 모금 마시다가 혀를 덴다. 괜한 걱정이다. 내 아빠인데…… 손주가 생기면 외로움을 좀 덜 수 있을지도 모른다. 어쩌면 아이가 더 생기길 바라게 될 수도 있다.

"아빠, 요즘 뉴스 봤는지 모르겠는데, 포츠머스대학에서 두 어머니 사이 임신 연구를 하잖아."

아빠의 눈이 휘둥그레진다. 로지가 긴장하는 게 느껴진다.

좀 웃어서 분위기를 누그러뜨리고 싶지만 진지하게 얘기하기로 한다. "임상 시도가 진행되고 있어서, 우리도 지원하려고."

다시 침묵이 이어진다. 굳은 얼굴로 우리 뒤쪽 벽을 노려보던 아빠가 말한다. "애를? 애를 갖겠다는 거야? 지금?" 아빠가 입을 멍하니 벌리고 있다. 누런 치아가 고스란히 보인다.

나는 고개를 끄덕인다. 로지가 숨을 들이쉰다.

"당연히 비밀로 할 거야." 나는 단조롭고 사무적인 말투를 유지하려 애쓴다. 어린 시절로 돌아가 어른 연기를 하는 기분이다. 나한테 난자 같은 게 있다는 사실을 아빠가 깨달으리라는 생각에 얼굴이 붉어진다. "뽑힐 확률이 높진 않아도 언론에서 알면 가만두지 않을 테니까."

아빠가 들고 있던 플라스틱 라이터를 만지작거리다가 나를 똑바로 본다. 로지는 안중에도 없다. "그래, 갑자기 왜 애를 갖고 싶어 하는지는 둘째 치고, 왜 그런 식으로 가지려는 거냐?" 표정을 수습하려고는 하지만, 얼굴은 여전히 굳어 있다. 확 밀쳐진 기분이다.

"난, 어…… 아빠가 놀라는 거 이해해. 하지만 우리가 아이를 가지려면······." 목소리가 잠긴다.

"아직 안전한지 모른다며! 실험동물이 되려고? 무슨 문제가 생길지도 모르는데?"

로지가 내 손을 잡는다. "15년 동안 진행된 연구예요. 세심한 실험도 많이 거쳤고요." 런던 억양이 평소보다 더 딱딱 부러진다. 화가 났다는 뜻이다.

아빠는 로지를 흘긋 보고 다시 나한테 집중한다. "그래도 왜 꼭 그걸 해야 하지? 네가 할 수 있다는 걸 증명하려고 하지는 마라, 줄스. 좋은 가정이 필요한 아이들이 얼마나 많은데, 그런 위험한 방법을 시도하다니 놀랍구나. 정말 아이를 원한다면 입양은 어떠니? 좋은 일도 하고 말이야."

나는 시선을 피한다. 나 자신도 이런 질문을 충분히 했다. 몇 달 전에는 포츠머스 지역의 위탁 가정 문제에 대한 특집을 연재하기도 했다. 아이를 원하지 않는 부모에게서 태어난 아이들이 이 집에서 저 집으로 옮겨 다니는 비극을 다뤘다. 가난한 집에서 오히려 한 명이라도 더 받아들이려 애쓰는, 영웅이 나오는 미담도 발굴했다. 아빠에게 이런 사실을 떠벌리면서 같은 지역에도 그런 고통을 겪는 아이들이 있는데 우리 고고한 동네에서는 침실이 남아돈다고 한탄했다.

그러나 아이에 대한 생각이 바뀌던 순간부터, 내가 떠올릴 수 있는 아이는 로지가 직접 낳은 아이뿐이다. 이유는 모르겠다. 이성이나 논리로는 설명할 수 없다.

휴가에서 돌아온 뒤부터 로지는 레즈비언 커플의 임신 과정을 조사하며 단계를 하나하나 밟고 있었다. 근처 병원과 기관을 다니면서 관련 서적도 한 무더기 모았다. 그런지 두 달째 되던 날, 포츠머스대학의 임상 시도 소식을 들었다. 그날이 기억난다. 나는 막 샤워를 마치고 헐렁한 바지에 케케묵은 오아시스 티셔츠를 입고 소파에서 이메일을 확인하는 중이었다. 로지는 내 무릎에 발을 올린 채 〈옵서버〉를 뒤적이고 있었다.

"줄스! 바로 이거야. 세상에, 계시 같아!" 로지가 보고 있던 면을 펼쳐서 내밀었다.

우리는 그 기사를 여러 번 같이 읽었다. 텔레비전을 트니 아침 뉴스에 베카 제퍼슨 교수와 연구실 풍경이 나왔다. 2년 전에 엘라라는 흰목꼬리감기원숭이가 난자 대 난자 인공수정으로 태어났다. 카메라를 또랑또랑하게 들여다보는 엘라의 갈색 눈을 마주 보면서는 몇 세대를 갇혀 지낸 실험동물에 대해 윤리적 가책을 느꼈지만, 한편으로는 기대감으로 몸이 붕 떠오르는 듯했다. 거기에 더해 로지를 위해 내가 내린 결정이 옳았다고 인정받았다는 느낌, 보상을 받는 듯한 느낌도 들었다.

로지가 눈물을 글썽이며 내 손을 잡았다. "여성과 인류를 위한 엄청난 진보야. 줄스랑 임신할 수 있게 됐어. 내가 네 아기를 가질 수 있게 된 거야!"

아빠가 담뱃갑에서 대마초를 더 꺼낸다. 눈썹을 모으고 담뱃대에 불을 붙인다.

"이번 지원자 선발은 우리한테 좋은 기회야. 과학이 발전해서……."

로지가 너덜거리는 카펫을 내려다본다. 로지를 데려온 게 후회된다. 로지만 없으면 언성을 높이거나 담뱃갑을 빼앗을 수도 있었을 것이다. 그리고 여전히 느끼는 망설임, 울고 똥 싸는 아기에 대한 부담감도 인정할 수 있었을 것이다.

로지가 이 자리에 없다면 아빠도 달랐을 것이다. 사실 아빠와 나는 우리의 진정한 동지애를 다른 사람들에게는 보여주지 않기로 전략적 협정이라도 맺은 것 같다. 심지어 로지에게도 말이다.

내가 여기 혼자 왔다면 우리는 말다툼을 벌였을 것이다. 어쩌면 논쟁을 한 뒤 대마초를 같이 피웠을지도 모른다. 완전한 이해는 힘들어도 결국 아빠가 나를 지지한다고 느끼면서 떠날 수 있었을 것이다.

로지가 말한다. "우리도 다른 사람들처럼 아기를 가질 수 있게 된 거예요. 반은 저를 닮고 반은 줄스를 닮은 우리 아기를 말예요." 그러고는 나를 본다. "그러려면 서류가……."

내가 재빨리 가방을 뒤져 인쇄물을 꺼낸다. 돌아가신 엄마의 건강은 섬세하게 다뤄야 할 문제다. "아빠, 우리가 이 얘기를 지금 꺼내는 건 지원서를 작성하는 데 도움이 필요해서야. 부모 모두의 병력을 적어야 한대."

아빠가 잠시 눈을 감는다. 괴로운 표정이다. 불쌍하다는 마음이 든다. 엄마가 차 사고로 죽은 지 30년도 더 지났는데, 아직도 그때의 상실감이 그대로 되살아나는 것이다.

"한번 봐줄 수 있어?" 내가 아빠 옆으로 가서 앉는다. 대마초와 땀 냄새. 인상 쓰지 않으려고 애쓴다. 로지에게 창피해하는 모습을 보이고 싶지도 않다. 내가 사랑하는 두 사람이 이렇게까지 다르다니. 하지만 둘 다 내 본질을 이루는 모습이다.

"혹시 엄마한테 무슨 질병이 있었거나⋯⋯." 아빠를 괴롭히는 기분이다.

아빠가 번들거리는 눈으로 나를 본다. 눈물이 솟는 건지, 대마초 때문인지 모르겠다. "도와주마. 훑어보고 생각나는 게 있으면 다 적을게. 당연히 그래야지. 하지만 줄스⋯⋯, 제발 다시 생각해볼 수 없을까? 과학이 발전하는 거야 얼마든 찬성한다만, 이건⋯⋯ 너무 지나친 것 같아. 두 여자 사이에서 애가 태어난다고? 남자 없이?"

"아빠⋯⋯."

"뭔가 조금만 이상해도, 유행병이 조금만 돌아도 전전긍긍할 네 모습이 떠올라. 원래 그런지 아니면 새로운 질병의 변형인지, 그 걱정들을 어떻게 감당하려고 그러니⋯⋯?"

"아빠, 제발⋯⋯."

"그래서 얻는 건 뭐냐? 자부심? 아이를 기르는 것만으로도 충분히 뿌듯한 일이야. 내 유전자를 물려받았는지가 그렇게 중요하니?"

로지는 이를 꽉 물고 말이 없다. 내가 로지 곁으로 가서 어깨를 감싸 안는다.

"뭐, 그렇게 생각한다니 유감이네요." 내가 차갑게 말한다.

"닐, 우리가 아이를 가지면 손주가 태어나는 거예요. 그건 알고 계시죠?" 로지가 목멘 소리로 말한다. "줄스를 닮은 아이가 태어나는 거라고요. 남녀 사이에서 태어나는 거랑 다르지 않아요. 기대되지 않으세요?"

아빠가 잠깐 로지를 지그시 보더니 다시 내게 시선을 돌리며 고개를 젓는다. "줄스, 네 엄마는 너에 대한 기대가 컸다. 무엇보다 이 집을 떠나서 다시는 돌아오지 않기를 바랐어. '우리 딸은 날개를 달게 될 거야.' 아기 침대에 누운 너를 그렇게 어르기도 했지."

나는 아빠의 눈을 들여다보면서 엄마 모습을 상상할 수 있다. 엄마 목소리가 들리는 듯하다. 가슴이 미어지는 것 같다. 상실감이 아니라 슬픔 때문이다. 실현되지 못한 가능성에 대한 애도, 행복할 수도 있었던 내 아버지의 지난 삶에 대한 애도다. "괜찮으면 내일 들러서 서류 받아 갈게요."

그때 로지가 끼어들었다. "하지만 줄스는 이 집을 떠났잖아요? 그런데 뭐가…… 무슨 말씀을 하시려는 거죠?"

"몸은 떠났지만 정신은 떠나지 못했어." 아빠가 슬픈 미소를 짓는다. "아이를 낳고 또 낳는 게 여기 소녀들의 염원이니까. 저녁으로 햄버거랑 감자튀김을 먹고 낮에는 텔레비전을 보고. 넌 다를 거라고 생각했는데, 줄스. 네가 그보다는 훨씬 많이 바랄 줄 알았다."

정말 그렇게 생각하는 걸까? 아빠는 지금 취했다. 충격도 받았을 테고. 감정적으로 받아들이면 안 되는 말이다. 아이를 가지려 한다고 몇 주 일찍 귀띔만 했어도 이런 말까지는 안 나왔을 거다. 내 탓이다. 이런 대화를 하는 게 망설여졌다. 아빠가 싫어할 걸 알았으니까. 그토록 애써 가르쳐온 세계관을 이제 내가 무작정 따르지는 않는다는 게 드러나는 거니까.

로지가 하얗게 질린다. "아니, 어째서…… 줄스는……."

"내일 퇴근하고 들러서 서류 가져갈게." 내가 꽤 침착하게 말하고 가방을 둘러멘다. "도와줘서 고마워, 아빠."

로지를 데리고 쌀쌀한 3월 저녁 밖으로 나온다.

로지가 고개를 흔든다. "미안해, 줄스. 그런 말을 하려던 건 아닌데……."

"우리가 놀라게 해서 그래. 곧 괜찮아질 거야."

내가 차 문을 열지만 로지는 타지 않는다.

"하지만 그런 식으로 어머니 얘기를 꺼내다니……. 게다가 난 아직도 네 아버지가 무슨 말을 하려고 했는지 이해가 안 가. 넌 잘나가는 기자잖아. 아기를 가진다고 회사에서 잘리는 것도 아니고."

"그게 아니라……."

"그런다고 네가 다시 이 집에 와서 살게 되는 것도 아니잖아?"

얼굴이 붉어진다. 로지가 '이 집'이라고 할 때의 말투에는 혐오감이 배어 있다. 로지는 스스로를 진보적이라고 생각하지만, 내 어린 시절 지인들이 거리에서 마주쳐 인사를 건네거나 우리 신문사에서 다뤄주지 않을까 싶어 주차 분쟁 같은 얘기를 꺼내면 흠칫 놀라는 걸 나는 늘 눈치챈다. 문신이나 맥주 뱃살, 집에서 염색한 머리 같은 걸 보고 눈이 휘둥그레지는 것도 잘 안다. 비록 나역시 창피해서 진저리를 칠 때도 있지만, 이 공공 주택단지는 나를 만들어낸 고향이며 이곳과 관계를 끊는 일은 결코 없을 것이다.

"설마 누구한테 말하시지는 않겠지?" 로지가 조용히 뇌까린다.

"그럴 리가!" 나는 침을 삼킨다. 순간적인 언짢음은 사라지고 나는 다시 로지의 편이 된다. 로지는 나를 걱정해서 화낸 것이다.

"잘 받아들이지 못하는 것 같아도, 결국 내 아빠야. 미리 얘기해 뒀어야 했는데. 난데없이 들이미니까 당황해서 그랬을 거야."

로지가 나를 감싸더니 잠시 꽉 안는다. 내가 분위기를 망쳤다. 지금까지는 온갖 역경을 뚫고 승리해 나가리라는 기대와 흥분에 들뜬 기분 좋은 과정뿐이었는데. 이런 시기가 곧 끝나며 복잡하고 지난한 과정이 기다리고 있으리라는 걸 예상했지만, 하필 내 아버지 때문에 이렇게 되다니 실망스럽다.

3

5월, 드디어 구름 한 점 없이 맑은 날들이 시작되었을 때 우리는 난임연구소의 대면 검사 후보로 뽑혔다. 로지가 옷을 골라줬다. 스키니진과 새로 산 검은 재킷을 입히고는 평소 신던 운동화는 안 된다고 고집 부린다. 빌려 신은 빨간 발레 펌프스 때문에 발뒤꿈치가 쓸린다. 로지는 컨실러로 내 다크서클을 가리고 창백한 피부에 블러셔까지 동원했다.

대기실은 하얀 타일 벽에 형광등 불빛이 환하다. 바닥에는 주황색 플라스틱 의자가 고정돼 있다. 병원 특유의 싸한 냄새가 감돈다. 입안이 비리다. 로지는 어색하게 팔짱을 끼고 구부정하게 앉아 대기실 내부와 다른 다섯 커플을 곁눈질한다. 나는 연대감, 자매애를 느끼고 싶지만 로지는 아무래도 경쟁심을 느끼고 긴장하는 듯하다. 나도 모르게 경쟁자들의 신체 지표를 가늠하며 난자의 상태를 상상해본다. 한 후보가 눈길을 끈다. 매끄러운 검은 단발의 중국인이다. 내가 쳐다보는 걸 눈치채고 재미있다는 듯 입을 비죽이며 눈을 반짝인다. 웃어줘야 할지 말지 판단이 안 서 재빨리 눈을 피한다.

드디어 흰 가운을 입은 키 큰 남자가 들어온다. 의회 투표가 있던 날 주차장에서 만난 스콧 비숍이다. 명단에서 내 이름을 부르고 날 보더니 친근하게 씩 웃는다. 왠지 혜택이라도 볼 것 같아 우쭐한 기분이 된다.

잠깐 설명을 듣고 우리는 쌍쌍이 흩어져 반은 면접을 보러 가고 반은 연구원들에게 할당되어 검사를 받는다. 우연이겠지만 로지와 나는 스콧에게 배정된다.

키와 몸무게를 재고, 허리 지방 두께도 집게자로 잰다. 제일 어려운 고비는 질구로 기구를 넣는 초음파 검사다. 내가 먼저 받는다. 딱딱하고 차가운 막대가 불쑥 들어올 때 인상 쓰지 않으려고 노력한다. 깊게 복식호흡을 하면서 긴장을 풀려고 애쓰지만 근육이 경직되며 저항한다. 스콧이 내 음부에 올려놓은 냅킨에 짜증이 난다. 다리를 쩍 벌린 상태에서 종잇조각 따위로 체면이 지켜질 리 없다.

로지 차례가 되자 나는 뜻밖에도 모니터의 영상에 지대한 관심이 쏠리는 걸 느낀다. 맥박 치는 동굴 같은 로지의 몸속은 많은 세월을 함께한 내게도 미지의 영역이다. 로지가 날카롭게 숨을 들이켜, 손을 꼭 잡아주며 달랜다. 이 방에서 우리는 동물일 뿐이다. 텔레비전 뉴스에 나온 원숭이 엘라와 다를 것 없는 생명체. 우리 몸이 이번 임상 시도에 쓰기 좋을까?

나는 출근 전에 달리기도 하고, 냉장고에 가득 쟁여놓은 저지방 식물성 재료로 대부분의 음식을 만들어서 먹는다. 이미 20대는 지났지만 건강을 유지하려고 무척 노력한다.

점심시간에 우리는 회의실로 안내된다. 다들 부자연스러운 표정으로 경쟁자들과 시선을 마주치지 않으며 말을 삼간다. 지금까지는 평온할 정도로 쉬운 과정이었다. 질 검사는 기분 좋지 않았지만, 임신 적합성을 확인하려면 꼭 거쳐야 할 과정이고 이성애자 여성들의 산부인과 검사처럼 능숙하게 처리되었다.

이렇게 한 방에 모여 앉아 있자니, 오늘 받은 검사의 중요성이 분명해진다. 스콧을 빼면 남자는 한 명도 없다. 우리는 남자 없이 아이를 낳기 위해 모인 것이다. 우리는 과학의 최전선에 선 복제 양 돌리의 후보들이고, 여기까지 온 것만도 엄청난 행운이다.

우리를 위해 차려진 음식이 입맛을 돋우는 편은 아니다. 플라스틱 접시에 샌드위치와 과일 조각, 바구니에 감자칩이 담겨 있다. 샌드위치를 하나 집어 보니 마요네즈에 푹 절었다. 삼키다가 토할 뻔했다.

식사를 마치고 수군거리던 사람들이 제퍼슨 교수가 들어오자 일제히 입을 닫았다. 비싸 보이는 검은색 정장 바지에 빨간 셔츠를 받쳐 입고 같은 색 립스틱을 발랐다. "여러분, 반갑습니다. 저는 이번 임상 시도를 감독하는 베카라고 해요. 이런 대면 검사를 며칠에 걸쳐 진행하고 있는데요, 이게 선발 과정이면서 동시에 여러분이 난자 대 난자 체외수정에 차근차근 단계를 밟아 참여할 수 있도록 돕는 과정이 되도록 하려고 합니다."

방 안에 긴장감이 팽팽하다. 우리 모두 뭔가 잘못될까, 무심코 자신이 후보로서 부족하다는 게 드러날까 두려운 것 같다. 옆에 있는 로지의 체온이 느껴진다. 우리는 탁자 밑에서 손을 꼭 잡는다. 손바닥이 뜨겁고 눅눅하다.

"흥분되는 순간입니다. 우리는 동물들에게서 난자 대 난자 체외수정의 성공을 수없이 봤고, 인간의 생식세포를 대상으로 한 실험에서도 믿을 수 없을 만큼 긍정적인 결과가 나왔습니다. 지난 15년간 이곳에서 연구한 결과, 우리는 두 어머니 사이에서 태어나는 아기를 맞을 준비를 마쳤다고 확신하게 됐습니다. 물론 힘든 과정일 겁니다. 다들 선정적 기사를 보셨을 텐데요, 난자 대 난자 체외수정 또는 이른바 '난난 수정'에 강경하게 반대하는 목소리가 있는 게 사실입니다. 하지만 오늘 여기서 여러분에게 제공할 정보를 통해 과학적 사실과 근거 없는 추론이 구분될 수 있기를 바랍니다."

교수가 랩톱컴퓨터를 프로젝터와 연결한다. 난자 하나가 담긴 사진이 방 앞쪽 화면에 나타난다. 그 뒤 융합된 수정란 사진들에 이어 융합세포가 더욱 분화되어 덩어리지는 과정을 보여주는 사진이 나온다.

짧은 보라색 머리 여자가 휴대전화를 높이 들고 말한다. "저 혹시 사진 좀⋯⋯."

"물론이죠. 괜찮습니다. 이건 다 저희 연구소에서 찍은 인체 세포입니다. 의회 투표 전에는 14일까지밖에 배양하지 못했죠."

화면 속 세포 덩어리들은 로지의 임신 관련 서적들에서 본 평범한 배아 이미지와 전혀 다르지 않았다. 갑자기 베카가 아주 대단해 보인다. 완전히 새로운 생명 창조법을 연구해낸, 자연의 질서를 새로운 단계로 발전시킨 사람이다. 베카 자신은 어떤 기분일까?

베카는 계속 화면을 바꾸며 설명해나간다. 커플들은 교육을 받은 다음 서로에게 배란 촉진 호르몬 주사를 직접 놓게 된다. 2주마다 검사를 받으러 방문한다. 난자 채취라는 쉽지 않은 시술 과정을 겪어야 한다. 그러고나서 교수가 체외수정 과정을 묘사한다. 난자에서 핵을 추출해 다른 난자에 주입하는 것이다.

그때 닫힌 창을 통해 갑자기 무슨 노랫소리가 희미하게 들려온다. 찬송가 같다. 후보자들이 서로 눈짓을 교환한다. 베카는 흔들리지 않고 설명을 계속한다. 그리고 마침내 질문 시간이 된다. "다들 궁금한 게 무척 많죠?"

보라색 머리 여자가 다시 손을 든다. "위험성은 어떤 게 있죠?"

베카가 입을 꾹 다물고 창밖을 잠깐 본다. "대답하기 아주 어려운 질문입니다. 우리는 생쥐와 원숭이 들을 몇 세대에 걸쳐 건강하게 길러냈습니다. 대조군과 전혀 차이점이 없었어요."

"주는 나의 목자시니……." 노랫소리가 꽤 크게 들려온다. 보라색 머리 여자가 이맛살을 찌푸리며 창밖을 본다.

베카는 침착하다. "하지만 인간의 배아를 자궁에 착상시키는 건 처음이에요. 우리는 임신부와 태아가 모두 아무 문제 없이 건강하도록 다방면에 걸쳐 최선을 다해왔습니다. 연구 결과에 따르면, 우리의 체외수정도 기존 인공수정과 거의 같은 성공률을 나타낼 것으로 보입니다. 하지만 어쨌든 미지의 영역으로 들어가는 만큼 장담은 못 하죠."

"언론에서는 아기가 새로운 유전병을 얻을 수 있다고 하던데요." 보라색 머리 여자가 하는 말에 다른 커플 몇몇이 노려본다.

"그런 추측성 기사가 많습니다. 대부분은 우리 세포융합 기술이 난자의 유전자를 변형할 거라는 오해에서 비롯됐습니다. 그렇지 않다는 점을 100퍼센트 확실하게 말씀드릴 수 있습니다. 선정적 매체에서 뭐라고 하든, 유전자 변형은 일어나지 않습니다. 우리는 '초능력 아기'를 만들려는 게 아닙니다."

나랑 몇 명이 호응하며 킥킥거린다. 〈데일리 스케치〉의 기사가 생각난다. 베카의 얼굴을 싣고 '엄마 프랑켄슈타인'이라는 제목을 달았다.

"진지하게 말하자면, 자연임신연대와 함께하는 전문가라는 사람들의 무시무시한 주장이 신문에 실릴 때 그들의 이력을 한번 확인해보시라고 권하겠습니다. 어느 대학에 소속된 사람들인가요? 주요 학회지에 논문을 실은 적이 있나요? 그렇지 않은 전문가라면, 무슨 자격으로 그런 주장을 하는지 의심해봐야 합니다. 어떤 연구 결과에 근거해서 의견을 내는지도요."

다른 여자가 손을 든다. "미국에서는 왜 금지했지요?"

"제가 미국 보건 정책에 대해 아주 잘 알지는 못하지만, 그들의 반대는 과학적인 우려보다 이념적인 문제로 보입니다."

창밖의 노랫소리는 후렴구에 다다라 최고조로 치솟고 있다. 늙은 여자들 특유의 떨리는 목청소리가 또렷이 들린다.

참가자들에 대한 검사와 건강관리 관련 질문이 몇 가지 더 오간 뒤 베카는 앉고 스콧이 단상에 선다.

"자, 그럼 오전에 검사를 마친 분들은 오후에 우리 면담팀과 개별 면담을 합니다. 여기서 대기하시면 되고요. 오전에 면담한 분들은 오후에 검사를 받습니다. 중간에 쉬고 싶을 때는 여기로 오시면 됩니다. 밖에 잠깐 나가 바람을 쐬고 들어와도 좋고요. 시위대가 있지만 걱정하지 않아도 됩니다. 1주일에 몇 번 와서 노래만 부르고 가니까, 오늘이 대면 검사일인 줄 모를 거예요."

보라색 머리 여자와 그 파트너가 제일 먼저 면담을 하러 베카와 나간다. 방이 다시 조용해지자 우리는 어색하게 기지개를 켜고 서로 흘금거리기 시작한다. 로지와 나는 창밖을 내다보는 여자들 틈에 낀다. 노래하는 시위대는 없고 주차장만 보인다.

로비에서 눈이 마주쳤던 여자가 나한테 말한다. "건물 앞쪽으로 나가볼래요? 눈에 안 띄게 지켜볼 수 있을 것 같은데." 로지와 내가 계단을 내려가며 그 커플과 소개를 주고받는다. 홍슈와 아니타.

현관으로 가니 노랫소리가 우렁차게 들린다. 찬송가 '이 세상 눈부시게 아름다운 것들'이다. 굵은 목소리들도 가세해 목청을 떨어댄다. 수가 꽤 되는 듯하다. 나는 다시 들어가고 싶지만, 홍슈가 더 씩씩하게 걸음을 옮기고 로지도 바로 뒤따라간다.

"우리 때문에 온 게 아닐까?" 아니타의 목소리가 떨린다.

"잠깐 기다려. 자극하지 않는 편이 좋을 것 같아. 건물 뒤로 나가서 앞으로 돌아가면 저 사람들 뒤편으로 눈에 안 띄게 섞여 들어갈 수 있을 거야." 내가 제안한다.

그러고나니 내가 앞장서게 된다. 스콧을 만났던 주차장으로 네 명이 같이 나간다. 건물을 빙 돌아 앞쪽으로 간다.

의과대학 건물 밖에 보도를 막고 진을 친 시위대는 50명 남짓.

길을 가다 멈춘 구경꾼도 좀 있다. 합창은 이제 절정에 다다랐다. '신의 질서를 두려워하라!' '신이 우리 아이들을 창조하심을 믿으라!' 현수막 문구다. 현수막 한구석에는 이제 친숙해진 자연임신 연대의 파란색 로고가 찍혀 있다. 곱게 다린 상아색 블라우스를 트위드 치마 속으로 깔끔하게 넣어 입은 흰머리 여자가 행인들에게 홍보물을 들이민다. 5월의 화창한 오후지만, 시위대는 촛불을 들고 값싸게 성스러운 분위기를 만들려고 애쓴다.

전반적으로 우스꽝스러운 모습이라 비웃음을 날려주고 싶다. 이런 사람들에게는 그게 마땅하다. 그러나 그들의 표정과 심각한 눈빛은 이것이 사교 활동이 아니라고, 연금 생활자들의 심심풀이 놀이가 아니라고 말한다. 이 사람들은 진심으로 난자 대 난자 인공수정을 금지해야 한다고 믿는다. 여기까지 와서 이런 난리를 벌일 정도로 걱정하는 거다. 몇 달 동안이나 반대 주장들을 읽었지만, 이 사람들 얼굴에 새겨진 확신을 보고나니 처음으로 실감이 나고 염려가 된다.

찬송가가 끝나고 머리가 성긴 마른 남자가 연설을 한다. 놀라울 만큼 굵고 울림이 있는 목소리다. "같이 기도합시다." 시위대가 고개를 숙인다. 헐렁한 청바지에 야구 모자를 쓴 10대 소년 몇이 웃으면서 지나간다. 기쁘다. 제발 다들 시위대를 비웃으면 좋겠다.

로지가 내 팔을 꽉 잡는다. 상처받은 표정을 하고 있을 거라고 생각했는데, 눈동자가 분노로 번득인다.

"오, 주여, 이 끔찍한 실험을 하는 자들을 다시 올바른 길로 인도하소서. 주의 자비로 자신이 저지르는 죄를……."

그때 시위대가 점차 우리 존재를 알아채고 고개를 들기 시작한다. 건물 뒤쪽으로 빙 둘러 왔어도 소용없다. 우리와 그들은 너무 분명하게 구별된다.

잠깐 아무도 말이 없다. 수적으로 열세한 편에 있다는 공포가 내 안에서 스멀스멀 피어오른다.

"광신자들!" 홍슈가 외친다.

시위대는 잠깐 어쩔 줄 모른다. 우리와 정면으로 맞서는 상황을 예상하지 못한 것이다. 당황한 표정으로 서로 쳐다본다.

로지도 앞으로 확 나선다. 내가 말리려고 했지만, 벌써 저만큼 가버렸다. 홍슈도 소리를 지르면서 따라간다. 건너편 보도에 서 있던 구경꾼들이 전화기를 높이 든다. 그리고 누군가 외친다. "망할 레즈비언들!"

"여성들에게 더 많은 기회를 줄 과학에 어떻게 반대할 수가 있죠?" 로지가 곧장 그쪽 대장한테 가서 말한다.

로지를 훑어보는 그 사람의 표정엔 경멸이 가득하다. 나는 그제야 당혹감과 알 수 없는 망설임에서 벗어나 로지에게 뛰어간다. 로지에게 손가락 하나라도 댔다간 내 주먹맛을 볼 거다.

"성경은 우리에게……."

"아이를 사랑하는 게 가장 중요하지 않나요?" 로지가 외친다. "당신들은 적을 잘못 골랐어요. 모르겠……."

나머지 말은 들리지 않는다. 양쪽에서 아우성이 시작되고, 구경꾼들까지 소리쳤다. 겨우 넷인 우리는 곧 에워싸인다. 나이가 지긋한 여자가 내 재킷을 잡아당긴다. "당신을 위해 기도할게요!"

뿌리치려는데 노인의 손아귀 힘이 놀랄 만큼 세다. 노인을 칠 수는 없다. 손가락을 잡아떼려고 해도 노인이 허우적거리면서 다시 옷자락을 잡고 늘어진다. 내 손도 점점 거칠어진다. 군중을 밀쳐내려는데 숨 쉬기조차 힘들다. 로지가 안 보인다. 이 모든 장면이 벌써 업로드되고 있을지도 모른다.

저쪽에 로지의 머리가 보여서 밀치고 나간다. 로지를 감싸고 다시 건물로 들어간다. 얼굴이 빨개진 로지는 고함치면서 뒷걸음질로 끌려온다. "왜 듣지를 않아? 그렇게 간단한 문제가……."

다시 건물에 들어왔다. 문 옆에 있던 보안요원 둘에게 방문자 이름표를 보인다. 콧수염을 기르고 배가 나온 중년 남자 보안요원은 재밌다는 표정이다. 웃음을 참고 있다. 로지를 건물 안쪽으로 끌고 들어가는데 심장이 쿵쾅거린다. 신념으로 무섭게 번뜩이던 시위대의 눈과 뒤틀린 표정이 계속 눈앞에 어른거린다. 우리가 다칠 수도 있었다. 앞으로도 시위가 계속될까? 만약 우리가 뽑혀도 계속 이렇다면 방문할 때마다 어떻게 해야 하지?

"줄스, 뭐 하는 거야?"

"좀 있다 면담 들어가야 하는데, 이런 데 휘말리면 안 되잖아."

"그렇다고 아니타랑 홍슈를 두고 올 순 없어."

"그 사람들도 정신 좀 차리면 들어오겠지. 젠장……." 다리에 힘이 풀린다. 한심하다. 교회 신자 몇 명이 찬송가를 부르러 온 것뿐이다. 하지만 그들만의 진실에 대한 확신, 우리가 틀렸다는 그들의 절대적 믿음 같은 것들이 왠지 모르게 나를 불안하게 한다.

로지가 내 어깨를 잡아 세운다. "저런 사람들을 그냥 내버려두면 안 돼, 줄스. 그럼 우리도 공모자가 되는 거야."

로지는 사람들을 설득할 수 있다고, 생각을 바꿀 수 있다고 믿는다. 그런 면이 사랑스럽지만, 로지가 믿는 것만큼 사람들이 이성적이거나 선하지는 않다. 나는 시선을 피한다. 조용한 곳으로 피해 눈을 감고 싶다. 계속 잔상이 떠오른다. 번뜩이던 눈빛, 의기양양하던 목소리, 현수막. 임신한 로지가 비틀거리는 모습까지 보이는 듯하다.

"줄스, 괜찮아? 내가 너무…… 좀 무섭긴 했지……." 로지가 나를 안는다. 나는 몸의 힘을 좀 푼다.

홍슈와 아니타도 헐떡이면서 들어온다. 아니타는 눈물을 간신히 참고 있다. "우릴 미워해. 우린 그저 둘이 함께 아이를 갖고 싶은 것뿐인데."

로지가 아니타를 끌어안는다. "저 사람들한테 지면 안 돼. 자기들이 잘못하는 줄은 모르고 진보에 반대하는 편협한 참견쟁이들일 뿐이야."

홍슈가 말한다. "서로 번호 저장하자. 우리가 뽑히면 친구가 최대한 많아야겠어. 아무래도 우리가 장난 아닌 일에 뛰어든 것 같은데."

직장 동료들에게 이 얘기를 꺼낼 수는 없겠다는 생각이 든다. 우리가 뽑힌다면, 이 낯선 사람들이 우리가 의지할 수 있는 유일한 친구가 될 것 같다.

4

　토요일에 우편물이 온다. 드물게 우리 둘 다 일을 쉬는 주말이다. 로지는 거실에서 친구 앤서니와 리얼리티 쇼를 몰아 보고, 나는 점심으로 커리를 만든다. 편지함이 달그락거리는 소리를 듣고 나가니 대학 로고가 찍힌 봉투가 보인다. 거실에서는 깔깔 소리가 터진다. 바로 뜯어보고 싶은 충동이 일지만, 우리 운명을 혼자 먼저 확인해버린 걸 알면 로지가 섭섭해할 것이다. 현관문 유리로 들어오는 햇빛에 우편물을 비춰보지만, 두꺼운 갈색 봉투는 속이 전혀 보이지 않는다.

　우리가 뽑히지 않았으면 얼마나 암울할까? 다른 임신 경로를 다시 알아봐야 할 것이다. 그러다 텔레비전에서 더 젊고 건강한 여자들의 성공 소식을 듣게 되겠지. 방금 커리에 으깨어 넣은 소두구 향이 진동하는 주방으로 돌아가, 거실로 고개를 들이밀고 로지를 부른다.

　"앤서니가 간 다음에 열어봐야 하지 않을까?"

　"아냐, 난 못 기다려. 그리고 뽑히면 앤서니한테 말하기로 했잖아."

　"글쎄, 난 동의하지 않았는데…… 너희가 가까운 건 알지만, 섣

불리 알리긴 힘든 문제라…….”

로지가 또 그러냐는 눈빛으로 나를 째려보더니 봉투를 빼앗는다. 이건 내 문제이기도 하다. 로지가 일방적으로 결정할 권리는 없다. 내가 봉투를 도로 빼앗으려는데, 속상해하는 로지의 표정이 눈에 들어온다. 심지어 눈물까지 어린 듯하다. 앤서니는 로지에게 중요한 친구다.

내가 로지를 끌어안는다. “알았어……. 하지만 앤서니랑 우리 부모님들한테만이야. 더는 공개하지 않기다?”

로지가 봉투를 뜯고 떨리는 손으로 여러 겹의 종이를 펼친다.

……성공적으로 통과하셨음을 알리게 되어 기쁩니다. 가능한 한 바로 연구소에 연락해 일정을 의논하시기를 부탁드립니다…….

우리는 말없이 편지를 뚫어지게 들여다본다. 읽고 또 읽는다. 믿기지가 않는다. 봉투 안에는 길고 긴 동의서도 들어 있다. 로지가 편지를 바닥에 털썩 떨어뜨리고 팔을 쳐들며 비명을 지른다. 우리는 서로 껴안는다. 덩실덩실 춤을 춘다. 뽑혔다. 로지와 내가 함께 아이를 만들 수 있게 되었다.

“믿을 수가 없어.” 로지는 목이 메어 있다. 그러다 문 쪽을 보더니 포옹을 푼다.

앤서니가 서 있다. 앤서니는 로지와 마찬가지로 서른이지만 10대처럼 옷을 입는다. 스케이트보더처럼 반바지를 엉덩이까지 내려 입고 기름한 머리는 공들여 헝클어뜨렸다. “무슨 일 있어?”

로지가 경중경중 뛰어가 앤서니를 껴안는다. "아, 앤서니, 깜짝 놀랄 소식이 있어. 네가 제일 먼저 듣게 돼서 진짜 기쁘다. 우린 아기를 가질 거야!"

"뭐? 네가…… 임신했다고?" 앤서니의 인상이 구겨진다.

나는 가슴이 철렁 내려앉는다. 앤서니에게 털어놓는 게 아니었다. 내가 막았어야 했다. 앤서니를 좋아하려고 무진 노력했지만, 아무래도 그는 온전한 어른으로 자란 것 같지 않아 보인다. 나이 서른에도 여전히 어머니랑 살고, 세 달 넘게 한 직장에 다닌 적도 없는 남자다.

"아직은 아니지만 곧……. 포츠머스대학 임상 시도에 지원했어. 거기서 우리를 난자 대 난자 수정 시술의 첫 대상자들 중 하나로 선정했대. 줄스와 나를 말이야! 믿겨?"

내가 덧붙인다. "아무에게도 말하면 안 돼. 가족하고 너한테만 알릴 거니까. 언론에 우리 이름이 새면 절대 안 되거든."

앤서니는 눈을 휘둥그렇게 뜨고 로지를 본다. 뭔가 상처받은 표정이다. "그런 계획이 있다고 말해준 적 없잖아."

로지가 입술을 깨문다. 대답이 없자 앤서니가 한발 다가선다. 나는 온몸을 긴장시키지만 앤서니의 말투는 부드럽다.

"더구나, 그래도 괜찮아? 남자 없이 아이를? 그래서 세상을 어떻게 만들려는 거야?"

"앤서니……."

"나도 기사 봤어. 남녀 인구 비율을 무너뜨릴 거래. 남자를 소수자로 만든다고."

내가 나선다. "터무니없는 소리야. 사람들은 대부분 다 예전 방식대로 아이를 계속 만들 거니까."

"게다가 너희 아버지를 생각해봐, 로지. 너한테 어떻게 하셨는데. 네가 가는 길을 열렬히 지지해주셨잖아. 그런데 손주에게 아버지가 필요 없다니, 뺨이라도 한 대 얻어맞는 느낌이 들 거야. 남자들에게 그건…… 모든 걸 무너뜨릴 거야."

로지가 고개를 숙이며 말한다. "앤서니…… 우리가 정자를 기증받아 아이를 낳아도 아버지 없이 키우는 건 마찬가지야. 우리 아기한테는 언제나 엄마가 둘이겠지. 그 애는 언제나 나랑 줄스의 아이가 될 테고."

앤서니가 벌겋게 달아오른 얼굴로 나를 본다. "어떻게 로지한테 이런 일을 시킬 수 있어? 안전한지도 모르면서?"

"무슨 근거로 그렇게 말해? 우리는 충분히 알아보고 결정했어. 네가 기사 몇 편 읽었다고 해서 전문가라도 돼?"

앤서니는 내 말을 듣지 않고 다시 로지에게 몸을 돌린다. 그의 눈에 나와 로지의 관계는 12년 동안 이어진 일탈에 지나지 않고, 자신과 로지의 관계만이 영원한 정당성을 인정받을 수 있는 것이다.

"로지, 넌 나랑 가장 친한 친구야. 적어도 얘기는 할 수 있지 않았니? 어떻게 그럴 수가 있어?"

"이건 완벽하게 안전한 일이야, 앤서니. 그리고 우리가 꼭 해야 하는 일이었어. 줄스의 아기를 가질 방법이 있는데, 내가 어떻게 기증받은 정자를 쓰겠어? 이건 여성에게 엄청난 발전이고 기회야. 우리도 꼭 참여하고 싶었어." 로지의 목소리가 떨린다. 행복의 눈물이 슬픔의 눈물로 바뀐다.

나는 주먹을 꽉 쥐고 어깨를 쭉 편다. 앤서니를 우리 집에서 내보내야 한다. 시계를 되돌리고 싶다. 기뻐서 비명 지르며 펄쩍펄쩍 뛰던 조금 전으로 돌아가고 싶다.

앤서니가 귀에 박힌 고리를 만지작거린다. 귓불에 뚫은 구멍을 점점 크게 하는 장신구다. "아이한테 유전병이 생길 가능성이 크대. 임신한 여자한테도 무슨 일이 생길지 알 수 없고. 심각하게 아플 수도 있다잖아. 유산이라도 하게 돼봐, 로지. 얼마나 힘들겠니?"

나는 헉, 숨을 멈춘다.

로지가 내 등을 감싸며 자기 친구를 본다. "그게 지금 할 말이니? 네가 알려주지 않아도 그런 쓰레기 같은 소리는 저절 신문에서 충분히 보고 있어."

"로지……."

로지가 손바닥을 들어 보인다. "그만해. 오늘은 행복한 날인데, 네가 망치고 있는 것 같아. 그만 가줘."

"로지, 제발……."

"아니, 가. 언제든 다시 와도 좋지만, 내 아기의 건강에 대한 억측은 더 이상 듣고 싶지 않아. 지금도, 나중에도."

"로지……."

"줄스랑 나는 충분히 조사했어. 우리가 원하는 것도 분명하고."

앤서니가 고개를 푹 숙이고 몸을 돌린다. 신발을 찾아 신고 나가는 모습을 말없이 지켜보며, 로지와 나는 다시 제대로 축하할 준비를 한다. 하지만 앤서니가 나간 뒤에도 침울한 분위기는 바뀌지 않는다.

로지가 나한테 기대고 눈물을 흘린다. 나는 로지 머리를 쓰다듬으면서 마음을 다잡아 다시 기뻐하려고 애쓰지만, 쉽지 않다. 기쁨이란 까다로운 놈이다.

그날 저녁, 우리는 로지의 부모님 집으로 간다. 로지는 자기 어머니가 딸이 동성애자인 걸 좋아하지 않는다고 생각한다. 나는 그렇게 보지 않는다. 일레인은 난자 대 난자 수정이라는 과학의 진보에 열렬한 관심을 보였다. 법안이 의회를 통과하기 전부터 우리가 얼마나 기뻐할까 기대해줬다. 게다가 당신 주치의에게 문의해가며 정론지 기사 중 부정적이지 않은 것들을 모두 오려 스크랩북을 만들었다. 로지와 내가 임상 시도에 지원할 거라는 소식을 전하자, 일레인의 눈엔 눈물이 어렸다. 우리 아빠가 취해서 보인 실망스러운 반응과 대조되었다.

일레인은 피터스필드에 새로 생긴 민간 주택단지에서 좀 떨어진 침실 네 개짜리 집에 로지의 아버지인 마이클과 살고 있다. 탐욕스러운 개발 시대에 만들어져 정원이 좁고 보도도 따로 없는 지역이지만, 일단 집에 들어서면 모든 것이 널찍널찍하고 고급스럽다. 진짜 나무로 된 바닥, 잡동사니라고는 보이지 않는 깔끔한 내부, 인테리어 잡지에 나오는 트렌드를 따라 3년마다 다시 손보는 장식들. 일레인은 회색 단발에 반다나를 쓰고 작업복 바지 차림으로 새로운 계획을 시작할 때가 제일 행복해 보인다.

"안녕, 얘들아. 어쩐 일로 깜짝 방문을 다 해주고." 일레인이 우리를 맞는다.

마이클은 거실에서 하얀 페르시아 고양이 로렌을 쓰다듬으며 신문을 펼쳐놓고 있다. 카키색 카디건에 검은 뿔테 돋보기를 꼈다.

정원이 내다보이는 자리에 앉는 로지의 얼굴이 환하게 빛난다. 우리 소식을 알리면서 환호성을 지르고 싶지만 자리가 준비될 때까지, 어머니가 음료를 내오고 안락의자에 앉을 때까지 꾹 참는 모습이다. 드디어 그 순간이 오자 로지가 벌떡 일어난다. "포츠머스대학이 우리를 뽑았어! 우리도 시술에 참여하게 됐어!"

일레인은 잠시 가슴에 손을 올리고 있다가 일어나서 딸을 껴안는다. "아아, 그럴 줄 알았다. 그럴 줄 알았어. 내 딸! 아기라니! 아아, 줄스, 이리 와라."

나도 같이 껴안고 마이클도 합세한다. 내가 포옹을 좋아하는 편은 아니지만, 바컴 가족은 언제나 이런 순간을 만들어 나를 참여시킨다. 이들이 나를 가족으로 받아들인다는 점을 보여주는 이런 때에는 나도 정말 감격하지 않을 수 없다.

페르시아 고양이가 차가운 녹색 눈으로 우리를 관찰한다. 일레인이 뺨을 닦으며 말한다. "마이키, 우리가 할머니 할아버지가 되는 거야. 세상에! 언제가 될지는 말해주던? 너무 오래 걸리지는 않으면 좋겠다."

로지가 대답한다. "차차 일정을 잡아야 해. 그래도 바로 시작하는 것 같아."

우리는 각자 자리에 앉는다. 마이클은 침착하고 점잖은 태도를 유지하려고 애쓰지만 계속 싱글벙글한다. 여전히 풍성한 회색 머리칼과 선하게 반짝이는 눈동자, 자애로이 주름진 입가가 벌써 너무나 할아버지다운 모습이다.

"솔직히 걱정하고 있었다. 오늘 〈해럴드〉 기사를 봤거든. 벌써 소식을 들었을까 싶어서."

"전화하고 싶었는데, 너희 아빠가 기다리라고 해서⋯⋯. 혹시 안 좋은 소식이면 너희들이 원할 때 전하게 말이야. 하지만 아니었어! 샴페인이 한 병 있는데, 얼른 냉장고에 넣고 와야겠다. 좀 있다 축배 들게."

"일레인, 얘들은 못 마실지도 몰라. 어떠냐? 술 마셔도 되니? 아니면 지금부터 조심해야 하니?"

"세상에⋯⋯. 난 생각도 못 했네." 일레인은 큰 잘못이라도 저지른 듯한 표정이다.

이번엔 내가 말한다. "한 잔 정도는 괜찮을 거예요." 그러고나서 로지를 본다.

"아니, 안 마실래. 이제부턴 나도 줄스처럼 행동할 거야. 100퍼센트 건강식만 먹을 거라고."

"물론이지. 그래야지." 일레인은 서둘러 다시 자리에 앉는다.

"〈해럴드〉 기사는 뭐였어요?" 내가 묻는다.

"아, 못 봤니? 보여줘, 마이키. 우린 정말 화가 나서⋯⋯ 기자들이 저런 짓을 못하게 막아야 하지 않을까 싶어. 줄스한테 하는 말은 아니고. 줄스는 절대 저런 스파이 같은 짓 안 할 거야."

"스파이라고?" 로지가 놀라 묻는다.

마이클이 신문을 뒤적이다 두 면에 걸쳐 실린 기사를 우리 앞에 내민다. 정장 원피스 같은 걸 입은 여자 둘이 등을 맞대고 서서 카메라를 보며 활짝 웃고 있다. 어디선가 본 여자들이다.

로지가 기겁한다. 그제야 검사하던 날 본 보라색 머리와 그 파트너가 생각난다. 〈해럴드〉의 앤젤라 시몬스가 쓴 특집 기사다. 앤젤라는 임상 시도 과정 취재를 위해 배우를 한 명 고용해서 레즈비언 커플인 척하고 가짜 지원서를 제출했다.

"어떻게 이럴 수가!" 로지가 입을 떡 벌린다.

일레인이 입술을 깨문다. 마이클이 걱정스러운 얼굴로 고양이를 쓰다듬으면서 말한다. "괜찮아……."

나도 얼굴이 벌게진 채 기사를 읽는다.

두 어머니 사이 아기 실험에 합격하기 위해
남성 혐오자인 척하다

포츠머스 난임연구소 검사에 참석하기 한 시간 전에, 내 연인 연기를 할 셰릴 브래들리를 만났다. 몇 가지 항목으로 대충 요약된 우리 '관계'의 이정표들을 서둘러 외웠다. 거기서 대체 어떤 과정이 진행되는지 너무 궁금해 의도적으로 도발적인 방식을 택했다. 더구나 이 실험에 참가한 여성들은 세계 최초의 존재들이 될 것이다. 적합한 후보자를 어떻게 가려낼까? 우리의 암기력은 분리 면담 과정에서 꼼꼼히 시험받았다. 나를 면담한 여성에게 셰릴과 나는 사귄 지 1년밖에 안 됐다고 말했다. 아직 결혼은 확신이 없지만 둘 다 나이가 꽤 있어서 이런 결심을 하게 됐다고 말했다. 나는 이 부분에 대해 엄중하게 심문받을 줄 알았지만, 면담자는 나와 파트너의 허약한 관계에 전혀 신경 쓰지 않았다. 마치 적당히 사귀는 여자의 난자와 내 난자를 융합하고 싶어 하는 게 세상에서 가장 자연스러운 일이라도 되는 것처럼.

왜 이번 임상 시도에 참가하고 싶어 하느냐는 질문에, 나는 페미니스트고 내심 여성으로만 이루어진 사회를 꿈꿔 왔노라고 대답했다. 심리가 불안정한 사람이나 할 법한 얼토당토않은 소리였기에 바로 쫓겨나지 않을까 예상했으나, 면담자는 그냥 고개 한번 끄덕이고 넘어갔다.

나는 이 시점에서 우선, 내가 이 과정(불행하게도 질 검사까지 받아야 했는데, 이에 대해서는 나중에 다시 다룰 것이다.)을 거쳐 선발되었다는 점을 밝힌다. 이것이 어떤 의미인지 잠깐 생각해보자. 대학은 '남자 없는 세상을 꿈꾼다'고 공언한 사람을 뽑았다. 그 꿈을 실현시킬 수단을 기꺼이 제공하려고 한 것이다.

"끔찍하네." 로지가 고개를 절레절레 흔든다. 나도 기사에서 눈을 뗀다. 그 뒤로 검사 과정에 대한 묘사와 여기 들어갈 돈에 대한 추측이 이어진다. 눈물을 보이진 않았지만, 로지의 눈빛엔 황량한 쓸쓸함이 떠돈다. 전에 보지 못한 기운 빠진 표정이다.

〈해럴드〉의 앤젤라 시몬스. 사진을 다시 들여다본다. 이제 보라색 머리가 아니고, 공들여 다듬은 차림에 화장과 옷에서도 전문적인 분위기가 풍긴다. 검사하던 날에는 자신이 생각하는 부치*의 모습으로 분장한 모양이다. 나보다 어려 보이는데 정론지에서 정규직으로 일하고 있다. 상관없는 일이지만, 그래서 더 화가 난다.

혹시 대학에서 이번 선발을 백지화하면 어쩌지? 아예 임상 시도 자체를 재고하지는 않겠지? 〈해럴드〉는 이런 걸 요구하는구나. 편견 가득한 밀착 취재, 선발된 자의 후기. 하여튼 웃기는 전제하에 쓴 기사다. 정말 무슨 레즈비언들의 음모로 남성 멸종 작전 같은 게 진행되고 있다고 믿는 독자가 있을까?

내가 로지를 위로한다. "괜찮아. 이런다고 상황이 바뀌지는 않을 거야."

일레인이 말한다. "하지만 정말 너무하네. 양심도 없나? 그리고 대학은 어떻게 저런 사람을 뽑았을까?"

나는 한숨을 쉬고 신문을 거실 탁자에 내려놓는다. "우리도 그렇고 이 사람도 딱 한 번 면담했을 뿐이에요. 게다가 저 기자가 남성 혐오 발언만 줄줄 늘어놨을 리가 없어요. 전체적으로는 합리적이고 건전한 면담에서 한 부분만 끄집어내고 과장한 거죠." 말하다보니 점점 더 화가 난다. 로지와 나한테 정말 큰 희망을 준 임상 시도를 웃음거리로 만들기 위해 공들여 계획을 세우고 합심해 노력을 기울이다니.

로지가 말한다. "네가 대응 기사를 써야 해. 세상 사람들한테 우리가 평범한 커플이라는 걸 알려줘. 퇴근 뒤엔 소파에서 텔레비전

---

* 여성 성소수자 가운데 사회적 의미의 남성성이 강한 쪽을 일컫는 은어.

을 보고 주말엔 식료품을 사러 가고…… 여자들만의 유토피아 같은 모의를 꾸미기보다는 평범한 삶을 꾸려가느라 바쁘다고 말이야."

일레인도 맞장구친다. "그거 좋은 생각이다. 반박해줘. 넌 글을 정말 잘 쓰잖아."

미소 띤 앤젤라 시몬스의 얼굴을 내려다보고 있자니 다시 분노가 끓어오른다. 저 기사를 조목조목 깨부수면 얼마나 속이 시원할까? 하지만 치러야 할 대가가 너무 크다. "아뇨, 우리는 가능한 한 오랫동안 익명을 유지해야 해요. 언론에서 알면, 그날부터 우리 현관 앞에 기자들이 진을 칠 거예요. 로지가 임신하면 상황은 더 심각해질 거고요. 관심은 점점 사적인 부분까지 파고들고, 시술보다 우리 아기에 대해 얘기하기 시작할 테죠. 뭐가 잘못될지 이리저리 추측하면서요."

모두가 조용해진다. 나는 정원을 내다본다. 찌르레기가 잔디밭에서 벌레를 끄집어낸다. 오랫동안 레즈비언 엄마들이 해왔듯이 정자 기증자를 구하는 편이 훨씬 쉬울 것이다. 거짓말할 필요도, 언론에 발각될까 두려워할 필요도 없을 테니까. 간단한 방법을 택하는 편이 더 나은 사랑법이라는 생각이 어쩔 수 없이 든다. 이 방인의 정자로 아이를 갖게 하고 내 아이처럼 사랑하겠노라고 말해야 하는 것이다.

하지만 이런 장면도 떠오른다. 아이랑 닮았네요, 소리를 듣고 얼굴을 붉히며 그렇지 않다고 설명해야 할지 아니면 그냥 내버려둬야 할지 고민하는 내 모습. 또는 아기를 안은 로지를 바라보며 지금 이 기분이 정상적인지 영원히 알 수 없어하는 모습. 그리고 (어쩐지 정자 기증을 생각하면 항상 아들이 떠오르는데) 우리 아들이 혼란스러운 눈빛으로 자기 아버지에 대해 물을 때 내가 느낄 당혹감. 내가 상처받지 않을 수 있을까? 내 인생에 계속 나타날 이미지의 남자에 대해 어떻게 대처해야 할까? 로지의 아기에 대해 나보다 훨씬 큰 권리를 가질 남자에 대해서 말이다. 사랑으로 다 극복하리라 믿고 싶다. 난자 대 난자 체외수정이 합법화되지 않았더라면 그럴 수도 있었을 것이다. 하지만 이제 우리에겐 기회가 생겼고, 다른 어떤 대안도 그것에 필적할 수 없다.

5

올여름은 호르몬 주사의 계절이 된다. 복부 여기저기에 보라색 멍이 번지고, 커피는 하루 한 잔으로 버텨야 한다. 내게서는 일곱 개, 로지에게서는 열두 개의 난자를 추출했다. 진정제 때문에 시도 때도 없이 졸음이 밀려오지만, 몸속 깊은 곳에서 뭔가 빠져나간 따끔거리는 감각을 없애지는 못한다. 아니타와 홍슈도 같은 날 난자를 추출해, 우리 넷은 시술 뒤 카페에 모여 쩍 벌린 다리와 종이 냅킨에 대한 모욕감을 성토한다.

로지와 나는 임신 검사를 하기로 한 날을 부엌 달력에 동그라미로 표시한다. 그날 저녁 로지가 일하는 서점에서 저자 관련 행사가 열려, 검사는 야근이 다 끝난 뒤 자기 직전에 해보기로 한다. 결과가 확실하려면 소변 농도가 진해야 하니까, 그 전에 물을 많이 마시면 안 된다는 점도 미리 생각해두기로 한다.

이러면 안 되는 줄 알면서도, 나는 어느새 아기를 안은 로지 모습을 머릿속에 떠올린다. 조그만 꾸러미를 가슴에 안은 로지가 평화로운 표정을 짓고 있다. 늘 그러듯 가사 틀린 팝송과 알 수 없는 콧노래를 조용히 부른다. 조그만 눈동자가 올려다보는 유모차를 밀며 재잘재잘 산책 나가는 로지의 모습도 떠오른다. 눈물이 핑 돌 것 같다. 그 조그만 존재에 대한 로지의 사랑이 우리 관계를 더욱 강하게 만들 것이다.

동그라미가 쳐진 날, 범죄 기사를 빨리 끝낸 뒤 퇴근하고 싶은 내 손가락이 자판 위를 질주한다. 보도국 저쪽, 부문별 데스크들이 모여서 버티고 있는 쪽을 계속 흘금거린다. 다행히 매튜는 바빠 보인다. 누가 짐 싸는 모습이 보이면 깜짝 긴급 지시를 들고 달려오는 걸 세상 무엇보다 좋아하는 남자다.

거의 끝나가는데 친구 톰이 와서 내 책상에 걸터앉는다. 20대 후반인데도 최근 급성장해 아직 속이 덜 찬 청소년 같은 인상이다. 머리카락은 턱까지 내려오고, 연갈색 눈은 항상 놀란 듯 커다랗다.

"미리 경고할게. 〈포스트〉가 리처드 프라이어를 지지하면서 '파란 리본' 쪽으로 갈 거야. 얼른 들어와서 먼저 알려줘야겠다고 생각했지. 저 꼰대한테 밟히기 전에." 톰이 매튜 쪽으로 고갯짓한다.

리처드 프라이어는 다가오는 포츠머스 남부 보궐선거의 보수당 후보다. 또 자연임신연대의 열렬한 옹호자이기도 하다. 아버지의 날 이후 파란 리본을 달고 '다음 세대의 남자아이들을 보호하자'며 유권자들을 독려하고 있다.

나는 눈을 굴린다. "그럼 레즈비언의 세계 지배는 물 건너갔네."

우리가 데스크들 쪽을 흘긋거린다. 〈포스트〉 기자라면 모두 가지고 있는 병적인 습관이다.

"근데 넌 그 연구에 대해 어떻게 생각해? 좀 너무하지 않아? 남자들을 몽땅 따돌릴 방법을 만들어내다니. 내 물건도 일찌감치 치워버려야겠어. 수요도 없어질 텐데."

내가 웃는다. "말도 안 되는 소리 마. 물론 네가 사귀는 열아홉 살짜리들은 아무도 아기를 원하지 않겠지. 자신감을 갖고 연령대를 좀 올려봐."

톰이 피식 웃는다. "〈가디언〉은 봤어? 거기 칼럼니스트가 동성애자도 아니면서 자기 친구인 여자랑 아기를 가져볼까 생각 중이라고 썼어. 자기가 그동안 사귄 모든 남자보다 자기 주변 여자들이 더 성실한 부모가 될 게 분명하다면서."

나는 미소를 지으면서도 찔리는 느낌이 들었다. 톰은 매일 퍼머 시러 다니는 바람둥이 스타일이긴 해도 내 진짜 친구다. 내가 바로 그 연구에 참가한다는 사실을 숨기는 게 배신처럼 느껴진다. "〈포스트〉가 인기 있는 쪽 마차에 올라탄다는 게 놀랍지는 않지. 프라이어도 똑똑하더라. 오늘 아침 라디오에서 들었는데, 포츠머스대학 연구 기금이 군소 병원들에 지원할 예산을 깎아서 만든 거라고 난리 치던걸. 진행자는 프라이어 말을 전부 진리처럼 떠받들고."

톰이 코웃음 친다. "뭐, 너도 합류하든지. 아, 경고 하나 더. 아무래도 매튜가 우리한테 파란 리본을 달고 다니게 할 것 같아."

이럴 때가 아니다. 오늘 밤에 할 임신 검사를 생각하며 마음을 다잡고 가라앉혀 로지에게 힘이 돼야 한다. 하지만 범죄 단신을 마무리하고 지역 요양원 모금 행사에 관한 토막 기사를 대충 써 내고 있자니, 대학에서 언론학 수업을 들을 때 추억이 새삼 떠오른다. 우리 스승이던 데이브가 허공에 손가락질하면서 일반 시민들은 우리만 믿는다고, 우리에게는 부패를 발본색원하고 탐욕과 권력에 눈먼 자들을 제지할 의무가 있다고 말하는 것을 들으면서 자부심이 차오르던 기억 말이다.

〈포스트〉에서 일하는 12년 동안 그런 흥분은 사라졌다. 교열 담당자들은 내 기사에서 반대편의 주장도 균형 있게 다루는 문장 같은 건 깡그리 지워버렸다. 사실을 읽고 판단하게 하기보다는 선동적이고 분노를 자극하는 기사가 되도록 만들었다.

지역 신문사인 〈포스트〉에 처음 들어와 2년을 일하고 정규 기자가 돼 꽤 괜찮은 포트폴리오를 만들게 되자, 싸구려 전국지 〈미러〉의 일요일 당직에 지원했다. 대학 때 세운 계획대로 착착 진행되는 듯했다. 곧 〈미러〉에서 주간 담당이 되고, 한두 해 뒤에는 유력 전국지로 옮길 수 있겠지. 그러다가 오래지 않아 〈가디언〉 정치부 기자가 되면 의회를 휘젓고 다니면서 공정한 시각으로 훌륭한 기사를 쓰리라는 기대를 한 몸에 받게 될 터였다.

하지만 〈미러〉에서 보낸 일요일들이 모든 것을 바꿨다. 일요일 밤늦게까지 일하다 런던에서 집으로 오는 막차를 놓치곤 했다. 어쩔 수 없이 월요일 아침 첫차를 타고 집에 가서 얼른 씻고 옷만 갈아입은 다음 다시 나왔다. 열두 시간 노동을 다시 시작하기 위해 고속도로를 타고 〈포스트〉로 날아갔다. 아침 운동을 할 수 없었고, 운전하다 졸지 않으려고 에너지 음료만 벌컥벌컥 마셔야 했다.

어느 젊은 여자 가수의 집 앞에서 차가운 비를 맞으며 밤을 새우던 날, 내 포부가 무너져내렸다. 〈미러〉에서 그 가수의 전 남자친구가 나타날지도 모르니 거기서 계속 뭉개고 있으라고 지시한 것이다. 1주일 내내 개인 시간은 거의 없이 살면서 하나도 중요해보이지 않는 일을 하기 위해 비 내리는 어둠 속에 몇 시간씩 서 있어야 했다. 일말의 망설임도 없었다. 전국지 경력 쌓기를 포기해야한다는 암담한 확신이 들었다.

후회가 없지는 않았다. 그 뒤로 오랫동안 나는 당시를 반복해 머릿속에 떠올리며 다른 길이 없었는지 생각해봤다. 어쩌면 로지와 함께하는 삶이 너무 편안해 나태해져서 그랬는지도 모른다. 그때 더 끈질기게 버텼더라면 지금 어떻게 살고 있을까?

"또 몽상에 빠졌나?" 매튜가 나를 내려다본다. 키가 크고 떡 벌어진 체격이 가슴을 부풀리고 씨근거리면 이상하게 곧 넘어질 것 같아 보인다. "범죄 단신 어떻게 됐지? 서두르라고. 오늘 밤 가판은 사방에 망할 구멍이 뚫렸어."

"거의 됐어요."

매튜가 입술을 핥으면서 옷깃의 파란 리본을 매만졌다. 나도 파는 것을 보았다. 판매 문구가 '1파운드 기부로 이 세상에 다음 세대의 남자아이가 존재할 수 있도록 우리를 도와주세요.'던가? "너도 이거 하나 사서 달아. 우리 독자들한테 연대를 보여줘야지."

"포츠머스 주민이 다 파란 리본 쪽이라고 어떻게 확신하죠?"

"프라이어한테 얼마나 열광하는지 못 봤어?" 매튜의 눈이 빛난다. 또 무슨 꿍꿍이인지 의심스럽다. 툭하면 옆에 와서 약을 잔뜩 올린 다음 거들먹거리며 가버리는 게 그에게 무슨 도움이 되는지 모르겠다. 하지만 이 정도에 화낼 내가 아니다. 신문사를 위해서 하고 싶은 말도 있다.

내가 의자를 획 돌려 그를 똑바로 본다. "매튜, 내가 프라이어에 대해 생각해봤는데요."

"너도 생각이야 있겠지."

"……우리가 독자들에게 해를 끼치고 있지 않나 싶어요. 프라이어는 온갖 주장을 해대는데, 일자리며 병원이며 검증하는 사람은 한 명도 없잖아요. 우리도 문제 제기 없이 그 남자 말을 그냥 받아적고요."

"우린 독자들이 원하는 신문을 만들고 있어. 우리가 프라이어를 지지하는 방식에도 아무런 문제가 없고. 너야말로 지금 위태위태해, 이 아가씨야."

"진심으로 하는 말이에요. 물론 프라이어가 하는 말이 계속 화제라는 건 알아요. 하지만 좀 더 조사해봐야 하지 않나요? 다른 각도에서도 살펴보고요. 대학에서 멸종위기종 보존 재단과 협력하고 있는 건 알아요? 난자 대 난자 수정이 멸종위기종 개체수를 늘리는 데 큰 도움이 되고 있대요. 멋지잖아요! 생각보다 많은 가능성이 있어요."

"줄스, 알겠다. 넌 찬성파구나. 하지만 포츠머스 주민들은 그딴 데 신경도 안 쓸 거야. 지금 일자리, 병원, 게다가 우리 사랑스러운 남자아이들의 미래까지 위험한데 누가 동물 멸종에 관심이나 가질 것 같아?"

"매튜, 설마 당신도 그런 헛소리들을 믿는 건 아니죠? 프라이어한테 투표 안 하면 정말 남자가 멸종된다고 생각하는 거예요?"

매튜가 피식 웃는다. "아무래도 누구는 대학이 자기한테도 레즈비언 정자를 만들어주면 좋겠나 보군."

"그게 데스크가 할 소립니까?"

"하하, 정말인가 본데?"

"아뇨, 매튜, 난 그저 내 뉴스 데스크한테 '뉴스'에 대해 말할 수 있으면 좋겠다고 생각했을 뿐이에요. 전 지구적 사건을 좀 다른 시각에서 들여다보는 뉴스 말이에요. 하지만 아무래도 입 닥치고 범죄 촌평이나 마저 끝내는 게 좋겠네요."

내가 로지보다 먼저 집에 도착한다. 로지는 저자 사인회가 늦어진다고 문자를 보냈다. 로지 없는 집에 혼자 들어오는 게 자주 있는 일은 아니다. 오늘은 먼저 와서 다행이라는 생각이 든다. 이 중요한 결과를 알아볼 준비를 어떻게 해야 하지? 그동안 거쳐야 했던 검사와 시술, 건강관리……. 이 모두를 다시 겪어야 한다는 건 생각하기도 싫다. 오늘이면 끝난다는 희망으로 버텼다.

뭐라도 하고 싶어서 거실의 나무 바닥을 걸레로 문지른다. 탁자를 닦고 내친 김에 진공청소기도 대충 돌린다.

서점 주인 트레버가 10시에 로지를 데려다준다. 로지는 검은색과 녹색이 어우러진 원피스에 레깅스를 입었다. 두툼한 카디건도 걸쳤다. 팔에 양장본을 끼고 있길래 받아서 표지를 보니, 캘리카 샌즈의 『기다림』이다.

"행사는 어땠어?"

로지가 의아한 표정을 짓더니 손을 뻗어 내 뺨을 감싼다. 나는 눈을 감고 로지 손에서 나는 핸드크림의 장미 향을 맡으며 천천히 몸이 풀어지는 것을 느낀다.

"검사하자." 로지가 먼저 욕실로 들어간다. 분홍 상자에서 한쪽 끝에 뚜껑이 덮인 길고 하얀 막대를 꺼내더니 원피스를 들어올리고 레깅스를 내린 뒤 변기에 앉는다. 막대에 오줌을 누며 나를 보고 슬쩍 웃는다. 그 대담한 표정에 결국 내 안의 뭔가가 뚝 꺾이는 듯해, 나는 세면대를 잡고 겨우 몸을 지탱한다. 로지가 조심스레 뚜껑을 닫고 검사 막대를 욕조 가장자리에 내려놓는다. 손목시계를 보더니 말한다. "여기서 계속 이것만 쳐다보고 있을 순 없어."

손을 씻고 서둘러 주방으로 나간다. 우리 둘 다 싱크대에 기댄 채 기다린다. 베카는 우리와 일반적인 체외수정 커플의 성공률이 같다고 설명했지만, 인터넷으로 찾아보니 우리 나이에는 그 확률이 3분의 1을 겨우 넘는다. 그 모든 고생 끝에 성공보다 실패할 확률이 높은 것이다.

나는 로지의 허리를 감싼다. 이런 생각을 하면 안 된다. 끔찍한 가능성을 세세한 부분까지 상상해내는 것이 내 평생의 버릇이지만, 이번에는 도저히 그럴 수가 없다. 안 좋은 결과가 나올 경우 로지의 표정이 어떨지는 떠올릴 수조차 없다.

로지가 또 시계를 본다. "1분 30초……."

나는 안절부절못한다. 뭐라도 하지 않고서는 못 견딜 것 같다. 특히나 로지를 조금이라도 행복하게 만들 뭔가를…… 이런 무기력감을 참을 수 없다.

로지를 처음 만난 날을 떠올려본다. 나는 스물두 살, 로지는 열 아홉 살 때다. 그때 난 성 정체성에 대해 이상할 정도로 자각이 없었다. 대학 때 어떤 남자와 억지로 섹스를 하려고 한 적도 있다. 걱정하던 대로 끔찍했는데, 그 뒤에 오히려 좀 안도할 수 있었던 것 같다. 포기할 수 있었으니까. 고독한 삶을 혼자서 단단히 꾸려갈 수 있을 테니까.

그러다 로지를 만나게 된 이야기는 좀 평범하다. 어떤 애들이 주민센터 밖 쓰레기통에 불을 냈는데, 워낙 조용한 피터스필드에서 벌어진 일이고 내 고향이다보니 매튜가 주민들과 얘기 좀 해 보고 '훌리건이 한가로운 전원 마을을 망친다' 정도로 기사를 쓰라며 보냈다. 그러니까 내가 취재해야 할 주민 반응은 '이 동네에선 이런 일이 절대 안 일어났는데, 세상이 어찌 되려고!' 같은 것이었다.

주민센터 옆에는 잘 가꿔진 다세대 건물이 있었고, 나는 집집마다 초인종을 누르면서 뻔한 취재를 해나갔다. 성공률은 형편없이 낮았다. 노인들은 낯선 사람에게 절대 문을 열어주지 말라고 교육받으니까. 그런데 위층으로 올라갔을 때 남색 문이 열리고 젊은 여자가 나왔다. 방문 중인 손녀가 아닌가 싶었다. 날씬하면서도 가슴과 엉덩이가 빵빵했고, 단순한 검은 민소매에 짧은 청바지를 입어서 맨다리와 발이 드러났다. 발톱에는 형광 분홍색 매니큐어를 칠했다.

"안녕하세요?" 여자가 인사했다.

"아, 안녕하세요. 저는 〈포츠머스 포스트〉에서 나왔어요. 주민센터 화재에 대한 기사를 쓰고 있는데요. 혹시 뭔가 봤나요? 최근 주변에 돌아다니는 애들이라든지." 이렇게 말하면서 왠지 창피해졌다. 내 남색 정장 바지는 많이 낡았고, 끔찍하게 투박한 장화 속 발에는 땀이 찼다.

여자애는 약간 놀라더니 장난스럽게 웃었다. "실제 기자를 만나는 건 처음이네. 들어오세요." 그러고는 내가 대답하기도 전에 몸을 돌려 집으로 들어가고 있었다.

그때 응접실은 구식으로, 연보라색 페인트가 칠해진 벽은 가장자리가 꽃무늬로 장식돼 있었다. 소파랑 안락의자에는 하얀 레이스 보가 씌워졌고, 한쪽 벽에는 온통 도자기 인형들로 채워진 나무 선반이 있었다. 어딘가 흰머리 노파가 담요를 덮고 앉아 있지 않을까 싶었지만 집 안엔 우리 둘뿐이었다.

"앉아요."

내가 소파에 앉아 가방에서 볼펜을 찾았다.

여자애도 맞은편 소파에 앉았다. "그래, 일하는 건 어때요?"

나는 앞에 앉은 여자의 꼬불거리는 금발을 만지고 싶다는, 정말 이상한 충동을 느꼈다. "우선 성함과 나이를 말해줄 수 있을까요?"

"로지 루이즈 바컴, 나이는 열아홉이고요." 정식 인터뷰 같은 기분이 들어 쑥스러운지 로지가 살짝 웃었다.

"그럼 화재 사건에 대해…… 혹시 본 게 있나요?" 수첩을 펴며 물었다.

"아, 글쎄요…… 솔직히 화재는 못 보고, 꺼진 다음에 알았어요.

어쨌든 별일 아닌 것 같은데, 안 그래요?"

"그렇죠." 다음 질문을 해야 하는데 갑자기 기사에 대한 의욕이 없어졌다. 밖은 화창한 봄인데, 창문을 모두 닫고 라디에이터를 켜둔 집 안이 너무 더웠다.

"우리 같이 학교 다닌 거 알아요? 그쪽이 나보다 세 살 많았는데. 운동회 때마다 1500미터 달리기에서 우승한 게 기억나요."

나는 얼굴이 빨개지는 걸 느끼면서 로지의 얼굴을 다시 찬찬히 뜯어봤다. 아무 기억도 나지 않았다. 어떻게 이런 여자애를 기억 못 할 수가 있지? 어디서나 눈에 띄는 데다 그저 바라보기만 해도 기분이 좋아지는 미모였다.

"나 정말 기억 못 해?" 로지는 실망한 듯했다. 거짓말을 할 뻔 했지만 그냥 미안하다는 뜻에서 어깨를 움츠리고 말았다. 학교가 컸고, 로지도 예전엔 다른 모습이었을지 모른다.

"그래, 기자가 됐구나. 기자는 좀 더 나이가 많을 것 같았는데. 아저씨 같은 사람 말이야. 일하기 힘들지 않아?"

"어…… 마감 때문에 스트레스는 받지." 얼굴이 달아올랐다. 로지의 시선을 받는 게 괴로웠다. 배가 뭉치는 기분이었다. 계속 같이 있으면 점점 더 괴로워질 것 같았다. 나는 시선을 피해 실내를 둘러봤다.

"우리 할머니 집이었어. 나한테 남겨주셨지. 돌아가신 지 세 달 됐는데, 아직도 할머니 물건을 정리할 엄두가 안 나." 로지의 입술 이 떨리며 눈물이 차올랐다.

내가 손을 뻗어 로지의 팔에 얹었다.

"넌 가족을 떠나보낸 적 없어?"

"나? 어, 있어. 하지만 너무 어릴 때라서." 다시 기사 얘기로 돌아가야 했다. 아니면 그냥 나가야 했는지도. 괜히 로지만 슬프게 한데다 필요한 대답을 못 끌어낼 게 분명했다.

"요즘은 자꾸 사람들을 두 부류로 나누게 돼. 사랑하는 사람을 잃는 게 어떤 건지 아는 사람하고 모르는 사람. 하지만 둘 다 불쌍해. 앞으로 어떤 일을 당할지 모르는 것도……. 어떤 기분일지 상상할 수 있다고 생각하겠지만, 막상 당하면 그게 영 틀렸다는 걸 알게 돼." 로지가 손등으로 눈물을 닦았다.

나는 로지의 팔을 토닥였다. "곧 괜찮아지겠지. 기운 내." 그러고는 나답지 않게 용기를 내 안아줬다. 그러자 주저하면서 벌린 내 품에 곧장 안겨든 로지가 내 목을 꼭 끌어안았다. 로지의 가슴이 내 가슴에 와 닿고 들썩이는 숨이 고스란히 느껴졌다.

그때 내 전화가 울렸다. 로지가 몸을 떼고 내 얼굴을 봤다. 참, 기사…… 인터뷰를 해야지. "그래서, 소방차가……."

로지가 다시 다가와 내 입술에 키스했다.

들고 있던 수첩을 떨어뜨리고 나도 모르게 그 키스에 응했다. 내가 여자의 키스에 반응하고 있었다. 당황해서 몸을 뗐다.

"앗, 미안, 그럼 혹시? 어, 난 보통 알아보거든……." 로지가 당황해서 얼굴을 붉혔다. 실망하는 표정이었다.

"난……." 무슨 말이든 하려고 했지만 할 수가 없었다. 뭐라고 해야 하지? 심장이 쿵쾅거리고 공황 상태가 되었다. 생각할 시간이 필요했다. 하지만 그 순간, 그 장소만 남기고 모든 것들이 전부 사라지는 것만 같았다.

로지가 내 표정을 살폈다. "혹시 처음이야?" 그러고는 다시 다가와 내 입술에 자기 입술을 살짝 겹쳤다. 웃는 얼굴이 보였다. 그리고 로지의 손이 내 얼굴을 감싸던 순간, 나는 그 순간에 몸을 맡겨버렸다.

로지가 또 시계를 보고 침을 삼킨다. "이제 됐다." 괴로운 표정으로 나를 잠깐 보더니 화장실로 힘차게 돌진한다. 검사 도구를 들고 잠시 뚫어지게 들여다본다. 뒤에 서 있는 나는 아무것도 보이지 않는다. 보여도 보는 방법을 모른다. 너무 초조하다. "로지……."

로지가 천천히 돌아선다. 눈물이 흐르면서 마스카라가 번진다. "아, 로지……." 내가 다가가 꼭 껴안는다. 로지의 온몸이 떨린다. "괜찮아, 다시 하면 돼, 다음번엔 꼭……."

로지가 몸을 뗀다. "아냐, 우린…… 나는……." 로지가 기침인지 웃음인지 모를 소리를 뿜어낸다. "미안, 이러려던 게 아닌데……. 양성이야, 양성이라고!" 로지가 변기에 털썩 주저앉는다. 그러더니 눈물을 닦으면서 나를 본다. "뭐라고 말 좀 해봐!"

나는 숨을 길게 내쉰다. 이상하게 숨이 가빠진다. 눈물이 나기 때문이다. 실패하면 로지가 얼마나 슬퍼했을지 이제야 알 것 같다.

"우리한테 아기가 생기는 거야!" 얼룩진 로지 얼굴에 웃음이 번진다. 벌떡 일어나면서 외친다. "아기가 생겼어!"

로지가 나를 와락 껴안는다. 우리는 얼싸안고 흐느낀다. 우리의 3분의 1 확률이 실현됐다. 로지가 우리 딸을 임신했다.

6

첫 검사가 포함된 몇 주가 꿈결같이 흘러간다. 영원히 기억에 남을 시간들이 될 것이다. 로지는 건강미를 온몸으로 내뿜는 듯하다. 배가 나오려면 멀었는데, 피부는 비단결 같고 얼굴에선 놀라울 만큼 원숙한 빛이 난다.

홍슈와 아니타도 임신했다는 걸 알게 돼, 넷이서 인도 음식점에서 축하 만찬을 한다. 난자 대 난자 인공수정이 착상까지 성공한 것이다. 우리는 이 엄청난 사실 앞에 현기증을 느끼다가도 긴장감에 정신이 번쩍 드는 상태를 반복하고 있다.

나는 참 나답게도 위험 요소에 대한 온갖 확률과 통계를 찾아보는 데 골몰하고, 로지는 행복한 미래를 그려보느라 바쁘다. 나도 잠깐은 태생적 조심성을 어느 정도 내려놓게 된다. 내 아기가 로지 배 속에 있다. 내 아기이자 로지의 아기, 우리 아기. 어떤 검색 결과도, 어떤 문제의 가능성도 이런 기적 같은 기쁨을 앗아가지 못한다.

로지는 나보다 어려도 언제나 나를 이끌어줬다. 전혀 예상하지 못했던 상황 속에서도 행복을 찾을 수 있게 해줬다. 내가 그걸 받아들이지 못해서 갈등할 때도 많았지만, 대부분 잘못한 건 내 쪽이다.

처음 함께 보낸 여름이 가끔 기억난다. 로지 같은 사람이 나를 선택했다는 걸 믿을 수 없었다. 로지를 만질 때마다 내 몸속 깊숙이 떨리던 느낌, 굴곡을 쓰다듬고 주저하며 가슴을 그러쥘 때마다 고통과 기쁨 사이를 위태롭게 오가던 내 심장. 마침내 용기를 내 로지의 속옷 안에 손을 넣었을 때 거칠어지던 로지의 숨결과 조금씩 새어나오던 달콤한 신음 소리.

지칠 줄 모르는 로지의 강렬한 욕구에 때로 주눅이 들기도 했다. 과연 내가 만족시킬 수 있을까? 나 따위로 충분할까? 로지의 침대에서 벌거벗고 누워 있을 때면 수치심이 밀려왔다. 온몸이 굳은 채 내 창백한 피부와 툭 불거진 골반에 경악하고 있으면 로지가 끈기 있게 달래며 속삭여줬다. "긴장 풀어."

임신 7주차 초음파 검사일, 나는 하루 휴가를 낸다. 그동안 다른 검사 때문에 몇 번 방문했는데, 오늘은 우리 아기를 처음 보는 날이다. 늘 입구에 진을 치고 있는 시위대 때문에 베카가 직원용 카드를 발급해줘서 우리는 뒷문으로 들어갈 수 있다.

건물 정문에는 금속 탐지기가 새로 설치되었다. 심지어 가방 검사를 위해 엑스레이 기계도 설치하는 것 같다. 기술자들이 바쁘게 오가는 사이, 정문을 지키던 콧수염 보안요원이 우리를 보더니 알은체한다.

우리가 건물에서 정문 쪽을 내다볼 때 로지가 당황한 듯 속삭인다. "이렇게까지 해야 해?"

나는 소셜 미디어에서 본 분노에 찬 게시물들을 떠올리고 말한다. "조심하는 게 좋지."

"그래도 여긴 대학이잖아. 학문의 전당. 무슨 군사시설도 아니고."

내가 로지의 손을 잡는다. "그런 생각은 그만하고, 우리 할 일에 집중하자."

스콧이 우리를 2층으로 데려간다. 자신이 읽고 있던 『리틀 라이프』라는 소설에 대해 로지와 수다를 떤다. 하얗고 네모난 방으로 들어간다. 다른 병원처럼 반들거리는 타일에 소독약 냄새가 스민 곳이다. 푸른 수술복을 입은 키 큰 방사선사가 우리를 맞이한다. 잠깐 우리를 보고는 다시 초음파 기계로 눈을 돌린다.

"이쪽은 클레어예요. 초음파 검사를 해줄 겁니다. 괜찮다면 저도 좀 같이 보고 싶은데요."

"그러세요!" 로지가 말한다. "클레어도 기억해요. 난자를 채취해준 분이잖아요. 다시 만나 반가워요. 그날은 너무 정신이 없어서 고맙다는 말도 못했네요."

클레어는 다시 잠깐 쳐다보고 보일락 말락 미소를 짓는다.

"안녕들 하셨어요?" 베카도 들어온다. "어이쿠, 여기가 좀 좁네요. 그래도 한 명 정도 더 있는 건 괜찮겠죠?"

로지가 베카와 포옹으로 인사하고 초음파 기계 옆 의자로 올라간다. 아니타는 어제 받은 검사에서 아무 문제가 없었다고 한다. 하지만 로지의 몸에도 정말 아기가 있을까? 벌써? 아직도 믿기질 않는 나는 잔뜩 긴장하며 나쁜 생각을 쫓으려고 애쓴다.

"줄스?" 로지가 가까이 오라고 부른다.

나는 로지의 손을 잡는다. 클레어가 초음파 봉에 윤활제를 바른다. 다음부터는 복부 위로 검사받지만, 지금은 아직 임신 초기라 또 질 삽입식 검사를 받아야 한다.

로지가 숨을 뱉으며 인상을 쓰자 스콧과 베카가 동시에 숨을 들이마신다. 나는 로지의 손을 꼭 잡고 격려의 미소를 보이려고 애쓴다. 하지만 로지의 시선은 이미 모니터를 향하고 있다. "다 괜찮나요?"

베카가 한 걸음 다가와 검지로 회색 화면을 가리킨다. "요기 조그만 콩 같은 거 보이죠? 아기예요. 요만해도 벌써 심장이 뛰고 있어요. 보여요?"

화면 가까이 얼굴을 대고 보니 베카의 검지 끝에 살짝 이리저리 흔들리는 점이 있다. 물속에서 움직이는 해초 가닥 같은 게 심장인가? 저게 생명인가?

베카가 기계 쪽으로 가서 클레어 옆에 선 다음 설정을 만져 화면을 확대한다. 마우스를 움직여 크기를 잰다.

"둘 다 축하해요!" 스콧이 말한다.

"아, 줄스, 이거 봐." 로지의 눈에 눈물이 차오른다.

나는 화면을 찬찬히 들여다본다. 점은 빠르게 움직이고, 리듬은 세차며 확고하다. 내 아기. 로지가 내 아기를 가지고 있다. 머리가 얼어버린 것 같다. 안개에 휩싸인 듯한 감정 속에서 단 한 가지 생각도 뽑아낼 수가 없다. 다시 로지를 본다. 달아오른 뺨과 환희 가득한 눈빛이 보인다. 로지의 행복감에 화답하지 않을 수가 없다. 내가 다가가 키스하자 로지의 기쁨은 곧 내 기쁨이 된다.

"새 생명의 끈기를 보세요. 놀랍죠?" 베카가 말하고 스콧을 본다. 잠깐 망설이는 듯하더니 둘이 서로 껴안으며 의기양양하게 웃는다.

스콧이 말한다. "우리는 15년 동안 이 순간을 기다렸어요."

나는 다시 화면 속 점을 들여다본다. 내가 만들어낸 생명. 로지와 함께. 이 맥박 치는 작은 자루의 반은 내게서 온 것이다. 로지의 뺨에 흘러내린 눈물을 닦아준다.

베카가 크기를 재고 우리를 위해 사진을 몇 장 출력한다. 클레어는 말없이 봉을 뽑는다. 내 또래인 것 같은데, 딱딱하고 무표정한 얼굴이다. 클레어가 나와 눈이 마주친다. 뭔가 할 말이 있는 듯하다. 우호적인 눈빛은 아니다. 마치 내 머릿속을 들여다보고 별로 좋아하지 않는 것 같다.

내 반응에 문제가 있나? 이런 때 울지 않는 게 드문 일인가? 로지를 다시 보니 아직 눈물이 그렁그렁하고 얼굴이 발갛다. 그래도 로지가 나를 쳐다보니 안심이 된다. 늘 로지에게 깃들어 있는 너그러운 믿음에 나도 설득된다. 게다가 로지는 새로운 기쁨에 푹 빠져 있다.

우리가 떠날 준비를 하는데 베카가 말한다. "같이 점심 먹으러 갈까요? 포츠다운 힐에 좋은 이탈리아 식당이 있는데, 내가 낼게요. 스콧, 너도 와."

"와, 그래요! 축하해야죠." 로지가 말한다.

"난 안 돼요. 엄마 만나기로 했어요. 줄스, 로지, 정말 축하해요. 둘 다 훌륭한 어머니가 될 거예요."

우리는 각자 차에 타고 식당으로 향한다. 나는 포드 피에스타로 베카의 은색 BMW를 따라간다. 나뭇잎들이 누레지기 시작했지만 날씨는 아직 따뜻해서 식당의 예쁜 뒷마당 자리로 나간다. 긴 나무 의자가 여기저기 흩어져 있고, 토기 화분들에 핀 가을꽃이 보인다.

베카 옆자리에 앉은 로지가 메뉴를 보면서 대화를 시작한다. 무슨 음식을 피해야 하는지 질문을 쏟아낸다. 나는 물러나 앉아 둘을 바라본다. 산양유 치즈를 포기해야 한다는 말에 로지가 기겁하는 척한다.

웨이터가 주문을 받아간 뒤 내가 몸을 숙이며 속삭인다. "조심해야지, 누가 우리 얘기를 들으면 안 돼."

로지는 웃음까지 터뜨리며 큰 소리로 말한다. "아이고, 줄스. 여기 누가 수첩이라도 들고 숨어 있을까 봐? 사람들은 남 일에 신경 안 써. 걱정 마."

나는 베카에게 묻는다. "연구소 사람들 모두 기밀 유지 서약했죠? 연구원뿐 아니라 간호사, 청소부 같은 사람들도요?"

베카가 미소 짓는다. "다른 병원처럼 우리도 그런 문제는 엄중히 다루니까 걱정 말아요. 당신들 기록엔 암호가 걸려 있어요. 혹시라도 정보를 누설하는 사람은 다신 의료계에서 일하지 못할 겁니다."

"미안합니다. 그저…… 우리 이름을 언론에서 알게 되면 무슨 일이 벌어질까 걱정돼서요."

"참, 나, 그렇게 속삭거리면 더 시선을 끌 거야." 로지가 가볍게 말했는데도 나는 기분이 좀 상해 근처에서 붕붕거리는 말벌에 신경 쓰는 척한다. 가을이 깊어 말벌의 날갯짓엔 힘이 없다.

베카가 검은 가죽 가방에서 전화를 꺼낸다. "그러고보니 내 새 번호를 알려줘야겠네요. 지난주에 어느 웹사이트에 내 번호가 올라가서 전화랑 문자가 쏟아졌거든요. 꽤 무섭긴 하더라고요."

로지도 새 번호를 받으면서 좀 걱정하는 표정이다. 나는 잘 됐다고 생각한다. 우리 상황이 얼마나 심각한지 가끔 로지한테 일깨워줄 필요가 있다. 우리한테 적이 얼마나 많은지……. 이런 생각을 하면서 조심성 많은 본래 성격이 돌아오는 것을 느낀다. 이게 나을지도 모른다. 지난 몇 주처럼 들떠서 지내다가는 실수를 저지를 위험이 있다.

베카가 우리 둘을 번갈아 보더니 묻는다. "그래서, 주위 사람들에게는 뭐라고 할지 생각했어요?"

"정자를 기증받았다고요." 내가 말한다.

로지가 말한다. "양가 부모님한테는 사실대로 말했어요. 오늘 일도 빨리 전하고 싶어요."

내가 말한다. "다른 사람들한테는 좀 더 있다가 임신 소식을 말해야 할 것 같아. 보통 그러니까. 안 그래요? 서너 달 지나 배가 부르기 시작하면 말하잖아요. 그리고 로지, 우리가 미리 말도 맞춰야 해. 꼬치꼬치 캐묻는 사람이 있을지도 모르니까. 클리닉 이름이라든가 기증자의 특징 같은 거."

"와, 벌써 다 생각해뒀군요." 베카가 말한다.

로지가 웃는다. 나는 되도록 긴장감을 드러내지 않으려고 애쓴다. 우리 아기의 심장박동을 처음 본 날의 벅찬 감동에 찬물을 끼얹고 싶지는 않지만, 그만큼 심각한 책임도 실감하게 된 날이다. 우리 딸이 태어나면 안 된다고 생각하는 사람들이 저렇게 많은 세상에서 딸아이를 지켜내는 건 내 몫이다.

음료를 받고나서 로지가 베카에게 이번 시술에 대한 질문을 퍼붓기 시작한다. "그럼, 아기가 몇 명 태어나죠? 홍슈랑 아니타 소식은 들었어요. 혹시 더 있나요?"

베카가 냅킨을 무릎에 펴면서 말한다. "이번 시술에서는 여러분의 아기 둘뿐이에요. 하지만 긍정적인 상황이에요. 세포융합까지는 열 쌍 가운데 아홉 쌍이 성공했으니까요."

로지가 놀란다. "그럼 임신한 사람이 아니타랑 저뿐이라고요?"

베카가 로지의 팔에 손을 올린다. "보통 체외수정 때도 그 정도 확률이에요. 그러니까 아주 성공적인 결과죠."

"하지만 임신한 사람이 더 많을 줄 알았는데." 로지는 황망한 표정이다. 로지를 위로하고 싶지만, 내 마음은 이미 다른 문제를 향해 줄달음치고 있다. 아기 수가 적으면 언론의 관심이 우리에게 쏠릴 가능성이 더욱 커진다.

"뉴캐슬에 있는 우리 연구 파트너도 지원자를 모집하기 시작했어요. 우리 포츠머스도 다시 모집을 시작할 거고요. 그러니까 불안해할 필요 없어요."

웨이터가 베카와 로지 앞에 피자를, 내 앞에 해산물 링귀니를 놓는다. 비릿한 해산물 냄새에 속이 울렁거린다. "치즈나 후춧가루 필요하십니까?"

우리 모두 웅얼거리며 거절한다.

웨이터가 간 뒤 베카가 말한다. "자, 기운 내요. 축하 자리잖아요. 이번 임상 시도는 아주 잘될 거예요. 당신들이 아기를 갖게 된다고요." 베카가 와인을 들어 내민다. 로지와 나도 오렌지 주스와 물을 어색하게 내민다.

식사를 하면서 로지와 베카가 주로 대화를 이어간다. 로지의 서점 일부터 아기 이름까지. 로지가 자기 할머니에게서 따 온 마거릿이라는 이름을 아기에게 붙일 생각이라는 걸 알고 나는 좀 놀란다. 딸아이의 모습을 머릿속에 그리면서 어울리는 이름인지 알아보려고 하지만, 잘 안 된다.

"뭐, 다들 알다시피 완벽한 준비를 마치고 아이를 낳는다는 건 불가능해요. 그저 기다리고 무조건 사랑해주는 수밖에 없죠. 그럴 가치가 충분한 일입니다. 나도 처음에는 몇 년 동안 난임 치료를 연구하면서 수백 커플을 도왔어요. 아이를 갖게 된 커플이 행복해하는 걸 보면서 보람을 많이 느꼈죠. 하지만 내 아이를 직접 갖기 전까지는 정말 어떤 느낌이지 전혀 몰랐던 것 같아요."

내가 묻는다. "일과 육아는 어떻게 병행하세요? 그러니까…… 직장을 쉬어야 할 때도 있고, 쉽지 않잖아요? 학교에도 보내야 하고……."

베카의 눈이 반짝 빛난다. "아이 때문에 모든 것에 엄청난 의미가 생깁니다. 어머니가 된다는 게 뭔지 아는 사람은 회의나 지루한 지원금 서류 작업 같은 일도 다 뚫고 나갈 힘이 생기죠. 나는 여성들한테 지금 내 기분을 느낄 기회를 주고 싶어요. 바로 지금 이 순간에도 느끼는 기분이죠. 그리고 육아는, 내가 운이 좋았어요. 애들이 잠들었을 때 집에서 할 수 있는 일도 많고, 남편이 분담을 아주 잘하거든요. 아이들이 아플 때는 휴가도 번갈아 내고요."

내가 고개를 끄덕인다.

"겁나는 게 당연해요. 나도 실수하는 게 아닐까 생각한 때가 있어요. 막달에 들어서면서 그랬죠. 거기까지 가는 데만도 어찌나 힘들었는지. 여자들이 보통 얘기를 잘 안 하지만, 나도 임신 결정을 못 내리고 몇 년을 고민만 하면서 보냈어요."

"정말요?" 로지가 소리친다.

"아, 그럼요. 머릿속으로 이랬다 저랬다 갈등이 심했죠. 하지만 정말 가치 있는 일이라는 건 절대로 과장이 아닙니다. 다만 아무리 말해도 직접 엄마가 돼보기 전에는 여성들이 잘 믿질 못해서 슬퍼요."

베카가 말을 마치면서 나를 쳐다본다. 내 마음을 들여다본 듯하다. 내가 10년 넘게 아이를 거부한 걸 아는 것만 같다.

7

나는 로지가 임신 소식을 발표하려고 점심 자리 마련하는 걸 묵인한다. 초음파 검사 다음 일요일이 로지의 서른한 번째 생일이다. 우리는 양가 부모와 앤서니를 초대하고 고기를 준비한다.

그런데 일요일 아침에 일이 생겼다. 지금까지는 가벼운 입덧만 가끔 하던 로지가 미친 듯 화장실로 뛰어가 다 토해낸 것이다. 화장실을 나서는 창백한 얼굴은 땀에 젖어 있고 담즙 냄새가 풍긴다. "점심 초대 취소하자. 좀 쉬어야지." 로지가 행복하게 머릿속에 그렸을 풍경을 아니까, 나도 그러고 싶진 않다. 하지만 아빠가 불편하고 어색해할까 걱정되는 것도 사실이다. 따로 미리 얘기할까도 생각했지만, 그럼 로지가 상처받을 것이다.

"괜찮아지겠지. 5분만 누워 있으면 돼."

로지가 잠들자 나는 조용히 집을 나와 장을 보러 간다. 어쨌든 로지의 생일이니까⋯⋯. 나는 조용하게 보내고 싶지만, 로지는 가족에게 둘러싸여 와자지껄하게 발표하고 싶어 한다. 그래서 나는 집 안을 꽃으로 장식하고 집에서 만든 음식 냄새로 로지의 입맛을 달랜 다음, 우리 아빠가 예의 바른 손님이 되도록 촉구하려고 한다.

테스코에서 탄산수와 생강쿠키를 잔뜩 산다. 내가 몸이 안 좋을 때 당기는 것들이다. 어린 시절 나는 잔병치레가 잦았고, 그때마다 아빠의 진가가 빛났다. 이불을 꼭꼭 덮어주고 바닥에는 전략적으로 양동이를 배치한 뒤 바로 옆에 루코제이드*를 놓고 눈물을 글썽이며 나를 지켜보는 아빠를 올려다볼 때면 세상에 하나밖에 없는 가족의 무게를 온전히 느낄 수 있었다. 어린 내가 절대 죽지 않겠다고 엄숙히 선서하던 기억이 난다.

로지의 선물 포장지를 고른다. 선물은 초음파 사진을 조그맣게 해서 넣은 금목걸이다. 명도를 조절해서 우리 아기의 심장 윤곽이 더 잘 보이게 했다. 사실 나답지 않게 감상적인 행동이다. 이걸 로지에게 줄 생각을 하니 너무 당황스럽고, 다시 보석상에 가서 좀 덜 부담스럽고 산뜻한 걸로 바꿀까도 싶지만…….

집으로 돌아와 소고기를 오븐에 넣고 감자 껍질을 벗겨 자른다. 로지는 레모네이드를 마시고 생강쿠키를 조금 먹는다. 좀 괜찮아졌는지 샤워를 하러 간다.

"나도 같이 할게." 로지가 젖은 머리로 주방에 들어오며 말한다.

나는 선물을 준다. 뭐라 하고 싶지만 적당한 게 떠오르지 않아 그냥 말없이 선물만 준다. 아직도 제대로 골랐는지 확신이 없다.

* 감기 낫는 데 도움이 된다고 알려진 강장 음료.

얼굴이 붉어졌을 것만 같다. 로지는 마음에 안 들어도 티를 내지 않지만, 난 알 수 있을 것이다.

"줄스, 예쁘다." 로지가 펜던트를 딸깍 연다. 안에 있는 사진을 보더니 숨을 들이마신다. 나를 보는 눈에 눈물이 맺히고 나도 눈가가 뜨거워진다. 우리는 키스한다.

함께하는 우리의 삶, 이 집, 오늘 아침, 모든 것에 의미가 가득해진다. 우리는 함께 영원성을 부여받은 기분에 젖는다. 이제 나는 밤마다 침대에 누워 어쩌다 이 아름다운 여자가 나를 사랑하게 됐을까 의아해하고 언젠가 로지가 딴 사람이 생겼다고 말하는 날을 생생하게 머릿속에 그려보는 소심한 여자가 아니다. 이제 나는 다른 사람이 되었다. 사랑하는 로지 덕분에, 나와 함께 아이를 갖기로 한 여자 덕분에, 나는 새로운 미래로 자신 있게 한발 더 다가갈 수 있게 되었다.

앤서니는 초콜릿과 사과의 포옹을 전한 뒤 다시 우리 삶에 들어왔다. 앤서니가 로지의 부모와 함께 도착한다. 일레인은 엄청 큰 꽃다발을 내민다. 마이클은 프로세코**랑 고급 비알코올 음료가 몇 병씩 가득 든 봉지를 쩽그랑거리면서 들고 들어온다. 다들 무슨 일인지 궁금한 눈치지만 잘 참고 있다. 준비가 되면 발표하고 싶어 하는 딸을 존중하는 것이다.

아빠는 언제나 그렇듯, 30분도 넘게 늦는다. 그린드래곤의 맥주

** 이탈리아 와인 종류.

와 대마초와 담배 냄새를 겹겹이 풍기면서 들어온다. 불안하게 기웃거리는 아빠한테 버드와이저를 건넨다. 절대 인정하지 않지만, 아빠는 바컴 가족과 함께 있을 때 주눅이 든다.

원래 4인용인 식탁을 좀 끌어내고 옆집 햄스워스 부인한테 의자 두 개를 빌려다 로지와 내가 양 끝에 끼어 앉는다. 아빠를 내 옆에 두고 그 옆에는 앤서니, 맞은편엔 바컴 부부를 앉힌다.

사람들한테 접시를 준 다음 자리에 앉자 로지가 허리를 곧게 세운다. 입술 한쪽을 슬쩍 벌리고 숨을 들이마시는 걸 보니, 이제 발표하려는 것이다. 로지는 빨간 민소매를 입고 머리를 틀어 올렸다. 식탁 상석에 앉은 가모장. 우리 중 가장 어린데도 여러 면에서 타고난 지도자의 모습을 보여준다.

아빠는 접시에 소스를 붓고 있지만, 바컴 부부와 앤서니는 로지에게 집중한다.

"다들 와주셔서 고마워요." 창백하던 얼굴엔 어느새 건강한 혈색이 되살아나고 빛나는 미소가 걸린다. "금요일에 첫 초음파 검사를 했어요. 우리 아기 심장박동을 확인했죠. 전 확실히 임신했답니다."

일레인이 벌떡 일어선다. "아아, 그럴 줄 알았어! 내 예쁜 딸, 너무 놀랍구나! 마이키, 우린 할머니 할아버지가 되는 거야!"

아빠가 나를 보며 기겁한 표정을 짓는다. 나는 외면한다. 아빠가 어떤 기분일지 몰라도, 지금은 받아줄 처지가 못 된다. 앤서니를 흘긋 보니 웃으면서도 눈빛이 차갑다.

모두 자리에 앉아 먹기 시작한다. 로지는 초음파 검사 때 얘기를 하다가 사진을 가지러 간다. 로지의 부모는 희미한 흑백사진을 보면서 깍깍거린다. 아빠는 열심히 먹기만 한다. 당신이 분위기 흐리는 걸 모를 리 없다. 그래도 연기조차 하지 않으려 한다. 나를 위해 그 정도도 못해주는 것이다.

내가 입을 연다. "다른 사람들한테는 당분간 알리지 않으려고요. 또 아무래도 정자를 기증받았다고 거짓말해야 할 것 같아요."

앤서니가 웃는다. "어휴, 줄스, 밥 먹는데 정자 얘기라니."

나는 그를 한번 쏘아보고 말한다. "이 사실은 여기 모인 사람들만 알아야 해요. 정말 중요한 일입니다. 절대 밖으로 새어 나가지 않도록 조심해주세요. 다들 언론에서 어떻게 반응하는지 봤죠?"

"우린 믿어도 돼, 줄스. 예정일은 언제니?" 일레인이 말한다.

로지가 말한다. "5월 26일요. 우리 딸은 여름 아이가 될 거예요."

일레인이 천천히 음식을 먹는다. 주름진 얼굴에 곱게 파우더를 바르고 정성껏 드라이한 머리를 보고 있으니 왠지 마음이 포근해지는 것 같다. "정말 멋지구나. 날씨가 좋으면 밤에 일어나 젖을 먹이기도 훨씬 쉬워지지. 좋은 유축기는 꼭 사둬. 줄스도 먹일 수 있게. 유대감을 쌓는 데 좋단다."

유축기 얘기에 마이클은 얼굴이 빨개진다. 나도 일레인이 한 말을 머릿속에 그려본다. 한밤중에 아기 울음소릴 듣고 벌떡 일어나 냉장고에 줄줄이 보관된 로지의 모유를…… 로지한테서 나온 젖이라니! 이제 아홉 달도 안 남았다.

앞으로 내 삶이 어떻게 될까 생각하면서 아빠를 흘긋 보니 재미있다는 표정으로 나를 관찰하고 있다. 결국 그렇게 됐구나, 중산층의 삶에 안착하겠지, 하는 눈빛이다. 아빠는 벌써 취한 것 같다. 자극하지 않게 조심해야겠다. 아빠의 신랄한 말 한마디면 로지를 위한 날을 망칠 수 있다.

나는 포크와 나이프를 내려놓는다. 고기를 먹으면 늘 속이 더부룩하다. "밖으로 새어나가지 않게 조심해달라고 말씀드린 건, 사실 다른 사람들에게는 거짓말을 해주십사 하는 부탁이에요. 이런 부탁을 드려 죄송하지만, 언론에 우리 이름이 알려지는 날엔 우리 집 앞에 카메라들이 진을 치게 될 거예요."

"아이 이름은 생각해뒀니?" 마이클이 묻는다.

로지가 시끄럽게 접시를 긁는 우리 아빠를 흘긋 보고 웃으면서 대답한다. "음, 실은 할머니 이름을 따서 마거릿이라고 하면 어떨까 싶어요. 헤이즐도 괜찮을 것 같고요."

아빠가 고개를 번쩍 든다. 엄마 이름이 헤이즐이다. 로지는 좋은 뜻으로 한 말이지만 아빠는 싫어할 것이다. 로지가 그 이름을 입에 올리기만 해도 싫을 것이다.

내가 재빨리 고개를 저으면서 말한다. "좀 무섭네."

일레인은 분위기를 모르고 행복하게 얘기를 계속하며 유행하는 이름들을 이것저것 읊는다. 엘라, 에비, 마지…… "딸만 태어난다는 걸 미리 아니까 참 좋다."

로지가 눈을 빛낸다. "아들이어도 난 똑같이 좋았을 거예요."

나는 혼자 주방에 후식을 가지러 가서 괜히 시간을 끈다. 접시를 꺼내고 초콜릿 아이스크림을 덜고. 로지와 바컴 부부는 행복하기만 하다. 그들의 표정을 보면, 신이 나서 높아지는 목소리를 들으면 알 수 있다.

하지만 아기가 태어난 뒤를 떠올리면, 먹이고 입혀야 할 벌거벗은 아기를 떠올리면, 나는 금요일 초음파 검사 때처럼 안갯속에 서 있는 듯한 기분을 느낀다. 다시 그 끈질긴 심장박동을 떠올리며 생명력의 마법을 기억하기 위해 노력하고 또 노력해본다. 하지만 느껴지질 않는다. 나는 행복하다. 흥분도 된다. 하지만 마땅히 그래야 할 것 같은, 그냥 단순하고 순수한 기쁨이 아니다. 걱정되는 일이 너무 많다.

아빠가 끝까지 남는다. 로지는 침대로 가서 낮잠을 잔다. 나는 주방에서 설거지를 하고, 아빠는 버드와이저를 다섯 병째 마신다. "내 딸, 어릴 때부터 아주 똑똑했지. 겨우 스물두 살에 〈포스트〉에 들어갔을 때 얼마나 자랑스러웠다고. 강간 사건이 터져서 네가 특집을 맡았을 때도. 아직까지 스크랩을 가지고 있어."

나도 기억을 떠올린다. 아빠가 우리 집 앞에서 머리 긴 남자들과 얘기하며 내 직장을 자랑하려고 애쓰던 모습. 가슴이 찡해진다. 별거 아니지만, 지역지라도 기자가 된다는 건 꽤 폼 나는 일이다. 내가 자라나는 걸 본 공공 주택단지 이웃들 눈엔 더 대단했다. 교복이 늘 작아졌던 깡마른 여자애, 담배 냄새 나는 옷을 입고 다니던 여자애가 기자가 되다니.

"〈미러〉에서 잘 안 됐을 때는 많이 놀랐지. 이유를 알 수 없었으니까."

나는 식기를 정리하고 접시를 닦기 시작한다. "그 자리는 너무 불안정했어. 과로는 말할 것도 없고. 아빠도 〈포스트〉랑 동시에 다녀봐. 출퇴근 문제는 또……."

아빠가 쯧쯧거린다. "저 애가 널 도울 마음이 없어서 그랬던 거 아냐? 네가 도전해볼 수 있게 말이야. 이 집도 있는데, 〈포스트〉 일은 그만두게 할 수도 있었잖아."

"그런 생각은 곤란하죠. 내가 선택한 건데. 그냥…… 전국지에서 어떻게든 일해보려고 애쓰는 게 행복하지 않았어."

"하지만 네가 얼마나 오래 꿈꾸던 일인데. 나무라는 게 아니라, 줄스, 네가 후회할까 봐 걱정돼서 그래. 너도 곧 중년이다. 세월이 얼마나 빠른지 몰라."

나는 접시를 건조대에 정리하고 오븐 그릇에 물을 받는다.

아빠가 한숨을 쉰다. "너 혼자서 여기까지도 정말 잘 해냈지. 크리스마스 선물 한번 제대로 못 사준 게 미안하다. 수학여행도 못 보내고. 네 엄마를 먼저 보낸 것만도 가슴이 찢어지는데."

나는 아빠를 똑바로 본다. "아빠는 최선을 다했어. 난 행복했고. 자책할 필요 전혀 없다고."

맥주를 꿀꺽꿀꺽 마시는 아빠와 우호적인 침묵을 잠시 즐기면서 설거지를 해치운다.

하지만 조금 뒤에 아빠가 중얼거린다. "바컴 부부는 짜증 나는 속물들이야. 속속들이 피터스필드 인간들. 이 한심한 동네를 벗어나서는 아무것도 못 보지. 너도 이젠 한 패가 된 것 같고. 바컴 부부네 사위 노릇도 잘 하는 것 같더라."

"아빠, 그딴 식으로 말할 거야?"

"그 사람들은 내가 자기들 손주 근처에도 안 가길 바랄걸. 내가 할아버지 자격이 없다고 생각할 테니까."

그러면서 아빠의 목이 멘다. 내가 놀라 쳐다보며 바보 같은 소리 말라고 하려는데, 아빠가 눈을 피한다.

"아, 왜 이래? 설마 그런다고 해도 내가 그러게 둘 것 같아?"

아빠는 맥주병을 싱크대에 내려놓으면서도 고개를 들지 않는다. "너도 많이 달라졌어."

"아빠……."

"아니, 난 자랑스럽다. 정말이야. 그러니까…… 뭐 네 재능에 걸맞은 자리까지는 못 올라갔지만, 나한테 과분한 딸이지."

"아빠……."

"이런 식으로 말하면 안 된다는 거 알지만, 네가 그런 사람들이랑 말하는 걸 볼 때마다 나는…… 네가 그저 그 사람들과 얘기할 수 있다는 것만으로도…… 난…… 내가 얼마나 보잘것없는 인간인지 깨닫게 돼. 나도 알고, 너도 알지."

행주로 손을 닦으면서 아빠한테 맥주를 한 병 더 권하고 싶다는 유혹을 느낀다. 하지만 비겁한 방법이다. 그 대신 주름진 얼굴을 들여다보면서 젊을 때 아빠의 모습을 떠올려본다. 지금처럼 누렇고 실핏줄이 보이는 대신 맑았던 눈의 흰자와, 지금처럼 해마다 급격히 하얘지는 대신 까맣던 수염을. 어릴 때는 절대 생각 못 했던 방식으로 아빠의 나태한 삶이 눈에 들어오면서 때로는 너무 속상하다. 아빠는 젊을 때도 지금처럼 슬픈 모습이었지만, 지금은 기쁨이 전혀 보이지 않는다.

아빠의 불행을 내가 떠맡아야 하는 건 아니다. 하지만 나도 당연히 그걸 느낄 수 있고 아파진다. 짐이 되어 가슴을 무겁게 짓누른다. 아빠를 볼 때마다 죄책감이 생긴다.

"아빤 술을 너무 많이 마셔. 대마초도 너무 많이 피우고."

아빠가 한숨을 쉰다. 또 냉소적인 장광설을 늘어놓으려나 했는데, 고개도 들지 않고 말한다. "그래, 네 말이 맞아. 어쩔 때는 내가 아닌 것 같아. 내가 누군지도, 무슨 말을 하는지도 모르겠어. 그리고 겁이 나. 그럼 난 누구지? 내가 어떻게 돼가는 거지?"

갑자기 등골이 서늘해진다. 바로 이건가? 내가 꽤 오랫동안 두려워하던 아빠의 도움 요청? 뭐라고 대답해야 하지? 무슨 말을 할 수 있을까? 난 지쳤다. 너무 지쳤다.

아빠의 팔을 다독거린다. "아빠는 이제 할아버지가 될 거야. 몸을 잘 돌봐야 할 이유가 하나 더 생겼잖아."

아빠는 탐탁잖은 듯 툴툴거리고, 나는 갑자기 화가 난다. "아까는 좀 기뻐했으면 좋잖아. 다들 축하해주는데, 말없이 먹기만 하고. 진짜 속상했다고."

아빠가 슬픈 눈으로 나를 지그시 보다가 비죽 웃는다. "나도 너랑 똑같아, 줄스. 연기를 못해. 너는 애라도 쓰더라만, 심란해하는 게 다 보이더라."

"말도 안 되는 소리 마."

"내가 맛이 간 늙은 히피일 뿐이라도, 누구보다 널 오래 봤어. 넌 아직도 꼬마 때처럼 얼굴에 생각이 다 드러나. 하지만 그럼 어떠냐?"

"난 심란하지 않았어. 그냥 걱정거리가 좀 많아서 그래."

"솔직히 털어놓으면 내가 도와줄 수 있어. 우린 늘 서로 도왔잖니?"

나는 행주로 접시를 닦아 선반에 얹는다. 건조대에 그냥 두면 주방이 산만해 보인다. 맹렬히 일을 해치우는데 아빠의 시선이 뒤통수에 와 닿는 듯하다.

아빠는 비가 올 것 같다고 말한다.

8

만일 로지가 정자 기증으로 아기를 가졌다면 아마 이때쯤엔 가까운 친구들에게 말하기 시작했을 것이다. 그래서 스포츠 팀이 한산해 보일 때 톰에게 가본다. 왠지 톰의 반응이 기대된다. 임상 시도 얘기는 안 하겠지만 아주 사적인 소식을 직장 동료와 '나눈다'는 건 여전히 특별한 일이다.

톰이 내 등을 치며 인사한다. "어떻게 지내? 요즘 너무 조용하더라. 언제 맥주 마시러 나올 거야?"

"어, 한동안은 힘들지도 몰라. 실은 너한테만 알려주는데, 로지랑 내가 아기를 낳을 거야."

톰이 나를 노려본다. "질문할 게 정말 많은데, 물어봐도 되는지 모르겠네."

나는 톰의 책상에 걸터앉는다. "정자를 기증받았어. 로지가 임신했고. 아직은 너무 초기라 너 말고 다른 사람들한테는 말하지 않을 거야. 석 달도 안 됐거든." 사실대로 말하지 않아 죄책감에 찔린다. 톰은 앤서니보다 훨씬 더 믿을 만한 사람이다. 다 털어놓을까 하고 잠시 고민했지만, 연구소 앞 시위대가 떠오르며 겁이 난다.

"와…… 정말?"

"5월 출산 예정이야."

"정말 어른이 되는 기분이겠다. 그럼 이제 일 끝나고 한잔은 아예 못 하겠네? 평소에도 그렇게 뺐는데."

톰이 뭔가 더 말하려는데 안내 데스크의 엘사가 계단을 올라와서 헐떡인다.

"어떻게 아무도 전화를 안 받아? 아래층에 찾아온 놈이 있어, 줄스. 자기한테 줄 기삿거리가 있는데, 너 말고 다른 사람한테는 말 안 하겠대. 재수 없는 자식. 나를 여기까지 올라오게 만들었어."

"수첩만 가지고 바로 내려갈게."

〈포스트〉에는 무작정 찾아와서 제보하는 사람이 많다. 자기 하소연이 기삿거리가 된다고 철석같이 믿는 사람들의 시시콜콜한 불평불만을 다 들어주다간 날이 샌다. 하지만 나는 그냥 가본다. 혹시나 해서 들어본다.

아래층에서 한 남자가 선 채로 간밤의 신문을 훑어보고 있다. 중키에 검은 가죽 재킷, 검은 청바지를 입었다. 돌아보는 얼굴이 내 나이 또래다. 넓어지기 시작한 이마 위 밝은 갈색 머리는 짧게 잘랐다.

"아, 줄리엣. 기명 기사 사진에서 봤어요. 안녕하세요?" 남자가 따뜻한 미소를 짓는다.

"안녕하세요? 기삿거리가 있다고요?"

"둘이서만 얘기할 곳이 있을까요?"

건물 밖 나무 의자에 담배 피우는 사람들이 없다. 그를 그리로 데려간다. 앉아서 수첩을 펴고 펜을 든다. 시간 낭비할 생각은 없다는 뜻이 전달됐길 바란다.

남자가 내 얼굴을 똑바로 보고 낮은 목소리로 말한다. "당신에게 아주 후한 액수를 제안해도 좋다는 지시를 받았어요."

"무슨 말이죠?"

"난 〈데일리 스케치〉에서 왔습니다."

나는 앉은 자세를 바로잡는다. 〈스케치〉? 후한 액수? 이직 제안인가? 가슴이 뛰며 소름이 약간 돋는다. 막 한 식구가 늘어나려는 참에 전국지 일자리가 들어오다니. 하지만 연락도 없이 이렇게 직접 찾아오는 건 이상하다. 게다가 요즘 큰 건을 터뜨린 적도 없다. 더구나 〈스케치〉같이 선정적인 신문이 관심 가질 기사는……

"당신이 임상 시도에 참여하고 있다는 거 알아요. 우리와 단독 인터뷰를 해주면 우리가 도울 수 있는 부분이 엄청나게 많아요. 후한 액수는 만 단위*를 말한 겁니다."

그럼 그렇지. 내가 벌떡 일어선다. 그리고 후회한다. 남자의 말이 사실이라고 인정한 거나 마찬가지인 감정적 대응이다. 대체 어떻게 알았지? 그것도 이렇게 빨리?

"미안하지만 무슨 말인지 모르겠네요."

남자는 그대로 앉아서 딱하다는 표정을 지어 보인다. "우린 확실한 정보가 있어요, 줄리엣. 난 어차피 기사를 써야 하고요. 기사

---

* 우리 돈으로 수천만 원.

에 참여하는 편이 훨씬 낫지 않겠어요? 앞에 나서서 허심탄회하게 털어놓고 비판자들한테 응수하는 편이요."

비판자라……. 극소수한테만 알렸다. 그런데 나한테 비판자가 있다고? 나도 취재원을 설득할 때 저런 말을 했다. 확실한 정보가 있다고. 어디서 들었지? 알아내야겠다. 알아낼 수 있을 거다.

천천히 숨을 들이마신다. 태도가 제일 중요하다. 침착하게 부정하고 의심을 불어넣어야 한다. "대체 무슨 말을 하는지 모르겠네요. 그런 말도 안 되는 소릴 어디서 들었어요?"

"제보를 받았어요. 당신과 당신 파트너 로지 바컴이 그 임상 시도에 들어갔다고. 로지는 지금 임신 8주째라고요. 우리랑 독점 계약하면 우리가 당신들을 보호해줄게요. 집 앞에 경호원을 둘 수도 있어요. 다른 매체도 이용해서 인터뷰할 수 있고요. 우린 인터뷰 대상자들을 보호한 경험이 많습니다. 우리보다 잘하는 데는 없어요."

판매부 직원 하나가 담뱃갑을 뒤지며 다가와서 경고의 눈빛을 쐈더니 다른 곳으로 간다. "어디서 받은 제보예요?"

다시, 딱하다는 표정. "나도 말해주고 싶어요. 하지만 우리 방침이 꽤 엄격해요. 당신도 기자니까 이해해줄 거라고 믿어요. 자, 처음부터 얘기해보면 어떨까요?"

결정을 내려야 한다. 이 남자의 말이 옳다. 만일 〈스케치〉가 자신들이 받은 정보가 틀림없다고 생각한다면 내가 협조하든 말든 기사를 쓸 것이다. 그리고 내가 개입해서 쓰인 기사가, 비록 〈스케치〉 같은 신문이라고 해도, 훨씬 우호적으로 나올 것이다. 하지만 그러고나면 우리의 익명성은 사라진다. 세계 최초의 아버지 없는 아기를 임신한 로지는 공공재산이 될 것이다. 이 남자가 뭘 약속하든, 로지는 추적당하고 가차 없이 논평당할 것이다.

"줄리엣? 1년에 얼마를 버는지 말해봐요. 별로 많지 않죠? 나도 지방신문에서 일한 적이 있거든요."

"난……." 그냥 이름만 제보됐는지도 모른다. 기사를 길게 쓰기에 충분한 정보가 없을 수도 있다.

"혹시 어떤 정치적 의도에서 한 행동인가요? 그러니까, 전문가들이 꽤 무서운 예상을 내놓던데요. 내가 요양원에 들어갈 때쯤에는 우리 남자 수가 확 줄 거라고요."

휴, 언제까지 저런 헛소리를 들어야 하는지. 나는 베카의 논문을 세세하게 조사한 기사를 전부 읽었다. 저런 헛소리는 이 자리에서 조각조각 박살 낼 수 있다. 하지만 그랬다간 기삿거리만 더 주는 꼴이 될 터다. 내가 아무 말도 하지 않으면 저런 헛소리는 그저 추측 상태에서 엉망으로 꼬여버릴 것이다. 내 뜻대로 될 가능성이 별로 높진 않지만, 운을 걸어보는 수밖에 없다.

"도움이 못 돼 미안합니다. 난 당신이 대체 무슨 말을 하는지 모르겠네요." 나는 외투 단추를 채운다.

"줄리엣, 다시 생각해봐요. 당신을 위해서 하는 말이에요. 우리가 당신을 편하게 해줄 수 있어요. 당분간 일도 못할 텐데요. 잠시 떠나야 한다면 호텔을 잡아줄 수도 있어요. 얼마나 난리가 날지 당신도 잘 알잖아요?"

나는 고개를 흔들고 직원용 출입구 쪽으로 간다. 어깨가 떡 벌어지고 염소수염을 기른 남자가 앞을 막는다. 셔터 소리. 젠장. 그를 피해 돌아가지만 사진기자가 내 이름을 크게 부른다. 좀 전의 남자도 내 이름을 외친다. 거절을 받아들일 생각이 없는 것이다. 뒤따라 들어와 내 동료들에게도 캐묻기 시작할 것이다.

가방을 안 가지고 나왔지만 열쇠랑 전화는 주머니에 있다. 이것만 있으면 된다. 방향을 바꿔 내 차로 간다.

"잠깐만! 왜 나섰는지만이라도 얘기해줘요! 과정이 힘들었나요? 이런저런 검사를 잔뜩 받지 않았어요?"

차 안으로 들어왔다. 운전할 수 있을까? 다리가 떨린다. 다시 카메라가 찰칵거리고, 나는 운전대를 움켜쥐며 액셀을 콱 밟아 주차장을 빠져나온다. 고속도로에 들어서기도 전에 차를 세워야 했다. 클러치 조절이 잘 안 된다. 다리에 힘이 없다. 가슴에 날카로운 통증이 번지고 눈앞이 자꾸 흐려진다. 이러다 기절하는 걸까? 한 번도 기절해보지 않았는데……. 나 자신이 한심하다. 이런 상황에서 무너지려고 하다니. 5분쯤 무진 애쓰고나니, 잔뜩 오그라들었던 등과 어깨가 좀 펴진다. 집을 향해 다시 운전을 시작한다.

9

10년 된 피에스타를 시속 140킬로미터까지 밟으면서 덜덜대고 웅웅거리는 소음을 뚫고 소리친다. "로지? 기자들이 오지 않았어? 방송 카메라는?"

"줄스! 세상에, 운전 중이야? 내가 운전하면서 전화하는 거 얼마나 싫어하는지 알면서."

"응급 상황이야. 〈데일리 스케치〉에서 우리 이름을 알았어."

"뭐?"

"회사로 찾아왔어. 너도 빨리 조퇴하고 집에 와. 그 사람들이 그리 가고 있을 거야."

"우리가 〈데일리 스케치〉에 실린다고?"

"못 싣게 애써봐야겠지만……. 어쨌든 로지, 당장 서점에서 나와. 트레버한테 몸이 안 좋다고 해. 그놈들하고 마주치기 전에 피해야 해."

"근데 왜 우리가 도망치고 숨어야 해? 난 우리가 그 시술 대상인 게 자랑스러워."

웬 노인이 운전하는 헐어빠진 닛산이 내 앞으로 끼어들어 브레이크를 콱 밟는다. "내 말 들어, 로지. 절대 언론의 눈에 띄지 않는 게 좋은 이유가 너무 많아. 좀 있다 다시 얘기하자. 지금은 제발 거기서 나와. 혹시 누가 집 앞에서 기다리거든, 무시하고 곧장 들어가. 아무한테도 문 열어주지 말고." 나는 전화를 끊는다. 전화기를 조수석에 던지고 가운데 차선을 점령한 앞차 운전자에게 상향등을 켜서 항의한다.

20분 뒤 동네에 도착한다. 차를 대고 우리 집이 있는 건물까지 구불구불한 보행로를 지난다. 땀에 젖은 셔츠가 등에 달라붙는다. 아래층에 사는 이웃 여자가 요크셔테리어를 데리고 나왔다. 다른 사람은 보이지 않는다. 그래도 나는 계단을 뛰어올라 집으로 얼른 들어간다. 정말 다행히도 로지가 집에 와 있다. 로지를 꽉 끌어안고 풍선껌 냄새 같은 샴푸 향을 들이마신다.

나를 보더니 로지는 웃음을 터뜨린다. "세상에 완전히 난리네. 다행히 오늘 직장에서 계속 토하고 있었어. 핑계 대고 나오기가 쉬웠지."

내 전화기가 울린다. 아마 신문사에서 나를 찾겠지. "로지, 제발 내 말 잘 들어. 만일 〈데일리 스케치〉에서 기사를 쓰면 우리한테 난리가 날 거야. 임신 기간 내내 기자들이 따라다닐 거라고."

로지도 표정이 심각해진다. "그럼 어떡하지?"

"베카에게 먼저 전화해서 우리 이름이 새어나갔다고 알려야 해. 그러고나서 작전을 짜야지."

"무슨 작전?"

입이 마른다. 나도 어떻게 해야 할지 모르겠다. 침착하게 잘 따져봐야 하는데 머릿속이 흐릿하기만 하다. 내 전화기가 또 울린다. 나는 주먹을 꽉 쥔다. 내가 강해져야 로지를 지킬 수 있다.

"로지, 베카한테 전화해. 나는 회사에 전화할게."

매튜 그리고 알 수 없는 번호에서 전화가 여섯 통 왔다. 음성 메시지도 있지만 듣지 않는다. 매튜에게는 편두통 때문에 집에 왔다고, 정말 미안하다고 문자를 보낸다. 기사 마감도 안 하고 집에 오다니, 기자로서 있을 수 없는 일이다. 톰은 자기 취재 수첩을 나한테 넘기면서 악필 내용을 설명해주고 가려다가 쓰레기통에 토한 적도 있다. 어쨌든 지금은 이런 걸 걱정할 때가 아니다.

로지가 베카랑 통화하고 있다. 몇 번 예, 예, 하더니 우리가 사는 곳을 일러준다. 나는 홍슈에게 전화를 건다. 내가 상황을 설명하는 동안 말이 없다. 왠지 〈데일리 스케치〉가 그들에게도 갔다면 좋을 것 같다. 우리만 폭로된 게 아니면 좋겠다. 하지만 홍슈가 기겁하는 소리를 들으니 작은 희망이 물 건너간다.

"아, 줄스, 너무 안됐다. 우리가 도울 일 있으면 꼭 알려줘."

"고마워. 그럴 리 별로 없겠지만. 혹시 너희한테도 누가 접근하면 알려줄래?"

"물론이지. 힘내. 로지에게도 안부 전해주고."

이제야 등골이 서늘해지며 온몸에 한기가 돈다. 누가 나와 로지에 대한 정보를 〈데일리 스케치〉에 넘기면서 아니타와 홍슈에 대해서는 아무 말도 안 했다. 연구소 직원이 한 짓이라면 당연히 두 커플이 임신했다고, 두 아이가 태어날 거라고 말했을 터다. 우리에 대해서만 알려줄 리는 없다. 하지만 〈스케치〉는 아무래도 나랑 로지만 아는 것 같다. 우리가 개인적으로 알려준 사람 가운데 배신자가 있는 것이다. 로지의 부모, 아빠, 앤서니. 우리가 믿은 사람들 가운데 우리를 선정적 신문에 팔아넘긴 사람이 있다.

누굴까? 바컴 부부는 아니라는 생각이 바로 든다. 로지가 조금이라도 상처받을 행동을 할 리가 없다. 더구나 성향상, 신문기자가 그런 식으로 접근해도 상종하지 않는 것을 자랑으로 여길 사람들이다.

아빠는 사실 좀 불안하다. 게다가 불평불만 떠들어대길 좋아하는 사람이다. 특히 술에 취했을 때. 하지만 내가 비밀을 지키는 게 얼마나 중요한지 확실하게 말했고, 아빠가 나에 대한 의리를 저버릴 사람이 아니라는 건 확신할 수 있다.

그렇다면 남은 것은 앤서니뿐이다. 그는 로지를 사랑한다. 그건 부정할 수 없다. 하지만 그는 이기적이며 충동적이다. 우리가 임상 시도에 참여한다는 걸 알았을 때 그의 표정이 기억난다. 놀라고 당황한 가운데 감정이 고스란히 드러났다. 나는 확신한다. 그는 내가 앞으로도 계속 로지 곁에 머무른다는 것, 로지가 내 애를 임신해서 우리가 영원히 하나로 묶이게 되었다는 것을 깨닫고 분노했다.

"줄스."

고개를 들자 로지가 눈을 커다랗게 뜨고 굳은 얼굴로 쳐다본다. "베카가 대학 홍보팀 직원하고 이리 오겠대. 우리랑 의논하고 방안을 알아보재."

문 두드리는 소리가 난다. 로지가 본능적으로 가려고 하는 걸 내가 팔을 뻗어 막는다. 로지를 살짝 끌면서 조용히 뒷걸음친다. 또 두드리는 소리. 나를 보는 로지한테 고개를 젓는다. 우편함이 삑삑 소리를 내며 열린다. "줄리엣? 로지?" 아까 만난 기자가 분명하다. 내가 베카한테 문자를 보낸다. '집 앞에 기자가 있어요. 차에 모자나 선글라스가 있으면 쓰고요, 도착하면 전화 먼저 주세요.'

베카는 얼굴이 알려졌으니, 만약 우리 집에 들어오는 게 확인되면…… 생각할 시간이 필요한데, 남자 기자가 우리 이름을 또 외친다.

"꺼지라고 욕하는 것도 안 될까?" 로지가 속삭인다.

"사진기자도 데리고 왔어. 문 가까이 가면 또 사진 찍힐 거야."

"음, 아예 얘기해보면 어떨까? 우리 생각을 설명하고, 반쯤은 우리 뜻이 담긴 기사가 나가게 하는 거지."

나는 고개를 젓는다. "〈스케치〉 사람들이야. 아무리 합리적이고 분명하게 얘기해도 선정적인 헛소리로만 채워진 기사가 나갈 거야."

로지가 한숨을 쉰다. 또 우편함이 삑삑거린다. 쿵쿵거리는 심장을 누르고 내다보니 수첩에서 찢은 종이가 떨어져 있다. 기가 막히지만 어쩔 수 없이 네 발로 엉금엉금 기어서 우편함으로 간다.

독점 인터뷰를 하고 사진도 찍게 해주면 3만 파운드를 줄게요. 어쨌거나 기사는 나갑니다. 정말이지 같이 일하는 게 낫지 않겠어요? 협조만 해주면 당신들에게 친화적인 기사가 나갈 거라고 보장해요. 한 시간만 기다려줄게요. 그때까지도 당신이 마음을 바꾸지 않으면, 내가 지금까지 확보한 정보만 가지고 기사를 써야 해요. 부디 이번 기사를 세심하게 다룰 수 있게 도와줘요.

쪽지에는 '셰인'이란 이름과 휴대전화번호가 쓰여 있다. 아마 이젠 자기 차로 돌아가서 기다리겠지만, 나는 다시 기어서 돌아온다. 로지에게 쪽지를 건넨다. "3만이라니. 와, 줄스, 이 돈이면 우리가……"

"우리 사생활을 포기하는 대가로는 너무 적은 돈이야."

로지가 입을 다물고 잠깐 생각한다. 3만, 우리 둘의 연봉보다 훨씬 큰 돈이다.

"누가 이런 것 같아?" 내가 부드럽게 말한다. 하지만 앤서니라는 것을 안다. 그일 수밖에 없다.

"무슨 말이야?"

"우리 임신에 대해 아는 누군가가 〈데일리 스케치〉에 정보를 넘기고 돈을 받았어."

"그럴 리가 없어!" 로지가 격하게 고개를 젓는다. 큰 상처가 되겠지만, 로지도 알아야 한다. 앤서니가 그랬을 수밖에 없다는 것을. 그리고 연을 끊어야 한다. 더는 해를 입히지 못하도록 접근을 막아야 한다.

"믿기 힘든 거 알아. 하지만 홍슈한테 전화해봤는데, 〈스케치〉가 그들에 대해선 몰라. 대학 직원 중 누가 그랬다면 아니타와 홍슈에게도 찾아갔겠지."

나는 거실로 가는데, 로지는 복도에 뿌리박힌 듯 움직이지 않는다. 문득 우리 태아, 로지의 감정이 뒤흔들릴 때마다 화학물질의 파도에 휩쓸릴 연약하고 조그만 강낭콩의 이미지가 떠오른다. 로지에게도 좋을 리 없다. 로지의 팔을 잡고 소파로 데려온다.

"그렇게 조심했는데…… 몇 명한테밖에 말하지 않았는데…… 도대체 누가…….'

"앤서니가 처음 듣고 꽤 강하게 반응했지."

"아, 줄스, 그러지 말자. 앤서니는 그럴 애가 아니야."

"알 수 없지……."

전화가 울려서 보니 베카다.

베카의 동료, 캐럴라인이 우리 집 소파에 앉는다. 가죽 공책을 무릎에 펼치고 만년필 뚜껑을 연다. 로지가 그 옆에 앉고, 나는 식탁 의자 두 개를 가져다 베카와 나란히 앉는다.

"자, 그럼 전략을 짜보죠. 둘은 어떻게 대응하고 싶어요?" 베카의 공들인 눈 화장과 보기 좋은 스키니진, 부츠가 어쩐지 든든하게 느껴진다.

내가 대답한다. "우린 아무 말도 안 할 겁니다. 대학에서도 우리가 참여하고 있다는 사실에 대한 확인을 거절해주면 좋겠어요."

캐럴라인이 말한다. "우리는 개인사에 대해서는 말하지 못하게 돼 있어요. 하지만 당신들 같은 경우, 현명한 행동일까요? 이미 이름이 알려졌다면 차라리 함께 축하할 기회를 만드는 게 좋지 않을까요? 그러니까, 당신들은 역사상 최초의 인물이잖아요. 얼마나 대단한 진전인지는 굳이 내가 말할 필요도 없겠죠. 의학적으로나 사회적으로요."

로지는 알았다는 듯 끄덕이기만 한다.

내가 말한다. "그러니까, 이걸 대단한 홍보 기회로 보는 것 같 군요."

베카가 끼어든다. "아뇨, 그렇지 않아요, 줄스. 우리의 최우선 관심사는 당신들 태아의 안전입니다."

"뭐, 그렇게 말해주니 기쁘네요. 우리 아이가 그래도 평범하게 살 유일한 가능성은 우리가 입을 꾹 다물고 언론에서 점차 홍미를 잃게 되는 것뿐이니까요."

"당신들 아이는 평범하게 살 수 없을 거예요." 캐럴라인이 말한다.

우리는 잠시 침묵한다. 로지가 양팔로 자기 배를 감싼다. 로지가 이런 적은 처음 아닐까? 로지 옆으로 가서 꼭 안아주고 싶다. 하지만 이 대화가 중요하다. 논쟁에서 이겨야 한다.

캐럴라인이 로지를 흘긋 보더니 다시 말한다. "미안해요. 하지만 사실입니다. 이 아이는 기적의 아이가 될 거고, 사람들은 궁금해할 거예요. 언론을 이용하는 게 좋지 않나요? 당신이 직접 말을 시작하세요. 아무 말도 하지 않으면 수치스러워하는 모습으로 보일 거예요."

로지의 뺨에서 눈물이 흘러내린다. "우리는 수치스럽지 않아요. 우린 그저 일을 올바로 처리하고 싶을 뿐이에요."

베카가 가방에서 화장지를 꺼내 로지에게 주면서 위로의 미소를 짓는다. "우리는 당신들이 어떤 방법을 선택하든 존중할 겁니다. 당신들 아이니까, 당신들이 결정해야죠."

캐럴라인은 단념하지 않는다. "저기, 우리가 잘 해결할 수 있을 거예요. 베카를 인터뷰한 〈옵서버〉 기자가 있어요. 멋진 기사를 써 줬죠. 그 기자한테 전화해서 당신들에 대한 기사를 제대로 쓰게 합시다. 안 그러면 사람들은 〈데일리 스케치〉에서 정보를 얻을 수밖에 없을 거예요."

로지가 나를 본다. 다시 기운이 솟는 눈빛이다. 그렇게 하면 어떻게 될까 궁금한 것이다. 입술이 움직거리며 눈썹이 모인다. 곰곰 생각하기 시작하는 것 같다. 내가 잘 설득해낼 수 있을까? 쉼 없이 움직이던 우리 아기의 심장박동을 기억한다. 너무나 아름답고 연약하던……. 내가 보호해야 한다.

"아뇨, 그럴 수 없어요. 대응 기사를 내는 편이 합리적으로 보인다는 거 알아요. 하지만 우리가 기꺼이 입을 열어 알리기 시작하면, 더 많은 정보와 이야기에 대한 요구가 생길 거예요."

"정말 그렇게 생각해, 줄스?" 로지가 말한다.

나는 애써 확신에 찬 표정을 짓는다. "이론적으로는 좋은 생각인 것 같겠죠. 오늘 당장의 상황은 잘 해결한 기분이 들 거고요. 하지만 장기적으로는 더욱더 많은 기자들을 우리 집 앞으로 모을 뿐이에요. 내 말이 옳아요. 언론에 대해서는 내가 잘 압니다."

캐럴라인이 한숨을 쉰다. "그래요……. 논란을 우리에게 유리하게 이끌어가도록 최선을 다할게요. 베카의 연구원 스콧과 의논해서 우리 편인 남성의 목소리도 내도록 하고요. 하지만 정말이지, 더 생각해보길 바라요. 아무리 침묵해도 기자들은 한동안 진을 칠 수밖에 없으니까요."

베카가 말한다. "캐럴라인하고 전 당신들 결정에 따를 거예요.

모든 참가자는 자기 선택이 달라지지 않는 한 익명으로 남을 겁니다. 나도 과학적인 면에 대해서는 인터뷰를 해도, 그 밖의 일에 대해서는 입을 다물 거예요."

"고맙습니다." 내가 대답한다. 이제 이들이 좀 가주면 좋겠다. 좀 누워야겠다. 로지와 나는 우리 이름이 사방에 알려지기 전 마지막으로 조용한 순간을 최대한 누리고 싶다.

오후가 지나고 저녁이 되면서 우리는 아무 일도 없는 척 일상생활을 한다. 냉장고에서 병아리콩과 땅콩호박 스튜를 꺼내 데운다. 스마트폰으로 우리 이름을 계속 검색하지만 결과는 〈포스트〉와 피터스필드 북클럽뿐이다.

우리는 일단 잠자리에 든다. 긴장감에 섹스 생각은 전혀 안 든다. 로지는 임신한 덕에 30분도 안 돼 곯아떨어진다. 깨우지 않으려고 가만히 있지만 머릿속은 온갖 생각으로 들끓는다. 〈데일리 스케치〉가 어떤 기사를 쓸지 이리저리 예상해본다. 뉴스 편집인이 대개 그렇듯 몸집 큰 중년 남자를 상상한다. 혹시나 이러지는 않을까? '인터뷰도 못 따면 기사 못 싣지.' 또는 '누가 레즈비언 커플 이야기에 관심 있겠어?'

갑자기 기도하고 싶다는 충동까지 든다. 무릎을 꿇고 제발 한 번만 기적을 일으켜달라고 빌고 싶다. 기도를 들어줄 이가 있다고 믿지도 않으면서 말이다. 기도 대신 나는 10분마다 조심스레 스마트폰을 들어 검색 결과를 다시 본다.

새벽 4시 52분에 기사가 올라온다. 난자 대 난자 수정 증가에 따른 자연임신 비율의 변화를 보여주는 도표도 함께 올라왔다. 미소 띤 정자와 인상 쓰고 뚱뚱한 폭군 난자 그림도 있다.

지구상 첫 레즈비언 아버지들의 아기

햄프셔의 고급 주거지인 피터스필드에 사는 34세 기자가 세계 최초의 여성 아빠가 될 예정이다.

레즈비언인 줄리엣 커티스(왼쪽 사진)가 포츠머스대학의 난자 대 난자 수정 시술에 참여하고 있다. 과학자들은 줄리엣 커티스의 난자를 그 여자 친구인 로지 바컴(아래 사진, 페이스북 프로필)의 난자와 융합했다.

〈데일리 스케치〉가 단독으로 알아낸 바에 따르면, 육감적인 금발의 31세 여성 로지 바컴은 현재 임신 2개월째다. 남성 없이 임신된 세계 최초의 아기가 내년 5월에 태어날 것이다.

수줍음 많은 이 커플은 대학 연구소에서 진행되고 있는 괴상한 실험에 대해 입 열길 거절했지만, 의과대학 대변인은 두 여성이 정자 없이 임신에 성공했다고 확인해줬다. "난자 대 난자 수정은 과학의 엄청난 진보입니다." 대변인의 주장이다.

이번 포츠머스 남부 보궐선거의 보수당 후보인 리처드 프라이어는 말한다. "이 기이한 연구의 목적은 아빠의 구실을 아예 없애버리려는 것처럼 보입니다. 세대를 거듭할수록 남자아이의 탄생이 줄어들고, 성비에 엄청난 불균형이 일어나겠죠. 우리 모두 이 일이 국가 안보와 문화, 제도에 어떤 결과를 불러올지 심각하게 걱정해야 합니다."

그는 또 주장한다. "더구나 이 실험이 포츠머스에서 진행되고 있다니 더욱 통탄하지 않을 수 없습니다. 남부에서 가장 운이 없는 지역인 데다 병원들이 황폐해지고 있는 곳에서요. 이곳 주민들은 세금이 일자리 창출과 사회적 사업에 쓰이기를 바랍니다. 틈새시장을 노린 대학병원의 사업이 아니라요."

수백만 명이 이 기사를 읽을 것이다. 우리의 삶과 우리의 꿈, 모든 것이 깔끔하게 포장된 조롱과 경멸의 대상이 될 것이다. 분노하고 한탄해도 소용없다. 우리에겐 선택의 여지가 없다. 그저 우리 생활을 계속하면서 관심이 줄어들기를 기다리는 수밖에. 당연히 다른 언론사에서도 몰려올 테지만 우리가 말하지 않으면 된다. 신경질을 부리지도 않고 정중히 묵살할 것이다. 파파라치들이 카메라를 들이대도 열심히 고개를 돌리다보면 언젠가는 관심이 사그라질 것이다.

운이 좋으면 내일 하루 정도만 고생할 수도 있을 것이다. 꾀병 한 번 부렸다고 해고되지는 않겠지. 사무실에서도 난리가 나겠지만 답변은 일절 거부할 것이다. 내일, 아니 오늘만 버티자.

이제 한 시간 반 뒤면 출근 준비를 해야 한다. 소중한 습관인 조깅은 걸러야겠다. 전화기를 끄고 눈을 감는다. 기사를 확인했으니 조금이라도 잘 수 있을 것 같다.

10

알람이 울려서 일어나보니 로지가 태블릿으로 기사를 읽고 있다. 화난 얼굴이다. "우리가 괴물인 것처럼 써놨어."

"그냥 〈데일리 스케치〉다운 기사인데. 우리가 아무 말 않으면 곧 기삿거리가 떨어져서 관심이 시들 거야." 내가 로지를 안아주며 말한다.

로지가 신음 소리를 내면서 눈을 감는다. 구토를 참는 것이다. 하지만 곧 벌떡 일어나 욕실로 달려간다.

로지가 토하는 동안 나는 홍차를 만들어 생강쿠키 세 개와 함께 침실로 가져간다. 로지는 분홍 가운을 입고 침대에 다시 눕는다.

"트레버는 어떻게 생각할까? 그렇게 마음 좋게 쉬게 해줬는데. 내가 말 안 했다고 상처받을지도 몰라."

"분명 이해할 거야. 조금 있다가 전화해. 직접 들려줘야지. 며칠은 서점에 나가지 않는 편이 좋을 것 같아. 꼼짝 못하고 당할 수밖에 없을 테니까."

"그럼 뭘 해? 하루 종일 커튼 치고 집에 있으라고? 그럴 순 없어, 줄스. 우린 아무것도 잘못한 게 없으니까."

"엄마한테 와 계시라고 해. 냉장고에 먹을 것도 많으니까 나갈 필요 없어. 네가 무슨 말을 하든, 빠짐없이 인쇄될 거야. 명심해."

"넌 집에 안 있을 거야? 출근하려고?"

나도 로지와 집에 있고 싶다. 로지가 다가올 십자포화를 견뎌 낼 수 있을지 모르겠다. 품에 꼭 안고 공격으로부터 보호해주고 싶다. 하지만 난 장기전에 대비해야 한다.

"가봐야 해. 내가 안 나가면 문제가 더 심각해질 거야. 매튜를 믿을 수 없거든. 직접 나가서 돌아가는 상황을 봐야겠어."

로지가 내 손을 잡는다. "하루만 쉬면 안 돼? 아프다고 하자."

나는 고개를 젓는다. 하루 말미를 얻는다고 상황이 달라지지는 않을 것이다. 하루 정도로 잦아들 일이 아니다. 게다가 직장을 잃을 순 없다. 아이까지 태어나는 상황이다.

로지가 한숨을 쉰다. "좋아. 하지만 저 사람들 때문에 은둔자가 되진 않을 거야. 오늘은 일단 넘기고나서 어떻게 반격할지 같이 의논해보자."

오전 7시에 출근하니 언론을 따돌릴 수 있다. 사진기자 하나 마주치지 않고 사무실에 도착했다. 〈포츠머스 포스트〉의 주차장 은 조용하다. 잠시 피에스타에 앉아 업무용 소셜 미디어 계정을 열어본다. 이렇게 이른 시간에도 전 세계에서 찾아온 괴물들로 타 임라인이 도배됐다. 나를 못생긴 다이크*라고 부르면서 좋아하는

---

* 사회적 의미의 남성성이 강한 레즈비언을 비하하는 말.

이들도 있다. 내가 남성을 멸종시키려는 레즈비언 음모의 중심이라고 주장하는 이들도 있다.

더 끔찍한 것들도 올라왔다. '남자들이 네 더럽고 늙은 보지 근처에 안 가려고 한다면, 그건 네가 아이를 낳으면 안 된다는 계시야.' 그보다 더욱 끔찍한 것도. '제대로 된 강간으로 네 주제를 깨닫게 해주는 남자가 있다면, 난 그를 비난하지 않을 듯.'

이런 것쯤은 웃어넘길 수 있어야 한다. 너무 뻔한, 예상할 수 있는 말들이니까. 몇 달 전 어느 자동차 프로그램 진행자가 해고당하고 한 여성 언론인이 그 후임으로 물망에 올랐다. 소셜 미디어는 즉시 그 언론인이 죽기를 바라는 남성 시청자들로 들끓었다. 그런데 내가 나타나 생식 과정에서 남자를 대체한다고 하니…….

이런 날이 언젠간 올 줄 알았다. 마음 한구석에선 계속 두려웠지만 무의식적으로 억눌러왔다. 과학적 돌파구에 열광하느라 이런 일이 일어날 가능성에 대한 합리적 염려를 무시했다.

숨 쉬기가 힘들다. 침대에서 로지가 울렁증을 참으면서 이 끔찍한 댓글들을 보는 모습이 떠오른다. 갑자기 로지의 표정이 눈앞에 생생히 떠오르는 듯하다. 분노가 이는 눈빛이 보이는 듯하다. 로지를 혼자 두는 게 아니었는데. 종일 문 두드리는 소리에 시달리다가 결국 못 참고 이 상황에 도움이 안 될 행동을 할 수도 있다. 기자들을 설득하려고 한다든가.

너무 이른 시간이지만 로지의 어머니에게 문자로 〈데일리 스케치〉 기사 링크를 보내며 최대한 빨리 와달라고 부탁한다. 그리고 혹시 일레인도 유혹을 느낄 수 있으니, 언론을 상대해서는 절대 안 되는 이유를 목록으로 만들어서 보낸다. 그러고나니 갑자기 눈물이 터질 것 같다.

심호흡을 하면서 정신을 추스르고 태블릿을 가방에 넣는다. 다시는 소셜 미디어의 헛소리들을 들여다보지 않겠다고 다짐한다. 길가의 쓰레기를 보고 욱하는 것만큼 기운을 낭비하는 일도 없다. 다시는 한심한 인간들이 내 평정심을 해치지 못하도록 할 것이다. 일레인에게서 문자가 온다. 로지에게 바로 가겠다고. 잘됐다. 이제 내 하루와 대면할 차례다.

무표정을 유지할 수 있길 바라며 차에서 나와 뉴스룸으로 올라간다. 섬세한 줄무늬가 있는 바지 정장을 입었다. 내 출근복 중 가장 덜 낡고 멀쩡한 옷이다. 머리엔 왁스도 좀 발랐다. 화장은 보통 안 하지만, 오늘은 로지의 마스카라도 빌렸다. 눈이 뻑뻑하다. 아침을 안 먹었더니 당이 떨어져서 무릎이 좀 후들거린다.

앞으로 펼쳐질 일에 비하면 이건 아무것도 아니다. 기사를 본 동료가 아직은 많지 않을 것이다. 모두가 읽고나면 오히려 나도 좀 회복되어 침착할 수 있을 터였다. 별것 아닌 척할 수 있을 것이다. 겨드랑이에서 벌써 땀이 난다.

"저기요? 저기요? 아가씨?" 둥근 안경을 쓴 흰머리 남자가 직원 출입구 앞에서 나를 가로막는다. "실례합니다만, 기사를 보고 그냥 있을 수가 없었어요. 설득이라도 해봐야겠다 싶었죠. 성경에 '아버지'라는 단어가 1100번이나 사용된 거 알아요?"

나는 힘없이 웃고 남자를 밀치며 지나간다. 그러면서 터무니없이 얼굴이 붉어진다. 죄책감을 느끼는 것이다. 하지만 멈출 수는 없다. 외투를 휘날리며 서둘러 계단을 올라간다. 이마의 주름은 풀고 입은 꾹 다문 채 고개를 들고 앞만 보자.

"줄리엣!" 매튜다. 그의 책상 옆을 지나는 내 팔을 잡는다. 내가 눈을 껌뻑이며 그 손을 내려다보자 매튜가 재빨리 팔을 놓는다. "따라 들어와."

한쪽 벽이 유리문으로 된 회의실로 들어간다. 창문 없는 조그만 공간에 나무 탁자와 플라스틱 의자 세 개가 놓여 있다. 우리는 그냥 선 채로 대화한다.

"넌 이 신문이 망하면 좋겠냐?" 그냥 하는 말이 아니다. 대답을 요구하는 질문이다. 매튜가 그렇게 좋아하는 교장 선생님 노릇을 하려는 것이다.

나는 여학생이 되고 말이다. "아니오."

가늘게 뜬 매튜의 눈이 증오로 이글거린다. "정말? 도저히 믿기 어려운데. 어제는 마감 직전에 사라지더니, 오늘 아침에 우리가 뭘 봤는지 알고나 들어오는 거야?"

나는 대답하는 대신 호흡에 정신을 집중한다.

"우리 신문을 봐." 매튜가 어젯밤 〈포스트〉를 탁자에 던진다. "어때 보여? 뭐 빠진 거 없어? 이 신문에서 어떤 망할 기사가 빠졌는지 말해보라고, 줄리엣."

나는 여전히 말없이, 감정이 표정으로 드러나지 않게, 무표정을 유지하도록 최선을 다한다.

이번에는 매튜가 목소리를 쫙 깐다. "부끄럽기 짝이 없는 일이야. 우리 신문사 소속 기자에 대한 특종을 딴 신문사에서 가로챘다는 게 말이 돼? 넌 우리를 다 바보로 만들었어. 다들 뭐 빠지게 일해서 간신히 지방지를 유지하고 있는데, 넌 다 알면서 전국지에 우리를 물먹여? 모두에게 정식으로 사과해. 그다음엔 이 웃기지도 않는 난자 실험에 대해 1500자 분량으로 체험기를 써. 그 기사가 오늘 우리 신문 메인 페이지 두 면에 실릴 거야." 매튜가 문고리를 잡는다.

내가 다급히 외친다. "매튜! 난 못 해요. 이건 사적인 일입니다."

노려보는 시선이 느껴져서 얼굴이 확 달아오른다. 오늘이 지나면 좀 나아지겠지. 내일부터라도 좀 수그러들지 않을까…….

"그렇게는 안 되지, 이 아가씨야. 넌 이 신문사에 고용된 사람이라고. 내가 쓰라면 쓰는 거야."

"내 사생활에 대해 쓸 준비가 돼 있다면, 전국 유력지 중 하나에 전화해서 큰돈을 받고 쓰겠죠."

심장이 쿵쿵 뛴다. 나한테 이런 배짱이 있는 줄 몰랐는데, 말이 술술 나온다. 어쨌든 벌 받는 여학생 취급을 당하지는 않을 것이다.

매튜가 잡아먹을 듯 노려보며 한발 다가선다. 그리고 이를 한껏 드러내고 말한다. "너…… 계약서를 확인해보는 게 좋을 거야. 네가 쓰는 글은 한 자도 빠짐없이 이 신문사 소유라고."

나는 싸구려 바닥재를 내려다본다. 합성 재질로 만든 회색 타일이 누군가의 껍질을 벗겨놓은 것 같다.

매튜가 말한다. "앉아."

나는 힘이 풀려가던 다리로 털썩 주저앉는다.

매튜는 앉지 않고 다리를 벌리며 내 옆에 우뚝 선다. "그래……

네가 힘든 상황을 겪고 있을 거라는 생각을 못 했군."

"우리가 인터뷰하기 시작하면 결국⋯⋯."

매튜가 내 말을 끊는다. "사생활을 보호받으려는 심정도 이해는 해. 하지만 이미 기사가 터졌어. 이게 어떤 의미인지는 알지? 독자들도 당연히 우리 설명을 기다릴 거야. 우리 신문을 통해서 〈데일리 스케치〉 기사에 반박하라고. 이번 시도 내부자로서 목소리를 내. 아예 정기 칼럼을 줄 수도 있어. 차근차근 주장해."

나는 고개를 젓는다. 로지와 함께하는 삶은 그 무엇보다도 소중하다. 내 속에서 결심이 단단해진다. 사소한 비웃음과 직장에서 당하는 창피가 나를 꺾을 순 없다. 내가 말하기 시작하면, 그게 어떤 식으로 왜곡되고 선정적으로 인용될지 너무나 뻔하다.

"매튜, 무슨 말로도 내가 그런 글을 쓰게 할 수는 없어요."

"그럼 넌 천치나 마찬가지야. 우린 네가 쓰든 안 쓰든 기사를 만들어낼 수밖에 없어."

나는 일어서고 매튜는 움직이지 않는다. 나는 그를 빙 돌아 회의실을 빠져나간다.

자리로 가는 나를 모두 쳐다본다. 분명히 다들 기사를 읽었다. 아마 소셜 미디어 댓글도, 내 질을 칼로 찌르면 속이 시원하겠다는 글 같은 것도 다 읽었겠지. 내 얼굴은 붉으락푸르락할 것이다. 이 정도야 견딜 수 있다. 일이나 하면 된다. 먼저 경찰서에 전화하고, 소방서와 구급차 문제도 취재할 것이다.

톰이 서둘러 들어온다. 지각하면서도 커피를 들고 있다. 지나가는 길에 내 등을 가볍게 친다. "잘 버텨내라고." 어제 소식을 전할 때 비밀을 말하지 않은 것에 대한 원망 따위는 전혀 내비치지 않는다.

내 책상 위 모니터에 노란 쪽지가 두 개 붙어 있다. 그래, 오늘은 오늘의 기삿거리가 있다, 할 일이나 하자, 하고 기운을 내려는데 쪽지에 글씨 없이 그림만 있는 게 보인다. 미소 짓는 정자를 조잡하게 그려놓았다. 두 자리 옆에 앉은 카일, 거만하고 잘난 척하는 놈이 고개를 푹 숙이고 등을 들썩거린다.

"짜증 나는 놈." 중얼거리며 무표정하게 쪽지를 떼어버린다. 컴퓨터를 켜고 낡은 기계가 부팅되길 기다리는 동안, 내 출입처인 경찰서에 전화해서 간밤의 기물 파손과 자동차 절도 사건에 대해 듣는다.

오래지 않아 〈포스트〉에서 나를 빼고 유일한 여성 기자인 애비 캐플런이 다가온다. 스물두 살인 애비는 불타는 듯한 빨강 머리로 늘 활달하게 뉴스룸을 돌아다니면서 어떤 기사든 신이 나서 취재한다. 들어온 지 1년 정도 됐는데, 새로운 시각을 찾아보고 더 좋은 정보를 기다리면서 가끔 나보다 늦게 퇴근한다.

애비가 내 옆에 와 서지만, 나는 그냥 자판을 계속 두드린다.

애비가 속삭인다. "나보고 당신이랑 얘기하래요. 지금 직원 식당에 아무도 없는데, 거기로 가는 게 어떨까요?"

내 옆자리에는 원래 윌이라는 기자가 있었는데, 런던의 타블로이드지로 옮겼다. 그가 앉던 의자에 애비가 앉는다. 불편해하는 게 느껴진다. 괜찮다고, 나도 당신이 곤란한 처지라는 걸 안다고 말해주고 싶다. 하지만 그렇게 말을 시작했다가는 눈물이 나올 것 같다. 계속 자판을 두드리려고 하는데 자꾸 글자 위치를 잊어버린다. 타닥타닥 두드리던 소리가 탁…… 탁…… 탁…… 느려진다.

"나도 이러고 싶지 않아요. 정말 난감하네요……." 애비는 계속 목소리를 낮춘다. 나한테 아무 말도 못 끌어내면 매튜가 애비를 가만두지 않을 것이다. 그동안 아무리 자신만만했어도, 애비는 아직 어리고 경험이 없어서 직장에서 겪는 실패를 개인적 상처로 받아들일 것이다. 자신이 부족하기 때문에 못 해냈다고 자책하면서 말이다.

죄책감이 들면서, 그동안 내가 다른 기자들에게 그토록 많이 건넨 격려의 말들을 떠올린다. 축 처진 자존감을 회복하는 데 도움이 되도록 고심해서 고안해낸 말들……. 그런데 애비에겐 한 번도 그런 적이 없는 것 같다. 신경 쓴 적이 없었다는 생각에 깜짝 놀란다. 아마도 애비에게는 그런 도움이 필요하지 않았기 때문일 것이다. 그게 아니라면, 애비의 야망과 아낌없는 노력에 내가 질투를 느꼈는지도.

"당신 파트너, 예쁘게 생겼네요. 임신한 모습도 정말 잘 어울릴 것 같아요." 애비가 말한다.

나는 허공에서 손을 멈춘다. 모니터를 계속 보지만, 쳐야 할 단어가 생각나지 않는다. 애비도 알아챘을 것이다. 무릎에 손을 내리고 고개를 돌려 애비를 쳐다본다. 애비는 어쩔 줄 모르겠다는 표정이다. 나도 이렇게 형편없는 대응밖에 못 하는 상황이 미안하다. 젠장, 당장 짐을 챙겨 집으로 가고 싶다.

"우린 친구가 돼야 하는데. 당신이랑 나랑…… 뉴스팀에 여자는 우리 둘뿐이잖아요. 여긴 허세에 전 마초들뿐이니까. 당신도 알다시피, 여성 혐오 신문사라는 소리 듣지 않으려고 나한테 기사를 쓰게 하는 거잖아요. 결국 우릴 이렇게 싸움 붙이고요."

"나도 알아요. 미안합니다. 난 그냥 아무에게도 아무 말도 안 할 거라서요."

"그래요……. 나도 이런 말 하긴 싫지만, 그건 좋은 생각이 아니에요. 매튜는 우리 둘 다 가만두지 않을 거예요. 당신이 말하든 말하지 않든 결국 특집 기사는 나갈 거라고요. 제발 다시 생각해봐요."

나는 고개를 젓는다. 애비 말이 옳다. 하지만 나는 계속 '놈들이 지쳐 나가떨어질 때까지 기다린다' 전략을 고수할 참이다. 갑자기 플래시가 팍 터진다. 어떤 사진기자가 사진을 찍었다. 애비와 내가 얼굴을 마주하고 마음을 터놓는 장면을 만들려는 것이다.

"그래도 이번 일은 꽤 흥분되는 사건 같아요. 그러니까, 선정적 매체들만 보면 무슨 끔찍한 괴물 세상이라도 될 것 같지만, 정말로 여자뿐인 세상이 된다면 지금과 얼마나 달라질까요? 전쟁이 없어지고, 일터도 평등해지고 효율적으로 돌아갈 거예요. 물건이나 휘두르면서 지나치게 경쟁에 집착하는 풍조도 끝날 것 같고요."

나는 애비에게 미안한 표정을 짓고 다시 사건 기사를 작성한다. "미안하지만 할 말이 없네요. 당신은 좋은 기자지만, 누가 뭐래도 나는 마음을 바꾸지 않을 거예요."

기사를 마무리하고 시의회를 취재하러 간다. 저녁에 신문이 나올 때쯤 밖에서 태블릿으로 기사를 쓰고 저장한 다음, 늘 그랬듯 우리 집 근처 가게로 차를 몰아 〈포스트〉를 한 부 산다. 나와 로지에 대한 기사를 특종처럼 실었다. 1면의 맛보기 기사 상자에는 3년 전쯤 신문사 크리스마스 파티 때 찍은 사진을 실었다. '세계 최초의 여성 예비 아빠, 줄리엣 커티스의 삶 속으로!'

신문을 건네는 점원의 시선을 느끼며 차로 돌아와 사진을 본다. 찍히기 직전에 알아채서 미처 고개를 돌릴 새가 없었다. 그래도 크리스마스다보니 립스틱은 칠하고 로지가 골라준 특별 의상인 파란 홀터넥을 입었다.

안쪽 면을 펼치니 특집 기사가 정확히 예상대로 나왔다. 눈치 빠른 독자라면 내 동료들이 나에 대해 사소한 거라도 생각해내려고 얼마나 애썼는지 알아채고 실소를 터트릴 만한 내용들로 꽉꽉 채워져 있다. 매튜는 나를 이렇게 평가했다. "줄리엣은 열정적이기보다는 근면한 유형이라고 소개하고 싶군요. 하지만 우리와 일하는 동안 기자로서 꾸준히 발전했습니다." 지도력 있는 척하는 개자식. 어떻게 하면 내가 가장 기분 나쁠지 잘 계산한 다음, 겉으로는 다정해 보이도록 살짝 비튼 말이다.

톰의 말은 전혀 인용되지 않았다. 나에 대해 아무 말도 하지 않은 것이다. 정말이지 고마울 수밖에 없다. 다들 톰을 지목해 개인적인 일화를 내놓으라고 압박했을 것이다. 그는 우리 집에 와서 로지도 만났으니, 자세히 얘기해보라고 했을 것이다.

다른 동료 몇몇은 나를 열심히 일하지만 과묵한 사람으로 묘사했다. 내가 비밀스러운 사생활을 즐긴다는 암시처럼 보인다. 하지만 나는 그렇지 않았다.

  전반적으로 나는 별로 눈에 띄지 않는 존재로 묘사되었다. 물론 이편이 내가 바란 바다. 평범하고 재미없는 사람, 즉 나에 대해 관심 가져봤자 별것 없다는 메시지가 전달되면 좋겠다. 그러나 이렇게 쏟아지는 관심에 기겁하면서도 모순된 실망감에 마음 한구석이 쓰리다. 다들 나를 이 정도 존재로만 봤다는 생각에⋯⋯.

11

우리 집 밖에 사람이 넷 서 있다. 모두 남자. 해가 졌는데도 이웃을 배려하는 모습은 없이 서로 큰 소리로 수다를 떤다. 나는 얼굴을 굳히고 똑바로 앞을 보며 빠르게 걷는다. 길가에는 그들이 버린 담배꽁초와 커피 잔이 흩어져 있다.

"그 여자다! 줄리엣? 줄리엣!"

무시하며 계속 걷지만 후다닥 달려오는 소리와 비싼 카메라가 찰칵거리는 소리가 들린다. 얼굴이 붉어진다.

"아주 후한 금액을 쳐줄게요, 줄리엣."

"남자를 멸종시키는 실험이 정당하다고 생각하나요?"

"트위터의 위협에는 어떻게 대응할 거죠?"

고개를 숙이고 그들을 피해 빙 돌아가다 어쩔 수 없이 맬로리 부인의 아름다운 화단을 짓밟는다. 두 명은 나를 따라 건물 내부 계단까지 올라온다. 당장이라도 돌아서서 꺼지라고 소리치고 싶지만, 그들은 바로 그걸 원한다. 내 뒤틀린 표정을 잡아내려고 카메라가 기다리고 있을 것이다. 그냥 못 본 체하는 게 최선이다. 다행히도 열쇠는 꺼내서 가지고 있었다.

집으로 황급히 들어가 문을 쾅 닫는다. 겨우 한숨을 돌린다. 하루 종일 적대적 시선들을 꿋꿋이 받아내느라 분출했던 아드레날린이 썰물처럼 빠져나간다. 곧 쓰러질 것 같다. 로지가 필요하다.

앤서니가 불쑥 거실에서 나타난다. 태국어가 쓰인 딱 붙는 티셔츠에 스키니진을 입었다. 그보다 열 살은 어린 대학생들이나 할 차림이다. 나도 모르게 눈을 질끈 감으며 숨을 고른다. 잠시라도 조용히 로지의 품에 안겨 최소한의 안정이라도 찾으려던 갈급한 욕망이 좌절당했다.

앤서니가 말한다. "저놈들이 하루 종일 얼마나 문을 두드려댔는지 몰라."

로지도 앤서니를 따라 나온다. 운동복 바지와 목을 감싸는 두꺼운 스웨터를 입었다. 안 감은 머리를 질끈 묶었는데 눈 밑에는 그늘이 졌다.

"잘 지냈어?" 내가 로지에게 팔을 두르며 묻는다.

로지가 눈물을 글썽이다가 침을 꿀꺽 삼키더니 용감하게 고개를 끄덕인다. "괜찮았어. 상황에 비해서는. 앤서니가 나가서 포장 음식을 사 오겠대. 배고프겠다."

나는 앤서니를 돌아본다. 혹시 죄책감이 보이는지 살핀다. 목울대가 오르내리며 입매가 굳어 있지만 표정은 침착하다. 정말 우리를 배신했을까? 아닌 것 같아 보인다. 하지만 앤서니가 아니면 누구란 말인가? 의심 가는 사람은 그뿐이다.

"솔직히 너무 지쳐서……. 그냥 냉장고에서 아무거나 꺼내 먹으면 안 될까? 그리고 일찍 자는 건 어때?"

"20분이면 갔다 올 수 있어. 로지가 종일 얼마나 힘들었는데, 괜찮은 인도 음식 정도는 먹게 하고 싶어. 로지는 잘프레지 커리? 줄스는 파파담 빵이랑 망고 처트니? 특별히 당기는 거 있어?"

나는 뭔가 발견할까 싶어서 앤서니의 눈을 찬찬히 들여다본다. 하지만 그는 평소처럼 쾌활한 표정이 되었다. 무슨 일이 있어도 엄마가 늘 집세 없는 보금자리를 제공해줄 것을 아는 사람의 낙관적인 태도다.

"난 필요 없어. 그냥 자야 할 것 같아." 로지에게 사과하는 눈빛을 보내고 침실로 들어간다.

집으로 올 때는 시장기를 느꼈지만, 옷도 벗지 않고 침대에 누우니 위장이 꽉 닫힌 느낌이다. 아무것도 먹을 수 없을 것 같다. 앤서니가 나가는 소리가 들릴까 해서 귀를 기울이지만 로지와 뭐라고 속삭이면서 다시 거실로 가는 것 같다. 어떻게 아직도 믿을 수 있지? 정말 그일 수밖에 없다. 우리 아빠의 반응이 아무리 안 좋아도, 아빠가 나를 배신하는 일은 있을 수 없다. 아빠와 나는 세상에 단둘만 남은 혈육이다. 엄마를 여읜 삶이 어떤 것인지 함께 겪어온 가족이기도 하다.

아빠가 담배꽁초를 문 채 프라이팬을 들고 끙끙거리던 모습이 생각난다. 우리 집 주방 구석엔 작은 유리 탁자가 있었다. 나는 아주 어릴 때 그 위에 앉아서 아빠가 요리하는 모습을 지켜보곤 했다. 맥도날드에서 패스트푸드를 먹고 싶다며 떼쓰던 기억도 떠오른다. 학교 친구들이 다 맥도날드 얘기를 하는데, 나는 한 번도 못 가본 것이다. 그때 아빠는 나를 앉혀놓고 내가 '맥대디'에 온 거라고 말했다. 아빠가 웨이터처럼 나보고 "아가씨!" 하면서 냅킨 대신 휴지 몇 쪽을 내 앞에 차려놓았다. 결국 만들어준 것은 오믈렛을 끼워 넣은 식빵 두 조각이지만, 케첩을 멋지게 뿌리고는 '에 그 맥버터' 요리라고 우겼다. 어쨌든 그때까지 먹어본 음식 중 최고의 맛이었다.

세상에 아버지와 딸만 남는다는 게 어떤 의미인지 로지에게 완전히 이해시킬 수는 없었다. 자기에 비해 내 어린 시절이 많이 궁핍했다는 걸 알게 된 로지가 절로 연민의 표정을 짓기도 했지만, 나보다 더 사랑받은 아이는 없다. 나만큼 불안감 없이 자란 아이도 없다. 내 친애하는 아버지가 늘 말한, 내 앞에는 근사한 미래가 펼쳐질 거라는 이야기를 나보다 더 의심 없이 믿은 아이도 없다.

나는 한숨을 쉬고 가방에서 태블릿을 꺼낸다. 오늘 아침 이후 다른 기사를 제대로 살펴볼 시간이 없었다. 또 어떤 끔찍한 기사들이 올라왔는지 알아두긴 해야 한다.

〈시티즌〉 웹사이트에는 나랑 학교를 같이 다닌 사람의 인터뷰가 실렸다. 친한 친구라고 주장하는 리사 존스는 가짜 눈썹까지 붙이고 한껏 꾸민 다음 사진을 찍었다. 10년 넘게 연락 한번 안 한 사이고, 학교 때도 그다지 친하지 않았다.

줄리엣은 정치적으로 올바른 의제를 그 옛날, 그런 게 유행이 아닐 때부터 밀어붙이던 아이예요. 굳이 꼭 남자 화장실을 쓰면서, 전통적인 성별 경계를 인정할 수 없다고 주장한 게 기억나요. 당시에는 여자

아이들이 바지를 입을 수 없었는데, 줄리엣은 바지를 입었죠.

새빨간 거짓말이다. 나는 앞에 나서 주장하는 아이가 아니었다. 더구나 남자 화장실에서 일을 볼 생각은 해본 적도 없다. 리사 존스는 무슨 기회를 잡고 싶어서 이러는 걸까? 언론은 피터스필드 학교 졸업생들을 하나하나 뒤지면서 거짓말까지 신기로 했나?

〈가디언〉에는 스콧의 인터뷰가 짧게 실렸다. "남자들이 위협을 느낄 이유는 전혀 없습니다. 이건 혁신이에요. 피임약 개발과도 비슷하죠. 우리는 여성들에게 새로운 기회가 주어진 것을 축하해야 합니다." 그리고 이성애 커플도 이 기술로 혜택을 볼 수 있을 것이라고 했다. 예를 들어, 난임인 남자가 여동생이나 누나의 난자를 기증받아 아내와 결합할 수 있는 것이다.

하지만 스콧의 인터뷰와 나란히 리처드 프라이어의 인터뷰도 실렸다. 프라이어는 또다시 포츠머스대학의 연구가 사회적 박탈감을 악화할 것이라고 교묘하게 설득하고 있었다.

또한 '알려지지 않은 유전병'이 있을까 우려되므로, 몇몇 나라가 두 여자 사이에 태어난 아기에 대한 입국 불허를 결정했다는 기사도 있다. 내 아기는 아직 태어나지도 않았는데, 벌써 이 세상에서 발을 들여놓을 수 없는 곳이 생겼다. 첫 숨을 들이마시기도 전에 세상이 좁아지고 있다. 우리가 임신 방식에서부터 아기에게 몹쓸 짓을 한 걸까? 아기를 이렇게 의미심장한 존재로 만들었기 때문에? 마음 깊은 곳에서부터 의문이 자꾸 피어오른다. 이번 첫 시도에서 겨우 두 명만 임신될 줄 알았다면, 게다가 이런 기사들이 나올 줄 알았다면, 그래도 우리가 지원했을까? 나는 의문을 치워버린다. 이미 선택한 일의 다른 가능성을 생각한들 무슨 소용일까?

다시 용기를 내어 소셜 미디어를 들여다본다. 직장 때문에 어쩔 수 없이 유지하는 계정이다. 〈포스트〉 제호를 배경으로 내 프로필 사진이 억지로 활짝 웃고 있다. 내 외모에 대한 논평이 상당 비율을 차지한다.

— 제발 속 시원히 좀 밝혀줘라. 사실 너 남자지? 정자가 있는 놈이 그냥 대형 사기 한번 치는 거지?

— 이런 기자가 어쩌다 그런 미인이랑 엮였지? 그 여자 만두 만들고 싶어 하는 남자가 줄을 섰을 텐데.

눈을 질끈 감고 계정을 지운다. 소셜 미디어에서 영원히 사라지는 것이다.

좀 있다 앤서니가 나가자 로지가 방문을 확 연다. 내가 노골적으로 앤서니를 의심하듯 봐서 화난 것이다. 하지만 내가 침대에 누워 있는 걸 보더니 잠깐 멈춰 태도를 누그러뜨린다.

"줄스, 무슨 일이야? 표정이 너무 안 좋다."

"아, 아냐. 방금 기사를 봐서. 뻔히 예상한 거라 속상해하면 안 되는데."

로지가 옆에 와 앉더니 내 손을 자기 배로 가져간다. 그리고 미소 짓는다. 나도 미소를 짓는데, 눈시울이 뜨뜻해진다. 이 기분은 뭘까? 조금이라도 기뻐하기에는 마음이 너무 어수선하다.

"앤서니는 갔어. 지금 커리 같은 데 신경 쓸 때가 아닌 것 같아서."
로지가 내 손을 놓고 머리를 쓰다듬는다. "자, 이걸 보면 기운이 좀
날 거야." 로지가 태블릿을 가져다 페이스북에 로그인한다. "이것
좀 봐. 〈월간 사포*〉에서 연락해왔어. 우리 이야기를 써주겠대."

"아, 맙소사. 로지, 개인정보 보호 설정 다시 하지 않았어?"

"그랬어. 하지만 앤서니 친구가 거기서 일한대. 어떻게 생각해?
네가 인터뷰하기 싫어하는 건 알지만, 이건 '투사들'이라는 섹션에
실릴 거야. 나한테 개척자라더라. 난 마음에 들던데. '기묘한 실험'
이라느니 하는 것보다 훨씬 낫잖아."

"로지, 벌써 얘기했잖아. 조금이라도 우리가 나서기 시작하면
관심이 더 커질 거야. 정상적인 생활로 어느 정도라도 돌아가려면
관심이 식길 기다려야 해."

로지가 내 손을 잡고 키스한다. "이런 생각도 해봐. 우리 딸이
자라서 인터넷을 돌아다니면, 자기 출생에 대해서도 읽게 될 거야.
우리가 그 애의 출생을 위해 당당하게 나섰다는 걸, 노력이라도
했다는 걸 보여주고 싶지 않아?"

로지 안에 있는 아기가 소녀로 자라난 모습을 지금은 상상하기
가 힘들다. 언론 대응을 고민하고 표정 관리에 기력을 다 쏟아부
은 오늘은, 아기의 심장박동이 불러온 마법이 되살아나지 않는다.

"아냐, 로지. 나도 네가 원하는 이유를 이해해. 하지만 제발 날

---

* 고대 그리스의 여성 시인. 동성애자였다고 알려져 있으며, 에게해의 레스보스섬에 살았다. 현
재 여성 동성애자를 일컫는 말인 레즈비언은 '레스보스섬의 사포와 같은 사람들'이라는 뜻에서
유래했다.

믿고 따라줘. 난 언론사에서 10년 동안 일했잖아. 매체가 어떻게 돌아가는지 잘 알아. 우리 딸한테 조금이라도 정상적인 삶을 마련해주려면, 기자들에게 먹을거리를 던져주지 않는 수밖에 없어. 나중에 우리가 아이에게 설명하면, 아이도 우리가 자기를 위해 입 다물어야 했다는 걸 이해하겠지."

로지가 내 옆에 털썩 눕고 몸을 돌려 나를 똑바로 본다. 나는 그제야, 로지가 지쳤는데도 빛난다는 걸 깨닫는다. 임신하면 피부가 바뀐다는 소리는 들었는데, 마치 아기 살결처럼 새로워 보인다. 이 와중에도 이렇게 아름다워 보일 수 있다니, 뜻밖의 감동이다.

"줄스, 정말 미래를 위해서 그러는 게 맞을까? 네가 늘 올바른 일을 하려고 애쓰는 건 알지만, 난 의문이 들어. 혹시 네 생각만 하는 건 아닐까? 넌 늘 사람들 앞에 나서는 걸 싫어했잖아……."

"로지……."

로지가 이마에 주름을 짓는다. "우리 집 앞에 사진기자들이 끝없이 진을 치게 된다고 해도, 난 우리가 나설 의무가 있다고 느껴. 이 시도와 우리 선택에 대해 말하고 사람들을 이해시킬 의무 같은 거 말이야. 누구든 위협 같은 거 느낄 필요 없다고 안심시키고……."

나는 한숨을 쉰다. "우리한테 필요한 건, 정보를 넘긴 게 누군지 밝혀서 우리한테 더는 해를 끼치지 못하게 하는 거야."

"줄스……."

"로지, 정말 미안하지만, 그럴 사람은 앤서니밖에 없어. 그런데 네가 그 문제를 생각조차 안 하다니 난 이해가 안 가."

로지가 벌떡 일어난다. "이러지 말자. 배고파. 너도 그럴 거고."

나도 일어선다. "이 문제를 무시할 순 없어. 겨우 넷밖에 안 되는, 우리가 가장 믿은 사람들 중 하나가 우리를 배신했어."

로지가 침실을 나가 주방으로 간다. "지난주에 리소토 남은 거 얼려놨지? 그냥 전자레인지에 데울까?"

나도 로지를 따라 나가 지켜본다. 로지가 냉장고를 뒤져 플라스틱 용기를 꺼낸다. 나는 로지에게 가서 팔에 손을 올린다.

"네가 믿기 싫어하는 거 알아. 하지만 간단히 알아낼 방법이 있어. 각자에게 전혀 다른 정보를 주고 어느 정보가 보도되는지 보면 돼."

로지가 입을 딱 벌린다. 눈빛이 번뜩인다. "너, 설마……. 줄스, 난 가장 친한 친구와 부모를 그런 식으로 시험하지 않을 거야. 세상에, 넌 믿음을 주고받는다는 게 뭔지 모르니?"

"로지……."

"절대 안 돼. 그럴 생각은 포기해줘. 난 전자레인지 좀 써야겠어."

나는 옆으로 물러선다. 로지가 용기 뚜껑을 벗기고 해동 모드를 맞춘 뒤 음식을 넣는다. 둘 다 전자레인지 소리를 들으며 바닥만 본다. 나는 늘 로지의 사람들에 대한 믿음을, 좋은 면만 보려는 고집을 존경했다. 하지만 우리가 위험하다. 앤서니가 계속 우리 생활에 개입하면 피해만 커질 것이다. 우리가 새집을 구했을 때 주소를 알게 되거나 로지가 출산을 시작할 때 언론에 알린다면 어떤 일이 벌어질지 생각하기도 싫다. 앤서니는 늘 내가 로지에게 부족한 사람이라고 생각한다. 하지만 우리를 갈라놓기엔 이미 늦었다는 건 왜 깨닫지 못할까?

내가 고개를 들고 설명하려는데 로지가 먼저 입을 연다. "좋아, 그럼 왜 네 아버지가 아니고 앤서니지?"

"아빠는 그럴 사람이 아냐. 하지만 네가 원하면 아빠를 시험해 볼 수 있어. 결국 아니라는 게 드러날 테지만."

"우린 그런 끔찍한 시험을 하지 않을 거야!"

로지가 나한테 고함친 건 처음이다. 얼어붙은 공기를 확 들이 마신 것 같은 충격이다. 로지의 눈이 이글거린다. 전자레인지가 삑삑거리다 조용해진다.

"아빠가 가난하기 때문에 제일 수상하다는 거니?" 지난 일요일 주방에서 본 아빠의 상처받은 표정이 떠오른다. 내 하나 남은 부모. 학교에서 돌아가면 언제나 너무나 반가이 맞아주고 내가 뭘 배웠는지 열심히 들어주던 아빠. 로지가 아빠를 의심할 수 있다는 사실만으로도 마음속 깊이 상처를 받는다. 로지는 아빠를 그렇게 생각하는 것이다. 고약한 냄새가 나는, 실패와 폭력 그리고 패배주의와 게으름에 물든 집에 사는 사람. 로지는 내가 기자일 때 모습만 보는 게 아닐까? 나도 실은 그 공공 주택단지 출신이라는 걸 잊어버린 게 아닐까?

로지가 한숨을 쉰다. "그런 뜻이 아니야. 그저……. 가끔 네가 행복해지는 걸 그다지 안 좋아하는 것 같아 보여서."

좀처럼 느끼지 못하던 본능적인 감정이 꿈틀거린다. 저런 말을 인정할 순 없다. 저런 말을 계속 하도록 놔두지 않을 것이다. "아빠가 지저분한 집에 살면서 술 마시고 담배를 피워서? 그래서 배신자라는 거야? 그런 사람은 유일한 혈육에 대한 애정과 의리를 느낄 능력이 없으니까? 중산층은 다 그런 식으로 생각해?"

"넌 화나고 지쳤어. 그만 하고 먹자." 하지만 로지의 눈은 확신
으로 빛난다.

나는 물러설 수 없다. 로지가 물러서는 걸 봐야겠다. 그 욕구에
압도당한다. "그러니까, 그런 남자는…… 정보를 팔아넘긴 대가
로 받는 몇 푼 안 되는 돈이 더 중요할 거라는 말이겠지. 지금까
지 이 집에서 물건을 슬쩍하지는 않았는지 의심스럽진 않았어?"

로지가 눈시울을 붉히며 주걱을 찾아 리소토를 둘로 나눈다.
이내 눈물이 솟는다. "무슨 말이 하고 싶은 거니, 줄스?"

내가 바로 후회하며 로지의 허리를 안고 끌어당긴다. "미안해.
나도 모르겠어. 난 그저……."

로지가 내 머리를 쓰다듬는다. 나는 안도한다. 이렇게까지 막
나가는 일은 드물었다. 순간적으로 분노에 휩싸여 결과도 생각하
지 않고 행동하다니. 하지만 어쩌면 바로 이게 앤서니가 원한 결
과일지도 모른다. 그가 이기게 놔둘 수 없다. 자신의 배신이 우리
를 갈라놓길 바랐다면, 어림없음을 내가 보여줄 것이다.

12

다음 날, 출근할 때 현관문에 검은 매직으로 쓴 쪽지를 붙인다.

이 집에 사는 누구도 인터뷰할 준비가 돼 있지 않습니다. 부디 우리를 괴롭히지 말 것을 정식으로 요청합니다. 계속 방문할 경우, 폭력으로 보고 언론인윤리위원회에 제소하겠습니다.

이게 도움이 될지는 잘 모르겠다. 언론인윤리위원회의 행동 강령은 어디까지나 자발적인 규칙이다. 제재 조치도 딱히 없다. 그래도 붙이고나니 조금 든든해진다. 건물 밖에선 다섯 언론사가 기다리고 있다. 피에스타까지 걸어가는 짧은 행보가 텔레비전 카메라에 기록된다. 기자들은 계속 내 이름을 외친다. 차 문을 여는데 우르르 몰려와 질문을 외친다. 역한 커피 입김, 뒤엉키는 팔, 터지는 조명. 펄쩍 뛰며 소리 지르고 싶은 걸 꾹 참고 좀비 같은 무표정을 유지한다. 차에 타 시동을 거는데, 씹할 놈들이 물러나지 않고 차에 엉긴다. 하지만 나는 계속 조금씩 밀고 나간다. 엔진을 부릉거린다.

직장 밖에도 꽤 있다. 방송 카메라 앞에서 열심히 입을 놀리는 앵커도 보인다. 잡은 마이크에 CNN 로고가 붙어 있다. 미국에서도 왔구나. 나를 위해서. 어제 하루만 지나면 좀 나아질 거라고 생각했다니, 어리석었다. 미국 언론사까지! 어쩌면 지금까지 이 모든 것이 그저 전주에 지나지 않을 것이다. 인터뷰를 했으면 더 심해졌을 거라고 생각하며 스스로를 다독이려 애쓴다. '놈들이 지쳐 나가떨어질 때까지 기다린다' 전략이 곧 효과를 볼 것이다.

뉴스룸에서는 동료들이 모두 놀라워하며, 어쩌면 내게 향한 관심을 좀 비딱하게 부러워하며 나를 쳐다본다. 반면 매튜는 평소보다 나를 더 무시하는 것 같다. 점심시간이 되자 더는 참을 수없어진다. 나는 평소 전혀 안 하던 짓을 해보기로 한다. 쉬는 시간을 갖는 것이다.

톰이 나를 따라 직원 식당으로 온다. 중학교 때가 생각나는 하얀 탁자와 파란 플라스틱 의자가 놓인 작은 공간이다. 꼬불거리는 회색 머리의 조그만 여인이 매점을 운영하면서 샌드위치 몇 개랑 뛰어다니면서도 먹을 수 있는 설탕 범벅 간식류를 판다.

구석기 시절부터 있던 것 같은 자판기에서 커피를 뽑고 킷캣과 사과 한 알을 산다. 한쪽 구석에 자리 잡고 앉는다. 톰은 샌드위치를 하나하나 뜯어보더니 결국 치즈 바게트를 집는다. 뉴스룸 사람들은 거의 이리 안 온다. 대부분의 자리는 영업팀에서 차지했다. 완벽한 수염과 쾌활한 수다, 우리와 전혀 다른 종족도 나를 보기 위해 수시로 고개를 돌린다. '그 여자다. 레즈비언 아빠.'

나도 모르게 위축되며 고개를 숙이지만, 곧 다른 감정이 일어난다. 분노라기보다는 억울함이다. 나는 당당하지 못할 이유가 하나도 없다. 쳐다보는 자들이 부끄러운 짓을 하는 것이다.

"부탁 하나 할게." 맞은편에 앉는 톰에게 내가 말한다.

"그래." 어디서 밤을 보냈는지 수염이 까칠하고 옷은 구겨져 있다.

"좀 곤란한 일이긴 한데……."

"뭐, 내 정자를 달라진 않을 테니 큰일은 아닐 것 같은데." 톰이 바게트를 크게 한 입 베어 문다.

"그때는 사실대로 얘기 안 해서 정말 미안했어."

"괜찮아. 걱정 마. 생각해보면 내가 눈치챘어야 하는 게 아닌가 싶어……. 그러니까, 레즈비언도 당연히 친자식을 원할 수 있다는 걸 말이야."

"뭐, 내가 레즈비언들을 대변할 순 없지만, 나랑 로지는 원했어." 나는 킷캣 포장을 벗긴다.

"건강 문제는 걱정 안 돼?"

나는 고개를 젓는다. "대학병원 자료를 꼼꼼히 봤어. 과격한 시술로 보일 수도 있지만, 지금까지 태어난 동물들은 다 정상이었어."

"우려하는 과학자들도 있던데." 그러더니 톰이 손을 들어 올린다. "그들이 옳다는 게 아니라, 그냥…… 뭐 해결이 안 날 논쟁이긴 하다."

"그러게. 어쨌든 우리가 지원한 걸 아는 사람은 극소수였거든." 톰이 고개를 끄덕이며 바게트를 먹는다.

"우리 아빠, 로지 부모님, 로지 친구 앤서니. 그런데 그놈이 우리 정보를 넘긴 것 같아."

톰이 씹으면서 눈을 휘둥그레 뜬다. 치즈 몇 조각이 탁자 위로 떨어진다. "정말? 확실해?"

"로지는 믿지 않으려고 해. 그게 문제야. 아직도 엄마랑 사는 그 어리광쟁이가 배신자를 계속 봐야 하니……."

"나도 아직 엄마랑 사는데."

"하지만 그놈은 서른이란 말이야."

"나도 멀지 않았어." 톰이 비딱하게 웃는다.

"어쨌든 그놈이 허구한 날 우리 집에 붙어 있어. 분명 그놈이 한 짓이야. 내가 증명할 수가 없어서……. 게다가 그놈한테 친절하게 굴기로 했거든. 하지만 작전을 하나 생각해냈어. 연기 좀 해줘야 할 텐데, 그럴 수 있겠어?"

톰이 고개를 끄덕이고 바게트를 깨끗이 먹어치운다.

나는 감동한다. 이렇게 쉽게 승낙해주다니, 내 부탁을 들어주다니. 무슨 일이 있어도 나한텐 믿음직한 톰이 있다. 세제 맛이 나는 커피를 한 모금 마신다. "좋아. 그럼 앤서니네 집에 가서 기자라고 말하고 인터뷰하면 5000파운드를 주겠다고 해봐. 로지 바컴과 친한 친구라고 들었다면서, 로지를 움직일 기사를 쓰고 싶다고. 앤서니는 익명을 보장해주고."

"그러겠다고 하면 어떻게 해? 나한테는 5000파운드가 없는데."

"그럼 해줄 거지? 아, 톰, 너무 고마워. 그놈이 그러겠다고 하면 회사에서 수표를 받아 오겠다고 하면 돼. 내일 다시 보자면서."

톰이 천장을 올려다본다. "흠…… 난 〈트리뷴〉에서 나왔다고 하고 싶어. 이름은 뭐로 할까? 캘빈이 좋겠네. 캘빈 프린스. 〈트리뷴〉하고 어울리지 않아?"

죄책감을 느낀다. 로지가 하지 말하고 한 일을 하려는 것이다. 하지만 뭐라도 하지 않으면 로지의 잘못된 믿음을 받은 앤서니가 우리 삶을 계속 위태롭게 만들 것이다.

"여기 있었군!" 매튜가 우리 옆으로 온다. 빨강과 파랑 줄무늬 셔츠를 입어서 눈이 시리다. "지금 뭐 하는 거지? 누가 숨어 있어도 된다고 했어? 아직 우라질 1면 기사도 못 정했는데. 당장 튀어 올라가지 못해?"

톰은 스포츠부 소속이니 나한테만 하는 말이다. 내가 킷캣과 사과를 톰에게 밀어주고 일어선다. "계약서상 제겐 한 시간 점심 휴식의 권리가 있습니다." 할 말은 하고 자리를 뜬다.

매튜가 뒤에서 소리친다. "계속 그 따위로 해봐! 그리고 말이야, 〈시티즌〉에서 실업수당으로 사는 네 아버지에 대해 멋진 기사를 실었던데. 할 말 없어?"

나는 돌아보지 않는다.

"정말 없어? 의외네."

아무도 안 보는 것 같아 기사를 찾아본다. 역시 예상했어야 하는 기사다. 그린드래곤을 나오는 아빠의 사진이 실렸다. 떡이 진 머리에 게슴츠레한 눈. 기사가 터진 뒤 아빠에게 문자를 보냈다. 기자들이 찾아갈 테니 조심하라고. 하지만 아빠한테 쏠릴 시선도 조심시켰어야 했다. 기사 제목은 '아빠 제거 실험을 원한 레즈비언의 가족사'다.

아빠가 기자에게 아무 말도 안 해서 내용은 별로 없다. 그저 이름을 밝히지 않은 몇몇 사람들이 아빠가 일정한 직업을 가진 건 1980년대가 마지막이라고 짓까불었을 뿐. 그들은 아빠를 홀아비, 싱글파더라고 부르면서 어떻게 보면 일부러 그런 삶을 선택한 것처럼 묘사했다. 기사를 읽으며 어린 시절로 고스란히 돌아가는 기분이다. 그래서 다시 5시 정각에 퇴근하는 반항을 감행하기로 했다.

어쩌면 이 기사를 통해 로지도 아빠가 정보를 팔지 않았다는 걸 인정할 수밖에 없게 됐다. 로지는 아빠와 있으면 늘 불편해했다. 부족한 것 없이 자란 환경이 장벽을 만들었다. 하지만 어젯밤에는 그 불편함에서 비난의 기미도 느낄 수 있었다. 중산층의 가장 심각한 편견, 누구나 노력하면 성공할 수 있다는 신화에서 비롯된 비난이었다. 궁핍을 겪어보지 않은 사람은 너무나 쉽게 믿는 신화다. 아빠가 이런 비난을 받으면 안 된다. 그 어떤 비난도 아빠에겐 온당치 못하다.

아빠 집 밖에 사진기자가 하나 있다. 검은 비니를 쓰고 카고 바지를 입은 채 골동품 BMW에 기대 전화기를 쓸어 올리고 있다. 나를 보더니 이름을 외치며 카메라를 들이댄다. 몇 번이나 빙 돌아가야 했다.

커튼이 내려진 집으로 들어간다. 아빠는 늘 앉는 소파에 끙 하며 주저앉는다. "우리 딸, 견딜 만하냐?"

나도 늘 앉던 안락의자에 털썩 앉는다. 파카는 벗지 않는다. 이 집은 영하로 내려가야 중앙에서 난방을 가동한다. "아빠, 이런 일 겪게 해서 정말 미안해. 그 기사…… 정말 역겨웠어."

"산전수전 다 겪은 판에 그런 거 신경 쓰겠냐? 돈벌이는 좀 걱정이지만. 저놈이 계속 있어서 사람들이 대마초 사러 못 오니까."

"아무리 그래도 어떻게 아빠까지 괴롭힐 수 있는지……."

"괜찮아. 걱정 말고 잠깐 쉬었다 가. 로지랑 애기는 괜찮니?"

"그럭저럭. 이게 다 망할 앤서니 때문이야. 놈이 팔아넘긴 게 분명해."

아빠가 담배에 불을 붙인다. "생일 파티 때 본 녀석이지? 직업도 없고."

"맞아."

"대학까지 나오고도 아직 엄마랑 살고."

내가 고개를 끄덕인다. 아빠가 쯧쯧 혀 차는 소리를 낸다. 나는 웃는다. 실컷 욕하면서 털어버리고 싶다. 집에 가서 로지랑 평온한 밤을 보내려면 먼저 내 속을 파먹는 울분을 좀 풀어내야 할 것 같다.

"혜택은 다 받고 자란 자식이야. 좋은 동네에서 좋은 부모 밑에 자라 대학에서 애매한 전공으로 몇 년 대충 때우고 지금은 집세 걱정 없이 살지. 그렇게 많은 걸 누리고 자라서 아무것도 하는 게 없는 놈을 보면 욕을 퍼붓고 싶어."

아빠가 고개를 끄덕인다. "로지가 왜 그렇게 그놈을 좋아하는 지 모르겠다."

"의리 때문이겠지. 유아원 때부터 친구니까."

아빠는 담배를 길게 빨아들이며 방구석의 대마초 도구를 흘긋거린다. 하지만 당장은 참는다. "어릴 때 친구라도 자라면서 서로 달라지기 마련인데, 로지는 요즘도 그 애랑 할 말이 그렇게 많다니?"

늘 킬킬대는 둘의 모습을 떠올린다. 로지와 앤서니는 둘이서 너무 재밌어 보인다. 나는 도무지 이유를 알 수 없다. 그 오랜 세월 동안 둘 곁을 맴돌면서 억지로 끼어보려 했지만, 둘 사이 대화에 도무지 공감할 수 없었다. 대화에 내용이란 게 있는지도 의문이지만 말이다. 둘이 보며 웃는 것을 나는 재미있다고 느껴본 적이 없다. 앤서니와 있을 때 로지는 다른 사람 같다. 웃음소리까지 달라진다. 날카롭고, 때로는 악의마저 느껴지는 웃음소리. 그럼 나는 의문이 든다. 내가 아는 로지가 맞나? 어느 쪽이 로지의 진짜 모습이지?

아빠가 나를 본다.

"겁이 나. 곧 괜찮아질 거라고 계속 마음을 다잡고는 있어. 하지만 아기가 태어나는데. 아기라니, 내가 엄마가 되는 거잖아. 어떻게 해야 할지 모르는데 이 난리까지."

아빠가 입을 꾹 다물고 연민 어린 미소를 짓는다.

"엄마는 어땠어? 임신했을 때, 엄마도 두려워했어?"

아빠가 천장을 올려다본다. 허벅지에 놓인 손이 꿈틀거린다. 손톱이 잘근잘근 씹힌 손가락 끝이 부어 있다.

"네 엄마는 매 순간을 기뻐했어. 좀 예상 못 한 임신이었는데, 아마 네가 잠자고 있던 엄마의 어떤 부분을 깨운 것 같아. 그게 참

아름다웠다. 아름다웠지."

잠시 그 모습을 상상한다. 헤이즐 커티스. 겨우 스무 살. 나랑 같은 눈동자에 연갈색 머리를 허리까지 늘어뜨린 어린 여성이 손으로 배를 감싼 모습을 그려본다. 아무에게도 말하지 않을, 뭔가 비밀스러운 순간을 기억하는 것처럼 희미하게 웃고 있다.

아빠가 힘들게 기침을 뱉는다. "네가 다르게 느끼는 게 당연하지. 넌 호르몬도 안 나올 테고 저런 일까지 겪으니까."

"그래."

엄마는 나랑 여덟 달밖에 같이 있지 못했다. 그동안 같이 찍은 사진은 네 장뿐이다. 디지털 시대가 오기 전, 사진 현상이 무지 비싸던 시대다. 두 장은 병원에서 찍었다. 나는 빨간 얼굴을 찡그린 채 하얀 담요에 싸여 있고 엄마는 아무 걱정 없이 환하게 웃는 모습. 잘못 봤는지 몰라도 그 사진에서 소유욕 같은 게 느껴진다. 아무에게도 안 뺏기겠다는 듯 나를 꼭 안고 있다.

다른 두 사진은 몇 달 뒤 동네 공원에서 찍은 것이다. 나는 벌써 팔다리가 튼실하고 검은 머리가 많이 자랐다. 한 사진에서는 엄마가 나를 들어 올리고 있다. 엄마를 빤히 쳐다보는 내 눈이 반짝반짝 빛난다. 나는 어릴 때 이 사진을 자주 들여다보면서 그때를 기억해내려고 애썼다. 기억은 안 났지만 너무나 따뜻한 느낌이 거의 아프도록 강렬하게 전해졌다. 나는 그것이 당시 느낀, 부모와 함께 느낀 감정의 그림자, 말하자면 유산 같은 거라고 확신했다.

마지막 사진은 머리칼을 사방으로 흐트러뜨린 엄마가 눈을 감고 누워 있는데, 내가 그 가슴 위에서 잠든 모습이다.

아빠와 나는 잠시 말이 없다. 엄마가 살아 있다면, 내가 미처 깨닫지 못한 것들을 알려줬겠지. 엄마가 된다는 게 뭔지 이해하도록 도와줬을 것이다.

전화가 울린다. 톰의 문자다. '찾아갔는데, 돈 준다니까 당장 꺼지라고 하네.'

나는 입술을 깨문다. 혹시 잘못 찾아간 게 아닐까? 그럴 리가 없다.

아빠가 묻는다. "무슨 일이니?"

"어, 가봐야 할 것 같아. 로지가 종일 집에 갇혀 있어서."

아빠 집을 나서는 사진이 또 찍힌다. 파파라치들은 우리 집까지 따라온다. 내가 잘못 생각했나? 마이클이나 일레인이 그랬을 리는 없고 아빠도 절대 아니다. 어떤 이유든 그럴 사람은 앤서니밖에 없는데. 어쨌든 앤서니가 오늘은 발설을 거부했다니 안심돼야 하는데 그러질 못한다. 오히려 혼란스럽다. 그 어느 때보다도 피곤하다.

13

포츠머스 남부 보궐선거일이 됐다. 난자 대 난자 수정 문제가
선거 유세에 반복적으로 등장했다. 프라이어는 이제 자연임신연대
의 총아로 확실히 자리 잡았다. 그는 이 도시에서 커지고 있던 다
양한 분노에 효과적으로 다가갔다. 사람들이 싸울 준비가 돼 있
다는 걸 감지하고는 파란 리본과 자기 대의를 내세워 아들들이
위험에 처했다고 유권자들이 믿게 만들었다.

사실 유권자의 아들들은 너무나 많은 면에서 위험에 처해 있다.
두 어머니 사이 아기 때문이 아니라, 투자 부족과 학교의 질적 저
하와 너무 싼 헤로인 때문이다. 내가 늘 기사를 쓰는, 토요일 밤
마다 술집에서 벌어지는 싸움과 부족한 일자리와 세인트루크병
원의 긴 대기 줄 때문이다.

너도나도 파란 리본을 달고 다니는 유권자들은 〈가디언〉에 실
린 스콧의 인터뷰는 읽지 않는다. 그들이 보기에 스콧은 또 다른
고학력 거짓말쟁이다. 유권자들이 느끼는 위협은 실재한다. 그들
이 상정한 적은 환상이지만 말이다.

매튜는 아침에 일을 배분하면서 기삿거리 내놓으라고 기자들을

닦달하다가 마지막에 나한테 온다. 내 옆 빈 책상에 앉으면서 악의로 눈을 빛낸다. 특별히 준비한 게 있는 것 같다.

"넌 선거를 맡아. 너한테 알맞은 대형 기사지. 모든 투표소에서 거리 인터뷰를 따야 해."

"선거를요? 그건……."

"……후보자들하고도 각각 인터뷰해서 예상치를 물어보고."

"매튜."

"그런 다음 시청에 가서 개표 웹 생방송을 해. 전에도 투표 취재해봤으니 과정을 알겠지." 매튜가 말을 마치고 미소 짓는다. 하지만 일어나지는 않는다. 논쟁을 기대하는 것이다.

애비가 의자를 굴려서 가까이 오더니 항의한다. "줄스가 지금 그런 취재를 할 상황이 아니잖아요."

매튜가 차갑게 노려보지만 애비는 굽히지 않는다. "두 어머니 사이 아기 반대 운동을 하는 후보랑 인터뷰를 하라고 하면 어떻게 해요? 내가 대신 할게요. 야근해도 괜찮으니까."

매튜가 싱글거린다. 눈빛에 악의가 가득하다. "애비, 우리 막내. 야심 차기도 하지. 네가 이 신문 기사를 혼자 다 쓸 순 없어. 그리고 기자들한테 기사를 배분하는 사람은 아무래도 나인 것 같은데."

나는 어떻게 될지 예상부터 해본다. 내 사진이 언론에 널리 퍼진 마당에 이번 임상 시도에 관심이 많은 유권자들과 인터뷰를 한다면 상당히 도발적인 상황이 될 것이다. 시술 참여자가 시술 반대 후보를 인터뷰하는 것도 상당히 눈길을 끄는 뉴스가 될 것이다. 〈포스트〉가 기사를 전국지들에 팔아 몇 천 파운드 더 벌지도 모른다. 좀 줄어드는 듯하던 나에 대한 관심이 다시 타오를 것이다.

내가 말한다. "오늘 아파서 일찍 가봐야 할지도 모르겠네요."

"어림없는 소리. 이미 월요일 잠적에 대한 경고가 나갔을 거야." 매튜가 일어나면서 나한테 너무 바짝 붙어선다. 그리고 좀 더 머뭇거리다 입맛을 다시며 간다. 내가 더 저항하지 않아서 아쉬웠을 것이다.

애비가 말한다. "이건 웬 뭣 같은 경우야? 노조에 얘기해요. 이런 일을 시킬 순 없는 거잖아."

나는 한숨을 쉰다. 사람들이 내 얼굴을 얼마나 기억할까? 매체에서 한두 번 본 것만으론 기억하지 못할 수도 있다. 인터뷰할 때는 그냥 〈포스트〉에서 나왔다고만 하고 이름은 말하지 않아야겠다. 잘릴 만한 행동은 최소한으로 줄여야 한다. 그리고 최대한 따분한 기사를 내야지. 저들이 이기게 둘 순 없다.

애비를 쳐다본다. 이제 겨우 오전 7시 30분이고 다들 피곤한 얼굴이지만 애비에게는 그런 기색이 전혀 없다. "까라면 까야지. 어쨌든 도와줘서 고마워."

어느 쇠락한 동네의 투표소부터 들른다. 2차대전 뒤에 콘크리트 벽돌로 후다닥 지은 주택들이 역사책에서 본 소련을 연상시킨다. 다닥다닥 붙어선 집들의 창문 중에는 못질한 판자로 막히거나 낙서로 얼룩덜룩한 것들도 많다. 음경은 여기서도 주요 소재다.

주민센터에 차를 세운 뒤 수첩을 들고 입구에 자리 잡는다. 학교에 있어야 할 나이로 보이는 남자애가 BMX 자전거를 타고 주차장 주변을 한가로이 돈다. 부서진 아스팔트엔 깨진 유리까지 흩어져 있고 버려진 랜드로버 앞창엔 경찰서 경고장이 붙었다. 건물 가장자리를 따라 만들어놓은 엉성한 화단에는 햄버거 포장지와 맥주 캔이 버려져 있다.

투표자들이 조금씩 계속 오는데 대부분 나이가 지긋하다. 여섯 명 중 한 명은 누구에게 투표했는지, 중요한 쟁점이 뭐였다고 생각하는지에 대해 기꺼이 인터뷰해 준다. 네 명을 인터뷰하는 동안, 그중 한 명은 파란 리본까지 달고 있었는데, 아무도 시술 이야기를 하지 않는다. 아무도 나를 못 알아본다. 긴장했던 마음이 조금 풀리는 듯하다. 이 소외된 지역 주민들에게는 내가 아기를 갖는 방법보다 더 중요한 관심사가 있는 것이다. 사실 이들이 바로 내 부류다. 나는 지금 살고 있는 부유한 피터스필드보다 이런 동네에서 편안함을 느낀다. 마음 한구석에서 피터스필드는 언제나 나와 그다지 맞지 않는 곳이고, 내 차림을 비웃던 소녀들의 낄낄거림이나 소매가 짧아진 옷을 입은 나한테 분실물 스웨터를 슬쩍 갖다 주던 수학 교사 같은 기억을 떠올리게 한다. 이 동네 사람들에게는 가식도 없고 노출에 대한 두려움도 없다. 나보다 훨씬 처지가 안 좋은 사람들이다.

배가 불룩한 빡빡머리 남자 둘이 다가온다. 50대 초반쯤. 한 명은 목에 매 문신을 했다.

"어…… 그 레즈비언 아냐!" 문신남이 담배를 피우는 자기 친구한테 말하고 나에게 외친다. "어이! 거기서 뭐해, 자기? 남자 찾는 거야? 그동안 많이 그리웠지?" 그러고는 자기 가랑이를 움켜쥐고 앞으로 내민다.

나도 모르게 뒷걸음치며 스스로 한심해진다. 고난당한 기자들이 머릿속을 스친다. 두들겨 맞아 얼굴이 엉망이 되고 시리아에서 처형당한 사람, 대학에서 들은 이야기 속 영웅, 기사 때문에 투옥되고 고소당하고 보상금을 물면서도 취재원을 보호한 기자. 그런 것이 용감한 언론인의 자세라고 들었지만, 이런 식은 아니다.

내가 수첩을 휘두르면서 말한다. "〈포츠머스 포스트〉에서 나왔어요. 보궐선거를 취재하려고요."

자전거 타던 남자애가 멈춰서 우리를 지켜본다.

이번에는 담배를 피우던 남자가 허리를 돌리며 말한다. "워, 진짜 남자가 멸종되기 전에 한번 맛이나 보려고 우리를 찾아왔구먼." 두 남자가 웃음을 터뜨린다.

자전거 타던 남자애가 외친다. "양탄자 핥기! 조개 먹보!" 아직 변성기도 안 지난 것 같은 목소리인데 눈빛은 증오로 가득하다. 중년 남자들이 더 크게 웃어댄다. 사회가 발전하고 있다고들 한다. 동성애자도 결혼할 수 있고 난자 대 난자 수정도 가능해졌다. 그러나 남자애의 눈빛에는 티끌만 한 가책도 없다. 겨우 열 살이 넘었을까 한 아이지만, 이미 자기 부모와 친구 부모들의 생각과 세계관에 단단히 물들어 있다.

이 투표소에서는 충분히 취재했다. 차로 돌아간다. 눈가가 따끔거리지만 울지 않을 것이다. 충분히 예상한 일이다. 계속 헤쳐

나가야 할 일이다.

다른 투표소에서도 이따금 비슷한 일을 당했다. 사람들은 모일수록 더 사악해진다. 외모만으로는 어떤 행동을 할지 판단할 수 없다. 선하게 생긴 노부인이 최악이었다. 조글조글한 입술에 분홍 립스틱을 바른 구부정한 할머니가 목청껏 소리를 질렀다. "더러운 변태! 천벌을 받을 거다!" 지나가던 사람들이 일제히 쳐다봐서 수치심을 느끼지 않을 수 없었다.

저녁이 돼 시청으로 간다. 웅장한 흰색 석조 건물이다. 방송사 장비들이 보이는 광장에는 프라이어의 열혈 지지자 30여 명이 시술 반대 현수막을 휘두르고 있다. 코트와 목도리로 든든히 감싸고 입구까지 늘어서서 소리치는 남녀노소 사이를 지나가야 한다.

마지막 순간에 방향을 튼다. 파카 모자를 뒤집어쓰고 거리로 빠져나간다. 카페와 펍이 늘어선 거리는 평일 밤에도 학생들로 북적인다. 향수, 튀김 냄새와 담배 연기가 뒤섞인다. 젊음의 분위기, 평범한 삶을 즐기는 사람들의 공기를 들이마신다. 나의 도시, 내 고향 사람들, 시들시들한 가로수와 소변에 찌든 골목. 모두 우리 동네 모습인데 왜 이렇게 낯설고 불안하게 느껴야 할까? 겨우 며칠 만에 모든 것이 변해버려야 하나?

어느 펍 근처에서 벽에 붙어 선다. 여기서 방송사 눈에라도 띄면 큰일이다. 하이에나 같은 무리가 먹잇감을 찢어발기며 포효하는 모습이 떠오른다. 난 이런 걸 버텨낼 만큼 강하지 못하다. 이대로 무너져 울음을 터뜨리는 모습이 전국에 방송될 것이다.

떨리는 손으로 톰에게 전화한다. "한 번 더 나 좀 도와줘. 정말 미안해."

"줄스?"

"지금 시청에 와서 나 좀 도와줄 수 있을까? 네가 원하는 날 언제든 일요일 당번 대신 설게, 제발. 여기 방송사만 열 군데쯤 모여 있어. 씹할, 〈알자지라〉도 왔어. 농담 아니라니까. 씹할, 〈알자지라〉가 왜 오냐고." 이런 부탁 하면 안 된다는 거 안다. 안 그래도 일이 넘쳐나는데 동료를 대신할 힘이 남는 기자는 없다.

"줄스? 나 지금 넬슨에 있어. 어떤 여성분하고."

"아……."

"그렇게 상황이 나빠?"

"우리 아기 추방 집회를 취재하러 온 기분이야. 시위대까지 있다고."

잠깐 말이 없다. 수화기에서 비트가 빠른 여름 히트곡이 쿵쿵거린다. 여자가 깔깔거리는 소리도 들린다. "알았어, 갈게. 그런데 그전에……."

"너 취했구나?"

"어…… 좀……."

"그럼 됐어. 음주운전하면 안 돼."

"줄스, 그게 아니고……."

"아냐, 됐어, 톰. 정말. 내가 괜히 전화했다. 즐거운 저녁 보내. 내가 어떻게 해보지 뭐."

전화를 끊고 숨을 길게 들이마신다. 다시 망설일 것도 없이 서둘러 시청으로 간다. 모자를 뒤집어쓰고 빠르게 걸어서인지 중간에 걸리지 않고 무사히 건물에 들어섰다. 아마 내가 여기 오리라고 아무도 생각하지 못했을 것이다. 일단 안으로 들어오니, 계속 모자를 쓰고 있으면 이상하게 보일 것 같다. 고개를 푹 숙이고 서둘러 발표장으로 간다. 투표소마다 개표 현황이 발표될 것이다. 다행히 무대 쪽을 제외하면, 철제 접이의자가 줄지어 놓인 방청석은 조명이 밝지 않다. 각 후보의 지지자들이 여기저기 모여 수다를 떨고, 기자들은 인터뷰를 진행하고 있다.

나는 어두운 구석에 자리 잡는다. 어떻게 하면 오늘 밤의 난관을 무사히 통과할 수 있을까? 적어도 각 지역 결과는 생중계해야 할 것이다. 후보별 인터뷰는 나서서 해야 한다. 개표 상황에 따라 논평을 따면서 〈포스트〉 웹사이트로 결과에 대한 관심이 모이도록 노력해야 한다. 그런 다음 결과가 확정되면 당선자를 인터뷰하고 지지자 몇 명의 말도 따서 내일 신문에 실릴 기사를 써야 한다.

아마 자정이 넘어야 끝날 것이다. 어쨌든 할 수 있는 일이다. 우선 프라이어는 피하자. 자유민주당 후보부터 인터뷰해야겠다. 헬렌 깁스는 지역 자선 행사 때문에 안면이 있다. 예순 정도 된 것 같은데, 녹색 치마 정장을 입고 짧은 파마머리를 해서 마거릿 대처와 아주 비슷해 보인다. 남편과 둘이 외롭게 서서 프라이어 주변에 모여든 기자들을 부러운 듯 보고 있다.

"깁스 씨? 〈포스트〉에서 나왔는데요, 한마디 해주실 수 있을까요?"

헬렌이 놀라서 나를 쳐다보고 말한다. "아이고, 여길 어떻게 왔어요? 저 인간들이 가만두지 않을 텐데." 그리고 프라이어 지지자들을 흘긋거린다.

"선택의 여지가 없었죠." 나도 모르게 목이 멘다. 하지만 친절을 받아들일 자리는 아니다. 전투태세로 들어간다. "자신 있으신가요?"

헬렌이 잠시 생각한다. "아뇨. 하지만 이렇게 얘기하고 싶네요. 유세 기간 동안 보수당에서 퍼뜨린 유언비어가 진짜 쟁점에서 유권자들의 관심을 돌려놓아 속상하다고요. 대학 연구소의 프로젝트 하나가 가져올 파장보다는 해군 재정이라든가 주거, 도시 재생같이 크고 중요한 문제들이 많았어요. 그렇지 않나요?"

고마움을 느끼며 내가 고개를 끄덕인다. 말을 다 적고 고개를 드는데 내 뒤를 보는 헬렌의 눈이 휘둥그레진다. 한기가 돌며 들켰다는 예감이 뇌리를 스친다.

누가 내 어깨를 두드린다. 회색 맞춤 정장을 입은 젊은 여성이 수첩을 들고 있다. "줄리엣? 안녕하세요! 선거 유세 동안 꽤 힘들었을 것 같아요. 프라이어에 대해 어떻게 생각했어요?"

"난 선거 결과를 취재하러 왔습니다."

"하지만 의견이 있을 거 아니에요. 여론조사 결과는 보수당이 앞선 걸로 나오는데요. 프라이어가 당선하면 당신과 당신 파트너에게는 어떤 영향이 미칠까요? 걱정되세요?" 플래시가 팍 터진다.

그리고 움직임. 군중이 갈라지면서 프라이어가 나를 향해 온다. 손을 내민다. 엉겁결에 악수했다. 또 플래시가 터진다. 씹할. 정신 차리자.

"이렇게 만나다니. 줄리엣 맞죠? 안녕하세요?" 중키, 다부진 체격, 억세고 풍성한 갈색 머리칼. 감색 정장을 입고 넥타이는 매지 않았다. 셔츠 단추를 두 개나 풀어 가슴의 닻 문신을 드러냈다. 부둣가에서 일한 경력을 과시하면서도 정치인다운 세련된 태도를 한껏 드러낸다.

거기다 내가 손까지 잡아줬다. 악수하고 인사까지 나누는 듯한 장면이 찍혔다. 언론에 얼마나 멋진 사람으로 비칠까? 그 모든 유세와 주장과 상관없이, 편견을 가지고 개인을 대하는 사람이 아니라는 의미가 될 것이다. 숨이 콱 막히는 듯하다. 여기서 입을 열면 떨리고 갈라지는 목소리가 모두에게 들릴 것이다. 내가 왜 이러고 있지? 숨을 쉴 수가 없다. 파랗게 질리는 얼굴을 모두가 볼 것이다.

기자들이 점점 더 많이 모여든다. "줄리엣, 프라이어에게 하고 싶은 말 없나요?" 카메라도 두 대 이상 나를 겨냥하고 있다.

"자, 자, 당황시키지 맙시다." 프라이어가 내 어깨에 팔을 두른다. 체온이 훅 끼치며 센 힘이 느껴진다.

내가 바로 몸을 뺀다. 빨리 여기서 빠져나가야 한다.

"내가 하고 싶은 말은, 줄리엣에게 개인감정은 전혀 없다는 겁니다. 하지만 납세자로서는 심각하게 걱정하고 있어요. 우리는 이 '남성 배제' 기술이 어떤 결과를 가져올지 충분히 알지 못하고, 줄리엣의 아기에게는 심각한 결함이 실재할 수 있습니다. 줄리엣의 손자에게서 나타날지도 모르죠. 아직 과학자들이 예상하지 못한 건강 문제 말입니다. 그 치료비는 누가 감당해야 하나요? 내가 해야 할 겁니다. 당신이 해야 할 거고요."

"난……." 이런 터무니없는 소리를 계속하게 둘 수 없다. 하지만
다들 넋을 놓고 듣는다.

"그리고 이렇게 말하는 게 정치적으로 올바르지 않을지도 모르
지만, 공평하지 않다는 생각이 듭니다. 모든 아기에게 골고루 돌
아가야 할 예산이 몇몇 실험실 아기들에게만 투자되면 안 돼요."
훈련이 잘 된 남자다. 그럴듯해 보이는 근심 어린 표정으로 대사
를 친다. 얼굴 표정은 전혀 득의양양하지 않지만, 몸짓을 보면 알
수 있다.

이때 헬렌 깁스가 나선다. "터무니없는 소리예요. 줄리엣은 자기
가족을 이루고 싶은 것뿐이고, 그건 인간의 기본적인 권리입니다."

프라이어가 입을 비죽거리며 고개를 살짝 기울인다. "이 실험이
그토록 문제가 되는 건 그 핵심에 가족이 있기 때문입니다. 가족
은 단순한 권리가 아니에요. 특권입니다. 가족은 열심히 노력해서
이뤄야 하는 것이지 그냥 주어지는 게 아닙니다. 우리가 여기서 잠
깐 생각해봐야 합니다. 가족은 사고팔 수 있는 상품이 아니에요.
배양접시에서 제조될 수 있는 게 아닙니다. 우리는 훌륭한 가정을
이룸으로써 우리나라를 훌륭하게 만들어야 합니다."

카메라 플래시가 또 터져 인상을 쓴다. 기자들은 내가 대응하
기를 바란다. 내가 대응하지 않으면 프라이어가 이기게 놔두는 것
이다. 의문의 여지 없이 나와 프라이어의 대면은 보도되고, 프라이
어는 승자로 떠오를 것이다.

슬픈 사실은, 그동안 나도 매일 많은 시간을 들여 머릿속에 이

모든 논쟁에 대한 답변을 준비했다는 점이다. 수상한 주장들을 다 납작하게 만들 만큼 완벽한 문장을 버리고 버려왔다. 그런데 그것들은 다 어디로 갔을까? 왜 머릿속이 점점 하얗게 비는 것 같지? 로지는 나한테 실망할 것이다. 몹시. 나는 울음을 터뜨리고 말겠지. 젠장, 눈물이 나올 것 같다.

그때 애비가 사람들을 밀치고 나타난다. "아, 줄스! 여기 있었네. 데스크가 할 말이 있대. 급한 일이야. 실례합니다! 좀 비켜주세요!" 내 허리를 감싸고 다시 사람들을 밀치며 나아간다.

나는 어린애처럼 따라간다. 한발 또 한발, 웅성대는 사람들과 뒤통수에 꽂히는 시선은 무시한다.

위층 화장실에서 거울에 비치는 내 얼굴을 들여다본다. 다행히 눈물은 보이지 않지만 얼굴이 벌겋다. 기자회견장에 경찰의 호위를 받고 나온 범죄 피해자처럼 초췌한 모습이다.

"여긴 어떻게 왔어?" 내가 애비에게 묻는다.

"톰이 전화했어. 그래줘서 얼마나 고마운지. 이런 난리라니. 이런 짓을 시킨 매튜는 해고돼야 해."

나는 고개를 숙인다. 애비가 아니었으면 얼마나 더 기자들 한가운데 멍하니 서 있었을까? 앞으로 이런 일이 얼마나 더 있을까? 내가 감당할 수 있는 일이 아니다. 난 못할 것 같다. "개표를 봐야 하는데. 다시 돌아가야 해."

"아, 줄스. 그럴 순 없어. 또 에워싸일 텐데. 내가 대신 할게."

"매튜가 허락 안 할 거야."

애비가 내 팔을 잡는다. "매튜는 알 필요 없잖아. 우리 둘이 팀으로 하자. 줄스는 화장실에 들어가서 문을 잠가. 내가 나가서 취재할게. 태블릿 있지? 됐네. 내가 인터뷰 딴 거 보내줄 테니까 빨리 기사 써. 얼른 해치우자고."

"하지만 이렇게 저녁 시간을 버리겠다고? 뭣 때문에? 그래서 얻는 게 뭐야?" 무례하고 상처 주는 말이라는 걸 알면서도 나도 모르게 말이 나와버렸다. 애비는 상처받은 표정을 짓는다. 하지만 스물두 살짜리에게 구원받는다는 건 치욕적인 일이다. 10년을 일하면서 처음으로 내게 주어진 일을 해낼 수 없게 되었다. 〈미러〉에서 보낸 그 끔찍한 밤에도 주어진 일은 해내고 그만두었다. 침도 맞아봤고 주먹도 맞아봤고, 강간 피의자에게 집까지 미행당한 적도 있다. 그럼에도 내 중심에는 언제나 일종의 힘이, 내 일의 정당성에 대한 확신이 있었다.

애비는 밝고 긍정적인 표정을 유지하려 애쓰지만 측은함을 감추지 못한다. 내가 실제는 어떤 여자였는지, 어떤 기자였는지 보여주고 싶다. 지금 보는 나는 비정상 상태라는 것을 이해시키고 싶다.

"줄스?"

"정말 미안해. 그리고 고마워. 부탁도 안 했는데 이렇게 나와주다니. 나한테 이렇게 해준 사람은 네가 처음이야."

애비는 미소 지으며 내 팔을 토닥이고는 서둘러 취재하러 나간다.

나는 여자 화장실 한 칸에 들어가 문을 잠그고 실컷 운다.

오늘 밤이 지나면 구체적 계획을 세워야겠다. 더는 매튜가 나를 괴롭히게 놔둘 수 없다. 내 경력에 대해 진작 했어야 할 고민을 다시 하며 열정에 불을 지필 방법을 찾아야 한다. 학교 다닐 때처럼 머리를 빨리 굴리며 좋은 일, 중요한 일을 하려는 의지에서 기운을 얻어야겠다. 다른 학생들을 둘러보며 최고가 될 거라고 다짐하던 소녀. 그 다짐대로 다시 해볼 것이다.

그리고 오늘이 끝나면 우리 아기에게 제대로 관심을 집중할 것이다. 내가 원하는 어머니 모습이 되도록 노력할 것이다. 로지에게도 더 나은 배우자가 될 것이다. 집 안에 숨어 지내야 했던 날들을 보상해주기 위해 최선을 다할 것이다.

휴지를 둘둘 풀어 얼굴을 닦는다. 눈이 쓰리다. 닦고보니 휴지가 시커메졌다. 젠장, 마스카라. 다시는 안 바른다.

오늘이 지나면, 모든 것이 아주 달라질 거다.

14

프라이어가 근소한 차이로 이겼다. 나는 화장실에 들어앉아 시청이 떠나갈 듯 외치는 함성을 듣는다. 기사로 쓰려니 고문당하는 심정이다. 난자 대 난자 수정의 위험성에 대한 공개 조사를 요구하는 승리 연설 일부도 기사에 욱여넣는다. 선거가 끝나 다행이라고 생각하고 싶지만, 강력한 지지를 받고 있으니 더 거센 목소리를 낼 것이 걱정된다.

그다음 주부터 독일과 호주 등 난난 수정을 금지하는 나라가 나올 때마다 무조건 프라이어 인터뷰가 나온다. 예의 인구 비율 염려와 신종 질병 협박을 지치지도 않고 읊어댄다.

한 주 뒤 입덧으로 기진맥진하면서도 로지는 서점에 다시 간다. 최대한 뒤쪽 사무실에서 일하도록 트레버가 편의를 봐준다. 하지만 계속 숨어 있을 수만은 없고, 언론은 계속 파파라치 사진을 찍어낸다. 분홍 스웨터를 입은 로지, 쪽 찐 머리의 로지, 신용카드를 건네는 대머리 남자에게 미소 짓는 로지. 〈데일리 스케치〉에서는 로지가 진열창 서적들을 바꾸는 모습을 찍었는데, 이건 로지가 제일 좋아하는 일이다. 똑바로 서서 눈을 지그시 뜨고 생각에 잠긴 모습에서 배가 둥글게 드러났다. 독자들은 배가 나오기 시작하는지 확인하려고 자세히 들여다봤을 것이다.

트레버는 로지 덕분에 장사가 잘 된다고 농담한다. 기자들뿐 아니라 호기심 많은 사람들이 찾아간다. 임신에 대한 향수에 젖은 나이 든 여자, 젊은 페미니스트, 진보적인 남자 들이 우리 세대의 상징적 인물에게 경의를 표하러 들뜬 방문을 한다. 하지만 다른 방문자도 있다. 뒷조사하려는 사람, 조롱하려는 사람, 로지가 어쩔 수 없이 창고로 도망갈 수밖에 없게 만드는 사람도 있다. 트레버가 경찰을 불러야 했던 경우도 몇 번이나 있다.

그렇게 몇 주가 지나면서 우리 집 밖에서 진을 치던 매체들은 점점 줄어든다. 나는 조깅을 다시 할 수 있게 되었다. 하지만 집을 나서기 전에 꼭 머리를 빗게 되었다. 직장에도 립스틱을 바르고 가게 되었다. 그런다고 로지처럼 예쁜 사람이 어쩌다 나 같은 사람과 엮였냐는 분노에 찬 여론을 막을 순 없지만 말이다.

투표일에 내가 멍하고 초췌한 얼굴로 프라이어의 팔을 어깨에 얹고 있는 사진은 사방에 깔렸다. 그 사진의 댓글들을 읽어서는 안 됐지만 어쩔 수 없었다.

트위터에서는 '#로지를구하라' 운동이 벌어졌다. 장난삼아 참여하는 사람들인 것 같지만 로지를 어떻게 꾀어낼지, 예쁜 옷과 멋진 레스토랑에서 식사를 사주며 레즈비언 소굴에서 이끌어낼 방법에 대해 상상력을 세세하게 동원한다. 물론 그들의 가벼운 척하는 농담에도 못생긴 년은 자기 물건으로 쭉 꿰뚫어서 그게 입으로 나오게 하겠다는 문장이 들어간다.

심지어 어떤 타블로이드지는 내 유일한 이성애 섹스 경험의 상대를 발굴해냈다. 내가 섹스하면서 그렇게 소리를 질렀단다. 지루하기 짝이 없던 그날의 경험을 생각하면 정말 그 남자가 맞는지도 의심스럽다.

그리고 우리 집 주소까지 공개해버렸다. 실수로 보일 수도 있는 일이다. 로지가 집을 나서는 사진을 실으면서 현관문의 번호가 보이게 했다. 그 기사는 우리 집이 있는 거리의 이름을 밝히지 않았지만, 다른 기사에는 이미 수없이 등장한 터다. 내가 항의하자 웹사이트 사진에 블러 처리를 했지만 이미 볼 사람은 다 봤을 것이다. 우리가 사는 곳을 파악한 놈들이 몇 명이나 될지 모르겠다.

임신 12주에 접어들자, 초음파 검사로도 사람 모양이 또렷이 나타난다. 동그란 두개골과 가느다란 다리 끝에 조그만 발이 달렸다. 발가락까지 알아볼 수 있게 되자 로지는 눈물을 글썽인다.

로지는 입덧이 점차 잦아들고 기운이 났다. 밤에 잘 때도 곧장 곯아떨어지기보다는 나를 더듬으며 섹스를 시도하게 되었다. 입맛도 돌아오고 이상한 시간에 엉뚱한 간식을 꼭 먹어야 하는 욕구가 생겼다. 새벽에 전자레인지 소리 때문에 잠을 깬 적이 한두 번이 아니다. 냉장고에 캐서롤, 리소토, 커리를 잔뜩 채워놔도 곧 사라진다.

집 주위에 카메라가 하나도 보이지 않는 날에는 더욱 희망이 솟는다. 크리스마스가 다가오자 로지가 새 집을 찾아보자고 제안한다. 우리는 이 지역에서 평생 살았기 때문에 어디에 불량 청소

년들이 모이는지, 어느 도로의 자동차 소음과 매연이 심한지, 어느 주택단지가 날림 공사로 악명 높은지를 다 안다.

로지의 엄격한 기준을 통과한 매물은 두 채뿐이다. 한 채는 비어 있어서 바로 이사할 수 있지만 실내장식이 낡았다. 1980년대에 유행한 울룩불룩한 벽지로 온통 도배된 데다 얇은 양탄자는 바꿔야 할 것 같다. 얼른 둘러보고 로지가 집의 위치에 대해 긍정적인 말을 했지만, 별로 내키지 않는 게 분명하다.

두 번째 집은 초지 근처 조용한 골목의 막다른 집으로, 세를 놓던 곳이다. 세입자가 나간 뒤 소유주가 대충 수리를 했다. 목련색으로 벽을 칠하고 베이지색 양탄자를 집 전체에 새로 깔았다. 거실이 크고 천장도 높으며 남쪽으로 난 전면 창을 열면 이웃에서 전혀 들여다볼 수 없는 뒷마당 정원으로 나갈 수 있다.

"그네도 만들 수 있어. 식탁이랑 의자 놓을 공간도 넉넉하고. 여름에 밖에서 식사할 수 있겠어." 로지가 말한다.

우리는 얼른 둘러보고 중개인 앞에서 너무 좋아하는 티를 내지 않으려고 애쓴다. 중개인과 헤어지고 차 안에 앉아서 로지가 찍은 사진을 들여다본다.

"완벽해. 아이가 뛰어놀 정원이 있고, 아기 방이랑 서재도 만들 수 있어."

"대출금을 감당하는 게 만만찮을 텐데."

"줄스, 걱정 좀 그만해. 우리가 지금 사는 집이 얼만데. 대출금은 많지 않을 거야."

나는 다시 집을 돌아본다. 완전히 독립된 주택은 아니고 한쪽 벽을 옆집과 맞대고 있다. 진입로에는 차 두 대를 댈 만한 공간이 있다. 잘사는 것처럼 보이는 깔끔한 동네다. 건너편 집에는 새 아우디가 서 있다. 상록수 관목으로 조경이 잘 된 앞마당에 크리스마스 전구 장식이 있지만, 과시적이거나 천박하지는 않다.

하지만 대출금하고 아기는? 두 가지 부담을 동시에 질 수 있을까? 우리는 휴가도 포기해야 하고, 시내로 외출하기도 힘들어질 거다. 하물며 크레타의 태양을 쬐러 갈 순 없겠지. 아빠의 경고가 이제 이해된다. 난 다시 가난해질 거다. 커리에 넣을 채소 대신 통조림을 사야 하나 싶기도 하다.

"생각해봤는데, 내가 〈포스트〉에서 뭘 하고 있는지 모르겠어. 그만둬야 할까 봐. 홍보 일을 구하면 돈을 더 받고 퇴근도 일찍 할 수 있어."

로지가 내 팔을 잡는다. "그럴 필요 없어, 줄스. 우린 충분히 편하게 살고 있어."

"그런 게 아냐. 그러니까…… 내 말은, 이제 난 서른다섯이 돼. 전국지에서 당직 서는 일은 도저히 못 하겠고. 여기가 한계인가 봐. 다른 동료들도 〈포스트〉에서 오래 일할 생각은 없을 거야. 매튜는 빼고. 난 그렇게 비틀린 꼰대가 되느니 차라리 기자 일을 포기할래."

"하지만 너한테 중요한 일이잖아."

나는 거리를 내다본다. 우아한 암녹색 코트를 입은 키 큰 여자가 킥보드 타는 어린 남자애를 지켜보고 있다. 기자로 일하는 게 나한테 그렇게 중요한가? 언론인의 이상이 나를 그렇게 오래 버티

게 했나? 시청 화장실에 갇혀 있던 기억이 떠오른다. 처참한 기분이었다. 늘 그런 기분을 느끼는 건 아니지만 뭔가 확실히 바뀌었다.

내 삶이 까발려지고 있었다. 그것도 대부분 형편없는 모습으로. 그게 공익에 무슨 도움이 되나? 회의감을 떨치려고 애쓰지만, 매일 아침 혼자 차를 타고 출근할 때마다 지난 10년간 쌓아온 회의감이 점점 더 강하게 일어난다. 내가 문간에 나타나면 기겁하던 사람들. 나에 관한 신문 기사를 읽고서야 내장이 콱 뒤틀리는 그 기분을 직접 느끼게 되었다. 몸을 잔뜩 웅크리고 내 비밀, 내 본모습을 세상으로부터 안전하게 보호하고 싶은 욕망.

로지가 내 뺨에 키스한다. "후회할 결정은 내리지 말자. 우린 잘 해나갈 수 있을 거야. 난 네가 좋아하는 일을 하면서 행복하길 바라. 네가 열중하는 모습이 보기 좋은걸. 늘 새로운 에너지를 찾아내는 모습도."

"이번 일로 그건 아주 확실히 사라져버린 것 같아."

로지가 내 턱을 들어 눈을 들여다본다. "자학하지 마. 난 너처럼 열심히 일할 수 있는 사람을 본 적이 없어. 하루에 열두 시간을 일하고 조깅도 하고 집도 다시 꾸미고. 그 모든 일을 어떻게 다 해내는지, 내가 얼마나 놀랐는데."

나는 조금 웃고 잠시 로지의 손을 잡고 있다가 시동을 걸고 집으로 돌아온다.

앤서니가 우리 현관 앞에서 기다리고 있다. 양가죽 모자를 쓰고 고급 자전거 점퍼를 입었다. 우리를 보자 급히 손을 흔든다.

"누가 그랬는지 알아냈어. 너네 정보를 누가 팔아넘겼는지 내가 알아냈다고."

내가 열쇠를 현관에 꽂는데, 장갑 낀 앤서니의 손에 〈포스트〉가 들려 있다. 인상을 쓰며 집으로 들어간다. 로지와 앤서니도 따라 들어온다.

"뭐라고? 누군데?" 로지가 복도에서 앤서니에게 묻는다.

앤서니가 더듬거리며 신문을 펴다가 장갑을 바닥에 던져버린다. "이거 봐." 앤서니가 스포츠 면을 편다. 톰의 사진을 가리킨다. 우표보다도 작은 사진이 포츠머스 풋볼 클럽 기사 말미에 붙어 있다. "이자야. 이자가 우리 집에 와서 나한테 돈을 주겠다고 했어. 자기가 〈트리뷴〉에서 나왔다면서. 거짓말을 한 거지. 뭐 또 팔아먹을 게 없나 알아보러 왔던 거야. 너네 조심해야겠다."

로지가 나를 본다. 나는 시선을 피한다. 화난 척할까도 생각한다. 톰이 우리를 배신한 게 정말인 척하면서 앞으로 벌어질 다툼을 피할까도 생각한다.

"너랑 일하는 남자잖아, 줄스. 이 남자한테도 시술에 대해 알려줬어?"

로지의 얼굴에 실망한 표정이 가득하다. 내가 무슨 짓을 했는지 아는 것이다.

"난……." 거짓말을 해야 할까? 하지만 톰이 기꺼이 도와줬는데 그런 비난을 뒤집어쓰게 만들 순 없다. 나는 로지에게 말한다. "좋은 생각 같았어. 누가 배신을 했는지 꼭 알아내고 싶었으니까."

앤서니가 신문을 내리고 나와 로지를 번갈아 본다.

"그래서 함정을 팠다고? 가장 친한 친구를 시험한 거니?" 로지의 목소리는 조용하지만 날이 서 있다. 아니라고, 사실이 아니라고 대답해달라고 간절히 바라는 것 같다.

"무슨 소리야? 누가 설명 좀 해줄래?" 다시 앤서니.

복도가 너무 붐빈다. 나는 거실로 걸음을 옮긴다.

"앤서니, 알리러 와줘서 고마워. 하지만 지금은 줄스랑 내가 할 얘기가 있어."

앤서니가 인상을 쓴다. 극적인 장면이 펼쳐지려는데 빠지기 싫은 것이다. "난 이해가……."

"나중에 전화할게."

앤서니가 터벅거리며 우리 사이를 지나가는 동안 나와 로지는 꼼짝 않고 서 있다. 그가 조심스레 현관문을 닫는다.

"난……."

"대체 무슨 짓을 한 거니? 어떻게 이렇게 수치스러운 짓을 할 수가 있어? 맙소사, 우리 부모님한테도 톰을 보냈니?"

"아니, 앤서니한테만…… 난 증거를 찾아야 했어."

"찾았니?"

"아니……."

"앤서니가 범인이 아니니까!"

나는 벽에 기댄다. 얼굴이 화끈거린다. 덥다. 코트를 벗어야겠는데 팔이 움직이지 않는다. "그렇지 않아. 그때 앤서니가 미끼를 물지 않은 건 얼마든지 다른 이유가……."

"닥쳐, 줄스. 내가 앤서니한테 뭐라고 해야 하니? 내 여자 친구가 널 의심해서 함정을 팠다고? 맙소사, 넌 앤서니한테 사과해야 해."

나는 손을 들어 얼굴을 감싼다. 정말 그런가? 조금 전 앤서니는 우리를 걱정하며 정말 도와주고 싶은 것처럼 보였다. 악의적인 느낌은 전혀 없었다. 하지만 그럼 누가 그랬단 말이지? 내 의문은 그거다.

"난 해야 할 일을 했을 뿐이야."

로지는 코웃음을 치고 고개를 흔들며 코트도 벗지 않고 거실로 가버린다. "이미 한 말을 반복하진 않을게." 그러면서 소파에 앉아 팔짱을 낀다. "줄스, 왜 이런 마녀사냥에 기운과 시간을 낭비하는지 이해가 안 돼. 이미 일어난 일은 어쩔 수 없잖아. 우리는 여성들이 새로운 선택을 할 수 있게 해주는 획기적인 시도에 동참하고 있어. 그런데 넌 그 사실을 축하하기보다는 여기서 커튼 내리고 숨자고만 하잖아."

나는 거실 입구에 선다. "이것도 이미 한 얘기잖아. 넌 미디어에 대해 몰라서 그래."

"줄스, 앤서니한테 사과해. 네가 한 짓은 엄청난 모욕이야."

"앤서니가 우리를 배신했을 가능성은 전혀 생각 안 하니?"

"절대!" 로지의 눈썹 사이에 깊은 세로줄 두 개가 파인다.

나는 고개를 흔들며 침실로 가버린다. 조금 전까지만 해도 초지 부근 침실 셋짜리 집에서 사는 걸 상상하느라 바빴는데, 낙관론은 사라지고 우리 삶과 우리 희망이 미디어 때문에 돌이킬 수 없이 해를 입었다는 사실만 더 분명해진다. 한 발만 잘못 디뎌도, 실수해도, 행복의 가능성은 산산이 부서질 것이다. 옆으로 누워 몸을 웅크린다.

로지는 지금 사리분별을 못 한다. 외고집이라고밖에 할 수 없다. 눈을 질끈 감고 마음을 진정시키려고 애쓴다. 이렇지 않던 시절, 모성애를 추구하기 전의 우리 삶을 돌이켜본다. 누운 채로 스물네 살의 로지를 생각한다. 종종 떠올리는, 행복한 추억이 가득한 그때를⋯⋯. 로지는 모더니즘 문학으로 석사과정을 마치고 자기 소설을 쓰기 시작했다. 퇴근하고 집에 와보면 몸을 잔뜩 웅크리고 화면에 코를 박은 채 자판을 정신없이 두드리고 있었다. 7주 만에 초고를 완성하고는, 내가 읽어보자니까 자부심과 기대로 들뜨던 표정.

"하지만 아직 엉망이야. 머릿속으로는 구상이 다 끝난 것 같은데, 쓰고나면 아마추어 같아 보여."

로지의 말을 듣고 나는 내심 긴장하며, 읽고나서 별로라도 격려하고 건설적인 방안을 제시해야겠다고 마음의 준비를 했다. 하지만 정반대로 이야기에 푹 빠져들어선, 범죄소설을 읽을 때처럼 정신없이 페이지를 넘겼다.

구성은 꽤 간단했다. 학교 때 여자 친구에게 집착하는 젊은 여성의 이야기였다. 하지만 등장인물마다 하나같이 풍부하고 미묘한 내면이 생생히 살아 있었다. 모순된 생각과 주의 깊게 짜인 자기기만을 어떻게 그렇게 포착해낼 수 있는지 놀랄 수밖에 없었다. 그때까지 로지는 그저 이 학교 저 학교를 다니며 딱히 직업을 가진 적도 없고 사회 진출을 고민해보지도 않는 것 같았는데, 그런 놀라운 상상력과 겹겹의 지혜는 생각지도 못해서 당황스러울 정도였다.

다음 몇 주 동안 저녁 시간을 이용해 편집 기술을 좀 전수해줬다. 불필요한 표현들을 집어내고 수동태를 능동태로 바꾸는 등 문장 손질하는 법을 알려줬다.

"네가 고쳐주니 훨씬 좋아졌어! 바로 이렇게 쓰고 싶었던 걸 어떻게 알았어?"

로지가 고마워하니 뿌듯했다. 실용적인 도움을 줄 수 있어서 기뻤다. 로지가 문학적 명성을 얻는 몽상에 잠기기도 했다. 그러다 보면 돈도 벌 수 있을 테고, 나도 〈포스트〉를 때려치운 다음 다시 전국지에 제대로 도전할 수 있을 것이다.

하지만 원고를 떠들썩하게 한번 컴퓨터에 입력하고나니 로지에게서 소설에 대한 열정이 빠져나간 것 같았다. 로지는 서점에 취직했고 그 일을 즐거워했다. 너무 열심히 했다. 내가 소설은 어떻게 돼가느냐고 물어볼 때마다 로지는 늘 어정쩡한 미소를 지어 보였다. 그래서 퇴고는 결국 못 했다. 때로 의문이 들었다. 내 실용적인 관여가 로지의 영감을 죽여버린 건 아닐까 하고 말이다.

천장을 보면서 다시 자문해본다. 내가 뭘 잘못했을까? 내가 사랑하는 사람들의 기분보다는 필요한 일 하는 걸 더 중요하게 생각했나? 지금은 로지가 중요하다. 우리는 싸우지 말아야 한다.

침대에서 일어나 거실로 향한다. 로지는 여전히 소파에 앉아 조용히 울고 있다. 그 옆에 앉아 등에 살짝 손을 얹는다. 불안정하던 분노는 이미 다 흩어졌고 마음에는 애정과 공감으로 채워야 할 공간만 남아 있다.

앤서니를 시험한 건 꼭 필요한 일이었지만, 더 중요한 일이 있었다. 로지의 등을 끌어안는다. 손으로 배를 감싼다. 로지는 흐느끼면서도 내게 안겨온다. 나는 이 여자에게 더 잘 할 의무가 있다. 질문이 고개를 든다. 나는 우리 아기에게 어떤 감정을 느끼는 걸까? 아기에게는 손가락, 발가락이 있다. 초음파 영상에서 아기가 움직이는 것도 보았다. 하지만 몇 시간이고 아기 생각은 한 번도 안 하면서 지내기도 한다. 오히려 언론의 개입 때문에 그제야 생각을 하게 된다. 늘 생각하고 있어야 했던 아기의 존재에 대해서 말이다.

15

며칠째 기자들이 전혀 안 보여서 우리는 한시름 놓는다. 크리스마스를 앞두고 아니타와 홍슈의 초대를 받아들인다. 혹시나 우리 때문에 그들도 언론에 노출될까 봐 그동안 전혀 만나지 않고 지냈다.

그들을 정말 보고 싶었다. 특히 홍슈에게 묻고 싶은 말이 많다. 나처럼 임신 당사자가 아니니까. 홍슈도 양육에 대한 현실적 걱정을 하지 않을까? 임신했다는 소식에 같이 기뻐하던 게 먼 옛날처럼 느껴진다. 어떤 경험을 내가 실감하도록, 단지 머리가 아니라 몸으로 기억하도록 만들어줄 그때의 소중한 단편적 느낌을 다시 불러낼 수가 없다. 이런 걸 털어놓을 사람은 홍슈뿐이다.

둘은 코섬에 산다. 포츠머스 북부의 자족적인 동네로, 쇠락해가는 번화가엔 값싼 작은 식당과 중고품 가게 들이 들어서 있다. 홍슈는 눈송이 무늬 스웨터와 스키니진을 입고 우리를 맞이한다. "어서 들어와, 어서." 우리 뺨에 키스를 쪽, 쪽 해준다. 칠면조를 구워서 푸근한 냄새가 복도에 가득하다.

"와, 이거 수고스럽게 크리스마스 만찬을 제대로 차린 거 아냐?" 로지가 털장갑과 목도리를 벗으면서 말한다.

"안 될 거 뭐 있어? 로지도 그렇게 힘든 한 달을 보냈는데, 좀 제대로 즐겨야지. 이리 와."

홍슈를 따라 널찍한 주방으로 들어간다. 유리로 된 4인용 탁자가 예쁘게 장식되었고, 의자 하나에는 뚱뚱한 줄무늬 고양이가 도사리고 있다.

"와, 이렇게까지 준비했어!" 로지가 소리치며 아니타를 안는다.

로지와 내가 자리를 잡고 홍슈는 아니타와 함께 척척 음식을 차린다. 우리는 그들을 말없이 바라본다. 지난 주말에 싸운 뒤 화해는 한 셈이다. 나는 앤서니에게 사과하기로 했지만, 톰을 시켜 시험한 게 잘못이라는 인정은 결국 하지 않았다. 로지는 실망한 것 같다. 휴전을 존중하지만, 아직 화가 나 있는 것이다.

음식이 다 차려지자 아니타가 묻는다. "그래서, 어떻게 지냈어? 사방에 너희 사진이 나오니…… 많이 힘들었을 것 같아."

로지가 구운 감자 위로 소금을 뿌린다. "줄스 말이 옳았어. 고개 푹 숙이고 시간이 지나가기만 기다렸지. 드디어 관심이 좀 시들해진 것 같아."

아니타가 방울양배추를 집는다. "우리도 공개할까 생각했었어. 너희한테만 온갖 관심이 쏠리니까 너무 안됐더라."

로지가 말한다. "안 하길 잘했어. 감당하기 힘들었을 거야. 그런다고 우리를 안 쫓아다니지도 않았을 텐데."

홍슈가 나를 본다. "누가 〈데일리 스케치〉에 제보했는지는 알아냈어?"

로지가 표정을 굳힌다.

"아니. 아마 못 알아낼 것 같아."

"사람들이 그럴 수 있다니 무서워." 아니타가 경고의 눈길을 보내지만 홍슈는 알아채지 못하고 말을 계속한다. "그 새 하원의원은 노래랑 춤까지 만들었잖아. 시내에서 정부에 난난 시술을 불법으로 만들라고 요구하는 대규모 집회도 연다며? 어쩔 때는 세상이 발전하는 게 아니라 퇴보하는 것 같아."

내가 말한다. "나도 집회 소식은 들었어. 하지만 걱정 마. 정부가 프라이어한테 굴복하지는 않을 거야. 사람 몇 명 모인다고 법을 고칠 순 없어."

"하지만 사람들이 그 쓰레기 같은 말을 믿으니까. 진짜, 그놈이 한마디 할 때마다 우리 엄마가 기겁해서 전화해. 텔레비전에 나오는 말이니까 다 사실인 줄 아는 거지." 홍슈가 말한다.

아니타가 말한다. "언젠가는 밝혀지겠지. 우리 건강한 아이들이 진실을 알려줄 거야. 그다음에 다 같이 다음 단계로 가는 거고."

"근데 너희는 그 미친 미국 목사 봤어?" 홍슈가 묻는다.

로지와 나는 의아한 표정을 짓는다.

"그런 놈이 수백만이나 되는 조회수를⋯⋯. 자, 여기." 홍슈가 전화를 꺼내 동영상을 찾는다.

나이 지긋한 남자가 눈을 부릅뜨고 침을 튀기며 카메라에 대고 말한다. "성경은 그대들의 아버지와 어머니를 존경하라고 합니다. 똑바로 봅시다. '그대들의 아버지' 그리고 '그대들의 어머니'입니다." 우스울 정도로 손을 흔들어댄다.

홍슈가 킥킥댄다. "진짜 웃기지?"

"……이 혐오스러운 위반자들은 끓어오르는 지옥으로 떨어질 것입니다……."

"얼른 꺼." 아니타가 말한다.

로지가 한숨을 쉰다. "난 정말이지 이해가 안 가. 왜 그렇게 화를 내지?"

홍슈가 코웃음을 친다. "이제 남자들이 피 묻은 사슴을 동굴로 끌고 들어오기만 기다리는 여자는 없으니까. 하지만 남자들은 여자 없이는 아이를 만들 수 없잖아. 우리가 필요하니까, 그걸 우리가 상기시키니까 분노하는 거야."

"하지만 여자들이 다 이런 식으로 아기를 가질 것도 아니고. 인구 비율이 어쩌고 남자가 멸종하고 어쩌고, 이런 쓰레기들에 대응하는 사람이 왜 없어? 난 사람들이 이런 거짓이랑 선동을 너무 쉽게 믿는다는 게 걱정돼."

홍슈가 나를 보고 씩 웃는다. "언론 탓이지."

아니타가 로지의 팔을 두드린다. "우리도 친구들한테 말하기 시작했어. 임신 12주째라고. 정자 기증이라고 했지만 내심 사람들이 우리 아기가 실은 우리 둘의 아이라는 걸 알아주면 좋겠어. 이렇게 멋진 사실을 숨기고 거짓말하니까 기분이 안 좋아."

로지가 입술에 묻은 그레이비소스를 핥는다. "뭐, 긍정적인 면을 보려고. 언론 덕에 모두가 단번에 우리 소식을 알게 됐잖아. 여러 사람에게 전화하는 수고를 덜었지."

그 말에 나는 로지가 정교하게 연출했을 여러 모임 장면들을 떠올려본다. 친구들과 만찬을 즐기면서 활짝 웃으며 발표했을 소식이다. 그런 기쁜 순간을 박탈당하다니, 새삼 또 화가 난다.

"신문에서 너희 이름을 볼 때마다 우리가 될 수도 있었다는 생각이 들었어. 게다가 스콧은 어떻고. 그렇게 선량하고 상냥한 남자한테 퍼부어대는 논평들을 보면 정말……." 홍슈는 아니타와 반쯤은 미안하고 반쯤은 안도하는 표정을 주고받는다. 그리고 잠깐 침묵이 이어진다.

우리는 그렇게 먹고 이야기한다. 바로 이런 사교 모임이 필요했다. 아니타와 로지는 몸의 변화와 가슴의 감촉, 화장실 문제 등을 서로 비교하며 식사 자리에 어울리지 않는 화제도 거리낌 없이 얘기한다.

후식으로 크리스마스 푸딩에 진한 크림까지 얹어 먹고나서 아니타가 임산부용 브라를 추천하자, 로지는 아니타와 함께 거실로 가서 웹사이트를 찾아본다. 나와 홍슈만 주방에 남아 기쁘다. 내가 뒤에 남아 자연적인 방법으로 카페인을 제거한 커피를 준비하고, 홍슈는 세척기에 그릇을 넣는다.

홍슈가 먼저 묻는다. "근데 넌 기분이 어때? 임신 말이야."

나는 푸 하고 어깨를 으쓱한다. 내가 느끼는 이상한 무감각을 어떻게 표현하면 좋을까? 홍슈도 같은 기분이라고 털어놓지 않을까? 그럼 나도 바싹 다가가서 마찬가지라고…….

"실은 이상하게 아니타한테 질투 날 때가 있어. 우리 아기와 훨씬 가까이 있는 거니까. 아이를 키울 사람도 아니타고, 젖도 먹이겠지. 나는 힘들 테지만."

"아기의 반은 너한테서 나왔어. 어느 아버지보다 잘할 거야."

"하지만 나도 어머니가 되고 싶은걸." 홍슈가 내 눈치를 슬쩍 본다. "나도 이러면 안 되는 걸 알지만, 아니타가 하는 모든 경험을 보고 있자니……."

"나로서는 안 해도 좋을 경험인 것 같던데." 로지를 기진맥진하게 만들던 구역질과 퇴근하고 옷도 못 갈아입은 채 쓰러져 자던 모습을 떠올리며 내가 말한다.

"아니타는 우리 아기랑 아홉 달이나 먼저 유대감을 쌓기 시작한 거잖아. 난 뒤처진 느낌이 들어. 아마 이런 기분은 너만 이해해줄 수 있을 거야……."

갑자기 고양이가 내 종아리에 몸을 비빈다. 무슨 말을 해야 할지 모르겠다. 그나마 로지가 임신해줘서 다행인데. 나는 한 번도 아기를 내 몸 안에 기르고 싶다는 생각을 해본 적이 없다. 다른 생명을 그렇게 책임지고 싶지 않다.

내가 임신한 모습을 머릿속에 그려봤다. 배꼽이 툭 튀어나오고 내 안에서 뭔가 움직이는 걸 느끼고. 역겹다. 나야말로 홍슈가, 세상에서 유일하게 나와 같은 두 번째 어머니가 되는 여자가 내 혼란스러운 기분을 이해할 줄 알았다.

홍슈의 눈이 젖어든다. "미안. 아니타한테 나쁜 감정을 가진 건 아니야. 그냥 좀 욕심이 생겨서 그러나 봐. 임신 결과가 나온 뒤로 정말 강한 애정을 느끼는걸. 무슨 말인지 너도 이해할 거야. 겪어보지 못한 사람은 알 수 없겠지. 배 속 깊은 곳에서 일어나는, 평생 가장 중요한 일이 시작될 것 같은 감정 말이야."

내가 미소 지으며 고개를 끄덕인다. 나도 그런 확신이 들면 좋겠다. "이런 임상 시도에 참여하게 되다니…… 정말 굉장한 행운이야. 전에는 어떤 여성도 갖지 못한 기회를 얻은 거니까."

홍슈가 나를 보며 의아한 표정을 짓는다. 나도 홍슈에게 잔뜩 기대했다가 이렇게 되니 좀 당황스럽다. 마치 나한테 어떤 기본적인 본능이 없다고 밝혀진 것 같다. 진정한 여성이라면 마땅히 느껴야 하는 감정이 결핍되었다고 말이다. 우리 아기가 그저 관념적인 존재였을 때는, 정치적 승리 같은 것이었을 때는 나도 모든 것에 확신이 들었다. 심지어 우리 딸아이를 머릿속에 그릴 수 있을 정도였다. 하지만 이제 우리 딸아이가 실제로 존재하게 되니, 그저 초음파 영상 속 덩어리 이상은 아무것도 상상이 안 된다. 그저 내 감정만 억눌린 게 아니다. 지난 몇 주 동안 치른 난리가 우리 딸에 대한 상상을, 탄생에 대한 기대를 방해했다.

홍슈가 내 어깨에 팔을 두른다. "다 잘될 거야."

나는 웃으려 하지만 잘 안 된다. "난 그저…… 우리에게 주어진 기회 말이야, 우리가 그걸 받아들일 능력이 충분한 걸까?"

홍슈가 나를 끌어당겨 뺨에 키스한다. "우리 본래 모습만으로도 충분해. 다른 부모처럼 키우고 사랑하면 되는 거야."

나는 확신에 찬 홍슈의 말에서도 위안을 얻지 못한다. 공감도 못 한다. 그래서 대화 주제를 스콧 이야기로 돌린다. 소셜 미디어에서 난도질당하는 스콧……. 홍슈의 표정이 딱딱해진다. 그 또한 괴롭지만, 최소한 숨이 막히지는 않는다.

16

자연임신연대의 전국 집회일이 하필 내가 일하는 토요일이다. 소셜 미디어에서는 '#자랑스러운아들'이 널리 퍼졌다. 유명인, 언론인, 그 밖의 모든 사람이 행복한 가족사진을 올리자고 떠든다. 이날의 목표가 단순히 그런 격려를 하는 차원이라면 나도 웃어넘길 수 있다. 하지만 자연임신연대는 난난 수정의 즉각적 중단을 요구한다. 그리고 과학적·윤리적 조사에 착수해야 한다고 주장한다. 그들은 베카의 연구를 검토할 과학자들을 어떻게든 모아서, 뜻밖의 유전병에 대해 온갖 호들갑을 떠는 보도자료를 언론에 뿌리고 있다.

오늘 런던, 포츠머스, 뉴캐슬에서 열리는 집회는 임상 시도 중단을 지지하는 대중의 힘을 보여준다고 한다. 언론에서 떠드는 모양으로는 수만 명이 모일 것 같다.

매튜는 또 나한테 집회 취재를 맡긴다.

내가 항의한다. "이러지 말아요. 말도 안 되는 지시라는 거 알잖아요!"

매튜는 인상을 쓰면서도 저항을 기대했다는 듯 흡족한 눈빛이다. "일을 계속하고 싶으면 내가 하라는 대로 해."

자판 두드리는 소리가 잦아든다. 다들 고개를 들고 우리 대화에 귀 기울인다. 나한테 맞설 용기가 있을까? 하지만 내가 상징으로 떠오른 상황에서 그렇게 모여든 군중 속으로 들어간다는 건, 매튜의 노여움을 사는 것과 비교가 안 될 사태다.

숨을 들이쉬고 고개를 들어 그의 시선을 똑바로 본다. "난 안 할 거예요, 매튜. 이건 부당한 지시입니다. 당신도 잘 알 거예요. 다른 일을 맡기세요."

매튜가 입술을 핥고 사람들이 얼마나 듣고 있나 슬쩍 둘러보더니 몸을 더 곧추세우고 가슴을 내민다.

"좋아. 얼른 물건 챙겨서 나가. 넌 해고야."

"그럴 순 없어요!" 애비가 외친다. 톰도 어느 틈에 내 곁에 나타나 어깨에 손을 올린다.

한심하게도 눈이 따끔거리는 나는 억지로 마음을 가라앉힌다. 이 정도쯤은 이길 힘이 있다. 다시 숨을 들이쉬며 온 힘을 다해 눈물을 몰아내고 나서 씩 웃는다. 정말 웃음이 나왔다. "정말 그럴 거예요, 매튜?"

"몇 년 전에 했어야 하는 일이야. 신문사에 쓸모없는 인간을 데리고 있어선 안 됐는데."

"좋아요. 하지만 내가 여기를 나가면 어디로 갈지 알죠? BBC로 가볼까······. 내가 이 도시에서 가장 큰 뉴스거리라는 건 당신도 알 테고. 누구든 원하는 사람과 인터뷰할 수 있겠죠. 그렇게 할 거예요. 두고 보시죠. 내가 어떻게 잘렸는지 말할 겁니다. 온갖 위협, 심지어 육체적 공격까지 당할 게 뻔한 집회에 가지 않으려다가 잘렸다고요."

톰이 내 어깨를 꾹 움켜쥔다. 이제 뉴스룸 안의 누구도 일하는 척하지 않는다.

"너……." 매튜가 다음 말로 뭘 준비했든지 간에 할 말을 잃고 그르렁거리기만 한다. 히죽이던 표정은 사라지고 눈빛에선 분노만 이글거린다.

"어쩔 거죠?" 내 목소리에는 티끌만 한 떨림도 없다.

매튜는 아무 말도 하지 않는다.

"우리 기사를 바꾸죠." 애비가 나와 매튜 사이에 끼어든다. "내가 집회 취재를 갈게요. 줄스, 내가 맡은 것들을 줄게요. 대부분 크리스마스 스케치인데……." 애비가 말을 흐리며 매튜를 올려다본다. 애비가 숨기려 그토록 애쓴 두려움이 자신 있는 척하던 표정에서 스멀스멀 피어난다. 애비까지 피해를 보게 해선 안 된다.

매튜가 내뱉는다. "좋을 대로 해!" 그가 등을 돌리고 쿵쿵대며 가버린다. 카일의 책상 옆에서 잠깐 멈추더니 뭐라고 소곤거리면서 둘이 낄낄댄다.

톰과 애비는 말이 없다. 수호자처럼 내 양쪽에 우뚝 서 있는 둘을, 우리 세 사람을 내버려두고 뉴스룸은 다시 제 할 일로 돌아간다. 두 사람 손을 재빨리 꼭 잡았다 놓고 다시 컴퓨터 쪽으로 몸을 돌린다. 나는 아무 말도 할 수 없다. 이게 끝이 아니라는 걸 아니까. 오히려 내가 일을 더 어렵게 만들었을 수도 있다.

취재를 하러 나가는데, 주차장에서 사진기자가 기다린다. 집회 때문에 다시 내 뉴스 가치가 올라간 것이다. 한동안 이어지던 소강상태는 이제 끝났다. 파파라치가 오토바이를 타고 도시 끝까지 나를 쫓아온다. 내 마지막 취재처는 어느 주민센터인데, 노인 단체에서 크리스마스 바구니를 체계적으로 모아 포츠머스의 가난한 가정에 배분했다는 소식이다. 그들 앞에 놓인 탁자에 콩 통조림, 감자칩, 초콜릿 등 기부받은 식료품이 쌓여 있다. 고기 파이도 넉넉하다. 바구니마다 가슴 아플 정도로 허술한 반짝이 장식이 묶여 있다.

모임 사람들에게 내 소개를 하고 수첩과 펜을 꺼내며 질문을 준비한다. 집회에 가지 않았다는 것만으로도 충분히 이들에게 호감을 갖게 된다.

이때 파파라치가 맹렬하게 셔터를 누르면서 무릎까지 꿇고 각도를 잡는다고 난리를 친다. 나는 몸이 확 굳지만 몇몇 노인은 머리를 매만지고 자세를 바로잡는다. 그들에게 사진 찍히는 것은 당신들이, 당신들의 노고가 아니라 바로 나라고 얘기할 엄두도 못 낸다.

뉴스룸으로 돌아오는데 차가 엄청 막힌다. 포트시 아일랜드로 나가는 길이 아수라장이다. 엉금엉금 기다시피 움직이는 차를 운전하며 생각에 잠긴다. 이 운전자들이 모두 크리스마스 선물을 가득 사가지고 도시를 빠져나가는 사람들이라고 믿고 싶다. 하지만 왠지 이 중 많은 수가 집회에 다녀왔을 것 같다. 시위 군중은 겨우 피했지만 해산 차량 속에 갇힌 것이다.

차량의 움직임이 아예 없어진다. 파파라치들이 오토바이를 내 피에스타 옆으로 몰고 와 사진을 찍어댄다. 그러다 지겨워졌는지 차량 사이를 누비며 빠져나가 멀리 간다. 내 얼굴을 또 전국지에 실으려고 협상을 시작할 것이다. 그동안은 일부러 오늘 집회 뉴스를 안 봤지만, 더는 궁금증을 억누를 수 없다. BBC 뉴스를 클릭하니, 사람들이 빽빽한 몇 시간 전 시청 광장 사진이 뜬다. 근처 거리까지 사람들이 넘쳐난다. 파란 리본이 그려진 손팻말과 침대 시트를 찢어 만든 현수막도 보인다.

자연을 지키자, 일어서자!
사회 공학을 거부하자!
-난난을 거부하는 소방관들

크리스마스 전구로 장식된 광장에 모인 시위대의 모습에서 어쩐지 축제 분위기도 나는 것 같다. 반면에 나와 로지와 우리 아기는 그런 세상에서 내쳐진 사람들이 된 느낌이다. 우리는 결코 가질 수 없는 연대감과 정의감이 광장에서 뿜어지는 듯하다. 우리가 스스로를 이렇게 만들었을까?

영상에서 프라이어가 시청 건물 밖에 설치된 연단에 올라 사람들을 향해 활짝 웃어 보인다. 추위로 뺨이 발갛지만 표정은 그렇게 확신에 차 있을 수가 없다. 그는 정말 자연임신연대의 열정적인 신자일까, 아니면 그저 의원이 되고 싶어 대의를 빌렸을까?

차들은 여전히 꼼짝도 안 한다. 영상을 더 봐도 될 것 같다. 프라이어가 불쑥 손을 들고 말한다.

"인류에 등을 돌린 여성들이 아버지 없이 아기를 낳겠다는 계획은 두 아들의 아버지인 저를 송두리째 뒤흔들었습니다. 자연의 질서를 뒤집은 세상에서 내 아들들에게는 대체 어떤 미래가 주어지겠습니까? 이제 이 아이들이 필요 없어진 세상에서 말입니다. 이 세상이 패륜에 너무 가까이 다가가고 있습니다. 소수의 이익집단이 사회구조를 위태로울 정도로 좌지우지하도록 내버려두고 있습니다. 다음 세상에서 내 아들들이 설 자리를 잃어버리고 있습니다. 하지만 우리는 단호히 거부할 수 있습니다. 거부해야 합니다!"

경적이 울린다. 고개를 들어보니 차들은 여전히 움직이지 않는다. 왼쪽 푸른 몬데오에 남자 둘이 타고 있다. 조수석에 앉은 남자가 차창에 얼굴을 댄 채 손가락 두 개 사이로 혀를 날름거린다. 고개를 돌리며 문이 잠겼는지 다시 확인한다. 그러고나서 전화기는 조수석으로 던지고 수첩을 펴 메모를 정리하기 시작한다. 괜찮은 문구에 밑줄을 긋고 기사 첫머리를 쓰면서 업무 시간을 조금이라도 줄여보기로 한다.

사무실에 돌아와서 기사들을 효율적으로 쓸어 담기 시작한다. 크리스마스 바구니 기사를 중간쯤 썼는데 애비의 목소리가 크게 들린다. 매튜의 책상 옆에서 얼굴을 붉히고 있다.

"하지만 매튜가 무슨 선동문처럼 고쳤잖아요." 애비가 소리친다.

매튜가 의자에서 일어선다. "자, 자, 어린 아가씨. 여기는 대학이 아니야. 모든 기사는 교열을 받는다고."

"하지만 그 사람들의 말을 인용해서 기사에 다른 차원을 더했어요. 당연히 포함돼야죠."

"네 개인적인 신념을 넣은 거잖아. 우리 독자는 시위에 대한 보도를 원해. 관계없는 말에 시간을 낭비하게 만드는 건 독자의 권리를 침해하는 거야."

"헛소리 말아요."

"뭐라고? 다시 말해봐." 엄한 표정을 짓는 척하지만 매튜의 목소리에는 히죽이는 기색이 그대로 묻어난다. 나보다는 애비를 훨씬 능수능란하게 괴롭힐 수 있을 것이다. 내가 끼어들어야 한다. 애비가 최악의 상황까지 몰리기 전에 도와야 한다.

"신문사 데스크가 허접한 쓰레기들 편만 들다니, 부끄러운 줄 알아야죠." 애비의 목소리는 확고하다.

"너, 대체 네가 누구라고 생각해?"

"난 언론인이에요, 매튜. 그리고, 씹할, 때려치울 거라고요."

내가 겨우 뛰어가 애비의 어깨에 손을 얹는다. "애비, 그러지……"

애비가 이글거리는 눈으로 나를 돌아본다. "내가 얼마나 중요한 말들을 따왔는데, 줄스. 인구 동향 전문가가 그런 미미한 수준의 영향으로는 성비 불균형이 일어날 수 없다고 말했어. 프라이어가 남자아이들의 수가 급격히 줄어들 거라고 사방에 떠벌이는 마당에, 어떻게 그런 인터뷰를 기사에서 뺄 수 있어?"

매튜가 앉으며 말한다. "이젠 슬슬 지겨워지는군. 애비, 그만두려면 그렇게 해. 혹시 안 그만두려면, 보충 기사가 필요해. 오늘 아무도 집에 못 간다. 얘네 둘이 단신 다섯 개를 더 써내기 전엔."

"얼른 뒈지기나 해요, 매튜." 애비가 말한다.

매튜는 충격받은 표정을 곧 수습한다. "좋아. 가서 짐 싸."

"걱정 마요, 그럴 거니까. 당신이 여기서 거느리고 다니는 망할 남학생 클럽, 이제 꼴도 보기 싫어. 차라리 그 헛소리들이 정말 맞는 말이라 남자 없는 세상이 되면 좋겠어. 이 신문사부터 그렇게 되면 더 좋겠고."

매튜가 씩 웃는다. "하지만 그럼 무슨 기사를 쓰려고? 보들보들하고 자상한 특집이나 계속 내려고? 스트레이트펌, 탐폰 사용법 같은 거? 제대로 된 뉴스 하나 발굴하지 못할 게 뻔한데."

애비가 헉 숨을 들이쉰다. 나는 애비의 팔을 잡는다. 다들 킥킥거리는 소리가 들리는 가운데 톰과 눈이 마주치지만, 그가 재빨리 피한다.

"구제 불능 꼰대." 애비가 짓씹듯 말하곤 자기 책상으로 간다.

나는 애비가 검은 토트백에 그간의 수첩들을 전부 쓸어 담는 모습을 말없이 지켜본다. 사방에서 기자들이 시끄럽게 웅성거린다. 위협적으로 느껴지는 분위기지만, 몹시 재미있어하는 기색도 있다. 애비가 이렇게까지 용감한 줄, 정의로운 줄 몰랐다. 하지만 동료들은 그걸 재미있어한다. 애비는 눈물을 흘리지도 않고 어떤 감정도 내보이지 않으며 뉴스룸을 그대로 나가버린다.

"애비, 정말 그만둘 거야?" 내가 애비를 따라 걸으며 묻는다. 차까지라도 바래다주면서 내가 얼마나 감동받았는지 말하고 싶다.

마이크라 앞에 도착했을 때 애비가 나를 본다. "오히려 늦은 편이지. 돌이킬 수도 없고."

"그래도……."

"줄스가 어떻게 이렇게 오래 버텼는지 모르겠어. 난 꼬마 때부터 기자가 되고 싶었는데, 내 이름을 달고 나가는 쓰레기들에 부끄러울 때가 대부분이었어."

인내심의 유용성에 대한 조언이라도 해야 할 순간인 것 같다. 그냥 빨아주고 넉살 좋게 웃어주라고. 하지만 확신에 찬 애비의 눈빛에 부끄러움을 느낀다. 나도 저렇게 순수해서 빠른, 신념에 기반한 결정을 내리던 때가 있다. 옳고 그른 것을 생리적으로 느낄 수 있던, 아름다운 시절이었다. 절충지대라는 넌더리 나는 진흙탕은 날쌔게 뛰어넘을 수 있던 시절, 정보의 축적이 혼란의 가중이 아니라 명료함의 증대를 의미하던 시절. 애비를 보니 아직 망가지지 않은 내가 보인다. 그것이 부럽다. 애비의 용기도 부럽다.

"필요한 게 있으면 언제든 전화해." 내가 말한다.

애비는 미소를 띠고 나를 오랫동안 쳐다본다. 포옹해야 할 땐가? 로지라면 그랬을 텐데. 그리고 그게 무척이나 자연스러웠을 것이다.

"줄스! 그 예쁜 친구는 누구예요?" 아까 따라다니던 망할 파파라치다.

애비가 비죽 웃는다. "여기 있기엔 줄스가 너무 아까워. 줄스도 곧 깨닫길 바라."

17

며칠이 지나도 나는 앤서니에게 사과할 기회를 계속 미뤘다. 그러다 드물게 제시간에 마감하고 저녁 먹기 전에 귀가한 날, 예상치 못하게 소파에 앉아 있던 앤서니와 마주쳤다. 비싼 캐시미어 스웨터와 찢어진 청바지를 입은 그와 눈이 마주치자 혐오감을 숨기기 힘들다. 피해자가 된 걸 한껏 즐기는 게 분명하다.

로지가 미소 지으며 의미심장한 눈짓을 한다. 앤서니가 와 있다는 걸 일부러 말하지 않은 것이다.

"자, 줄스가 왔으니 저녁을 해야겠네. 오늘은 내가 요리할게. 그냥 미트 스파게티 만들려고. 아냐, 넌 앉아 있어, 줄스. 늘 네가 요리를 했잖아. 오늘은 앤서니랑 텔레비전 보면서 쉬어."

로지가 만족하는 표정으로 주방에 간다. 로지가 앉던 자리에 앉는데, 앤서니는 텔레비전에서 고개를 돌리지 않는다. 〈이스트엔드 사람들〉을 본다. 얼굴이 굳어 있다. 사과받을 걸 알지만, 부드러운 분위기를 만들 생각은 없는 것이다.

가슴이 답답하다. 마치 폐가 본능적으로 거부감을 느끼고 말이 나가지 못하게 숨을 참는 것처럼. 앤서니가 정말 우리를 배신한 것 같을 때가 있다. 저 입매에 눈빛 하며……. 숨을 들이마신다. 로지와 약속했다. "저기……."

앤서니가 천천히 고개를 돌린다. 상처받은 것처럼 보이려고 최선을 다한다. 나는 잠깐 마음이 약해진다. 정말 증거도 없이 그라고 단정할 수 있을까? 만일 앤서니가 배신자가 아니라면, 내가 그런 시험까지 했다는 데 크게 상처받았을 것이다.

"저기…… 톰을 그렇게 보낸 건, 지나쳤어. 미안해."

"그럼 내가 배신자가 아니라는 걸 인정하지?" 앤서니가 노려본다.

나도 지지 않고 마주 본다. 조그마한 단서라도 드러나는지 뜯어본다. "그런 함정을 판 건 정말 해서는 안 되는 일이었어."

"내가 〈데일리 스케치〉에 정보 팔아넘기지 않았다는 걸 인정하냐고?"

앤서니가 정말 결백하다면 이렇게 따지고 드는 게 당연하다. 그리고 앤서니는 분명 톰을 그냥 쫓아 보냈다.

"네가 아니었다는 걸 인정해." 100퍼센트 진심은 아니다. 하지만 〈데일리 스케치〉 사건 직후의 확신은 사라진 지 오래다. 이제는 일종의 체념 상태다. 이렇게 가까운 사람들마저도 믿지 못하면 로지와 나는 예전 생활을 회복할 수 없을 것이다.

앤서니가 교정된 치아를 활짝 드러내며 웃는다. "좋아. 그럼 이번 일은 잊기로 하자. 로지를 위해서."

나도 웃으며 마음이 좀 풀린다. 드디어 골칫거리 하나는 해결했다. 나는 전화기를 들고 지난 30분간 들어온 업무 이메일을 훑어본다.

"그동안 힘들었어." 몇 분 있다 앤서니가 불쑥 말을 꺼낸다.

내가 놀라 쳐다본다.

앤서니가 엄지손톱을 물어뜯으면서 말한다. "그러니까…… 내가 로지를 도와주게 될 수도 있어서 정말 기뻤거든. 그리고 난 잘해냈을 거야. 진짜 노력했을 거야. 로지의 아기지만, 나도 진심으로 사랑했을 거야."

앤서니의 뺨이 붉어진다. 상처받은 표정은 사라지고 뭔가 날것의 감정을 드러낸다. 나는 속이 확 뒤틀리는 듯하다. 앞으로 이어질 말을 도저히 듣고 있을 수 없을 것 같다.

"우리 둘 다 로지가 행복하기만을 바라잖아." 그나마 안전한 쪽으로 대화를 유도해본다.

"그래. 내가 기증자가 되면 위험할 일도 전혀 없었을 거고. 로지가 웬 사이코의 아이를 임신하진 않았나 걱정하면서 밤잠 못 이룰 일도 없었을 거잖아. 내가 있으면 그래도 반쯤은 괜찮은 남자 모습을 보여줄 수 있고."

나는 소파에 천천히 기대며 떨리는 손으로 무릎을 꽉 부여잡는다. 앤서니는 우리에게 정자를 기증할 생각이었다. 그냥 혼자 품던 환상일까, 아니면 로지와 의논했을까? 나한테는 한 번도 이런 얘기를 한 적이 없다. 난난 시술 전에는 익명의 기증자를 가정하고 얘기했다.

심호흡을 하고 최대한 표정을 감춘다. "그럼 우리가 대학에서 편지를 받던 날…… 로지가 너한테 힌트라도 줬니? 그렇게 안 될 수도 있다고 미리 경고했어?"

앤서니가 시선을 떨군다. "아니. 로지는 많이 미안했을 거야. 불쌍하지. 나도 이해해. 하지만 난 곧 아빠가 된다고 생각하고 있었어. 그런데 그걸 그렇게 빼앗긴 거야. 너희를 위해서 기뻐해야 하는 건 알지만, 꼭 누가 발밑에서 양탄자를 확 잡아당겨버린 기분이었어."

숨을 쉴 수가 없다. 앤서니에게 발차기라도 당한 것 같다. 아무래도 로지가 크레타섬에서 돌아온 뒤 앤서니와 모종의 합의를 했나 보다. 나는 들러리처럼 로지가 앤서니의 아기를 기르는 모습을 지켜봐야 했나? 낯선 사람이 아니라 앤서니의 아기를?

앤서니가 기지개를 켜고 전화를 본다. "저 정치인은 점점 심해지네. 솔직히 내가 보기에도 확실히 딸만 낳을 방법이 있는데, 여자들이 유혹을 느끼지 않을까 싶어."

나는 팔로 소파를 짚으며 천천히 일어선다. 힘없는 다리를 끌고 거실을 나간다. 주방에서 로지가 미트소스를 젓고 있다. 기분 좋게 집중하는 표정이다. 옆에서는 파스타가 끓는다. 구수한 냄새가 주방에 가득하다.

아이에 대한 생각이 바뀌었다고 로지에게 말했을 때, 나는 우리가 더욱 가까워지게 됐다고 생각했다. 로지에 대한 믿음은 절대적이었다. 우리 미래를 로지의 계획대로 맡기려고 했다. 비록 내 본능과 경제 상황은 그래선 안 된다고 외쳤지만, 나는 기꺼이 무시하려고 했다.

어쩌면 기증자에 대해 로지가 한 말을 앤서니가 마음대로 확대해석했을 수도 있다. 설명이 필요하다.

"벌써 쓰러지면 안 돼." 로지가 말하며 나를 돌아보다가 놀라서 묻는다. "줄스, 왜 그래?"

"방금 앤서니랑 아주 이상한 대화를 나눴어. 앤서니는 자기가 우리한테 정자를 기증할 걸로 생각했더라."

로지의 표정에 떠오르는 죄책감을 본다.

"너랑 얘기하려고 했어. 하지만 그러다 난난 시술에 대해 알게 됐고, 그 뒤로는 그 생각밖에 할 수 없어서⋯⋯." 로지가 나를 향해 팔을 뻗는다.

하지만 나는 한발 물러선다. "로지, 만일 아기 아버지가 바로 옆집에 산다면, 내가 어떻게 그 앨 내 애라고 생각할 수 있겠니?"

"아⋯⋯. 줄스, 네가 원하지 않으면 절대 그렇게 하지 않았을 거야. 이리 와봐."

"난⋯⋯ 나가봐야겠어. 일 때문에."

"줄스."

내가 고개를 흔든다. "진짜야. 해야 할 일이 있는데 깜빡했어."

로지가 뒤에서 부르지만 나는 도망치다시피 뛰어나간다. 둘이 그런 의논을 한 줄도 몰랐던 처지에, 아무렇지도 않은 척 함께 앉아 스파게티를 먹을 자신이 없다.

뭐라도 해야 할 것 같아서 24시간 슈퍼로 차를 몬다. 이리저리 돌아다니다가 아기 용품을 발견한다. 조그만 양말, 조그만 청바지를 만지작거리며 비참함 대신 다른 강력한 기분이 솟아나기를 기다린다. 앤서니가 우리의 정자 기증자가 되면 내 기분이 어떨지,

로지는 정말 짐작하지 못했을까? 어쩌면 내가 로지에게 너무 많은 부담을 지웠는지도 모른다. 로지가 알아서 내 감정을 다 헤아려주기를 바란 것이다.

하지만 자꾸 크레타섬에서 보낸 그날 저녁이 떠오른다. 내가 선물처럼 아이를 받아들이겠다고 했을 때 그건 완전한 항복, 순수하게 이타적인 뜻이었다. 그 뒤 로지가 나 모르게 다른 사람과 그런 의논을 했다니 너무나 기운이 빠진다. 내가 내키지 않는 일을 위해 어떤 희생을 했는지 로지가 전혀 알아주지 않은 것 같다.

하지만 로지도 미안해했다. 그건 분명하다. 그리고 어차피 실현되지 않은 계획 때문에 이제 와서 상처받았다고 징징대봤자 의미가 없다. 우리는 해결해나가야 할 문제가 너무나 많고, 그러니 더 단단히 힘을 합쳐야 한다. 게다가 내가 사랑하는 여자가 임신한 아기는 내 아기다. 그뿐이 아니라 우리는 세계를 뒤바꿔놓을 혁신에 참여해 첫 번째로 이름을 올렸다. 앞으로 또 어떤 미래가 펼쳐질지 단단히 기대해야 한다. 그럼에도 지난 몇 주간 잠시 멈춰서 이 모든 것의 의미에 대해 기뻐할 기회를 갖지 못했다.

이제부터는 그렇게 하려고 한다. 슈퍼에서 내가 있는 쪽은 조용하다. 다만 강한 백색광과 반사광에 눈이 시리다. 로지 어머니가 좋은 유축기를 사야 한다고 했지. 진열된 물건을 살펴본다. 서로 다른 특징을 읽어본다. 어지러울 만큼 다양한 젖병도 둘러본다.

집을 그렇게 뛰쳐나온 게 슬슬 후회된다. 하지만 앤서니가 로지와 함께 아기를 가질 수도 있었다며 뺨을 붉히던 순간, 그 감정은 진짜였다. 반면 지금 내 감정은 얼마나 약한지 부끄럽기까지 하다. 만일 아기를 무를 수만 있다면, 그렇게 할 것 같다. 이런 생각을 머릿속에서 또렷이 떠올린 건 처음인 듯하다. 그리고 나는 이 생각이 사실임을 깨닫는다. 그냥 괴로워하고 멍하니 지내던 것보다 훨씬 안 좋다. 내가 끔찍한 실수를 저질렀을까? 결국 로지를 실망시키고 말 것이다. 우리 아기는 물론이고 베카와 스콧도 실망시키게 될 것 같다.

아니, 인정할 수 없다. 진열대 사이를 걸어 다니며 조그맣고 귀여운 옷들을 하나하나 살펴본다. 제발, 오늘 밤은 뭔가 이상한 날이니까 그럴 거다. 화가 났으니까. 정말 이런 감정일 리가 없다.

자정쯤 집에 도착한다. 로지는 자고 있을 줄 알았는데, 주차장에서 집으로 가는 길에 뭔가 소란스러운 소리가 들린다.

"저기……." 로지의 목소리다. 하지만 이어지는 두 명 이상의 외침에 파묻힌다.

나는 전력 질주한다. 우리 집 현관 앞에 세 명이 서 있다. 젊은 남자들이다. 둘은 후드티를 입고 한 명은 야구 모자를 썼다. 잠옷을 입은 로지가 빛을 받고 서 있다. 머리는 온통 헝클어져 있다.

"씹할 레즈비언." 후드 티 남자가 소리 지른다. 아직 어린, 열여섯도 안 됐을 것 같은 목소리다.

"여기서 꺼져." 내가 소리치자 셋이 일제히 고개를 돌린다.

"괜찮아, 줄스. 그냥 얘기 중이었어."

믿을 수가 없어서 로지를 노려본다. 10대들은 다시 소리친다. 말이 뒤섞여 들린다. 레즈비언 음모…… 교훈을 줘야…….

우리 문 앞에 깨진 유리가 보인다. 맥주병 같다. 개새끼 한 놈이 청바지에서 성기를 꺼내 휘두르기 시작한다. 다른 둘이 폭소를 터뜨린다. 언뜻 햄스워스 부인네 불이 켜지는 게 보인다.

나는 분노로 눈에 보이는 게 없다. 한 놈의 윗옷을 잡고 끌어낸다. 놈이 깜짝 놀라더니 바로 증오에 찬 눈으로 나를 노려본다. 두 친구는 그를 비웃는다.

"……누구나 자기 성 정체성을 표현할 자유가 있어……." 로지가 말한다. 노력하는 건 좋지만, 지금 이 깡패들을 정말 가르칠 수 있다고 생각하는 걸까?

"그래, 이 변태 새끼야. 우선 공연음란죄에다 기물파손죄, 괴롭힘도 추가해야겠어. 내가 너희라면 도망칠 거야. 경찰도 불렀고."

"줄스!" 로지가 소리친다.

셋 중 가장 큰 놈이 나한테 바짝 다가선다. 입에서 시큼한 맥주 냄새가 풍긴다. 어느덧 분노보다 공포가 커졌다. 내가 이놈을 제압할 수 있을까? 일대일이라면 몰라도 셋을 다 상대할 수는 없다. 놈들도 알 거다.

"안으로 들어가, 로지."

"안 돼, 줄스……." 로지는 오히려 맨발로 더 나선다. 현관문은 활짝 열어두고. 사방에 유리 파편이 깔렸는데, 저러다 다칠지도 모른다.

웃음은 멈췄다. 모두가 꼼짝 않는 중에 나는 두목 놈과 코를 맞대고 서 있다.

"모두 진정 좀 해." 로지가 말한다.

내 앞의 남자애가 고함을 지른다. 나는 아무 생각 없이, 할 수 있을 거라 생각해본 적도 없는 일을 저지른다. 몸을 뒤로 젖혔다가 앞으로 날려 머리를 들이받는다. 딱 하는 둔탁한 소리가 났다. 몸을 빼보니 남자애 얼굴이 피범벅이다.

모두 동시에 소리치기 시작한다. 하지만 나는 두려움이 사라졌다. 마치 숨겨뒀던 원초적 능력을 찾기라도 한 것처럼 이상하게 힘이 솟는다. 이길 수 있다는 자신이 생긴다. 내 가족을 보호할 것이다.

"당장 꺼져!" 혼란 중에 내 목소리가 울려 퍼진다. 웬일로 얌전해진 세 놈이 뒷걸음친다. 좀 전의 기세는 어디 가고 서둘러 도망친다.

로지와 집으로 들어와 문을 잠근다. 복도에서 로지가 겁에 질린 얼굴로 말한다. "쟤들이 신고하면 어쩌려고?"

"무슨 일이 있었는지 아무에게도 알리고 싶지 않을 거야. 망신 제대로 당했는데."

좀 전의 딱 소리가 다시 들리는 듯하다. 충격받은 녀석 표정도 떠오른다. 나한테서 그런 힘이 솟다니, 이런 적은 처음이다. 하지만 이제 흥분은 가시고 몸이 덜덜 떨리기 시작한다. 아직 어린 10대지만 성인의 체격과 힘이 있는 녀석이었다. 약자가 아니었다. 우린 동등한 상대였다.

"우리가 경찰에 연락할 수도 없어. 널 체포하려고 할 거야." 로지가 말한다.

"어차피 아무도 아무것도 안 할 거야."

나를 위해 남겨둔 파스타를 먹지 않고 잠자리에 든다. 나는 로지를 품에 안고 밖의 기척에 계속 귀 기울인다. 잠이 안 올 것 같지만 로지를 위해 졸린 척한다.

"괜찮아?" 로지가 속삭인다.

앤서니 생각도 난다. 정자 기증을 원한 앤서니. 대화하지 않고 도망친 나. 과연 오늘을 잊어버릴 수 있을까? 대체 언제쯤 생각하지 않게 될 수 있을까? 미칠 것 같다.

"미안해." 내가 말한다.

만일 아기를 무를 수 있다면 그렇게 했을 것이다.

로지가 내 등을 쓸다가 가슴을 살살 애무한다. "내가 말했어야 했는데. 내가 앤서니랑 한 말을…… 말하려고 했었어."

"어떻게 그런 생각을 할 수 있었어? 낯선 사람의 아기를 키운다는 것도 그렇지만, 어떻게 아빠가 버젓이 근처에 있는 아기를 내가 키울 수 있겠니? 자기가 내키면 아무 때나 오는, 그런 아빠가 있는 아기를 말이야."

"그렇게 되지는 않았겠지."

"그 아기는 내 아기가 아니라 앤서니의 아기가 됐을 거야. 난 그렇게 느낄 수밖에 없었을 거라고."

"아, 줄스……. 너무 미안해." 로지가 몸을 일으키며 내 뺨에 손을 얹는다.

나는 망설인다. 여기서 더 나아갈 수 있을까? 내가 아기를 원하지 않는다고 로지에게 말할 수 있을까? 그럴 수는 없다. 이건 내가 없애버릴 수 있을 때까지 꽁꽁 숨겨야 하는 감정이다. 나는 다시 우리가 행복하던 시절을 생각하며 어떻게 이렇게 돼버렸을까 하는 기막힌 감정, 후회와 괴로움을 느낀다.

"줄스?"

나는 한숨을 깊이 내쉬고 다정하게 로지의 손을 다독인다. "괜찮아, 로지. 얼른 자자."

아이를 무를 수 있다면, 그렇게 할 것이다.

18

우리는 새로운 가족생활을 향해 차근차근 나아간다. 쇼핑 목록을 만들고 아이 양육에 대해 공부한다. 로지 부모님이 우리 집 판매를 도와준다. 호기심 많은 구경꾼과 염탐하려는 기자 들이 실제 구매자보다 너무 많기 때문이다. 그래도 괜찮은 값에 집이 팔렸고, 변호사가 서류를 처리한다.

나는 초조하게 이사 갈 날만 기다린다. 우리 집을 싫어하게 되리라고는 생각도 못 했는데. 밤마다 잠을 제대로 못 잔다. 혹시 무슨 소리가 들리지 않나 계속 신경이 곤두선다. 가로수가 바람에 흔들리는 소리, 이웃에서 쓰레기 버리는 소리만 들려도 침대에서 나와 커튼 사이로 내다본다.

2월이 되자 추위가 한층 더해져 차가운 바람이 파카를 뚫고 들어온다. 나는 계속 취재를 나간다. 콧물이 멈출 새가 없다. 피부가 갈라진다. 그리고 아기는 계속 자란다. 맞는 바지가 없게 된 로지는 불룩 나온 배를 늘 안고 쓰다듬으며 다닌다. 이따금씩 내 손을 잡아 배 위에 대준다.

"잠깐 느껴봐. 얼른 우리 아기를 만나고 싶어. 어떻게 생겼는지 너무 궁금해."

그럴 때면 나는 내가 얼마나 무감각한지 경악하며, 웃음 짓기 위해 최선을 다한다. 로지와 함께 기쁨을 느껴보려고 노력한다.

로지와 내가 18주차 검진을 위해 연구소를 방문한다. 일 때문에 좀 늦은 나를 로지가 기다리고 있었다. 도착해보니 로지의 얼굴이 창백하다. 머리는 대충 묶어 올리고 손에 든 태블릿에 시선을 고정한 채 꼼짝 않고 앉아 있다. 무슨 생각에 빠진 듯하다. 보통은 우아하게 둥근 어깨선도 잔뜩 웅크린 채 굳어 있다.

다시 내 보호 본능이 강하게 고개를 든다. 속상하다. 로지가 얼마나 태평하면서도 온갖 것에 대한 호기심과 애정이 넘치는 사람인데, 저렇게 근심스레 골똘한 모습에 마음이 아프다.

로지가 고개 들어 나를 보며 뭐라고 할 듯 입을 벌린다. "줄스……."

내가 뺨에 키스하며 묻는다. "무슨 일이야?"

로지가 태블릿을 건네준다. '아기 실험 레즈비언들이 35만 파운드짜리 꿈의 집을 사다'. 우리가 이사 갈 집과 정원, 뒷마당 사진까지 실려 있다.

플라스틱 의자에 앉아서 기사를 읽어보니 별것 아니다. 중개인의 웹사이트에서 글을 인용하고 주택의 특징을 나열했다. 무슨 전문가라는 자가 둥지 본능 어쩌고 하면서 로지와 줄리엣에게 이사는 당연한 과정이라고 지껄여댔다. 그리고 논란을 재조명한다며 건강에 대한 염려와 반대 주장을 줄줄이 적었다.

"어떻게 알았을까? 누가 알려줬을까?" 로지가 중얼거린다.

앤서니? 그랬겠지. 하지만 또 싸울 기력은 없다. 태블릿을 건네주며 눈을 피한다. "이번엔 용의자가 많지. 중개인, 매도자……. 누군지 알아낼 방법은 없을 거야."

"처음부터 우리 생각을 밝혔어야 했다는 생각이 자꾸 들어."

"로지……."

"나도 알아. 기자는 너니까. 내가 몰라서 이러는지도 모르지. 하지만 우리 전략이 먹혀들지 않았어. 관심이 없어지질 않잖아. 앞으로도 계속 이러는 게 아닌가 싶어."

"그렇게 느껴질 수도 있을 거야. 하지만 우리가 말을 시작하면 벌어질 난장판과 지금 이따금 보이는 관심은 비교할 게 못 돼."

로지는 고개를 젓는다. "아니, 어떻게 될지는 몰라. 지금처럼 당하기만 하는 사람이 된 기분을 느끼지도 않을 거고."

내가 로지를 안아주려는데 연구원인 클레어가 나타나 진찰실로 안내한다. 진찰실 밖에는 우락부락한 남자가 검은 정장을 입고 서 있다. 껌을 짝짝 씹으며 로지를 훑어보다가 피식 웃는다. 베카가 우리를 맞는다. 두꺼운 회색 터틀넥에 청바지를 입고 늘 그렇듯 붉은 립스틱을 발랐다.

"경호원이에요?" 내가 묻는다.

클레어가 초음파 검사를 준비하고, 로지가 누워야 할 침대에 긴 종이를 깐다.

베카가 대답한다. "뭐, 그렇죠. 요즘은 뭔가 더 근사하게 부르긴 하던데. 저 사람은 드웨인이에요. 내가 화장실 갈 때도 따라와서 밖에 서 있죠. 좀 창피하긴 한데……."

로지는 앉지 않고 묘한 표정으로 베카를 살펴본다. "협박받은 거예요?"

"아, 아니에요. 보험회사가 요구해서 대학에서 고용했어요. 자, 침대에 올라가서 우리 조그만 친구가 잘 지내는지 봅시다."

나도 베카의 표정을 살핀다. 혹시 상황을 축소해서 말하는 걸까? 표정은 평온하고 늘 그렇듯 미소 짓고 있지만, 확신은 못 하겠다. 소셜 미디어에는 폭력적인 댓글이 들끓고, 베카가 지나가는 말로 아이들이 학교에 안 간다고 한 적이 있다.

하지만 경호원은 훨씬 구체적인 문제다. 스토커, 종교 극단주의자……. 폭력도 포함된 수많은 위협을 받고 있을 때, 실제로 실행에 옮길지 모를 사람을 어떻게 예상할 수 있을까? 최근 댓글에서 뚜렷한 변화는 발견하지 못했다. 늘 그렇듯 지옥에 떨어져라, 유산돼라, 우리 아들들을 보호하자 같은 것들이었다. 그런데 경호원이라니. 뭔가 달라진 게 분명하다.

클레어가 젤을 로지의 배에 바른다. 우리 딸아이의 모습이 화면에 나타난다. 나도 로지를 따라 그 작은 몸을 뚫어지게 바라보며 굳게 닫힌 마음 한 부분을 열어보려고 애쓴다. 여기 올 때마다 어떤 감정이 강하게 밀려오기를 기대하지만, 그런 일은 일어나지 않는다. 하지만 그런 날도 오리라는 희망을 포기할 순 없다.

클레어가 또 나를 본다. 눈치채고 마주 봤는데도 웃음 짓지도 눈길을 피하지도 않는다. 거의 무례하다고 할 만한 시선으로 나를 계속 본다. 내가 못마땅한가? 클레어는 아마 홍슈와 아니타의 초음파 검사도 했을 테고, 아마 홍슈의 전혀 다른 반응을 봤겠지. 질문을 쏟아내며, 지난번 그들의 집에서처럼 눈가가 촉촉해지는 모습을. 이런 나보다는 홍슈에게 호감을 느끼기가 훨씬 쉬울 것이다.

로지가 내 손을 꼭 잡는다. 나를 걱정하는 표정이다. 나는 웃으면서 로지의 머리를 쓰다듬는다. 연기라도 해야 할 것 같은 압박감을 느낀다. 옳은 감정이 뭔지, 어떤 표정이어야 하는지 고민하거나 머뭇거릴 때가 아니다. 무슨 반응이든 보여야 할 것 같다.

엄마가 그립다. 이제야 깨닫는다. 사진 속 빛나던 여인과 한 시간만이라도 함께할 수 있다면 좋겠다. 엄마가 나를 안고 몇 마디 속삭여준다면 어떻게 해야 하는지 알 수 있을 텐데. 그런 일들은 별것 아닌 것처럼 보일 수도 있지만 사실 가장 중요하다.

클레어가 입을 꾹 다물고 초음파 기기를 닦는다. 일어나는 로지를 베카가 부축하고 우리에게 앉으라고 한다. 나는 클레어를 계속 지켜본다. 아무래도 내가 못마땅하다는 티를 노골적으로 내는 것 같다.

나는 클레어에게 묻는다. "사람들이 우리에 대해 물어보지 않아요? 당신이 여기서 일하는 걸 아니까요. 많이들 궁금해하죠?"

클레어가 동작을 멈추고 나를 본다. 아무 표정도 드러내지 않지만 느낄 수 있다. 나를 싫어한다. 그리고 내가 그걸 안다는 걸 알아채고, 재미있다는 듯 눈빛을 반짝인다.

"우리는 절대 환자들에 대해 말하지 않아요. 물론 사람들이 묻죠. 하지만 당신을 만난 적이 없다고 말해요." 클레어가 물건들을 챙겨 나가며 문을 조용히 닫는다.

"줄스, 왜 그런 걸 물어?" 로지가 앉으며 말한다.

베카가 로지의 손을 잡고 손가락을 펴서 점검한다. 방문할 때마다 받는 검사다. 부종이 있는지 보는 것이다. 그런데도 나는 매번 베카의 친근한 몸짓에 감동받는다.

베카가 말한다. "실은 보험회사에서 나온 젊은이하고 몇몇 병원에 대해 의논해봤어요. 출산 때 보안 문제에 대해 어떤 방안이 있는지 미리 알아보려고요."

"그게 저 밖에 있는 친구랑도 관계있나요? 어떤 협박이 있었던 건 아닌가요?"

"그보다는 우리 연구소에서 여러분의 출산이 상당히 중요한 사안이기 때문이라고 해야겠죠. 우리에겐 여러분이 이 과정을 잘 경험하도록 돕고 출산과 회복 기간에 안전하도록 확실하게 준비할 의무가 있어요. 지금은 좀 이르긴 하지만, 어떤 식으로 아이를 낳을지 생각해본 적 있나요?"

그럼 왜 로지의 경호원은 고용하지 않았냐고 항의하려는데 로지가 먼저 입을 연다. "가정 분만은 안 되겠죠?"

나는 깜짝 놀라 로지를 본다.

베카가 말한다. "가정 분만은, 일이 잘 안 풀렸을 때 언론의 방해 때문에 필요한 도움을 받기가 어려워질 수 있다는 점이 걸리네요."

"언론에서 벌써 우리 새집 주소를 알아냈어요. 게다가 출산일이 언제쯤인지도 알고요. 그때쯤엔 파파라치가 24시간 우리를 따라다닐 거예요."

로지가 땀에 번들거리는 얼굴로 들것에 실려 나오는데 카메라 수십 대에서 플래시가 번쩍이는 장면이 떠오른다. 상상만 해도 원초적 공포가 솟아난다.

다들 잠시 말이 없다. 로지가 침을 삼킨다.

"런던 로열프리에서 제안해왔어요. 영국에서 시설이 가장 좋은 병원으로 꼽히죠. 위급 상황 경험도 풍부하고요."

병원 침대에 누운 로지를 떠올려본다. 경호원들이 에워싸 저지선을 만들고 그 안에 들어오려는 사람의 신분을 일일이 확인하는……. 지난여름 우리가 처음 베카의 연구에 대해 〈옵서버〉에서 읽었을 때는 생각도 못한 장면이다. 그때 이럴 줄 알았다면 절대 이 길로 들어서지 않았을 것이다. 차라리 정자를 기증받아 아이를 낳았을 것이다.

로지가 고개 숙이며 머리를 짚는다. "난…… 수중분만을 생각했어요."

"아주 좋죠. 내가 약속을 잡을 테니 우리 셋이 미리 방문해보는 게 어때요? 거기 대표이사가 당신들을 꼭 만나고 싶어 해요."

"하지만…… 그렇게 멀리 있는 병원으로 가는 게 좋을지 판단이 안 서네요. 운이 좋으면 90분 정도에도 가지만 출퇴근 시간에는 세 시간도 넘게 걸려요." 내가 말한다.

베카가 한숨을 쉰다. "그래서 우리도 생각해봤는데요, 출산 몇 주 전부터 거처를 옮기는 건 어떨까요?"

골치가 지끈지끈 아프기 시작한다. "그때쯤 이사하려고 했어요. 우리에겐 직업도 있고, 다 그만둘 형편이 못 돼요. 런던에 살 형편은 더욱 안 되고요."

"그건 걱정 안 해도 돼요. 임시 거처로 옮기는 게 좋겠다는 결론이 내려지면 우리 대학에서 비용을 댈 거예요. 꼭 줄스가 얘기한 대로 언론의 스토킹 때문에 그러자는 건 아니에요. 그럴 가능성도 생각해보는 것뿐입니다. 혹시 이 지역 병원도 가능한지 더 알아보긴 해야죠. 어스파이어헬스라는 사립 병원도 관심을 보였어요. 둘만을 위한 출산 전 수업도 해주겠다네요."

"와, 그렇군요. 뭐라고 해야 할지……." 로지는 복잡한 감정이 얽힌 표정이다. 자기 배를 한번 내려다보고 나를 본다.

그리고 나는 어차피 이렇게 된 거, 더 본격적으로 캐물어보기로 한다. "임시 거처라고 하셨는데, 사실상 안전가옥인 거죠? 상황이 그 정도인가요?"

역시나 베카는 시선을 피하지 않는다. "우리 보안 전문가가 당신들이 잠시 몸을 숨기는 것도 좋겠다고 했어요. 아무래도 그편이 안심되니까요. 하지만 결정은 당신들이 하는 겁니다. 강요할 생각은 전혀 없어요."

"아니타는요, 아니타 커플에게도 몸을 숨기는 걸 권했나요? 아니면 그들은 여기서 아기를 낳을 건가요?"

"줄스, 그 질문에는 대답해줄 수 없어요."

"그렇죠, 미안합니다. 그저…… 혹시 다른 커플의 임신이 더 나오지는 않았나요? 혹시 더 많은 임신 커플이 나오면 그중 함께 신원을 공개할 생각이 있는 사람들도 나오지 않을까요?"

베카는 잠시 자신 없는 표정을 지었다. 하지만 재빨리 든든해

보이는 미소를 되찾는다. "뉴캐슬에서도 잘 진행되고 있어요. 일곱 커플이 임신했죠. 하지만 여기서는…… 두 번째 시술에서는 안타깝게도 임신한 커플이 없어요. 심지어 수정조차 하나도 성공하지 못했으니 운이 나빴죠."

로지가 한숨을 푹 쉰다.

"걱정 말아요. 그렇게 될 때도 있는 법이죠. 자연임신도 마찬가지예요. 운이 꼭 필요해요."

베카와 헤어지고나서 사무실로 돌아가기 전에 로지를 지하철역까지 태워준다.

로지가 묻는다. "임시 거처는 어떻게 생각해?"

"안전가옥 말이야?" 퉁명스러운 말투라 곧바로 후회한다. 하지만 이제 의미 없는 완곡어법은 지긋지긋하다.

"떠돌이가 되는 건 싫지만, 그래서 평화와 고요를 얻을 수 있다면 한번 시도할 필요가 있을 것 같아." 로지가 말한다.

나는 로지를 안고 펑펑 울고 싶다. 여러 가지 면에서 안전가옥이 제공된다면 정말 좋을 것이다. 그럼에도 그렇게 된다면 이제 돌이킬 수 없는 지경까지 와버렸다는, 다시는 평범한 생활로 돌아갈 수 없다는 인정이 돼버릴 것 같다. 우리는 그저 가족을 만들고 싶었을 뿐인데, 어느새 우리 삶이 해체되고 몇 년 동안 아무 문제 없이 꾸렸던 행복한 일상으로 다시는 돌아갈 수 없게 된 것 같다.

"그래, 어쩔 수 없겠지." 내가 말한다.

장애인 주차 구역으로 차를 대고 로지가 내리기를 기다리는데 로지가 내 표정을 살피다가 묻는다. "줄스, 무슨 일 있어? 아까도 화가 많이 나 보였어. 그 불쌍한 연구원한테도 그렇고."

아기를 무를 수만 있다면, 그렇게 하고 싶다.

"줄스? 말해봐. 나 때문에 그래?"

나는 고개를 젓는다. 여기서 더 대화를 이어갔다간 무너지고 말 것이다.

로지가 내 뺨에 손을 얹는다. "나도 알아. 너무 힘들지. 하지만 넌 강한 사람이잖아. 그리고 우리 아기도 강해. 그 애가 엉덩이 들썩이는 거 봤지? 정말 놀랍지 않아? 아이는 내 안에 있지만 나랑은 다른 사람이야. 별도의 사람이야."

나는 아무 말도 하지 않는다.

"줄스, 말을 안 하면 내가……."

"아무 일도 아니야."

로지가 내 얼굴을 한참 들여다본다.

나는 부드럽게 웃어보려고 노력한다. "나 얼른 들어가야 돼. 매튜가 또 한바탕 지랄할 거야."

"알았어. 하지만 줄스……. 나한테 무슨 얘기든 다 해도 되는 거 알지? 내가 도울게." 로지가 내 얼굴을 감싸고 세게 키스한 뒤 차에서 내린다.

19

새로운 한 주가 시작된다. 아침에 소방서에 전화했다가 사우스시 주택에서 화재가 발생했다는 사실을 알게 된다. 사진기자를 배정받고 서둘러 사우스시로 간다. 인근 주택에 들러, 거주자들이 출근하기 전에 몇 명이라도 인터뷰를 할 수 있으면 좋겠다.

중앙로 안쪽 거리에서 불이 났다. 한 세대에서 차를 두 대씩 굴리기 전에 건설된 구도심의 좁은 도로다. 주차할 곳을 찾느라 한참 돌아다녔다. 화재가 난 집으로 걸어가는데 머리 위에서 갈매기가 끼룩거리고 아침 안개 속 연기 냄새가 시큰하다. 소방관이 사망자는 없지만 소유주가 세인트루크병원에 있고 집이 처참한 상태라고 말한다.

불타고 남은 바깥벽 앞에 경찰차가 서 있고 경찰 저지선이 둘러졌다. 거리에 곧바로 면한 현관문은 불타 없어지고 안쪽에 검게 그을린 벽과 가구의 잔해들이 보인다.

이웃 주민들이 집 밖에 나와 삼삼오오 얘기하고 있다. BBC 지역 뉴스에서 나와 촬영한다. 짙은 화장을 하고 빛나는 긴 머리를 묶은 기자가 화재 현장과 대비를 이룬다.

나는 수첩을 꺼내 현장을 묘사할 문구를 몇 개 적는다.

"누가 우편함으로 석유를 부은 것 같대요. 끔찍하지 않아요?"

청바지와 패딩을 입은 남자아이의 손을 잡은 내 또래 여자가 다가와서 말한다.

"뭐 보신 게 있나요?"

"새벽 3시쯤 고함 소리를 듣고 깼어요. 불쌍한 남자가 안에 갇혀서 나올 수 없었나 봐요. 결국 2층 창문으로 나와서 구급차에 실려 가더라고요."

"말씀 좀 기사에 인용해도 될까요?"

"어디서 나왔는데요?"

"〈포스트〉요."

여자가 이맛살을 살짝 찌푸린다. "난 그냥 얘기나 하려던 건데. 애를 유아원에 데려다줘야 해서 이만." 여자가 돌아서 가버린다.

그때 애비가 어느 집 현관에서 나오더니 나를 보고 달려온다. 우리는 그동안 이메일을 주고받고 있었다. 신문사를 나간 뒤 프리랜서로 일을 찾아다니는 애비의 열정이 놀랍지만 동시에 씁쓸하기도 하다.

"어, 여기서 뭐해?" 내가 묻는다.

"나도 취재하지. 〈트리뷴〉이 관심 있어 하더라고."

"사우스시 주택 화재에?"

애비가 눈을 질끈 감았다 뜬다. "모르는구나? 젠장……."

"뭘?"

"이웃에서 그러는데, 그 연구소에서 일하는 사람 집이래. 너희 임상 시도 말이야."

"이름은?"

애비가 수첩을 보고 말한다. "스콧 비숍."

내가 헉 하고 숨을 들이마신다. 침착하고 효율적인 스콧, 매번 검사 결과를 참을성 있게 설명하고 다 정상이라고 안심시켜서 우리는 뭘 더 물어볼 필요도 없었다. 베카가 대표로 언론에 나서니까 비판과 위협도 베카가 받는 줄 알았다. 하지만 최근 그가 매체에 좀 자주 등장했다.

"줄스, 괜찮아? 우리가 만난 얘기는 보도하지 않을 테니까. 걱정할 필요 없어."

스콧의 얼굴이 떠오른다. 진지하게 집중하던 모습. 왜 난임 치료를 전공으로 택했는지 한 번도 물어볼 생각을 못 했는데. 우리를 그렇게 많이 도와주고 늘 관심을 보였다. 방문할 때마다 로지에게 요즘 북클럽에서는 무슨 책을 읽는지 묻고, 나한테는 최근 가정폭력 재판에 대한 내 기사를 읽었다고 얘기해줬다. 왜 우리는 한 번도 스콧의 사생활에 대해 물어볼 생각을 안 했을까?

애비가 내 어깨를 잡는다. "아는 남자야?"

나는 고개를 끄덕인다. 그의 따뜻한 목소리가 들리는 듯하다. 늘 친절하게 효율적으로 업무를 보던 사람이다.

"세상에, 너무 속상하겠다." 애비가 나를 끌어안는다. 애비의 가느다란 몸매, 딱딱한 팔이 로지의 부드러운 품과 너무 다르게 느껴진다. 나는 오늘 해야 할 일이 있다. 울 수는 없다.

베카는 이 소식을 들었을까? 내가 알려줘야 할까? 이번 화재가 경고였을까? 아니면 어떤 미친 새끼가 아예 죽일 생각으로 석유 묻힌 걸레에 불을 붙였나? 두 어머니 사이 아기의 탄생을 이렇게까지 증오하고 관련자들을 죽이기까지 하려는 사람이 정말 존재하나?

서점 계산대에서 일하고 있을 로지가 떠오른다. 규칙적인 출퇴근 시간, 누구든 들어설 수 있는 서점. 너무나 쉬운 목표물이다. 언론에 수시로 사진이 나왔으니 알아내기도, 찾기도 쉽다.

"어디 카페라도 들어가서 차 한잔 하자. 너 정말 충격받은 것 같아. 하지만 시술과 관련된 일인지는 확실하지 않잖아. 개인적인 원한일 수도 있고. 그냥 묻지마 범죄일 수도 있어."

나는 수첩을 가방에 넣고 차 열쇠를 꺼낸다. 누가 이런 짓을 했는지 몰라도 아직 버젓이 돌아다니고 있을 것이다. 로지를 서점에서 데리고 나와야 한다. 당장. 그리고 보호를 요청해야 한다. 우리 집도 안전하지 못하다. 거기서 무슨 일이 일어날 때까지 기다리고 있을 수는 없다. 이런 일을 저지르는 인간들이 있는 한…….

"가봐야겠어." 내가 애비에게 말하고 서둘러 차로 돌아간다.

서점 건너편에 차를 세운다. 서점 전면 창으로 계산대 옆에 서 있는 로지가 보인다. 키가 크고 화려해 보이는 여성이 로지의 배에 손을 얹고 있다. 둘이 활발하게 이야기한다.

느닷없이 질투심이 너무나 강력하고 독하게 솟구치는 바람에 꼼짝도 못 한다. 여자는 유모차를 끌고 있다. 날씬한 몸매에 쭉 곧은 금발이다. 고전 매대에 노인이 있고, 로지가 자부심을 가지고 진열한 '새로운 목소리' 쪽에 10대 소녀 둘이 있다. 로지가 문득 고개를 들어 나를 본다. 웃으며 손을 흔든다. 로지는 안전하다. 그게 지금은 가장 중요하다.

내가 문에 달린 종을 땡그랑거리며 들어가자, 여자가 책 담은 가방을 유모차 아래 바구니에 넣는다. "그럼, 만나서 반가웠어요." 하고는 유모차를 끌고 나간다. 아무래도 최근 아기를 낳고 시내 산책을 나온 엄마같이는 보이지 않는다. 아이라인까지 그린 완벽한 화장이다. 로지의 환심을 사려고 했나? 어쩌면 로지를 보러 일부러 이 서점까지 왔는지도 모른다.

"도와드릴게요." 로지가 뛰어가서 서점 문을 잡아준다. 여자가 가자 내게 와서 포옹한다. "줄스, 웬일이야? 생각도 못 했는데!"

나도 모르게 속닥거린다. "저 여자 누구야?"

"아, 이름은 몰라. 멋진 부인이지. 체외수정 시술을 네 번 받고나서 겨우 임신이 됐대."

노인이 윌키 콜린스의 소설을 들고 계산대로 온다. 로지가 계산하는 동안 나는 물러난다. "아, 『아마데일』! 특별한 책을 고르셨네요. 다 읽은 다음에 한번 들러주세요. 독후감이 궁금하네요."

그는 로지를 보고 활짝 웃어 보였지만 내 존재를 알아채고 실망하는 듯하다. 아까 여자랑 로지의 대화가 끝나기를 한참 기다린 것 같다.

노인이 떠난 뒤 로지에게 말한다. "어떻게 낯선 사람한테 배를 만지게……."

로지가 씩 웃는다. "다른 사람 의견도 들어보고 싶었거든. 태동이 느껴지는 것 같은데 확신이 안 서니까. 그냥 가스가 움직이는 것 같기도 하고. 내가 너무 과장해서 느끼나 싶어서. 하지만 그 여자가 태동 같다고 해줬어. 잠깐 있다 갈 거지? 너도 한번 만져봐."

로지의 표정이 너무 사랑스러워서 서점에 온 이유를 잊어버릴 뻔한다.

그럴 순 없다. "저기, 우리 얘기 좀 해. 트레버는?"

"뭐? 응, 안쪽에서 쉬고 있어. 왜?"

아기에게 더 관심을 보였어야 했나 하는 생각도 든다. 태동이라니, 그냥 넘어갈 수 있는 순간은 아니다. 하지만 지금이 이럴 때가 아닌 것도 맞다. 훨씬 심각한 상황에 대해 걱정해야 한다.

"지금 나랑 같이 집에 가야 할 것 같아. 우리한테…… 해결해야 할 문제가 있어."

로지의 얼굴이 굳는다. "해결?"

"스콧 때문이야. 괜찮기는 한 것 같은데, 지금 병원에 있어. 누가 그의 집에 불을 질렀대. 아직 안 잡혔고."

"맙소사!" 로지가 쓰러질 듯 계산대를 짚는다. 10대 소녀 둘이 고개를 돌려 쳐다보다가 내가 돌아보니까 눈길을 피한다.

로지에게 속삭인다. "트레버 데려올게. 집에 가자. 너도 아기도 이런 상황에 여기 둘 순 없어."

차에 탄 로지가 경찰에 가서 도움을 청하자고 한다. 로지의 말이 맞다. 욕설하는 깡패들은 그냥 넘어갔지만, 누가 또 불을 지를지도 모르는 상황이다.

피터스필드의 경찰서는 몇 년 전에 폐쇄됐다. 그래서 옆 동네인 앨턴 경찰서로 가야 한다. 자동문을 지나 붐비는 안내실로 들어간다. 빈자리가 없고 앉은 사람보다 선 사람이 많다. 다들 범죄 신고서를 쓰고 안쪽으로 가서 진술할 차례를 기다리고 있다. 솔향 소독제의 강한 냄새에 땀내랑 맥주 냄새까지 뒤섞인다.

안내 데스크로 가서 줄을 선다. 스무 명도 넘게 모여 있는데도 이상할 정도로 조용하다. 흐릿한 CCTV 캡처 사진과 자동차 범죄에 대한 포스터가 벽에 붙어 있다. 우리 앞줄에서 피곤해 보이는 여자가 최근 빨랫줄에서 도둑맞은 옷들을 열거한다.

나도 지친다. 갑자기 모든 것이 참을 수 없을 만큼 슬프다. 지역 경찰이 예산 부족에 시달린다는 건 잘 알고 있다. 경찰의 성의 없는 조사나 경찰서에서 두 시간이나 이어진 기다림 끝에 분개한 누군가가 매주 신문사로 전화를 건다. 하지만 방법이 없다. 로지와 나도 경찰에 의존하는 수밖에 없다.

언뜻 보니 작달막한 대머리가 로지를 향해 전화기를 쳐든다. 내가 그쪽을 보고 눈을 부라리는데, 놀랍게도 그가 로지에게 자리를 양보한다.

나는 힘없는 다리로 간신히 버티며 계속 줄을 선다. 바로 지난 주에 살인 사건 재판을 취재했다. 리즈 카트라이트라는 사람이 희생당했다. 폭력을 휘두르는 남편에게서 도망치고도 몇 달 동안 스토킹과 괴롭힘을 당한 끝에 결국 살해당했다. 리즈의 신고 전화 목소리가 재판 중에 재생되었다. 그 공포에 질린 목소리를 평생 잊지 못할 것이다. "그가 날 죽이려고 해요. 제발 어떻게 좀 해줘요!" 리즈는 석 달 동안 이런 전화를 열두 번 걸었고, 그때마다 경찰이 가서 성실하게 보고서를 작성했다. 그리고 아무도 리즈의 죽음에 책임지지 않았다.

마침내 내 차례다. 로지가 서둘러 내 곁에 와 선다. 안내 데스크에서 희끗한 머리에 턱수염이 무성한 경찰관이 올려다본다.

나는 힘 있게 말하고 싶지만 주위가 하도 조용해서 목소리를 낮출 수밖에 없다. "저희는 포츠머스대학의 난자 대 난자 시술에 참여하고 있어요. 우리 주소가 언론에 나왔고, 반사회적 행위와 공격을 당하고 있습니다."

"사건 번호는 있나요?"

"아뇨. 신고하지 않았어요. 하지만 지금 온 이유는……"

"왜 신고를 안 했죠?"

"경찰이 해줄 일이 없을 거라고 생각해서요."

경찰관이 들으라는 듯 한숨을 내쉬고 턱수염을 긁는다. 로지가 내 손을 꽉 쥔다. 내가 그 남자애를 들이받지 않았다면 그때 공격을 신고했을 테고, 지금 좀 더 진지한 반응을 볼 수 있었을 터다.

"누군가가 간밤에 대학 연구원의 집에 불을 질렀어요. 아직 범인은 잡히지 않았고요. 경찰이 우리를 보호해줄 수 있는지, 관계자와 면담하고 싶습니다."

이제 대기실은 쥐 죽은 듯 고요하다. 하지만 이런 수치심은 견딜 수 있다. 우리에게 필요한 걸 얻을 수만 있다면.

경찰관이 다시 한숨을 내쉰다. "유감이지만 아주 구체적인 협박을 받은 게 아니면 우리가 해줄 게 없어요. 경찰 보호는 극단적인 경우에만 제공됩니다."

"극단적인 경우가 뭐죠? 방화범이 연구원을 죽이려 했다고요. 이 정도면 극단적인 거 아닌가요?"

"제가 보기엔 그건 당신의 의심일 뿐이고, 경찰이 조사를 해봐야 알죠."

로지가 내 손을 꼭 쥔다. "가자, 줄스. 대학에 알아보는 게 좋겠어."

나는 로지 손을 놓고 주먹을 쥐어 안내 데스크에 올린다. "방화범이 나 누구요 하고 쪽지를 남기진 않았을 거예요. 어떻게 다른 해석이 있을 수 있죠? 연구에 참여한 사람이 화상을 당해 병원에 갔어요. 제발 생각 좀 해봐요. 우리는 인기 없는 과학 연구의 얼굴마담들이라고요."

경찰관이 실내를 둘러보며 눈썹을 꿈틀거리더니 허리를 쭉 펴고 턱을 내민다. "그렇다고 세금으로 비용을 부담하게 하면 안 되죠. 그렇게 논란 많은 연구에 참여한 건 당신들 선택이잖아요. 무슨 일이 생기면 우리한테 전화해요. 출동할 겁니다. 조사도 하고요. 다른 사람들에게 하듯이 말입니다. 자, 이제 다음 분."

그는 우리가 표적이라는 걸 안다. 표정에서 드러난다. 우리를 어떻게 생각하는지도. 당해도 싸다고 생각하는 것이다. 내가 가방을 뒤져 수첩을 꺼낸다. "당신 배지 번호를 적어두죠."

집에 와서 경찰청 감사실에 전화해 항의했지만, 그들이 해줄 수 있는 건 순찰 때마다 좀 더 신경 써서 보는 것뿐이라는 말을 들는다.

그나마 대학에서는 반응이 좀 있다. 베카와는 통화하지 못하고 의과대학 학장과 얘기할 수 있었다. 그가 나중에 다시 전화를 걸어 최신 경보 장치를 집에 설치해주겠다고 약속했다.

"경호원은요? 베카에게 경호원을 붙였던데, 로지에게도 필요해요. 서점에서 일하잖아요. 어떤 미친놈이 무슨 짓을 할지 어떻게 알아요?"

"보험회사와 얘기해봤는데, 그럴 필요까지는 못 느낀다고……."

"그런 소리 말아요! 스콧에게도 경호원이 있었으면 그런 일 안 당했잖아요!"

"보험사도 우리도 계속 상황을 주시할 테니 걱정 마세요. 출산이 가까워지면 임시 거처를 마련하겠다는 제안은 이미 했고요."

"하지만 우린 이렇게 될 줄 몰랐다고요. 겨우 두 명만 임신될 줄 알았다면, 그래서 언론이 온통 우리를 쫓아다닐 줄 알았다면……."

"걱정 마세요, 커티스 씨. 우리는 최고 전문가들의 조언을 받고 있습니다. 그리고 경찰에 연락은 하셔야 해요."

나는 이제 대화를 포기한다.

로지가 내 옆에 서서 어깨를 다독인다. "우린 괜찮을 거야, 줄스. 베카가 문자 보냈어. 스콧은 괜찮다고. 연기를 들이마시고 다리가 부러졌는데 생명에는 지장 없대."

"죽을 수도 있었어. 어쩌면 죽이려고 그랬는지도 몰라."

로지가 내 옆에 털썩 앉는다. "불쌍한 스콧."

지금 상황이 얼마나 심각한지 로지를 이해시켜야 한다. 로지를 안전하게 보호하는 것은 지난 몇 달간 이 미친 세상을 헤쳐온 나의 유일한 목표다. 다행히 그 목표가 나에게 힘을 주고 있다.

내가 눈을 문지르면서 말한다. "넌 일을 그만둬야 할 것 같아."

"아냐, 줄스. 우리 중 누구도 그런 극단적인 결정을 내리면 안돼. 잠깐 진정하고……."

"어떤 미친놈이 네가 일하는 곳을 찾아내는 건 시간문제야. 문을 잠그고 일할 수도 없잖아. 아무나 마음대로 들어갈 수 있는 곳이고."

"트레버가 있잖아……."

"트레버가 뭘 할 수 있는데?"

"줄스, 종일 집에만 갇혀 있을 순 없어."

"로지…… 놈들이 무슨 짓을 저지를 수 있는지 봤잖아. 스콧은 운이 좋아서 산 거야."

로지가 눈물을 훔친다. "오늘은 특별한 날인데…… 우리 아기 태동을 처음 느낀 날인데."

나는 억지로 미소 지으면서 어떤 감정이라도 느껴보려고, 우리 아기에 대해 애정을 일으켜보려고 최선을 다한다. 그럼 이 모든 괴로움을 보상받는 기분도 들지 않을까? 하지만 스콧 집의 불탄 문만 자꾸 떠오를 뿐이다.

"너한테 얘기할 생각에 얼마나 흥분했는데. 줄스, 너 요즘 딴 사람이 된 것 같아. 너도 태동을 느껴보면 좀 달라지지 않을까 생각했어."

우리 둘 다 말이 없다. 로지가 내 표정을 살핀다. 나는 눈이 따끔거린다. 눈을 깜빡거리지 않으려고 무진 애를 쓴다. 로지에게 솔직한 생각을 털어놓지 않는 건 정말 나답지 않은 일이다. 하지만 내가 임신을 후회한다는 걸 알면 로지는 절망에 빠질 것이다. 나를 완전히 다른 눈으로 볼 테고, 말한 걸 후회해봤자 돌이킬 수 없게 될 것이다.

"줄스, 무슨 일이야? 넌 언제나 우린 서로 무슨 말이든 할 수 있다고 했잖아. 정말 걱정하는 게 뭐니?"

"어젯밤에 스콧이 심하게 다쳤어."

"하지만 그 문제가 아니잖아." 로지의 목소리는 화가 났다기보다 슬프다. "난 이해가 안 돼. 우린 서로 비밀이 없었는데. 너는 아닌 척하지만 뭔가 있는 게 분명해."

로지를 끌어안으려 했지만 뻣뻣하게 버틴다. 시선도 거두지 않는다. 결국 내가 눈을 피한다. 이제 뭐라도 말해야 한다. 그래서 상처가 덜 될 문제를 고른다. "난 아직도…… 네가 앤서니의 아기를 낳으려 했다는 생각이 머릿속을 떠나지 않아."

"아, 줄스……." 로지가 나를 안는다.

나는 로지를 보지 않는다. "이미 끝난 일인 건 알지만, 쓸데없이 자꾸 지난 일을 끄집어내선 안 된다는 걸 알지만, 어떻게 그걸 좋은 생각이라고 여길 수 있는지 난 도저히 이해가 안 돼."

"만일 난난 시술이 아니었다면 의논했을 거야. 네가 싫다고 하면 당연히 그렇게 하지 않았을 거고."

갑자기 내가 아무 이유 없이 로지를 괴롭히고 있다는 사실을 깨닫는다. 더구나 이제는 화도 나지 않는 문제다. 좀 속상하긴 해도 요즘엔 거의 머릿속에 떠오르지도 않는 일이다. 슈퍼에서 깨달은 심각한 문제에 비하면 말이다. 만일 이 아기를 무를 수 있다면 그렇게 하고 싶다는 생각…….

괴로움과 수치심에 격해진 마음이 배출구를 찾는다. 로지에게 키스한다. 처음엔 부드럽게 그리고 격하게. 로지의 윗옷을 밀어올리고 가슴을 쓰다듬는다. 더 커지고 단단해지고 있다. 로지가 놀라며 신음을 뱉는다. 로지의 레깅스에 손을 넣으면서 서두른다. 들끓는 머릿속을 잠재우려고 행위에 정신을 집중한다.

그러고나서 우리는 소파에 눕는다.

로지가 내 머리를 쓰다듬는다. "아기가 다시 움직이면 좋겠다. 너한테 만져보라고 하게."

나는 눈을 감고 로지가 기대할 만한 반응이 어떤 걸지를 궁리한다. 용기를 짜내 로지의 배에 손을 얹고 황홀한 표정을 지을 것이다. 하지만 만일 내가 진실을 말하면 어떻게 될까? 처음에는 어이없어하다가 천천히 혐오를, 그다음엔 공포를 느끼겠지. 그럼 나는 당황해서 로지에게 손을 뻗으며 말을 취소하려고 할 것이다. 하지만 로지는 내 손을 피할 것이다. 나는 로지를 잘 안다.

20

이삿날이 되었다. 새로운 집, 새로운 시작. 뻔한 말일지 몰라도, 나는 우리의 행복을 다시 찾아내기로 굳게 마음먹는다. 앤서니와 바컴 부부가 도와주러 왔다. 일레인과 마이클은 아파트를 지키고, 로지와 앤서니는 새집에서 짐을 풀기로 한다. 나는 빌린 밴으로 두 집 사이를 오가며 짐을 나른다.

앤서니와 내가 밴에서 침대를 내리는데 파파라치가 사진을 찍는다. 파파라치는 이웃집 정원을 짓밟고, 나는 또다시 익숙한 분노와 절망을 느낀다. 새집이 벌써 더럽혀지고 있다. 앤서니가 파파라치를 향해 가운뎃손가락을 들어 보인다.

매트리스를 한쪽씩 들고 힘들게 복도로 들어가는데 로지가 거실에서 부른다. "앤서니! 얼른 와봐. 아기가 움직여!"

앤서니가 매트리스를 탁 놓고 뛰어간다. 그 덕에 나는 비틀거리다가 넘어질 뻔한다. 하지만 나도 얼른 살금살금 뛰어가 두 사람을 엿본다. 로지가 앤서니의 손을 잡아 자기 배에 올린다. 둘이 동시에 꺅 소리를 지른다.

"으악, 로지, 나도 느꼈어! 발로 차는 것 같아. 조그만 게 힘이

세다!" 앤서니가 소리치고 로지가 그에게 팔을 두른다. 저렇게 반
응했어야 하는구나, 깨닫는다.

"어이, 이렇게 내버려둘 거야?"

내가 부르자 앤서니가 순순히 돌아와 2층으로 매트리스 옮기
는 걸 열심히 돕는다. 침실까지 끌어다 침대 틀 위에 내려놓는데
팔이 떨어질 것 같다. 눈이 잠깐 마주쳤지만 서둘러 피한다. 아마
로지가 정자 기증 문제에 대해 말했을 것이다.

"그놈들 잡아서 정말 다행이야." 앤서니가 말한다.

스콧의 집에 불을 낸 10대 두 명을 말하는 것이다. 애비가 전화
로 알려주면서 그냥 애들일 뿐이라고 했다. 마치 그러면 내가 안
심이라도 할 수 있는 것처럼. 하지만 나는 더욱 등골이 서늘해졌
다. 아이들까지 그런 증오를 느낀단 말인가? 그런 폭력적인 일을
저지르기 전에 부모한테 어떤 말을 들었을까?

나는 앤서니에게 애매한 미소를 지어 보이고 말없이 아래층으
로 내려간다. 밴으로 돌아가며 다시 한 번 다짐한다. 우리는 이 집
에서 행복할 것이다. 행복했던 과거로 돌아갈 것이다.

찰칵, 찰칵. 플래시가 또 터진다. 붉은 얼굴에 헐떡이며 흐트러
진 내 모습을 찍고 있다. 거리 저쪽에서 여자 하나가 활기 넘치는
코커스패니얼을 산책시킨다. 내가 손을 흔들자 놀라서 쳐다보며
나와 파파라치를 번갈아 흘긴다. 그러고는 우리를 싹 무시하기로
했는지, 일부러 방향을 돌리고 서둘러 가버린다.

다시 옛집으로 가보니, 일레인과 마이클이 주방에 있다.

"하지만 사는 게 어떻게 되겠어?" 일레인 말소리가 들린다.

"그만해, 일레인. 줄스가 곧 올 텐데."

나는 조용히 뒷걸음쳐서 열린 현관으로 나갔다가 다시 들어온다. "돌아왔어요! 별일 없었죠?"

싱크대에 기댄 두 사람 옆에 깔끔하게 포장된 상자들이 준비돼 있다. 마이클은 활짝 웃는데 일레인은 운 것 같다. 나를 보자마자 다시 눈물이 솟는다.

"무슨 일이에요?"

마이클이 내 어깨를 두드린다. "걱정할 거 없어. 일레인이 아까 왔던 파파라치들이랑 한바탕 했거든."

아침에 두 명이 왔었다. 우리가 이사하는 게 무슨 큰 뉴스가 될지는 모르겠지만 말이다. 내가 밴에 첫 짐을 싣는데 그중 한 명이 외쳤다. "줄스, 너희 아빠가 병원에 실려 갔어." 나는 놀라서 그쪽을 쳐다봤다. 물론 아빠는 멀쩡했다. 하지만 놈이 실실거리며 셔터를 누르는 동안 나는 꼼짝 못 하고 멍하니 그를 쳐다봐야 했다.

일레인이 다가와 내 손목을 잡는다. "네가 어떻게 이런 일들을 참는지 모르겠어. 로지도……. 임신한 동안 이런 스트레스를 겪으면 안 되는데. 이건 너무 심해. 이럴 순 없어."

"선택의 여지가 없을 때는 별걸 다 참을 수 있게 돼요. 신기하죠."

일레인이 고개를 젓는다. "하지만 언제까지 이래야 하지? 내 손녀는 평생 이렇게 쫓겨 다니면서 살아야 하니?" 비난하는 것 같은 눈빛이다.

"그러진 않길 바라야죠."

상상이 된다. 병원에 갈 때마다 화제에 오르고 이러쿵저러쿵 입길의 대상이 되고. 매년 생일마다 파파라치들이 먼저 대기하고 있겠지. 모든 순간이 구경거리가 되는 삶은 얼마나 지칠까?

"언론이 이러는데도 넌 어떻게 신문사에서 계속 일할 수 있니?" 일레인이 묻는다.

"일레인……." 마이클이 나선다.

"괜찮아요……. 적어도 제가 하는 일의 어떤 부분은 가치 있다고 생각하고 싶어요. 몇 가지 불의에 대한 관심을 환기하기도 했고, 제가 쓴 기사 덕에 몇 명의 삶은 전보다 나아지기도 했어요."

일레인이 고개를 젓는다. "막달에는 어디로 가서 숨을 거라면서?"

"그런 제안을 받았어요."

마이클이 끼어든다. "자, 주방은 끝났다. 상자 싣는 거 도와줄게."

다시 새집으로 상자를 나르면서 일레인과 나눈 짧은 대화를 되새겨본다. 비난이었을까? 일레인이 손목을 잡고 속상한 표정을 지으니, 난 죄책감이 들 수밖에 없었다.

우리 모두 지쳤다. 이 아파트를 떠나야 한다는, 이 푹신한 양탄자를 다시 못 밟는다는 슬픔도 나를 짓누른다. 성인이 되고 처음으로 진정한 내 집이라고 느낀 곳이다. 벽에도 오래전 일요일에 로지와 같이 페인트를 칠한 추억이 담겨 있다. 나만 시간을 되돌리고 싶은 건 아닐 거다. 어쩌면 일레인도 예전 생활로 돌아가기 위해 손녀를 희생시키고 싶을지도 모른다.

저녁이 되자 온몸이 아프다. 하지만 많은 일을 해치워서 뿌듯하다. 보안업체에서 경보장치를 설치하러 왔다. 상자는 아직 반도 못 풀었지만 제 방에는 들어가 있다. 침대도 준비되었고, 잠만 자면 된다. 텔레비전도 설치되었다.

저녁을 먹기 전에 소파에서 한참을 미적거리다가 로지에게 일레인이 눈물 흘린 얘기를 한다. 로지가 잠깐 괴로워 보인다. "불쌍하게, 그냥 속상해서 그런 거야. 너한테 화나거나 그런 거라고 생각하지 마. 실망했다면 나한테 실망했겠지."

"너희 엄마가 널 얼마나 사랑하는데." 왠지 일레인을 두둔해주고 싶다. 얘기를 괜히 했다. 우리 모두 원치 않는 감정을 겪다보니, 서로 오해도 하게 되는 것 같다.

"나도 알지. 나처럼 여러모로 운이 좋은 애도 드물 거야. 엄마가 날 위해서라면 무슨 일이든 할 테니까. 하지만 엄마는 내가 동성애자가 아니었다면 더 좋아했을 거야."

"그건 부당한 생각이야. 난 그런 낌새는 전혀 눈치챌 수 없었어."

로지가 웃으면서 내 다리에 손을 얹는다. "네가 엄마를 좋아해줘서 참 기뻐."

"늘 친절하고 따뜻하게 대해주니까."

로지가 웃으며 말한다. "내가 열세 살 때, 클로이가 우리 집에 자러 왔어. 내가 키스한 첫 여자애거든. 몇 달 동안 교실에서 보기만 하다 드디어 친해졌는데, 엄마가 문을 그냥 열고 들어오는 바람에 다 망쳐버렸어."

"처음 듣는 얘기네."

로지가 슬픈 표정을 짓는다. "엄마는 소리 지르고 야단치면 내가 바뀔 거라고 생각했나 봐. 내가 어떻게 살지 걱정됐겠지. 하지만 난 그때 엄마 얼굴에 떠오른 표정을 잊을 수가 없어. 계속 말하고 또 말하던 것도. '남자애를 좋아하려고 노력이라도 해보면 안 되겠니?'"

"정말 일레인이 그런 말을 했어? 상상이 안 되네." 언제나 나를 환영해주던 일레인이 그랬다니. 처음 바컴 부부 집에 저녁을 먹으러 갔을 때는 너무 긴장해서 제정신이 아니었는데, 일레인이 아주 기뻐하며 맞아줘서 곧 긴장이 다 풀렸다.

"엄마가 지금처럼 되기까지 오래 걸렸어. 어떻게 됐든 결국 내가 행복하기만을 바라는 엄마가 있다는 건 정말 엄청난 행운이야. 하지만 아무리 노력해도 아직까지 엄마한테는 내가 좀 더 남들과 비슷한 가족을 이루기를 바라는 마음이 남아 있어. 난 알아."

로지의 목에 키스한다. 우리는 늘 이렇게 해왔다. 나와 로지, 단둘이서. 어떤 주제도 피하지 않고 편하게 대화할 수 있었다. 다시 그렇게 하면 된다. 이 새집에서. 만일 다음 주가 지나도록 아기에 대한 내 생각이 긍정적으로 바뀌지 않는다면, 용기를 내어 로지에게 털어놔야겠다. 충격받겠지만, 로지는 나를 돕기 위해 최선을 다할 것이다. 난 안다.

초인종이 울린다. 우리가 서로 마주 본다. 대답하지 말까, 생각해본다. 우리 '꿈의 집'이 어떠냐는 등 무의미한 질문을 늘어놓는 기자일 것이다. 인터뷰하지 않는다는 정중한 표지판을 다시 붙여놔야겠다. 어쨌든 일단 일어나서 친절한 미소를 띠고 문으로 가

본다. 그렇게 하길 잘했다. 옆집에 사는 노신사가 와 있다.

"안녕하세요? 들러주셔서 고맙습니다. 전 줄스라고 합니다." 나는 손을 내민다. 그러면서도 내가 얼마나 부자연스럽게 밝은 척하는지가 느껴진다. 상관없다. 여긴 우리 꿈의 집이 될 것이다. 이제부터 달라지기를 바란다면 다르게 행동해야 한다.

노신사가 내 손을 잡고 힘차게 흔든다. "알프예요." 성긴 흰머리에 검은 바지와 재킷을 제대로 차려입었다.

"차 한잔 하러 들어오시겠어요, 알프?"

"아뇨, 아닙니다." 알프가 불안하게 자세를 바꾼다.

내가 슬쩍 돌아본다. 로지를 보면 그 자연스러운 매력을 거부하기 힘들 텐데.

"아까 보니까 문제가 있는 것 같던데. 카메라맨들 때문에요."

내가 한숨을 쉰다. "걱정 끼쳐드렸다면 죄송해요. 그렇게 됐습니다. 저희는 그래도 좀 익숙해졌지만……."

알프의 희부옇고 푸른 눈동자가 왠지 마음을 불안하게 만든다. 어쩌면 이 이웃의 부유한 분위기 때문일 것이다. 내가 보통 인터뷰하는 공공 주택에 사는 연금생활자였다면, 우린 신나서 수다를 떨었을 것이다.

"정원 때문에요. 카메라맨이 내 화초를 짓밟아놨어요. 그걸 가꾸는 데 시간이 오래 걸렸습니다."

"맙소사, 정말 죄송해요."

알프가 자기 구두를 내려다본다. 나도 정말 속상하다. 새 이웃이 왔는데 이런 일이 생기다니, 얼마나 기분 나쁠까? 망할 파파라치들은 아무것도 신경 쓰지 않는다. 대부분은 프리랜서고 아무에게도 책임지지 않는다.

내가 한숨 쉬고 말한다. "저기, 정원 일은 잘 모르지만 제가 내일쯤 고치는 일을 도와드려도 될까요?"

알프가 기침을 한다. "다시 심으려면 500파운드가 들 겁니다. 인건비는 제외하고 식물값만."

"맙소사, 500파운드……. 그런 줄 몰랐어요. 카메라맨에게는 얘기해보셨나요?"

"견적을 받을 거예요, 제대로 계산해서. 하지만 내 생각엔 500파운드면 될 겁니다."

머릿속이 어지럽다. 이 노인이 나한테 돈을 달라는 건가? 이제야 왜 왔는지 알겠다. 우리가 이 문제에 어디까지 책임져야 하는 걸까? 재빨리 따져보려고 한다. 물론 카메라맨이 우리 때문에 왔지만, 우리가 오라고 하진 않았다.

"저기요, 알프. 이렇게 돼 정말 죄송합니다. 하지만 이사에도 비용이 많이 들고 해서, 저희가 500파운드를 변상해드릴 수 있을지 모르겠네요."

알프가 인상을 쓰고 몸을 약간 흔든다. "조경사를 쓰면 더 들거요. 내가 직접 하기로 마음먹은 걸 고마워해야죠."

"그건 카메라맨에게 청구하셔야죠." 로지가 말한다. 드디어 로지가 나왔다. 내 허리에 손을 얹는다. "이런 일이 생겨서 정말 죄송해요. 하지만 저희는 댁의 식물에 아무런 해도 끼치지 않았어요. 유감이지만 그 비용을 댈 수는 없습니다."

알프가 흠칫 놀라며 로지를 위아래로 훑어본다. 그런 눈초리는 질리도록 봤다. 이제 그의 입이 비웃음 비슷하게 벌어진다. "그래요, 그렇게 나오겠다 이거죠?"

로지가 말한다. "정말 우리 잘못이 아닙니다. 하지만 다투기는 싫어요. 들어와서 차 한잔 하시죠."

알프가 콧방귀를 뀌더니 돌아선다. 성난 10대처럼 발을 구른다. "문젯거리가 될 줄 알았지." 심지어 돌아보지도 않고 말한다. "좋아, 그렇게 나오겠다면……."

문을 닫을 때 심장이 쿵쾅거린다. 문 옆에 있는 비상벨을 만져본다. 이 집의 다섯 군데에 설치했다. 누가 현관에 나타나면 얘기해보다가 누를 수 있는 위치다.

로지가 내 손을 잡는다. "무례한 사람이네."

나는 한숨을 쉰다. "우릴 미워하는 사람이 하나 늘었네."

21

황량한 겨울이 지루하게 이어지는 동안에도 로지는 굴복하지 않는다. 다른 사람들이 칙칙하게 시들어가는 동안 로지는 건강한 아름다움을 발산한다. 뺨에는 생기가 돌고, 점점 커가는 배에서 조그만 발길질이 한 번씩 터질 때마다 얼굴에 웃음이 활짝 피어난다.

우리는 베카와 런던의 로열프리병원을 방문한다. 거기 보안 책임자가 안내하면서 어디에 저지선을 치고 어디에 검문팀을 둘지 설명해준다. 가족인 척하고 기자들이 들어오거나 정보를 빼가지 못하도록 말이다. 우리는 또한 우리 지역에 있는 어스파이어헬스병원에서 출산 준비 수업을 듣기 시작한다. 이곳도 우리가 출산 장소로 선택해주기를 간절히 바란다.

아니타도 로지와 비슷한 모습이다. 우리를 만나러 오지는 못해도 자기들 집에 점심 먹으러 오라거나 영화를 보러 오라고 초대한다. 우리는 거기 갈 때 미행이 붙지 않는지 주의하며 아무도 없는 게 확실해지기 전까지는 그들의 집 앞에 차를 세우지 않는다. 로지는 늘 신이 나서 친구와 자신의 상태를 비교해보고 싶어 한다. 소파에 함께 앉아 몸의 여기저기에 대해 토론하고 만져보고 찔러

보고, 특이한 동지애를 구축한다.

그런데 최악의 사건이 터진다. 로지와 아니타가 임신 24주째 되던 날, 비가 추적추적 오는 일요일, 엄마가 죽은 날이다. 나는 아빠랑 오후에 묘지에 가기로 했다. 늘 하던 의식이다. 어렸을 때 풀이 무성한 무덤 앞에서 조용히 서 있는 아빠의 손을 잡고 지루해하던 추억이 있다.

로지와 내가 집에서 구운 치즈와 토마토 샌드위치를 먹으면서 뉴스를 보고 있을 때 홍슈의 문자를 받는다. 아니타가 분만을 시작해 병원에 갔다는 것이다. 우리는 의아한 표정으로 마주 본다. 아기에 대해 말할 때마다 벅찬 감정으로 일렁이던 홍슈의 눈동자가 떠오른다.

로지가 초조하게 말한다. "아직 희망이 있어. 24주라도 아기가 살 수는 있어. 베카가 최선을 다해 돌봐줄 거야."

"뭐라고 답하지? 답장을 보내야 하는데…… 맙소사……."

로지가 자기 배를 감싼다. "우리가 응원한다는 말밖에는……." 로지의 입술이 떨리며 눈물이 고인다.

나는 눈을 감는다. 무력감과 죄책감이 뒤섞인다. 그렇게 아기를 바라고 기대하던 홍슈가 왜…… 등골이 서늘해진다. 혹시 난난 기술에 어떤 문제라도 있으면 어떡하지? 어쨌든 우리는 임상 시도 중이다. 우리 사례는 계속 '전례 없는 분야'라고 불렸다.

새삼 로지를 살펴본다. 얼굴이 하얗게 질렸지만, 여느 임신부와 다를 바 없다. 혹시 어떤 문제가 생겨 아기를 잃게 된다면 로지는 무너져내릴 것이다. 로지의 손을 잡고 꼭 쥔다. 사랑과 고마움이 솟아오르는 걸 느낀다. 그동안 아무리 힘들었어도 나는 로지를 위해, 로지와 아기를 지키기 위해 무슨 짓이든 할 거다. 그리고 이런 깨달음과 함께 로지 배 속의 존재에 대해서도 새로운 감정을 느낀다. 온 정신을 모아 아기에게 집중한다. 그리고 머릿속으로 속삭인다. 아기야, 잘 커야 해. 꼭 살아남아라. 로지를 행복하게 해줘. 감전이라도 된 것처럼 뒷덜미의 머리칼이 쭈뼛 선다.

하지만 이런 순간은 오래가지 않는다. 문득 깨달은 사실 때문이다. 아니타가 만일 아기를 잃으면, 로지가 유일한 사례가 된다. 우리 아기는 사상 최초로 두 여자 사이에서 태어난 유일한 아기가 될 것이다. 그렇잖아도 우리 딸의 탄생은 국제적 뉴스거리였는데, 이번 일이 유산으로 이어지면 관심이 훨씬 더 커질 것이다.

"베카한테 전화해야겠어. 우리한테도 영향을 미칠 수 있는 일 같아."

로지가 나한테서 몸을 떼며 눈을 껌뻑인다. "줄스, 이런 상황에서 어떻게 우리 일을 걱정해? 아니타랑 홍슈 아기가……." 로지의 목소리가 갈라진다.

"나도 알아, 로지. 나도 정말 속상해. 하지만 이건 심각한 상황이야."

로지가 카디건 소매로 눈을 닦는다. "세상에, 어쩜 그렇게 냉정하게 말할 수 있어?"

나는 말문이 막혀 로지에게서 손을 떼고 먹다 만 샌드위치를 내려다본다. 녹았던 치즈가 식어서 노란 고무처럼 굳었다. 갑자기 역겨워 보인다. 일어나 접시를 주방으로 치운다. "난 그저 우리를 지키고 싶을 뿐이야."

로지는 외면하며 화난 듯 한숨을 쉰다.

세척기에 접시를 넣고 다시 거실로 가보니 로지가 붉으락푸르락한 얼굴이며 잔뜩 웅크린 자세로 불만을 나타내는 듯하다. 속에서 뭔가 울컥 치민다. 지난 몇 달간 내 개인 시간은 모두 가족에게 최선의 미래를 만들어내기 위해 노력하고 적들의 공격으로부터 우리를 지킬 방법을 궁리하는 데 썼다. 그런데도 계속 실패만 하는 기분이 들어 이젠 지친다. 다들 본능적으로 갖추는 듯한 이상적인 부모 노릇의 표준에 난 도저히 닿지 못할 것 같다.

"아빠랑 엄마 묘지 갔다 올게." 내가 말한다.

로지가 한숨을 쉬며 고개를 젓는다.

복도로 나가 거칠게 파카를 꿰어 입는다. 운동화 끈을 맨다. 나쁜 사람 취급은 부당하다. 미래에 미칠 영향을 미리 걱정하고 준비하는 건 잘못이 아니다. 누군가는 해야 한다. 내가 홍슈와 아니타를 덜 걱정하는 것도 아니다. 그들의 슬픔을 조금이라도 덜어줄 만한 일이 있다면 기꺼이 할 것이다.

현관을 나서는데 축축하고 물컹한 것이 밟힌다. 거의 미끄러질 뻔하다가 다행히 제때 벽을 짚었다. 개똥. 커다랗고 아직 축축한 개똥이 우리 현관문 바로 앞 중앙에 놓여 있다. 악취가 확 올라와 숨을 참는다. 거리를 둘러본다. 아무도 없다. 누가 일부러 갖다놓았다. 다시 들어가서 로지한테 얘기할까 싶지만, 차가운 분위기를 다시 대할 용기가 안 난다. 그래서 깡충발로 집 옆으로 돌아가 정원 수도꼭지 앞에서 구두를 씻는다. 밑창에 깊이 박힌 똥을 나뭇

가지로 긁어낸다. 더 심하게 풍기는 악취에 구역질이 난다. 씹할, 다행인지 몰라도 지금은 파파라치가 없다.

헛간으로 가서 삽을 가져다 계단 위 개똥도 치운다. 얼굴이 벌 게진다. 누군가 지켜보고 있을 것만 같다. 이런 짓을 저지른 자가 자기 수고의 결과를 망사 커튼 뒤에서 흐뭇하게 지켜보고 있을 것 같다.

아빠 집에서 묘지로 출발한다. 묘지는 시내를 내려다보는 언덕 위에 있다.

"오랜만이네. 그래도 이젠 신문을 보면 내 딸이 뭘 하는지 알 수 있으니까." 아빠가 농담을 한다.

"그럼 정신없었던 것도 알겠네."

"이젠 어린애맞이 준비가 완전히 끝난 거 아니냐? 젖 먹이기가 어떻고 그런 공부도 다 했고?"

주차장에 들어선다. 아빠가 내 표정을 살핀다. 나는 질문에 대 답하지 않고 차를 댄 뒤 시동을 끈다. 아빠 앞에서는 연기할 필요 가 없다. 아빠는 어떤 문제에 대해서든 나를 비난하지 않을 유일 한 사람이다.

엄마 묘소로 걸어가면서 아빠가 다시 말을 건다. "정말 얘기 좀 해봐. 그 대단하다는 모성본능은 좀 느끼고 있냐?"

내가 고개를 젓는다. 그리고 잠시 나에 대해 객관적으로 따져 본다. 줄스 커티스. 엄청난 노력형. 원하는 것은, 그저 사랑받는 것 그리고 인생에 적어도 한두 가지는 정말 가치 있는 일을 하는 것.

하지만 점점 스스로의 기대와 기준을 만족시키기가 힘들어진다. 비참한 인생!

아빠한테 이런 이야기를 털어놓으면 후련할 것이다. 이 복잡하고 혼란스러운 감정을 나와 떼려야 뗄 수 없는 관계에 있는 세상에 단 하나뿐인 사람에게, 나를 절대 떠날 수 없는 사람에게 솔직히 말하는 것이다.

"난 모성애 같은 거 하나도 못 느껴. 로지만 난리지. 젠장. 아빠도 알잖아. 나한테 무슨 호르몬 변화가 일어나서 갑자기 아기라면 껌뻑 죽게 될 리가 없지."

나는 숨죽이다시피 하고 반응을 기다린다. 어쩌면 아빠가 기함이라도 하기를 바라는지 모른다. 하지만 아빠는 말이 없다.

묘지에 도착한다. 비석은 없다. 그런 걸 살 돈은 계속 없었고, 오랜 세월에 걸쳐 봉분이 조금씩 낮아져 이제 거의 평평해졌다. 풀이 무성하다. 그렇게 내버려둔 우리를 꾸짖기라도 하듯, 양옆의 무덤은 잘 다듬어지고 가꿔져 있다.

왼쪽의 반들거리는 검은 묘석에는 허버트 스미스, 사랑받던 아버지라고 새겨져 있다. 하얀 자갈로 경계가 장식되었고, 내 기억으로는 늘 생화도 꽂혀 있었다. 오늘은 아이리스다. 꽃잎이 바람에 흔들린다.

오른쪽 묘지에는 메리골드와 베고니아가 빽빽하다. 잡초 한 포기 보이지 않고 물도 잘 먹어 꽃들이 왕성하게 자라고 있다. 죽은 자에게 애정을 표시하기 위해 이렇게 많은 정성을 들이는 이는 어떤 사람일까?

아빠가 무성하게 자란 풀들을 둘러본다. 나는 고개를 숙이고 묵념한다. 이곳에 엄마의 부서진 몸이 누워 있다. 어릴 때는 머리카락을 펼치고 누워 평화롭게 잠든 사진 속 엄마가 땅속에 누워 있다고 상상했다. 그때 장난감 삽과 양동이가 있었던 나는 언제 몰래 혼자 와서 흙을 파내고 엄마를 보겠다고 마음먹기도 했다. 단 한 번이라도 사진이 아닌 실제 엄마의 몸에 대한 기억을 갖고 싶었다.

이제 나는 아빠 옆에 서서, 흙 속에 산산이 흩어졌을 엄마의 뼈를 생각한다. 겨우 스물한 해를 살고 오래전 가버린 여자에 대해 어떤 연대감을 느껴보려고 애쓴다. 하지만 내가 느낄 수 있는 것은 아빠의 슬픔뿐이다. 전에도 그랬듯 나는 잠깐 더 기다리다가 아빠 혼자 생각에 잠겨 있게 두고 길옆의 나무 벤치로 돌아간다.

몇몇 사람이 묘지 돌보는 모습을 지켜본다. 그리고 완전히 이해되지는 않는 나의 상실에 대해 생각해본다. 아마 이 장소의 슬픔이 내 성격에도 영향을 주었을 것이다. 묘지와 눈물, 그리고 죽은 자들은 결코 보지도 못하고 향을 맡지도 못할 꽃다발들이 자아내는 분위기 말이다.

아빠를 쳐다본다. 고개를 숙인 채 아내를 생각하는 마음을 나는 절대 온전히 알 수 없을 터라 슬퍼진다. 하지만 나는 아빠의 상념들이 뭔가 특별하고 남다르다는 사실을 안다. 만약 여기 와서 애도를 바치는 사람들 마음의 소리를 들을 수 있다면 나도 좀 달라질 것 같다. 살고 사랑한다는 것의 의미에 대한 이해가 깊어질 것이다.

벤치에 홀로 앉아 있자니 예전 생각이 되살아난다. 어릴 적부터 이따금씩 불쑥불쑥 솟았다가 가라앉던 관념 하나. 세상에서 소외된 기분. 정신과 감정의 어떤 성스러운 의례에서 나만 배제된 느낌. 지금 누가 나를 꿰뚫어볼 수 있다면, 인류를 하나로 묶어주는 근본적 자질이 없는 사람임을 알아보고 흠칫 놀랄 것 같다.

한참 있다 아빠가 내 옆에 와서 앉는다. 우리는 잠시 말이 없다. 그래도 최근 걱정까지 더해졌던 표정이 조금은 풀어진다.

결국 아빠가 입을 연다. "그래서, 회의감이 든다고?"

"내가 어떻게 해야 할지 모르겠어." 나는 목이 멘다.

아빠가 놀라서 잠깐 쳐다보더니 어깨에 팔을 두른다. "네 엄마는 정말 너를 고대했는데. 임신한 네 엄마는 어떤 힘이 충만한 듯 보였어."

나는 미소 지으려고 애쓴다. 아빠는 좋은 뜻으로 한 말이다. 하지만 바로 그런 힘, 흥분, 기대에 대한 말이 나를 열패감에 빠뜨린다. "모성애라는 건 여성지가 퍼뜨린 신화일 뿐이라고들 하잖아. 우린 둘이서도 잘 지냈는데, 안 그래?" 뺨을 문지른다. 어쩐지 더 지친다. 한심하다. 이러고 돌아다니는 게, 아직도 하루하루를 헤쳐 나갈 힘이 남아 있다는 게 놀랍게 느껴질 정도다.

"어이, 기운 내. 다 잘될 텐데."

"사실 난 아이를 원한 적이 없는 것 같아. 그냥 분위기에 휩쓸린 거지. 두 엄마 사이 아기가 태어난다는 데, 거기 참여하게 됐다는 데 흥분하기도 했어. 로지가 얼마나 원하는지 알았으니까. 시간이 지나면 나도 진짜 느낌, 모성애 같은 게 생길 줄 알았어."

"사람은 누구나 잘못된 이유를 핑계 삼아서 여러 가지 일을 벌여. 세상에 완벽한 사람은 없어. 실수 안 하는 사람도 없고."

"하지만 나처럼 실수로 대단한 구경거리가 돼버리는 경우는 드물걸."

아빠가 나를 끌어안는다. 따뜻하고 편안한 품이다. 나도 의도는 좋았다. 매 단계에 그랬다. 내가 올바른 일을 하고 있다고 확신했다.

"로지는 모를 거야. 아닌 척해야지. 좋아하는 척하고 흥분하는 척하고. 내가 정말 바란 일인 것처럼."

"곧 괜찮아질 거야, 줄스."

"나도 어쩔 수 없어." 집으로 돌아가기가 두렵게만 느껴진다. 언쟁을 벌이다가 도망치는 건 잘못이다. 하지만 로지가 용서하지 않으면 어쩌지? 내가 돌아갔더니 로지가 나가버렸으면 어쩌지? 얼른 돌아가야겠다. 하지만 여기 있는 게 좋다. 드디어 잠시 쉴 수 있는 곳에 온 것 같다.

"넌 강한 아이야. 무슨 일이 닥쳐도 살아남을 거다. 난 알아."

"아빠는? 아빠도 좋고 흥분돼?"

"나한테 그런 걸 기대하는 사람은 없어. 하지만 네가 잘되길 바라는 건 분명하지. 네가 다시 잘 살면 좋겠고. 줄스, 네가 얼마나 똑똑하고 능력이 많은데. 더는 인생을 의미 없이 흘려보내지 않으면 좋겠다."

우리는 다시 침묵한다. 나는 또다시 어린 시절의 수많은 추억에 잠긴다. 얼굴을 바싹 들이대고 진지한 눈빛으로 말하던 젊은 아빠. '난 되는대로 살았다, 줄스. 하지만 넌 그럴 필요 없어. 배운 걸 최대한 활용해라, 내 딸. 넌 내가 할 수 없던 일을 할 수 있는 사람이야.' 그런 말들이 불어넣어주던 자신감을 기억한다.

백일몽을 로지의 전화가 깬다. 이런 곳에서 경쾌한 신호음이 울려대니 신성모독이라도 저지른 기분이 들어 얼른 받는다.

"줄스, 별일 없어? 점점 걱정돼서."

"아직 묘지야."

"집으로 와줘, 줄스. 아깐 미안했어. 아니타 때문에 신경이 날카로워져서…… 그들이 너무 걱정돼."

로지의 말을 들으며 벤치에서 천천히 일어난다. "누가 우리 계단에 개똥을 버렸어."

"대체 누가 그런 짓을?"

"나도 모르지. 누가 레즈비언 마피아를 몰아내겠다고 그랬는지."

날이 어두워지고 있다. 통화를 끝내니 아빠도 일어선다. 갈 때가 됐다. 어쩌면 전화를 받지 말아야 했는지도 모른다. 마술이 풀린 기분이다. 뭔가 막 돌파구가 보일 것 같고 흐릿하나마 깨달음을 얻은 것 같았는데, 전부 사라졌다. 아빠도 못마땅한 표정으로 빨리 돌아가고 싶은 눈치다. 올해의 의식은 끝났다. 필요한 애도를 바치고, 다시 전진 신호가 켜진다.

22

아니타가 사산했다. 아기는 태어나던 중에 죽었다. 숨을 쉬지도, 울지도 못했다. 우리는 문자를 보내고 카드도 보냈지만, 닷새 뒤에야 홍슈의 전화를 받는다.

"아니타가 둘 다 보고 싶어 해." 무미건조한 목소리다. "아직도 슬프지만 너희가 와주면 힘이 될 것 같아. 너희가 불편할 수도 있겠지만……."

"당연히 가야지. 혹시 우리가 할 수 있는 일이 있으면……."

"그냥 너희를 보는 것만으로도 좋을 거야. 너희는…… 너희 아이는 무사하다는 것만으로도 말이야. 그렇지?"

"응……."

홍슈가 숨을 고른다. 동요를 내보이지 않으려고 애쓴다. "그럼 일요일에 와. 점심은 대접 못 해. 그럴 기분이 아니라서. 3시쯤 와."

가기 싫다는 생각에 휩싸인다. 우리가 그들의 슬픔을 어떻게 덜어주겠는가? 그럴 방법이 있다면 기꺼이 할 것이다. 하지만 말밖에 해줄 게 없다. 그리고 이런 상황에 말이 무슨 소용이겠나?

내가 초대 내용을 전하자, 침대에서 『이성과 감성』을 읽던 로지가 몸을 일으키며 눈을 휘둥그렇게 뜬다. "아, 줄스, 거길 어떻게 가? 우리가 무슨 말을 할 수 있겠어? 게다가 나는 부른 배를 두 사람한테 어떻게 보여?"

로지 옆에 앉아 손을 잡는다. "나도 알아. 힘들겠지. 하지만 거절도 못 해. 그런 일이 있고나서 아니타가 우리를 보고 싶다는데 어쩌겠어?"

로지가 한숨을 쉬고 배에 손을 얹는다. "오늘은 유난히 활발하네. 만져볼래?"

고개를 끄덕이고 로지의 배에 손을 댄다. 작고 날카로운 발길질이 느껴진다. 1년쯤 뒤에 우리가 어떻게 돼 있을지 머릿속에 그려본다. 아기가 우리 곁에 누워 버둥거리고······. 요즘 이런 식으로 자주 상상한다. 아기와 함께하는 삶을 머릿속에 그리면서 기쁨과 사랑을 느끼려고 노력한다. 내가 이번 비극에 대처하는 방식이다. 그런 상실을 면한 죄책감도 덜 겸.

"줄스?"

"응?"

"우리 아기는 정말 활달한 것 같아. 그렇지?"

"활달하고 발길질도 잘하네."

"아무 일도 없겠지? 그런 일이 생기면 난 어떻게 될지 상상도 못 하겠어. 난 이 아이를 너무 간절히 원해."

"아무 일도 안 일어날 거야."

홍슈를 따라 거실로 들어가니 책장과 탁자, 창턱에 카드가 줄줄이 놓여 있다. 상실을 떠올리게 하는 것들이 사방에 있으니, 단한 순간도 잊어버리거나 쉴 수 없을 것이다.

아니타는 크림색 소파에 다리를 웅크리고 앉아 있다. 얼굴이 해쓱하다. 눈 밑 다크서클이 멍처럼 보인다. 로지가 곧바로 아니타에게 가서 꼭 끌어안는다.

홍슈와 나는 거실 한가운데 가만히 서 있다. 용기를 내 홍슈를 쳐다보니, 장난기 가득하던 표정이 사라져서 10년은 더 늙어 보인다. 그러나 눈빛만은 분노로 형형하다.

홍슈도 나를 보더니 입술을 달싹거린다. 뭔가 말하려다 마는듯하다. "홍차 마실래, 커피 마실래?"

나는 커피 잔을 무릎에 놓고 앉아 다시 생각한다. 어떻게 이렇게 일찍 우리를 다시 볼 생각을 했을까? 우리로선 짐작조차 할수 없는, 그들만의 치유 작업일까? 꼼짝 못 하고 웅송그리고 있으려니 온몸이 괴롭다. 어떻게 행동해야 할지, 무슨 말을 해야 할지도 모르겠다. 상실에서 의미를 찾아내자는 식의 진부한 문구들이 머릿속에 떠오른다. 잡지 같은 데서 본 글귀, 영화에서 본 통렬한 대사. 하지만 어느 것이든 너무나 적절하지 못하다.

"처음엔 식중독에 걸린 줄 알았어. 오전 내내 화장실을 들락거렸거든. 베카가 원래 그렇대. 다 비워내고 밀어낼 수 있게 준비하는 거라고."

아니타가 말하기 시작한다.

"점심때쯤엔 피가 나오더라고. 심하진 않았어도 베카에게 전화했더니, 혹시 모르니 세인트루크병원으로 오라는 거야. 허리도 무지 아팠는데, 그냥 허리가 아픈 거니까……. 그것도 상관있는 증상인 줄은 전혀 몰랐지. 홍슈도 병원으로 왔어. 그리고 병실로 들어서는 순간 양수가 터졌어."

아니타가 말을 멈춘다. 나는 아니타의 배를 슬쩍 본다. 헐렁하게 늘어진 것 같아 보인다. 홍슈가 말을 잇는다.

"영화 같은 데서 본 것처럼 막 쏟아지진 않았어. 혹시 아니타가 오줌을 쌌나 했지."

홍슈가 이를 꽉 깨문다. 아무도 쳐다보지 않는다. 아니타가 코를 풀고 다시 말을 시작한다.

"이상한 건, 기분이 끝내줬다는 거야. 양수가 터지면 온갖 호르몬이 나온대. 어떤 일도 극복할 수 있을 것 같은 엄청난 기분이 드는 거지. 정말이지, 로지, 자연이 우리를 준비시키는 방식이 정말 놀라워."

로지가 눈물을 참으며 미소를 지으려고 애쓴다. 홍슈가 다시 무미건조하게 말한다.

"그때까지는 아기 심장이 뛰고 있었어. 우리도 직접 들었어. 멀쩡했어. 바로 직전까지는…… 멀쩡했어."

아니타의 눈이 휘둥그레진다. 나름대로 단계를 밟고 있었지만, 아직 이 부분을 말할 준비는 안 된 것이다. 잠시 숨을 고른다.

"그리고 자궁 수축이 시작됐어. 일반적인 분만처럼. 그것도 분만이었지. 다시 할 수 있을 거야. 한 번 겪어봤으니 무섭지도 않고. 내 몸이 해야 할 일을 알아서 하더라."

아니타가 잠깐 방 안을 둘러본다. 내가 침묵을 참을 수 없어서 질문한다.

"자궁 수축은 어땠어?"

로지는 얼굴이 굳지만, 아니타는 오히려 그런 주제가 나와 안도하는 듯하다.

"아, 정말 이상해. 온몸이 쥐어짜이는 느낌. 토하면서 똥 누는 기분이랄까? 놀랍기도 해. 아까 말했듯이, 내 몸이 일을 제대로 하려고 먼저 열심히 비워낸 거니까. 그래서 오전 내내 설사한 거야."

나는 고개를 끄덕인다. 아니타가 이렇게 활발한 모습은 처음본다. 눈가는 빨갛게 짓물렀지만 눈빛은 이글거린다. 서늘한 예감이 스멀스멀 피어난다. 이 이야기의 끝을 잘 알고 있다. 그 끝에도달할 것이 무섭다. 로지가 이런 이야기를 들어야 하나 싶고, 우리는 아무 말도 할 수 없으리라는 공포가 밀려든다.

홍슈가 말한다. "다섯 시간이나 걸렸어. 그리고 그동안 아기 심장은 내내 뛰고 있었어. 산도에서 멈췄지, 마지막 순간에."

아니타가 홍슈의 어깨에 얼굴을 묻는다. 하지만 홍슈는 자기애인의 울음을 알아차리지 못하는 듯하다. 아니타를 위로하려는몸짓을 보이지 않는다.

로지가 다리를 풀었다가 다시 꼰다. 아니타를 다시 안아주고싶을 것이다. 로지는 그런 사람이다. 남의 고통을 보면 자연스럽게 반응한다. 그리고 같이 고통스러워한다. 아마 로지가 가만히있는 건 죄책감 때문일 것이다.

이쯤에서 가야 하지 않을까 싶다. 뭔가 핑계라도 생각해내려는데 아니타가 고개를 든다. "우리는 제시카라는 이름도 붙였어. 완벽한 아기였는데. 아무 문제도 없었어, 아무것도. 왜 그렇게 일찍 세상에 나와야 했는지 아무도 모를 거야. 혹시 수정 방법에 문제가 있지 않았을까 하는 생각까지 했어. 정말 건강한 아기였는데, 제때 나오기만 했으면 건강한 아기가 됐을 텐데. 난 아이를 안았어. 평범한 산모들이 아기를 받아 안듯이 말이야. 하지만 내 아기는 죽어 있었어."

로지가 헉 소리를 내더니 일어나서 아니타에게 간다. 작은 몸을 끌어당겨 안는다. 아니타의 머리가 로지의 부른 배 바로 위에 놓인다. 우리 아기가 지금은 잠들어 있으면 좋겠다. 괜히 태동을 해서 이렇게 괴로운 사람을 더 괴롭히지 않으면 좋겠다. 보기도 괴로운 장면이다. 로지의 충동적인 행동 때문에 심장이 죄어드는 듯하다. 하지만 아니타는 관계없는 것 같다. 계속 울고 있지만 로지에게 위안을 얻는 것 같다. 로지가 저럴 수 있다는 게 놀라우면서도, 여전히 지켜보기가 괴롭다.

그래서 책장에 놓인 카드를 살펴본다. 홍슈와 아니타가 이렇게 인기 있는 커플인지 몰랐다. 이렇게 친구가 많은 사람들이지만, 아기의 정체를 알던 사람은 우리뿐이다.

"연구소에서 아기를 데려갔어." 홍슈가 말한다. 방 안의 공기가 참을 수 없이 팽팽해진다.

로지가 해쓱해진 얼굴로 고개를 든다. "뭐라고?"

"우리 모두 서명한 계약서에 다 들어 있어. 작은 글씨는 읽지 않았었는데, 베카는 준비하고 있었더라. 계약서 사본을 가방에 넣어 가지고 병원에 왔어. '유산이나 사산의 경우 신체 조직은 연구 목적으로 대학에 회수된다.'"

"우리가 묻어주지 못하게 했지." 아니타가 말한다.

로지의 얼굴이 더 해쓱해진다. 아니타를 보다가 나를 본다. 로지의 표정엔 두려움과 절박함이 담겨 있다. 어떻게 그럴 수가, 베카가 어떻게 그런 일을 할 수 있지?

홍슈가 말한다. "실은 너희를 부른 이유가 있어. 우리가 돈만 밝히는 사람들이라고 생각할지 몰라도……. 우린 이번 일에서 남아 있을 수 있는 아주 조금의 혜택이라도 얻어내야겠어. 〈트리뷴〉에서 우리 인터뷰에 2만 파운드를 제시했어. 내일 하기로 했고."

나는 말없이 아니타의 눈물로 얼룩진 얼굴을 찬찬히 살펴본다. 속속들이 슬픔에 찬 표정. 그리고 미래를 가늠해보려 애쓴다. 이 모든 것이 나와 로지에게 어떤 영향을 가져올지 생각해봐야 한다. 하지만 머릿속이 안개가 낀 것처럼 멍하다. 아기를 매장하지 못하게 했다고? 우리도 같은 계약서에 서명했을 것이다. 하지만 우리 아기가 임신되기도 전에 본 계약서는 상당히 합리적인 것 같았다. 차가운 실험대 위에 놓인 태아와 수술칼이 머릿속에 그려진다.

내가 다시 홍슈를 쳐다보니 홍슈도 텅 빈 눈으로 나를 본다. "우린 다시 미래를 준비하려고. 이런 기회를 놓칠 순 없어. 다시 시도해볼 거야. 아마도 정자은행을 통해야겠지. 이번 일에서 교훈을 얻고 다음 아기를 위해 뭐든 할 거야."

로지가 아니타에게서 몸을 떼고 한발 물러난다. "줄스, 집으로 가자."

나는 홍슈와 아니타가 변명이라도 할 줄 알았다. 설명을 더 들어달라고 간청할 줄 알았다. 하지만 그들은 소파에 꼼짝도 안 하고 앉아 있다.

내가 말한다. "제발, 다시 생각해봐. 인터뷰를 시작하면 언론은 더 광분할 거야."

홍슈가 입술을 깨물고 바닥을 내려다본다. 그러더니 고개를 확 들고 로지의 배를 본다. 단호한 눈빛을 보이려 애쓰지만, 내게는 산산이 부서진 영혼만 보인다.

내가 홍슈에게 가서 어깨에 손을 얹는다. "제발 부탁이야. 유언비어가 퍼질 거야. 임상 시도가 더 진행되면 안 된다고들 할 거라고."

홍슈가 내 손을 쳐버린다. "그 말이 틀린 줄 어떻게 알지? 연구소는 우리가 희망을 품게 했어. 여섯 달 동안이나. 우린 여섯 달 동안 우리가 아기를 갖게 될 줄 알았다고. 아기가 움직이는 걸 느끼고 심장박동 소리도 들었어. 그런데 이젠 실험실에 빼앗겨버렸지."

"나도 유감이야. 하지만 〈트리뷴〉은…… 정말이지……."

홍슈가 고개를 돌려버린다. 아니타는 얼굴을 손으로 감싼다.

나는 조금 더 머뭇거리다가 로지를 감싸고 나온다. 말없이 슬픔에 잠긴 그들을 내버려두고.

나흘 뒤 타블로이드지에서 그들의 기사를 싣는다. '레즈비언 아기 실험이 비극으로 끝나다'라는 제목으로.

포츠머스대학의 논란 많은 난자 대 난자 체외수정 실험을 통해 최초로 임신한 두 여성 중 한 명이 임신 24주째에 아기

를 잃었다. 이 시술의 안전성에 대해 더 많은 의문이 제기되고 있다.

―――――――――

홍슈와 아니타는 무거운 표정으로 소파에 앉아 사진을 찍었다. 기사의 뒷부분은 이렇다.

―――――――――

반면 햄스피어의 피터스필드에 사는 예쁜 금발의 31세 로지 바컴은 이 실험의 유일한 성공자로 남아 있다. 만일 그녀의 아기가 태어난다면 두 어머니에게서 탄생한 세계 최초의 아기가 될 것이다.

―――――――――

만일 아기가 태어난다면? 유산이라도 바라는 투다. 정식으로 항의할까 생각해보지만, 그래봐야 또 다른 기사의 빌미만 줄 뿐이다.

기사를 다시 읽는데 가슴에 묵직하게 진심 어린 슬픔이 느껴진다. 홍슈는 늘 꿈꾸는 듯한 표정으로 미래의 딸에 대해 말했다. 아기를 너무나 고대하며 알 수 없는 미래의 어머니로서 행복한 생활을 의욕적으로 계획하고 있었다. 그런 홍슈를 보고 또 그런 모습이 얼마나 자연스레 나타나는지 깨달으면서 내가 느끼는 감정들이 더 혼란스러워졌었다.

로지와 내가 겪는 언론의 괴롭힘 정도는 이런 상실에 비교할 수도 없을 것이다.

23

예상대로 홍슈와 아니타의 인터뷰는 로지와 나에 대한 관심에 다시 불을 붙인다. 사진기자 한 명은 꼭 내가 직장에 있는 열두 시간 동안 계속 나를 따라다닌다. 그리고 난 그걸 그 어느 때보다도 참기가 힘들어진다. 그들이 우리 아기에게도 무슨 일이 일어나기를 기다린다는 걸 알기 때문이다. 그들은 그 사태를 기다리고 있다는 점을 분명히 드러낸다. 내가 피 흘리는 로지를 집에서 데리고 나와 정신없이 병원으로 달려가는 순간을 말이다.

이런 미행을 당하면서도 하루는 취재를 위해 자식 잃은 어머니의 집에 가서 문을 두드릴 수밖에 없었다. 내가 현관으로 올라가는 동안 사진기자가 정원 입구에서 전화하며 큰 소리로 떠든다. "어, 아직도 그 여자야. 지금 폴스그로브의 어떤 집에 와 있는데, 일 때문인 것 같아. 그래, 정말 거지 같은 일이지······."

내가 그쪽으로 돌아서 말했다. "여긴 유가족의 집이에요. 잠깐 자리 좀 비켜줄 수 있을까요?"

그자는 대답 대신 카메라를 들고 찍기 시작한다. 어쩐 일인지 요즘 언론에는 카메라를 물리치려고 난리 피우는 여자들의 사진이 한창 유행이다. 물론 가장 추한 사진만 골라 싣는다. 입이 이상하게 뒤틀리고 눈빛은 분노에 번득이는 사진들이다.

망가진 대문 옆에 카메라맨이 계속 서 있는 걸 알면서도 나는 유가족 집의 문을 두드리는 수밖에 없다. 차근차근 방문 이유를 설명한다. 아드님을 추모하는 기사를 쓴다……. 몇 마디만 해주실 수 있으면……. 하지만 결국 나는 그 슬픔에 빠진 어머니를 머리도 안 빗고 지저분한 스웨터를 입은 모습으로 언론에 노출한 셈이다. 여자가 카메라맨을 보더니 인상을 구긴다. 그리고 문을 쾅 닫으며 소리 높여 고통에 찬 울음을 터뜨린다.

나는 늘 직업윤리를 지키고, 취재원에게 괜한 해를 입히지 않으려 무진 조심했다. 하지만 이런 상황에 맞닥뜨릴 때마다, 이런 문제를 전혀 고려하지 않으려는 매튜의 사건 배분 방식 때문에, 마치 괴물이 돼 이 도시를 행진하고 다니는 기분이 든다.

〈트리뷴〉에서 기사가 나고 한 주쯤 지났을 때 프라이어가 〈포스트〉에 인터뷰를 제안한다. 매튜는 짜증 난다는 표정으로 나를 불러, 그가 나를 인터뷰어로 요청했다고 전한다.

그 말을 들려주자 로지가 말한다. "네가 해야지."

"하지만 결국 뒤틀린 방식으로 '내' 인터뷰가 되고 말 텐데?"

"상관없어. 반격 기회로 이용해. 질문으로 박살을 내. 놈이 어떤 인간인지 드러내 보이는 거야. 우리에겐 기회야."

그래서 나는 그렇게 하기로 한다. 프라이어의 비서와 연락한다. 프라이어는 자기를 인터뷰하는 나를 동영상으로 찍겠다고 한다.

내가 거절했더니, 그럼 녹음이라도 하겠다고 한다. 그럼 나도 녹음하겠다고 하고 허락한다.

인터뷰 전날 저녁 퇴근 후 톰과 펍에 가서 준비를 한다. 펍은 조용하다. 혼자 온 남자들이 바에 드문드문 앉아 앞에 놓인 술잔을 노려보고 있을 뿐이다. 슬롯머신 주위에도 시무룩한 표정으로 몇 명씩 모여 있다.

톰이 술을 가져오는 동안 나는 부스에 자리 잡는다. 프라이어의 주장 하나하나의 얄팍함을 폭로할 날카로운 질문을 연달아 던질 수 있어야 한다. 오늘 밤 톰이 프라이어를 대신해 자연임신 연대의 말도 안 되는 논리를 내게 쏘아대는 임무를 맡을 것이다.

톰이 내게 레몬 한 조각을 띄운 다이어트 코크를 건네고 자리에 앉으면서 말한다. "좋아 그럼, 첫 번째 주장. 여자들에게 선택권이 주어지면 그들은 매번 여자아이를 원할 것이다."

"말도 안 되는 소리, 반려자와 아기를 갖고 싶은 건 인간의 자연스러운 욕구야. 대다수의 이성애자 여성들은 예전 방식대로 아이를 갖겠지. 아무리 여자아이를 선호해도 자기 남자 친구나 남편을 배제하고 난난을 선택하진 않아."

톰이 거만하게 고개를 끄덕 하고 맥주를 한 모금 마신다.

내가 덧붙인다. "게다가 성감별이 폭넓게 행해지는 나라들을 봐. 인도에서는 남아 선호 때문에 성비 불균형이 생기고, 중국도 한 자녀 정책 때문에 많은 여자아이가 버려졌지."

"괜찮은 지적인데. 좋아, 그럼 두 번째 주장. 만일 이성애자 여성들도 옛날 방식대로 임신하기를 원하지 않게 되면?"

"그럴 일은 없어."

"아니, 생각해봐야 해. 예외가 있긴 해도 남자가 여자보다 다소 게으르다는 점은 우리 모두 인정하잖아. 특히나 가족 문제는. 그러다보니 이런 생각을 하는 여자들이 아주 많을 거라고. 내 아이에게 누가 더 나은 삶을 제공할 것인가? 지금 내 곁에 있는 남자인가, 내가 전적으로 믿을 수 있고 필요할 때 늘 곁에 있어줬으며 어릴 때부터 절친한 내 친구인가? 내가 그녀와 아이를 낳으면 내 아이에게 훨씬 좋은 삶이 주어지지 않을까?"

나는 크레타섬의 추억을 다시 떠올린다. 이 모든 것이 시작되던 순간. 로지가 그토록 귀여워하던 아기, 자기 부모가 완벽히 섞인 아기의 웃는 얼굴. 그 얼굴의 의미가 얼마나 매혹적이었던가? 거기에는 우리 모두의 원초적 욕망 같은 것이 담겨 있었다. 사랑하는 사람과 하나가 되고 싶은 열망 같은 것.

"난 그렇게 생각하지 않아."

톰이 맥주잔에 모인 물기를 손가락으로 문지른다. "그건 줄스, 네가 어쩔 수 없는 전통적 인간이기 때문이지."

"하."

"아니, 정말이야. 난 가끔 너랑 로지의 관계가 부러워. 영원히 함께할 거라는 믿음 말이야. 요즘 사람들이 다 그렇게 생각하는 건 아니야. 그리고 우리는 자식에게 가장 좋은 것을 해주고 싶게끔 생겨먹었어. 그러니 내가 장담하는데, 내 자식에게 두 번째 엄마를 만들어줘야겠다고 결정할 여자들이 아주 많을걸."

"정말 그렇게 믿어?"

톰이 얼굴을 붉히고 내 눈을 피한다. 그리고 애꿎은 맥주만 꿀꺽꿀꺽 마신다. 톰이 정말 난난 시술에 위협을 느끼나? 터무니없다. 술집에 들어가면 30분 안에 여자를 유혹할 수 있는 톰이, 정착하라는 소리를 들으면 콧등에 주름을 잡는 톰이?

톰이 맥주를 마시는 동안 나는 불안하게 기다린다. 그냥 인터뷰나 마저 준비해야 할까? 아니면 얘기를 더 해봐야 할까? 톰이 결정하게 두는 게 좋겠다 싶어서 조용히 기다린다. 그러다 언뜻 보니, 하루 종일 나를 따라다니던 사진기자가 바에서 술을 주문하고 있다.

톰이 잔을 내려놓고 한숨을 쉰다. "가족을 만들려 한다고 해서 꼭 먼저 연인을 찾아야 하는 건 아니야. 이제 과학이 발전했으니 여자들이 집단적으로 아이를 기르겠다고 결정하지 못할 이유가 없지. 그러니까 지금까지 여자들이 남자와 함께 아이를 키운 건, 선택의 여지가 없었기 때문이야. 이제 다른 선택을 할 수 있으니까 어떻게 될지는 아무도 몰라. 지금까지는 볼 수 없었던 양육 방식이 나올 수도 있지."

"너무 멀리 간 소리로 들리네, 톰."

"그럼 남자는 어떤 존재가 될까? 섹스를 위해 이런저런 방식으로 이용할 순 있겠지. 하지만 여자들한테 우리가 정말 필요하지는 않은 세상이 됐어. 나를 예로 들면, 나라도 나랑 아기를 갖기는 싫을 것 같아." 톰의 목소리가 격앙되어 갈라진다.

하마터면 톰의 팔에 손을 얹을 뻔하다가 그가 싫어하리라는 걸 깨닫는다. 어떤 격려를 하려다가, 갑자기 나도 궁금해진다. 톰은 어떤 아버지가 될까? 그는 훌륭한 동료다. 아주 너그럽고 속이 깊은 친구. 톰이 아기를 번쩍 들어올리며 우스꽝스러운 표정을 지어서 아기가 꺅꺅 소리 지르는 장면이 그려진다. 잔뜩 무리해서 준비한 크리스마스 선물을 건네는 장면도 그려진다. 하지만 그런 순간들을 위해 펍에 다니는 걸 자제하거나 친구들과 저녁부터 새벽까지 술 마시는 버릇을 포기할까? 우리가 초대하면 늘 늦고, 술을 잔뜩 마시고도 운전해서 돌아가려고 하는……. 게다가 로지의 불쌍한 친구 하나는 톰과 한 번 자고 사랑에 빠졌지만 다시는 전화를 받지 못했다.

로지를 제외하고 내 지인 중에서 함께 아이 키울 사람을 골라야 한다면 톰을 뽑지는 않을 것 같다. 사실상 내가 아는 여자들 대부분보다 더 좋은 부모가 될 남자는 고를 수가 없을 것이다. 아빠랑 로지 아버지는 빼고 말이다.

"어……. 정착할 때가 되면 너도 생각이 바뀌겠지. 사는 방식도 달라지고."

톰은 상처받은 듯 보인다. 그의 주장에 반박했어야 했나 보다. 절대 그렇지 않다고 격려해줬어야 했나 보다. 그러길 바란 거다. '당연히 누군가는 널 원하겠지. 넌 훌륭한 아빠가 될 거야.' 하지만 1초도 안 돼 그런 표정은 사라지고 톰이 실실 웃는다. "좋아, 세 번째 주장. 난난 연구가 세인트루크병원의 예산을 갉아먹고 있다. 이건 어떻게 생각해, 커티스 씨?"

저녁 내내 우리가 탁자 위로 질문과 대답을 날리는 동안, 톰의 주장이 자꾸 다시 떠오른다. 여자에게 완전히 새로운 생식 방법이 생겼다. 그럼 정말 새로운 실용주의도 서서히 등장할까? 여자가 아이를 낳고 기르는 데 로맨스를 거부하고 그렇게 결과 중심적으로만 선택할까? 아이를 가진다는 건 늘 참 아름답게도 그런 계산과는 무관한 영역이었던 것 같은데 말이다.

그동안 내가 법원에서 본 수많은 여성, 단 한 순간 때문에 부적절한 파트너와 엮여버린 여성들을 생각해본다. 물론 그 순간이, 모든 것이 올바르고 완벽해 보인 그 순간이 때로 몇 주에서 몇 년까지 지속되기도 한다. 그리고 인간은 그런 순간들 때문에 살지 않을까? 크레타섬에서의 나처럼, 거부해야 하는 이유가 많은데도 아이를 갖자고 해버린 그 황혼 무렵 나처럼 말이다.

인터뷰하는 날은 3월 초지만 날씨가 다시 겨울로 곤두박질친 듯하다. 차가운 바람에 비까지 차에서 내리는 내 얼굴을 때린다. 프라이어의 집은 고풍스러운 거리에 나란히 이어진 3층짜리 긴 건물들 맨 앞에 있다. 대부분은 오래전에 다세대로 나뉘었는데, 프라이어의 집만 당당하게 예외를 이루며 잘 조성된 정원까지 딸려 있다. 그는 많은 시간을 항구에서 일하며 보냈겠지만, 그동안 임대업도 열심히 일궈온 것 같다.

여기까지 나를 따라온 사진기자가 차 댈 곳을 찾아 헤매는 동안 나는 서둘러 초인종을 누른다. 톰 덕분에 준비는 충분하다. 난난에 반대하는 주장을 모두 상대해봤고, 그들이 실은 얼마나 얄팍한지 드러낼 통계와 사실도 외웠다. 내 기사는 이 주제에 대한 프라이어의 인식이 얼마나 허술한지 세상에 보여줄 것이다.

프라이어가 직접 마중 나온다. 뒷마당이 내려다보이는 널찍한 응접실로 안내받는다. 응접실 벽은 다양한 나이의 세 아들 사진으로 장식돼 있다. 활짝 웃는 표정, 흙투성이 얼굴, 축구 장비. 구식 벽난로에서는 통나무가 부드럽게 타오른다. 방 한쪽에는 흰색과 푸른색 줄무늬 실크를 덧씌운 대형 소파 세트와 마호가니 탁자가 놓여 있다.

프라이어가 소파에 앉아 건너편을 향해 손짓한다. 청바지에 비싸 보이는 푸른색 브이넥을 입고 있어서, 늘 그렇듯 가슴의 닻 모양 문신이 튀어나와 보인다. 향이 좋은 커피 두 잔을 직접 따른다.

나는 가방에서 전화를 꺼내 녹음을 시작한다. "의원님은 녹음 안 하십니까?"

프라이어가 조용히 주머니에서 전화를 꺼내 탁자에 놓는다.

"준비됐나요?" 내가 묻는다.

프라이어가 고개를 끄덕인다.

"좋습니다. 그럼, 취임식부터 시작하죠. 어떤 의미였습니까?"

프라이어가 소파에 기대며 다리를 쫙 벌린다. 그러고는 만족스러운 듯 한숨을 쉰다. "정말 특별한 순간이었어요. 내게 주어진 임무가 원래 생각한 것보다 훨씬 더 크다는 사실을 그때 깨달았어요. 내가 난자 대 난자 수정을 반대한다는 건 비밀도 아니고, 난 그걸 금지하겠다는 공약으로 당선됐죠. 하지만 텔레비전에서 그렇게 자주 보던 그 방에 선 순간, 의문이 들더군요. 금지만으로 충분한가?"

곧바로 나오는 시술 이야기에 나는 위가 단단히 뭉친다. 집 전체가 고요하다는 걸 깨닫고 혹시 우리 둘만 있는 건가 싶다.

내가 수첩에서 고개를 든다. "계속하시죠."

프라이어는 고개를 뒤로 젖혀 천장의 크리스털 샹들리에를 쳐다본다. "내 선거 유세가 왜 그토록 많은 사람들에게 반향을 불러일으켰는지 생각해봤어요. 자기 삶이 어딘가 망가졌다고 느끼는 사람들에게 말입니다. 그리고 그게 뭔지는 분명했어요. 가족이었습니다. 나에게 투표한 사람들이 난난 실험에 화가 난 건, 그것이 가족 구성의 이상을 거스르기 때문입니다."

프라이어가 다시 시선을 내리고 나를 똑바로 본다. 그리고 미소 지으며 앞니 사이 틈을 보인다. "그들은 이제 반창고만 붙여줄 사람은 필요 없어요. 훨씬 더 위대한 게 필요합니다. 국가적 규모의 정신 회복에 필적할 만한 거요. 21세기에 가족이란 정말 어떤 것이어야 하는가를 다시 정의해야 할 때입니다."

사실 나는 이 인터뷰가 전형적인 정치인 인터뷰로 마무리되지 않을까 하는 희망을 품고 있었다. 가치에 대해 이러쿵저러쿵 한참 떠들면서 알맹이는 하나도 없는 말잔치 말이다. 그런데 프라이어의 표정이 좀 이상하다. 너무 만족스럽고 확신에 차 보인다. 마치 상황을 완전히 장악한 것만 같다. 내가 무슨 질문을 해도 정확히 그가 원하던 질문이 될 것 같다.

그런 체념 어린 확신 속에 내가 묻는다. "그런 깨달음이 이번 임기 동안 의원님의 활동에 어떤 영향을 미칠까요?"

역시나 턱이 움찔한다. 이번 인터뷰에서 그가 원하던 순간인 것이다. "난 지금 가족을 훌륭하게 만드는 모든 요소를 보호할 법안을 만들고 있어요. 우리 아이들이 가장 좋은 조건에서 인생을 시작할 수 있도록 하는 법안이 될 겁니다. 우리는 정치적 올바름이라는 걸 너무 내버려뒀어요. 이제 누군가 용기 있게 나서서, 다음 세대까지 악영향을 미칠 문제들을 뒤집어야 할 때입니다."

"그렇군요. 그런데 가족을 훌륭하게 만드는 요소라는 게 정확히 뭐죠? 좀 구체적으로 말해줄 수 있나요?"

"일단 아버지와 어머니가 있어야겠죠."

나는 숨이 턱 막히지만 아무렇지도 않은 척한다. "그건 의원님에게 투표한 유권자들 사이에서도 논란이 많을 문제인 것 같은데요. 포츠머스에만도 열심히 살아가는 한부모 가족이 많은데, 신경이 안 쓰이나요?"

"내 말이 옳다고 증명하는 연구 결과가 계속 나오고 있어요, 줄리엣. 당신은 듣기 싫겠지만, 가정에 아버지가 없으면 10대 청소년의 임신과 비행 확률이 높아집니다. 헌신적인 아버지가 있어야 학업 성적이 오르고 자신감과 사회성이 커지죠."

"전혀 다른 결과를 보여주는 연구를 열 가지는 제시할 수 있습니다." 내 목소리가 커진다. 나는 숨을 고르면서 진정하려고 노력한다.

"그건 특정한 의도가 있는 사람들의 연구라서 그렇죠."

"의원님이 말하는 연구도 마찬가집니다."

"어쨌든 이 법안은 전국적 논쟁을 불러일으킬 겁니다. 정말이지 기대가 커요. 여기 포츠머스는 물론이고, 전국에서 아이들의 삶을 극적으로 향상시킬 겁니다."

숨을 고르면서 얼굴의 열기를 가라앉히려고 애쓴다. 나는 기자로서 왔다. 돌아가서 이 내용으로 기사를 써야 한다. 프라이어의 주장이 얼마나 터무니없는지 〈포스트〉의 독자들이 알 수 있도록 만들 것이다. "그럼 가족을 남자 하나, 여자 하나가 있어야 하는 것으로 규정하는 법안이군요. 좋습니다. 그런 법안이 실제로 통과되면, 다른 방식으로 가족을 구성하기로 선택한 사람들은 어떻게 되나요?"

"우리는 위탁부모와 입양부모의 자격을 제한해야 할 겁니다. 다시 말하지만, 그 편이 아동에게 더 안전하다는 점을 보여주는 통계가 있어요. 하지만 나는 채찍보다는 당근을 믿는 사람입니다. 그러니 더 좋은 방식으로 가족을 구성하는 데 헌신하는 사람들에게 보상과 혜택을 주는 방법을 강구해야 해요. 가족을 지키는 아버지, 결혼한 부부 등에게 적절한 세금 혜택을 주는 식으로요."

"동성결혼을 한 부부도 받을 수 있나요?"

프라이어가 입을 꾹 다물고 고개를 갸웃한다. "당신도 아주 어릴 때 어머니를 잃었죠? 신문에 나왔던데."

나는 볼펜을 잠시 입술에 댄다. "그건 지금 주제와 아무 관련 없는 일입니다."

"사적인 일화를 꺼내서 미안하긴 하군요. 하지만 내가 말하고 싶은 건 당신 역시 헌신적인 부모의 가족을 경험하지 못했다는 겁니다. 그래서 진정한 가족의 가치를 잘 느끼지 못하는 것일 수 있지요."

잠시 침묵이 흐른다. 아무도 감히 꺼내지 못한 말. 하지만 의심할 여지 없이 많은 이들이 생각했을 말을, '그래서 줄리엣 커티스는 올바른 가족에 대해서 알 수 없다'는 말을, 프라이어가 하고 있다. 그래, 나는 모른다. 내가 믿는 것, 내가 지금까지 난난 시술 과정을 견디게 만든 것은 세상에 수많은 방식의 서로 다른 가족이 있다는 신념이다. 로지 같은 사람은 자기만의 방식을 개발해나갈 거라는 믿음, 그것이 여느 가족 못지않게 기능하는 훌륭한 가족이 되리라는 믿음.

프라이어가 나를 주의 깊게 관찰한다. 그는 왜 나를 인터뷰어로 선택했을까? 전국지에서도 충분히 인터뷰를 실었을 것이다. 하지만 이 법안에 대해 들으면 가장 화가 날 사람에게 자기 신념을 전하는 만족감을 생각했을 것이다. 더구나 내가 곧 사무실로 돌아가 그의 말을 한 자 한 자 다시 새겨야 한다는 걸 이자도 잘 안다. 매튜가 우라지게 좋아할 것이다. '프라이어가 혁신적인 새 가족 법안을 발표하다.'

나는 커피를 천천히 한 모금 마시고 조심스레 내려놓는다. "좀 퇴행적이라는 생각은 안 드나요? 그런 핵가족의 시대는 이미 지났잖아요. 그때는 외벌이만으로도 주택담보대출을 갚을 수 있었죠. 지금은 세상이 달라졌어요. 그리고 지금 나타난 새로운 가족 구조는 누가 법안을 만들어서 강요한 게 아니에요. 사람들에게 필요해서 그렇게 진화한 겁니다."

프라이어가 고개를 젓는다. "바로 그런 생각이 오늘날의 대혼란을 초래한 겁니다. 과거와 달라진 것이 무조건 발전이라는 관념도 문제예요. 아무리 전통적 가족이 최신 유행이 아니라고 해도,

과학자들과 심리학자들은 계속 그것이 우리 아이들에게 가장 좋은 가족 형태라고 알려줄 거예요."

"지금 법안을 작성 중이라고요?"

"네. 그리고 장담하는데, 준비를 마치면 시의회의 법안검토위원회 밖에서 발표할 겁니다. 공청회도 열 거고요. 우리 유권자들, 포츠머스 남부의 모든 성실한 시민에게 한번 생각해볼 기회를 제공할 겁니다. 의회가 정말 오랜만에 중요한 일에 대해 토론하게 만들 겁니다."

나는 전화를 들어 녹음 중단 버튼을 누른다. 프라이어가 내가 뭘 하는지 볼 수 있도록. 전화를 가방에 넣은 다음 묻는다. "당신 정말 이 아버지 하나, 어머니 하나 가족이라는 헛소리를 믿는 건가요?"

프라이어가 대꾸하려고 입을 벌리지만, 나는 그의 말을 막고 한마디 더 한다. "주제넘은 말을 꺼내 미안하긴 한데요, 난난에 반대하는 이 화려한 언변이 진심으로 느껴진 적이 한 번도 없거든요. 당신은 똑똑한 남자니까, 최상의 반응을 이끌어낼 대의를 선점하고 싶었을 뿐이겠죠."

프라이어의 눈에 놀라는 빛이 스친다. 내 짐작이 옳았다. 신념으로 하는 일이 아니다. 그는 정치인일 뿐이다. 프라이어가 표정을 수습하려 애쓴다. 그리고 지금까지 너무나 잘해온, 확신에 찬 표정을 지어 보인다. 나는 짜릿한 승리감을 맛본다.

하지만 그런 기분은 곧 사라진다. 프라이어가 뭘 믿는지는 중요하지 않다. 유권자와 언론에게서 이끌어내는 반응이 달라지진 않는다. 프라이어는 신념가의 흉내를 아주 잘 내고 있으며 지금 중요한 것은 그것뿐이다.

"그렇게 냉소적이라니 놀랍군요, 줄리엣. 하지만 당신은 결국 기자니까요."

그에게 씁쓸한 미소를 날려주고 물건을 챙겨 일어선다.

내가 사무실로 돌아가기도 전에 프라이어가 우리의 만남에 대해 트위터를 날린다. '방금 줄리엣 커티스에게 새 가족 법안에 대해 알렸습니다. 오늘 밤 〈포스트〉에서 더 많은 내용을 읽어보시길.'

사무실에 도착하니 전국지 두 곳에서 매튜에게 전화해 그 기사를 사겠다고 제의했단다. 전국지에 내 이름을 싣는 것, 어렸을 때는 그토록 중요했던 일이 이제 내 손아귀에 있다.

내가 기사를 쓰는 동안 매튜가 끊임없이 주변에서 얼쩡거린다. 나는 최대한 중립적인 어조를 유지하며 프라이어의 주장이 얼마나 멍청한지 스스로 밝혀지게 만든다. 그러면서도 이미 알고 있는 어쩔 수 없는 점은, 그의 뻔뻔함이 전국적으로 칭송받으리라는 것이다. 내가 그런 자를 투사로 만들어줬다. 자기 말을 가장 싫어할 기자를 부르는 배짱이 있는 남자가 되도록 도왔다.

24

프라이어의 곡예는 대성공을 거둔다. 모든 전국지에서, 심지어 몇몇 국제지에서 이 허세 가득한 하찮은 인터뷰를 다룬다. 예상한 대로 대부분의 타블로이드지는 나를 인터뷰어로 택한 프라이어의 대담성을 칭찬하고, 많은 비평가들이 그의 가족 법안이 우리 사회를 '고치'는 데 필요한 용기 있는 제안이라며 정치적 올바름이라는 기존 사회적 기준에 중지를 들어 보이는 반항적 몸짓으로 환영한다.

〈가디언〉에서 전화해 칼럼 집필을 제안한다. 늘 염원하던 일이지만 난난 시술이 아니었다면 올 리 없는 제안이라 거절한다. '놈들이 지쳐 나가떨어질 때까지 기다린다' 전략은 여전히 고수 중이다. 다른 진짜 용감한 기자와 활동가 들이 법안 반대 운동을 이끌 것이다. 나는 로지와 곧 태어날 우리 아기를 위해 평범한 삶을 지켜나가는 데 초점을 맞춰야 한다.

이사한 동네에서는 안녕하세요, 라는 간단한 인사에도 허둥지둥 눈을 피해버리는 이웃이 대부분이다. 아마 알프의 정원 피해를 보상해주지 않았다는 소문이 퍼진 모양이다. 저번에 영수증 복사

본이 우리 현관 앞에 놓여 있었다. 동네 조경업체에서 보낸 것으로 퇴비 한 포대, 토분 한 개, 라틴어 식물명이 길게 이어진 목록과 함께 총 423.67파운드가 적혀 있었다. 발 한번 잘못 디뎠다고 이 정도 피해가 생긴단 말인가? 믿기 어렵지만 상관없었다. 어차피 우리가 물어줘야 할 돈이 아니니까.

27주째 어느 날 밤, 로지가 내 어깨를 잡고 흔들어 깨운다. 나는 벌떡 일어나 불을 켠다.

로지가 벌건 얼굴을 찡그리고 눈물, 콧물 범벅이 돼 있다. "줄스, 나 아파. 아, 맙소사, 아파……."

"알았어, 병원에 전화를…… 내 전화……." 나는 아래층으로 뛰어 내려간다. 주방 싱크대 위 충전기에서 전화를 확 빼고 다시 위층으로 달려 올라간다. "어디가 아픈 거야?"

로지는 숨을 헐떡거리며 대답하지 못한다.

내가 한 손으로 로지를 감싸며 다른 손으로 어스파이어헬스병원 번호를 찾는다. 손이 떨린다. "괜찮아. 괜찮을 거야……."

로지가 울부짖는다.

"로지, 무슨 일이야? 난……."

전화가 연결된다. "어스파이어헬스 산부인과 병동입니다."

내가 상황을 설명하고 보안 질문에 답한다. 로지는 계속 고통스럽게 울부짖는다. 그러자 벽이 쿵쿵거린다. 알프가 깬 모양이다.

"직접 차를 몰고 오는 게 어때요?" 전화받은 여자가 말한다. "그럼 우리가 준비하고 있다가 더 빨리 로지를 진찰할 수 있을 거예요."

전화를 끊고 로지의 얼굴을 손으로 감싼다. 겁에 질린 눈을 똑바로 들여다본다. "내 말 잘 들어. 다 괜찮을 거야. 내가 널 병원으로 데려갈게. 하지만 먼저 네가 침착해야 해. 그래야 우리 아이를 잘 살릴 수 있어. 일단 침착해야 해."

간신히 로지를 일으켜서 아래층으로 부축해 내려온다. 나는 잠옷 위에 파카를 꿰어 입고 맨발로 운동화를 신는다.

"나한테도!" 로지가 울부짖는다. "아니타한테 일어난 일이 나한테도 생겼어!"

로지에게 코트를 입히고 어깨를 잡는다. "그런 생각 하지 마. 다 괜찮을 거야. 곧 병원에 갈 거고."

현관 밖으로 나가자 보안등이 들어온다. 사진기자가 한 명 정도는 있을 줄 알았는데, 고맙게도 낯선 차는 안 보인다. 하지만 내 피에스타가 푹 꺼져 있다. 모든 타이어의 바람이 빠졌다.

"씹할, 씹할, 씹할." 로지가 외치며 몸을 웅크리고 숨을 헐떡인다.

"괜찮아, 괜찮아. 병원에 다시 전화해서 구급차를 부르면 돼."

다시 로지를 부축하고 집으로 들어가며 전화를 건다. 로지는 소파에 앉자는 내 말을 듣지 않고 복도에서 계단 기둥을 부여잡고 있다. 내가 아무리 달래도 듣지 않는다. 1초가 1분 같다. 로지가 헐떡이는 숨소리만 복도에 가득하다. 울음소리는 끙끙하는 소리 정도로 잦아들었다. 기둥을 끌어안은 로지를 뒤에서 안고 있자니 눈물이 흘러내린다.

이것으로 끝인가? 시술은, 베카는 실패한 건가? 어쩌면 이 기술은 인간에게 적용되지 못할 운명이었는지도 모른다. 그들은 어떤 약속도 하지 않으려고 주의를 기울이는 모습이었다. 전대미문의 영역이라는 말을 계속했다. 해쓱한 얼굴로 웅크리고 있던 아니타가 생각난다. 홍슈의 눈에서 타오르던 분노도 생각난다. 내일은 우리 모습도 그렇게 될까? 그런 로지를 어떻게 보지? 못 볼 것 같다. 못 견딜 것 같다. 우리 아기는 반드시 살아야 한다.

병원에 들어서서 제일 먼저 아기의 심장박동을 확인한다. 안정을 유지하고 있다니, 로지가 좀 안심하는 눈치다.

"전혀 문제없어요. 맥박이 일정하고 힘차네요. 힘들어하는 징후도 없고요." 조산사가 말한다. 그런데 단단히 쪽 찐 머리를 한 얼굴이 불안할 정도로 어려 보인다. 하지만 나를 똑바로 쳐다보며 미소까지 지어 안심시키는 표정은 아주 능숙해 보인다.

내가 로지의 손을 꼭 잡고 있는 동안 조산사는 로지의 배를 가볍게 눌러보고 다리 사이를 들여다본다.

"우리 아기는 괜찮은 건가요? 그럼 왜……?" 내가 힘없이 묻는다.

"검사해봐야 해요." 조산사가 예의 바르지만 단호하게 대답한다.

로지가 말한다. "베카한테 전화해. 베카가 와야 해."

"그래, 알았어." 내가 허둥지둥 복도로 나간다.

할 일이 생겨서 다행이다. 이 병원은 지역 병원과 전혀 다르다. 민트 그린에 하얀 줄무늬가 있는 벽지로 도배되었고 정물화와 풍경화도 걸려 있다. 산골이나 양떼 그림 같은 거다. 키 큰 금발 남자가 스티로폼 컵을 쥐고 초췌한 표정으로 나를 지나 다른 방으로 들어간다. 발소리가 들리지 않는다. 이 병원에는 무려 양탄자가 깔려 있다. 그 덕에 병원 하면 으레 연상되는 끔찍한 발소리와 수레 덜컹대는 소리가 들리지 않는다.

꼭두새벽이지만 베카가 전화를 받는다. 그리고 임신부가 무해한 복부 통증을 느끼는 일이 무척 많다고 열심히 안심시켜준다. 곧 병원으로 온다고 한다.

"너무 걱정 말아요. 그 병원으로 갔으니 잘한 거예요. 아기랑 로지 둘 다 최고의 보살핌을 받을 겁니다."

잠시 숨을 천천히 고르고 몸을 쭉 편 다음 로지의 방으로 돌아간다. 복도 저쪽에서 길고 날카로운 비명이 울린다.

돌아가자 조산사가 차분한 표정으로 맞이한다.

"베카는, 온대?" 로지가 묻는다.

내가 고개를 끄덕인다.

"우리 자문 의사도 곧 도착할 거예요. 이번 통증은 신경 압박 때문인 것 같아요. 종종 이런 일이 있어요. 위장 조직이 확장되면서 압박을 받아서 그래요. 로지는 고통스럽겠지만 아기는 느끼지 못하죠."

"다행이네요."

나는 로지의 뺨을 쓰다듬는다. 로지는 울음도 그쳤고, 아까처럼 헐떡거리지도 않는다. 웃는 기린이 그려진 로지의 잠옷은 땀에 푹 젖었다. 하지만 눈빛은 아직도 절박하게 베카를 기다리고 있다.

산부인과 의사가 로지를 검사하고 신경 압박이라는 조산사의 진단을 확인해준다. 그러고나서 베카가 도착하고, 로지의 요구로 의사의 소견을 검토한 뒤 다시 진단을 확인해준다. 로지에겐 진통제와 온열 패드, 휴식 처방이 내려진다. 고통에 비해 너무 부실한 처방 같지만, 로지는 안도해서 눈물까지 흘린다.

조산사가 가면서 우리보고 집으로 가기 전에 한숨 자라고 권한다. 어차피 우리 차도 없으니 그래야 할 것 같다. 적어도 6시는 지나야 로지의 어머니에게 전화해 데리러 와달라고 부탁할 수 있을 것 같다. 그러면 또 어느 사진기자가 우리 집 앞에 나타나기 전에 돌아갈 수 있을 것 같다.

"가지 말아요!" 로지가 눈을 크게 뜨고 베카에게 말한다.

베카가 미소 지으며 편해 보이는 방문객 의자에 앉는다. "곧 괜찮아질 거예요. 많은 여자들이 겪는 통증이에요."

로지가 베카 손을 잡는다. "아니타는 어떻게 된 거였죠?"

문득 베카의 목 부근이 잠깐 붉어진다. "당신들 아기는 잘 자라고 있어요." 베카는 로지를 보지 않고 얘기한다. "태동도 느끼죠? 강한 아기예요. 매일 태어나는 수많은 건강한 아기들을 생각해요. 비극적인 경우 때문에 마음이 약해지면 안 돼요." 베카의 말은 믿음직하게 들리지만 눈빛은 흔들리고 있다. 마치 진짜 생각을 들키지 않으려고 무진 애쓰는 것처럼.

"일하는 시간을 줄일까 봐요. 그럼 좀 낫지 않을까요?" 로지가 말한다.

나는 목이 멘다. 스콧이 다친 뒤 내가 계속 주장한 바다. 그때마다 로지는 한결같이 말했다. "난 다 포기하진 않을 거야."

"스콧은 좀 어때요?" 내가 묻는다.

베카가 미소를 거두며 나를 본다. 나는 베카가 얼마나 피곤해 보이는지 깨닫는다. 그뿐이 아니다. 아직도 목 부근엔 붉은 기가 있다. 무슨 뜻이지? 무척 잘 숨기지만 동요하는 것 같다.

"많이 좋아졌어요. 퇴원했지만 정기적으로 폐 치료를 받으러 가야 해요. 힘든 치료죠……." 베카가 뭔가 더 말할 듯하다가, 고개를 번쩍 들더니 로지를 본다. 다시 그린 듯한 미소를 지으며 로지의 어깨에 손을 올린다. "잠 좀 푹 자둬야 해요."

"알았어요. 곧 자려고요. 하지만 우리 딸은 정말 아무 문제 없는 거죠?"

베카가 일어나며 검은 토트백을 어깨에 멘다. 미소엔 흐트러짐이 없다. 하지만 천장을 흘긋 쳐다보고 대답한다. "장담은 못 하죠. 하지만 통계적으로 봤을 때 당신과 줄스의 아기는 건강하게 태어날 가능성이 커요."

나도 베카에게 묻는다. "뉴캐슬의 일곱 명은…… 건강한가요?"

"네. 다들 건강해요."

"그럼 포츠머스에서는 이제 시술 시도를 안 하나요?" 물으면서 베카를 주의 깊게 살핀다. 하지만 이제 침착하고 확신에 찬 베카로 완전히 돌아와 있다.

"아뇨, 아직은요. 하지만 우리 후원 파트너에게서 좋은 소식이 왔어요. 뉴질랜드의 오클랜드에서 난난 수정으로 임신한 바다사자가 태어났어요. 멸종위기종이었거든요. 대단한 성공이죠."

베카가 나간 뒤 나는 침대 옆 의자에 앉아 로지가 잠드는 모습을 지켜본다. 만일 이번에 아이를 잃었다면 로지는 절망했을 것이다. 지난밤, 로지를 구할 수만 있다면 난 뭐든 했을 것이다. 하지만 지금 모든 것이 끝나버렸다면 어땠을까? 우리에게 고통과 불화를 가져온 임신이 끝났다면?

이런 흉측하고 반역적인 생각을 하다니. 나는 눈을 질끈 감아버린다. 하지만 그 생각이 떠나질 않는다. 만일 이번 일이 아니타와 같은 비극으로 끝났다면 한편으로 내가 느꼈을 안도감을 상상할 수 있다. 로지의 절망을 달래려고 온갖 노력을 다 기울이겠지만, 앞으로 펼쳐질 아기 없는 날들을 기대하며 힘을 얻었을 것이다. 한숨 돌렸을 것이다. 그러나 나는 이제 다시 아기 맞을 준비를 해야 한다.

상황은 내가 만들어가는 것이다. 잘 좀 해보자, 줄스. 나는 이해할 수 없는 모성애를 어떻게든 끌어내보려 애쓴다. 나를 정상으로 만들어보려 애쓴다. 아기방에 누워 있는 우리 아기, 내 옆에서 그림책을 넘기는 딸, 기사 상단의 내 이름을 보여주면 눈을 휘둥그렇게 뜨는 여학생. 로지와 내가 양쪽에서 손을 잡고 아이를 높이 들어 올리는 모습, 그럼 아이는 기쁨에 찬 소리를 지르겠지. 아직도 아이 얼굴은 안 보인다. 이런 상상 속 미래의 장면들은 그림보다 말로 다가온다. 그리고 늘 그렇듯 아무 감정도 느낄 수 없다. 다시 한 번, 좀 잘 해보자고 다짐한다. 이제는 매일 이러고 있다. 그리고 점점 자신감을 잃는다.

25

신경 압박 통증은 48시간이 지나지 않아 사라졌지만 로지는 경계 태세다. 그 주에는 일을 쉬기로 하고 소파에 누워 피자 배달을 시킨다. 집에 돌아와보면 상자가 겹겹이 쌓여 있고 개수대에는 컵이 그득하다. 로지의 부모와 앤서니가 다녀간 거다.

로지가 집에 있으니, 서점에서 노출된 상태일 때 나를 괴롭히던 로지에 대한 걱정은 던다. 트레버는 로지가 복귀하면 업무 시간을 줄여주기로 했다. 그러고나니 새로운, 제법 평화로운 단계로 들어선 기분이다.

그래도 걱정은 사라지지 않는다. 로지에게 들키지 않으려고 조심하지만 머릿속에서는 로지의 비통한 울음소리가 자꾸 떠오른다. 홍슈의 텅 빈 눈동자, 아니타의 떨리던 몸이 기억난다. 그리고 로지를 보러 병원에 왔을 때 베카의 목에 번지던 홍조.

기술이 베카가 기대한 대로 잘 작동하지 않은 거면 어쩌지? 혹시 나쁜 결과의 가능성을 우리한테 알려주지 않은 건 아닐까? 로지를 걱정시키면 안 좋아서? 베카를 믿고 싶다. 우리에게 그렇게 잘해줬는데……. 하지만 우리가 시험 대상이라는 사실에는 변함이 없다.

이런 걱정을 터놓고 의논할 사람은 한 명뿐이다. 오래 함께 앉아 대화하며 프라이어의 가족 법안에 대해서도 조목조목 까대고 싶은 사람. 홍슈. 나는 한 주 가까이 고민한다. 우리는 안 좋게 헤어졌다. 게다가 그들은 아직도 슬픔에 빠져 있을 것이다. 그러다가 어느 날 오후에 마지막 취재처가 우연히도 그들의 집이 있는 코섬 근처다. 마침 파파라치도 따라붙지 않아서 그들의 집으로 찾아가 아무렇지도 않은 것처럼 벨을 누른다. 미리 전화도 하지 않고 말이다.

홍슈가 문을 열어준다. 업무복일 게 분명한 검은 펜슬 스커트와 새하얀 셔츠를 입고 있다. 나를 보더니 깜짝 놀라며 조용히 안으로 들인다. 아니타는 감색 운동복에 넉넉한 티셔츠를 입고 거실 소파에 앉아 있다. 머리가 흐트러진 걸 보면 아직 여전한 듯하다. 〈트리뷴〉 인터뷰는 잊어버리고 우리가 찾아왔어야 했다. 로지와 찾아와서 이야기를 들어주고 위로해줬어야 했다.

아니타를 포옹한다. "어떻게 지냈어?"

아니타가 잠시 눈을 감는다. "똑같지 뭐."

"마실 것 좀 줄까?" 홍슈가 묻는다.

나는 고개를 젓고 안락의자에 앉는다. 조문 카드는 이제 치워졌다. 거실은 전처럼 우아하고 깔끔한 모습을 회복했다. 홍슈가 아니타 옆에 앉고 잠시 어색한 침묵이 흐른다. 어떤 말부터 해야 할까? 내가 그들에게 다시 그 끔찍한 순간을 상기시키는 말을 꺼내야 하나?

"로지한테는 말 안 하고 왔어." 내가 말한다.

홍슈가 궁금한 표정으로 바라본다. 그제야 좀 마음이 놓인다. 내가 너무도 좋아하게 된 사람이 아직 그대로 있다. 하지만 홍슈도 아니타도 말을 하지 않는다.

"1주일 전에 좀 무서운 일이 있었어. 로지가 복통 때문에 병원에 가야 했거든. 알고보니 꽤 흔한 신경 압박 증상이라더라고. 하지만 베카가 와서 얘기하는데, 뭔가 좀 이상했어. 물론 아주 침착하고 베카다웠으니 딱 집어서 말하기는 힘들지만, 왠지 훨씬 안 좋은 상황을 예상하는 것 같은 느낌이 들었어. 이렇게 말하고나니 바보 같은 소리 같기도 하네."

"베카가 정확히 뭐라고 했는데?" 홍슈가 묻는다.

"어, 딱히 말한 건 없어. 그냥 표정 때문에. 뭔가 아는 것 같은, 가책을 느끼는 표정이랄까? 모르겠다…… 내가 너무 과민한지도."

"하지만 아기는 괜찮지?" 아니타가 묻는다.

"응."

"그럼 우리가 무슨 말을 할 수 있겠어, 줄스? 미안하지만, 지금 우리가 그 정도 일로 같이 걱정해줄 만한 여유는 없네."

나는 근처 고양이를 향해 손을 뻗지만, 고양이가 휙 가버린다. "나도 알아. 위로해달라고 온 건 아니고…… 난 그냥 진실을 알고 싶은 것 같아. 난난 시술에 어떤 문제가 생겼을까?"

침묵. 아니타와 홍슈가 서로 흘긋 본다. 그러다 홍슈가 천천히 말한다. "우린 과학자가 아니잖아, 줄스. 우리가 아는 건, 우리가 사랑하던 아기를 빼앗겼다는 거야. 아기는 진짜였고 완벽해 보였는데."

아니타가 말한다. "감염 때문이었대. 자궁 경관을 무르게 만드는 흔한 감염이라고 하더라. 우리가 할 수 있는 일은 없었어. 그런 일이 일어날지 알 방법도 없었고."

홍슈가 끼어든다. "하지만 난 베카의 말을 믿지 않아. 베카가 관심 있는 건 우리 아기를 실험실로 데려가는 것뿐이었어. 정말 섬뜩하지 않니? 어떻게 계약서 사본을 가지고 나타날 수가 있어? 냉정하기 짝이 없었지."

나는 불편하게 몸을 들썩인다. 어떻게 베카를 탓할 수 있겠나? 우리 같은 커플에게 선택권을 주려고 연구에 인생을 바친 사람을. 느닷없이 불려 나온 새벽에 표정이 좀 안 좋았다고 해서? 하지만 포츠머스대학에서는 왜 두 번째 지원자를 모집하지 않을까? 반면에 뉴캐슬의 일곱 명은 뭐지? 너무 대조적이다. 그리고 무슨 연구가 그렇게 중요해서 아니타와 홍슈가 장례식도 지내지 못하게 했을까?

등을 기대고 편히 앉는다. 어쩌면 죄책감 때문에 과민해졌는지도 모른다. 아직 태어나지도 않은 아기에게 유대감을 못 느낀다는 죄책감에서 잠깐 벗어나려고 여기, 슬픔에 빠져 있는 집까지 찾아오는 핑계를 만들었는지도 모르겠다.

홍슈를 보며 미소를 지으려고 애쓴다. "너도 프라이어가 나 갖고 논 거 봤지?"

홍슈가 입을 비죽거린다. "1950년대로 돌아가자는 건지……. 그 법안, 절대 통과 못 할걸."

"언론에서는 계속 띄워주던데. 내가 애비라는 프리랜서 기자한테 멸종위기종 보존에 난난이 이용되고 있다는 기삿거리를 알려 줬거든. 겨우 한 군데에서 관심을 보였대. 그것도 한참 뒤쪽 가십으로 넣었고."

홍슈가 고개를 끄덕이지만 관심은 보이지 않는다. 이제 우리 관계는 달라졌다. 앞으로도 그럴 것 같다. 그들의 상실 때문에 우리가 서로에게 가졌던 의미가 아예 다시 설정되었다.

가방을 든다. "이제 그만 가봐야겠다. 불쑥 찾아와서 미안해. 내가 한심하게 왜 이러는지 모르겠다. 요즘 생각이 너무 많아서 그랬나 봐."

일어서는데 심장이 쿵쿵거린다. 어떻게 그토록 편안하고 끈끈하던 우리 관계가 이렇게 허무하게 깨질 수 있을까? 혹시 회복할 방법이 있지 않을까? 다시 서로 위로하고 지지하는 관계가 될 수는 없을까?

"그럼 안녕." 내가 말한다.

홍슈와 아니타도 인사를 중얼거린다. 하지만 아무도 배웅하러 일어나지 않는다.

26

사무실로 돌아와 오전에 경범죄 법정에서 주워모은 정보들로 단신을 대충 쳐낸다. 파란 볼펜으로 축약어를 빽빽히 적은 수첩을 옆에 놓고 있다. 늘 그렇듯 기사를 쓰는 동안, 법정에서 본 장면이 완벽하게 되살아난다. 중상해 피고의 단음절 답변들, 시속 165킬로미터로 달리다가 잡힌 사업가의 읍소.

매튜가 뒤에 온 게 느껴진다. 양탄자 위를 소리 없이 걷고 있지만 적의가 내 뒷목에 오싹하게 존재감을 뿜어낸다.

"나도 오랜만에 직접 기사나 써볼까 해. 멋진 구식 르포 같은 것 말이야. 손을 녹슬지 않게 할 겸."

나는 회전의자를 휙 돌린다. "좋은 생각이네요. 깡그리 잊어버린 게 아닌가 걱정되긴 하지만."

매튜가 경멸 어린 표정으로 힘껏 콧방귀를 뀌는 바람에 내 자리에 콧물이 튄다. "그래서 뭐 할 말 없어?"

"뭐에 대해서요?"

그는 팔짱을 끼며 진심으로 기뻐하는 웃음을 흘린다. "당연히 마누라의 장난질에 대해서 말이지."

나는 꼼짝하지 않는다. 갑자기 내 표정이 의식돼 입을 꾹 다물면서 얼굴을 최대한 느긋하게 풀려고 애쓴다. 그래도 눈빛이 떨린다. 로지 얘기를 하는 건가? 무슨 장난질?

"내가 보여주지." 매튜가 내 책상 위로 몸을 굽혀 마우스를 잡는다. 썩은 커피에서 날 것 같은 구취를 확 풍기면서 모니터에 〈익스프레스〉를 띄우고 동영상을 찾아 클릭한다.

내가 몸을 확 움츠렸지만 일어나거나 비키지는 않는다. 온몸의 말초신경이 지글거리지만 이상하게 정신만은 또렷하다. 움직이지 않을 것이다. 아무 말도 하지 않을 것이다. 아무 표정도 짓지 않을 것이다.

흑백 CCTV 동영상을 보다 무릎을 꽉 잡는다. 알프의 정원에 로지와 앤서니가 웅크리고 다가가 새로 심긴 식물들을 뽑아낸다. 휙 던져버리고 킬킬거리다 서둘러 우리 집으로 들어간다. 대체 무슨 생각으로 저런 짓을 했지?

"흠…… 기사의 시작은 이렇게 할까 해. '줄리엣 커티스가 임신한 애인의 유치한 패악질을 보고 돌처럼 차가운 표정을 지었다.' 어떤 제목을 달지는 아직 모르겠어."

생각을 최대한 몸속 깊이 집어넣는다. 아무리 내 얼굴을 봐도 표정을 읽을 수 없을 것이다.

"아, 진짜. 반응 좀 해줘, 줄스. 아무 말도 않기 작전, 이제 지겹지 않아?"

모니터 앞으로 바싹 당겨 앉는다. 쓰던 기사를 다시 띄운다. 쓰던 지점을 발견했다. 즉결재판의 판결문이다. '그날 당신의 운전

은 무책임하고 무모했습니다. 아무도 다치지 않은 게 천운이었습니다……'

저쪽에서 카일이 웃음을 터뜨린다. 내가 얼굴을 붉히며 벌떡 일어나 무슨 말이라도 내뱉길 바라겠지만, 이런 순간적인 감정쯤은 얼마든지 억누를 수 있다. 이 직업에서 익힌 비법이 하나 있다면, 필요할 때 로봇 모드로 들어가는 것이다. 이 기술이 이렇게 고마울 때가 없었다.

집으로 오는 길에 가벼운 자화자찬으로 공허감을 달래본다. 해냈다. 하루를 또 넘겼다. 로지는 간단한 문자를 보냈다. '용서해줘, 쪽쪽.' 답장을 보낼 수 없었다. 그러다가는 평온한 척하는 표정이, 자판을 두드리는 리듬이 무너질 것 같았다.

아직도 로지에게 뭐라고 해야 할지 모르겠다. 도저히 이해가 안된다. 그 희희낙락하는 축제 같은 동영상을 생각할 때마다 그냥 기운이 빠진다. 로지가 아무리 변명해도 소용없을 것이다. 전 세계가 우리를 지켜보는데, 앤서니하고만 있으면 아이처럼 돼버리는 모습을 그렇게 들켰다.

마지막 순간에 집에 가지 않기로 한다. 집으로 가는 출구를 지나쳐 다음 출구로 빠져나간다. 아빠 집으로 가는 길이다.

아빠가 문을 열자, 나는 몇 번이나 눈을 깜빡인다. 아빠가 면도를 깨끗이 했다. 뺨은 발갛게 일어나고 목에는 작은 딱지가 졌지만 단정하게 이발도 하고 청록색 셔츠를 입고 있다. 다린 게 아니고 아예 새 셔츠다.

"잘 지냈니, 내 딸?" 똑같은 목소리다. 똑같이 다정한 목소리.

안으로 들어가 아빠를 안는다. 평소 습관이랑 다른 인사지만 아빠는 그냥 꼭 안아준다. 아빠의 따뜻한 품이 내 안의 차가운 공허감을 좀 녹여주는 듯하다.

"오늘 힘들었나?"

나는 대답을 웅얼거리며 거실로 간다. 한바탕 불평을 쏟아낼 작정이었지만, 갑자기 앤서니나 로지 얘기를 하기가 싫어진다. 그냥 모든 걸 잊고 싶다. 그냥 웃고 싶다. 그게 가능하다면.

"여자 생겼어?" 내가 아빠 옷을 가리키며 묻는다.

아빠가 소파에 털썩 주저앉는다. "나도 정신 좀 차리려고, 줄스."

나는 안락의자에 앉아 머리를 뒤로 기대고 눈을 감는다. 신발도 벗어던진다. "잘됐네."

"진심이야…… 나도 내가 그동안……."

"아빠, 내가 뭐라고 한 적 있어? 갑자기 왜 그래?"

아빠가 입술을 깨문다. 눈빛이 번뜩인다. "네가 모르는 일이 많아, 줄스. 난 여러 번, 계속 달라지려고 노력했어. 과거는 뒤로하고……. 하지만 자꾸 옛 습관으로 돌아가버렸지."

나는 한숨을 쉰다. 그저 그린드래곤에서 있었던 일이나 동네 소식 정도 들으려고 왔는데. 하필 오늘 밤 저런 얘기를, 진짜 대화를 꺼내고 싶어 하다니. 지긋지긋해지면 안 되겠지? 아빠가 '정신을 차리는' 얘기를 정말 하고 싶었고, 늘 얼마나 생각했는데. 하지만 지금 난 너무 지쳤다.

"혹시 잠 좀 잘 잘 수 있는 약 같은 거 있어?"

아빠 눈이 휘둥그레진다. "줄스, 내가 화학약품 따위 상대 안 하는 거 알잖니. 약초에 장난질 치는 놈들한테도 내가 얼마나 화를 내는데. 알 만한 애가……."

내가 미소 짓는다. 약초라니. 마치 경의라도 표하는 것처럼 대마초를 그렇게 부른다.

아빠가 눈을 내리깐다. "저기…… 너한테 할 말이 있는데."

"응." 내가 대답하고 진지한 표정으로 아빠를 본다. 만날 내 생각만 할 수는 없다. 오늘은 아빠 말을 들어줘야 하는 날인가 보다. 게다가 나 아니면 누가 들어주겠나?

아빠가 침을 꿀꺽 삼킨다. "네 할아버지 얘기는 한 번도 안 했을 거야. 넌 알 필요가 없다고 생각했으니까. 하지만 내가 뜨고나면, 그러고나면…… 어쩌면 이해가 안 된다고 생각할 수도 있을 것 같아서."

"뜬다고?" 내가 생각한 방향이랑 다른 대화가 시작되고 있다.

"그러니까, 말하자면, 네가 전부 다 아는 게 좋을 것 같아."

가방에서 전화가 울리지만 무시한다. 로지도 속 좀 끓여보라지. 아빠 얼굴을 본다. 나처럼 넓은 미간, 넓은 이마. 또렷한 인중은 시무룩한 인상을 만든다. 하지만 오늘 아빠는 평소처럼 소파에 늘어져 있지 않다. 손으로 무릎을 짚고 몸을 앞으로 기울였다. 그래서 왠지 무섭다.

아빠가 한숨을 쉬고 눈을 질끈 감는다. "왜 날 선택했는지 모르겠어. 난 중간이었는데. 형도 하나 있고 동생도 하나 있었어. 연락이 끊겨서 이제는 만날 수 없지만…… 내가 말했어야 했는데.

하지만 어떻게 그러겠어? 특히 데이비드는 아버지를 우상시했는데. 내가 그걸 망치는 사람이 될 순 없었어."

"외동이라며…… 그런데 형과 동생이 있다고? 어디 있는데? 왜 난 몰랐지?" 가슴이 죄어든다. 무슨 이유로 숨겼을까? 35년 동안이나 외동이라고 거짓말한 이유가 뭐지?

"아버지가 우리한테 권투를 시켰어. 나랑 데이비드 말이다. 데이비드는 나보다 두 살 많아서 몸집 자체가 달랐어. 물론 데이비드가 이겼지. 나는 팬티랑 러닝셔츠만 입고 밖으로 쫓겨나서 벌벌 떨었어. 코피를 줄줄 흘리면서. 그 뒤엔 아버지가 나를 철썩 때리곤 했어. 제대로 못 싸웠다고. 계집애처럼 굴었다고."

"그럼……." 아빠 형제들에 대해 더 물으려다가 멈춘다. 아빠가 어린 시절 얘기를 꺼낸 건 처음이다. 일반적인 일, 그러니까 학교 때 수학을 잘했다든가 집이 가난했다든가 하는 말은 했지만 구체적 일화를 꺼낸 건 처음이다. 더구나 집 밖에서 떠는 작은 소년이었다니.

어떻게 이 나이를 먹도록 아빠의 어린 시절에 대해 제대로 물어보지 않았을까? 3형제 중 하나였던 조그만 아빠의 모습을 상상해본다. 상상이 되질 않는다.

"네가 이해하라고 얘기하는 거야. 불쌍하게 생각해달라고 하는 얘기가 아니야." 아빠가 소파에 난 구멍을 쑤신다. 노란 스티로폼이 비어져 나온다.

목이 메는 것을 느끼며 아빠의 긴장된 표정과 심호흡을 지켜본다.

"그 사람이 밤에 날 찾아오곤 했어. 데이비드도 아니고 빅터도 아니고 나만. 잠든 척했지. 종종 오줌을 싸서 아마⋯⋯." 아빠의 목울대가 꿀꺽 오르내린다. "아마 내가 세상모르고 잔다고 생각했을 거야. 그래서⋯⋯."

아빠가 고개를 숙인다. 나는 일어나서 아빠에게 한 걸음 다가간다. 하지만 아빠가 벌떡 일어나 창가로 간다. 그리고 나를 돌아보지 않고 창밖을 보면서 말한다. "어쨌든, 다신 이 얘기 안 할 거다. 이제 죽었으니까. 이건 그냥 지난 얘기야. 하지만 넌 이해해줘야 해⋯⋯. 난 그 사람이 네 가까이 오도록 놔둘 수 없었어. 그놈이 네 할아버지가 되게 놔둘 수 없었지."

간절히 아빠를 안아주고 싶어진다. 하지만 너무 신파적인 행동이 될 것 같았다. 아빠는 좋아하지 않을 거다. 그래서 등만 가볍게 두드린다. "그렇다고 떠나느니 뭐니⋯⋯." 하면서 웃으려 하지만 잘 안 된다. 방금 들은 얘기에 까무러칠 지경이다. 난 늘 아빠가 엄마의 죽음 때문에 이렇게 됐다고 생각했다. 하지만 더한 비극이 있었다. 내가 왜 몰랐을까? 이제야 모든 게 명백해진다.

머릿속에 온갖 질문이 떠오른다. 그럼 삼촌들은 어디에? 아빠랑 비슷하게 생겼나? 아마 사촌도 있겠지. 내가 학생이었을 때가 기억난다. 저녁이면 아빠랑 담배 한 대 나눠 피우면서 그날 수업 내용 같은 걸 들려주곤 했다. 난 우리가 서로 말하지 않는 게 없다고 생각했는데, 아빠는 매일 의식적으로 한 부분을 감추고 있었다.

아빠가 내 어깨에 손을 올린다. "이제 집에 가야지. 점심에 그린드래곤에서도 그 영상을 틀더라. 집에 들어가기 싫어서 이리로 왔지?"

내가 이번에는 쓸쓸하지만 진짜 웃음을 터뜨린다. 아빠는 나를 너무 잘 안다.

집에 가자 로지가 복도로 달려 나온다. 나는 여느 날과 마찬가지로 로지에게 키스한다. 아빠의 폭로 때문에 심란한 상태다. 굳이 말다툼을 일으켜 더 심란해질 생각은 없다. 화나지 않은 척하는 편이 훨씬 쉽다. 화나지 않은 척하면 적어도 쉴 수는 있다. 이미 일어난 일은 그냥 이해해보려고 노력할 것이다.

내 손을 잡는 로지의 입술이 떨린다. "내가 정말 실수했어. 소리치고 화내도 돼. 그래도 싸니까."

한숨을 쉬고 거실로 같이 간다. 소파에 나란히 앉는다. 우리는 이 공간을 아늑하게 만들려고 최선을 다했다. 로지의 졸업식 때 찍은 우리 둘의 사진이 벽에 걸려 있다. 다른 사진은 휴가 때 그리스 식당에 나란히 앉은 모습이다. 카메라를 든 웨이터를 향해 웃고 있다. 로지와 앤서니가 놀이공원에서 신이 나 입을 크게 벌리고 소리 지르는 사진도 있다.

갑자기 눈이 쑤신다. "그냥…… 왜 그랬는지 이해 좀 하게 해줘, 로지."

로지가 내 팔을 잡는다. "나도 알아, 이해가 안 되겠지. 하지만 알프가, 그 남자가 이상한 놈이야. 네 타이어를 그렇게 만든 게 그자라는 거 알아. 표정을 보면 알 수 있어. 개똥도 계속 버리고. 너한테는 말하지 않았어. 왜냐하면…… 아, 그리고 앤서니의 자동차도 열쇠로 긁었더라고. 알 수 있었어. 우리가 나가서 그 꼴을 발견했는데, 알프가 정원에 물을 주면서 히죽거리고 있었거든."

"그래서 정원을 헤집어놨다고? 그러는 게 이 상황에 무슨 도움이 되겠니?"

"게다가 어떤 변태가 자기 집 밖에 감시 카메라를 달아봐? 러시아 스파이도 아니고. 조용한 주택단지에 살면서 말이야. 자기 집 밖에서 일어나는 일을 다 찍고 있다니, 소름 끼치잖아. 뭔가 이상한 게 있는 남자야."

"안 그래도 우리를 찍는 사람은 너무 많아. 어떻게 그렇게……."

"아, 줄스." 로지가 내 뺨을 쓰다듬는다.

나는 눈을 감는다. 최악의 순간이 지나갔다고 생각할 때마다 뭔가 또 터진다. 용서하는 척 연기하면서, 로지의 손길을 받아들이면서 흐릿한 영상을 머릿속에 떠올린다. 야단스러운 몸짓과 10대 같은 킬킬거림. 로지에겐 그런 면이 늘 존재할 것이고, 때로는 그게 앤서니 손에 끌려 나올 것이다.

나는 객관적으로 생각하려고 노력한다. 이 정도 일로 이렇게 화가 난 건 언론의 추적 때문이다. 로지는 더 화날 것이다. 임신한 몸으로 이 모든 일을 헤쳐가야 하니까. 집에 종일 앉아서 개똥 폭탄이나 치졸한 기물파손을 당하기만 기다리고 있는 게 정신건강에 이로울 리 없다. 유치한 방식으로나마 저항하는 편이 자연스러운 반응일 수 있다.

아빠랑 좀 전에 나눈 이상한 대화를 생각한다. 아빠의 아버지가 밤에 들어와서…… 뭘 했다는 걸까? 애무? 강간? 아빠가 얼마나 상처받았을지 아마 나는 결코 온전히 이해할 수 없을 것이다.

내가 사랑하는 사람들에게 해줄 수 있는 게 없다. 위로해줄 수도 없다. 뭘 해야 할지도 알 수 없어서 당황스럽다가 공포가 번진다. 당황과 공포, 지금 내 삶을 나타내는 두 가지 감정이다.

야심 많던 줄스, 대형 강의실에서 기대감에 부르르 떨던 학생은 이제 없다. 젊은 연인이 소설을 교정하게 도와주던, 평온하던 줄스도 이젠 사라졌다. 범죄자들의 현관문을 두드릴 만큼 뚝심 있던 줄스도……. 그랬던 내 모습을 자랑스럽게 여기거나 미래의 가능성을 즐기는 여유도 미처 갖지 못하고 떠나보냈다. 이제 그런 내 모습은 다 사라졌다. 이제 남은 건, 뭔지 잘 모르겠다.

27

다음 날 아침 고속도로 사고 때문에 40분 지각한다. 한소리들을 각오를 하고 들어서는데, 아무도 나랑 눈을 마주치려 하지 않는다. 숨죽인, 그러면서도 기대로 가득한 분위기다. 또 무슨 일일까? 또 누가 내 책상에 정자 그림을 붙였나? 아니면 언론에 또 무슨 사진이 올라왔나? 프라이어가 자기 블로그에 뭘 또 써 갈겼나?

마음을 다잡는다. 이제 아주 능숙하게 해내고 있다. 단호한 무표정, 고개를 뻣뻣이 들고 앞만 본다. 가슴을 쭉 펴고 심호흡을 한다. 자기 연민에 빠지지 않을 것이다. 그리고 무엇보다 중요한 것. 무슨 일이든, 나는 아무 반응도 보이지 않을 것이다.

톰이 나를 보더니 서둘러 다가온다. 나는 인사하며 컴퓨터를 켠다. 모두가 우리를 보는 것 같다.

"오늘은…… 집에 있을 줄 알았는데." 톰이 심각한 표정으로 작게 말한다.

더욱 불안하지만 내색하지 않는다. 웃으면서 한숨을 쉬고 다들 들으라는 듯 아무렇지도 않게 말한다. "또 뭐야?"

"어, 못 봤어? 아무것도 아닐지도. 난 내 일이나 신경 써야지."
그가 뉴스룸을 둘러보며 내 팔을 두드리고 가려다가 생각을 바꿔 내 어깨를 잡는다.

"무슨 일인데?" 내가 속삭인다.

톰이 다시 뉴스룸을 둘러보며 눈을 크게 뜬다. 좀 겁에 질린 것 같다. "〈트리뷴〉 홈페이지야. 하지만 여기서 보지 마. 화장실이라도 가. 내가 필요하면 꼭 불러, 알았지? 다른 데 가서 얘기해도 되니까, 응?"

내가 고개를 끄덕인다. 톰은 자리로 돌아간다. 낡디낡은 컴퓨터에 비밀번호를 친다. 손이 떨려 두 번이나 잘못 친다. 그러고나선 갑자기 뭐라도 생각난 듯 벌떡 일어나 태블릿을 가지고 화장실로 간다.

칸막이 안에 들어가 〈트리뷴〉 홈페이지에서 내 이름을 검색한다. 아빠 사진이 나온다. 엄숙한 표정으로 카메라를 본다. 어제 본 깔끔한 모습이다. 수염 흔적이 전혀 없으니 얼굴이 이상할 만큼 또렷해 보인다.

아버지의 고뇌
딸은 레즈비언 아기 실험에 잘못된 이유로 참여했다

포츠머스대학의 논란 많은 두 어머니 사이 아기 실험에 참여한 레즈비언, 줄리엣 커티스는 남몰래 이 과정이 실패하기를 간절히 바라왔다고 한다.

독점 인터뷰에서 줄리엣의 아버지 닐 커티스(55)는 이 실험에 대한 분노를 털어놓으며, 이 임신이 '끔찍한 타협'에 따른 것이라고 밝혔다.

태블릿을 떨어뜨릴 뻔한다. 어떻게 아빠가 나한테 이럴 수가? 내가 그렇게 경고했는데. 언론이 어떤 식으로 움직이는지. 어떻게 이런 유혹에 빠져들 정도로 멍청할 수가 있지? 이런 사적인 얘기를 털어놓다니. 이건 실수일 리가 없다. 나를 판 거다. 내 친아버지가 딸인 나를 팔아먹었어.

관자놀이에서 맥박이 벌떡댄다. 로지도 보게 될 거다. 맙소사, 숨길 방법은 없다. 이 과정이 실패하기를 간절히 바라왔다니. 난 이런 말을 한 적도 없다. 로지가 내 말을 믿게 할 수 있을까? 위장이 뒤틀린다. 속이 울렁거리며 토할 것 같지만, 눈을 감고 천천히 숨을 쉰다. 쓴 물이 삼켜질 때까지. 그리고 천천히 마저 다 읽어나간다.

오랜 세월 딸을 혼자 키우면서 닐은 피폐해졌다. '모든 것에 끊임없이 지치고 또 지치는 기분'이었다고 한다. 하지만 퇴락한 거실에 앉아 차분히 위엄을 유지하며, 그는 딸에게 실험에 참가하지 말라고 애원하던 순간을 회상했다.

"딸이 아주 초기부터 말해줬습니다. 나는 센 표현들을 써가며 제발 다시 생각해달라고 부탁했죠. 줄스는 원래 아이 생

각이 전혀 없었어요. 그러니 그런 실험에 갑자기 참가한다는
게 정말 이상했죠. 우리는 무슨 SF영화 같다고 농담도 했어
요. 하지만 난 그런 줄스가 나처럼 걱정하고 있다는 걸 알
수 있었죠. 하지만 선택의 여지가 없었던 거예요. 파트너인
로지가 최후통첩을 했을 겁니다. 아기를 낳든지 헤어지자고."

그린드래곤에서 우연히 붙들려 인터뷰를 당한 게 아니다. 제대
로 기자를 집으로 초대했다. 알 수 있을 것 같다. 기자가 한잔 사
주며 액수를 제시했겠지. 수락하는 데 시간이 얼마나 걸렸을까?
액수를 협상하는 데 머릿속으로 어떤 생각들이 지나갔을까? 그러
면서도 나를 도와주는 거라고 합리화했을까? 젠장, 애초에 〈데일
리 스케치〉에 정보를 넘긴 사람도 아빠였을 것이다. 그러면서 내가
앤서니를 비난하는 소리를 듣고 있었다. 앤서니가 아닌 걸 알면서
도. 나는 눈을 감고 눈물을 참는다. 이제 아무것도 모르겠다.
　간신히 기사를 마저 읽는다. 기사는 시술에 대한 예의 그 헛소
리들을 지껄이다가 끝난다. 아빠는 로지가 내 경력을 어떻게 방
해했는지, 시술이 내 인생을 어떻게 망치고 있는지 말했다. 로지는
이 기사를 읽고 여러 군데에서 깊은 충격과 배반감을 느낄 것이
다. 아빠를 따로 만날 때마다 내가 자기에 대해 불평불만을 늘어
놨다고 생각하겠지. 내 인생이 잘 풀리지 않을 때마다 로지 탓을
했다고 말이다.
　하지만 난 이런 식으로 말한 적이 없다. 아빠가 그런 생각을 나

한테 말해왔을 뿐이다. 로지가 나를 얼마나 행복하게 했는지에 대해서는 이 기사에 한마디도 없다. 마치 내가 로지를 이제 사랑하지 않는 사람 같다. 로지에게 전화해야겠다.

주머니를 더듬는데 아무래도 전화기를 책상에 그냥 두고 왔나 보다. 망할! 지금은 돌아갈 수 없다. 아직은 안 된다. 씹할. 변기에서 벌떡 일어나 칸막이 손잡이를 있는 힘을 다해 움켜쥔다. 아빠가, 내 친아버지가……. 이제야 어제 아빠의 이상한 행동이 이해된다. 과거의 상처를 털어놓는 척하며 실은 미리 용서를 구한 것이다.

여자 화장실 바깥문을 누가 두드린다. 매튜 목소리다. "똥은 네 개인 시간에 싸. 할 일을 먼저 하라고." 뉴스룸 사람들 들으라고 저러는 거다.

대꾸할 수가 없다. 나는 꼼짝 않고 있다. 조금이라도 움직였다간 모든 게 무너질 것 같다. 아빠가 이런 짓을 하다니. 내 친아버지가 내 인생을 이렇게, 직장에서 화장실에 숨어 있는 동안 동료들이 내 얘기를 전국지에서 읽게 했다. 몇 개월을 견딘, 잠잠해질 때까지 기다리기 작전을 무위로 만들었다. 프라이어와 그의 1950년대 회귀 정책에 탄약을 주었다.

천천히 칸막이에서 나와 세면대로 간다. 목과 뺨이 빨갛다. 최대한 어깨를 펴고 호흡을 고른다. 물을 틀고 얼굴에 끼얹는다. 붉은 기를 없애야 한다. 사람들이 운 줄 알 것이다.

힘내자, 줄스. 나 자신을 다독인다. 이제까지 인생에서 가장 큰 시련이지만, 이겨낼 수 있다. 분노가 천천히 몸에서 빠져나가며 힘도 빠지는 듯하다. 로지한테 도대체 어떻게 설명해야 할까? 아빠한테 뭐라고 고함치고 난리를 쳐도 로지의 실망을 덜 수는 없을 것이다.

가까스로 자리에 돌아와서 책상에 놓인 수첩과 전화를 본다. 만일 로지가 아직 기사를 못 봤으면 대비시킬 수도 있을 것이다. 아빠가 우리 대화를 깡그리 오해했다고.

매튜가 부른다. "줄리엣? 뭐라고 할지 알 만하다만, 물어보지 않을 순 없군. 오늘 〈트리뷴〉 기사에 대해 할 말 없어?"

매튜를 보지 않는다. 지역 경찰서에 전화하기 시작한다. 고속도로 사고 기사라도 써야겠다.

"없어? 전혀? 뭐, 그럼 마누라 쪽이라도 연락해봐야겠네."

나는 전화기를 떨어뜨리고 일어선다. 그리고 돌아서 매튜를 확 밀친다. 그의 가슴을 계속 밀어, 비틀거리며 뉴스룸을 가로질러 애비가 쓰던 의자에 털썩 주저앉게 만든다. 매튜가 눈을 휘둥그렇게 뜨고 얼굴을 붉힌다.

내가 그 앞에서 말한다. "이 씹할 실패자야, 실컷 주절거려봐. 다들 널 비웃을 테니. 그래봐야 어떤 전국지에서도 너한테 관심 안 보인다는 거, 우리 다 알아."

매튜는 대꾸하지 않는다. 셔츠를 바로잡으며 일어나지만 눈빛에선 두려움이 비친다. 나는 내 자리로 돌아온다. 몇 사람이 조용히 모여든다. 잠시 아무도 말이 없다. 그리고 저마다 한마디씩 위로를 중얼거린다. 매튜가 툴툴거리며 모인 사람들을 흩어버린다. 곧 옆에 와서 협박할 것이다. 하지만 상관없다. 나는 다시 경찰서에 전화를 건다. 고속도로 충돌 사고에 대해 잠깐 받아 적는다.

그러고나서야 더는 일할 수 없다는 걸 깨닫는다. 난리 법석은 없다. 울지도 않는다. 나는 늘 그렇듯, 아니 그 어느 때보다도 꼿 꼿이 앉아 있다. 하지만 모니터에서 아무것도 보이지 않는다. 머릿 속에서 단 한 문장도, 단 한 글자도 떠오르지 않는다. 내가 무너 지기 시작한다. 드디어 이 순간이 왔다. 유일한 대처 방법은 움직 이지 않는 것이다. 아무 주의도 끌지 않는 것이다.

얼마나 오래 이러고 있었는지 모르겠다. 인사팀 여자가 왔던 게 어렴풋이 기억난다. 그다음엔 톰이 허리를 굽히고 속삭이던 게 기 억난다. "줄스? 집에 데려다줄게. 내가 네 차를 운전할게."

톰이 내 팔을 잡고 뉴스룸을 나서도록 둔다. 누가 보든지 말든 지 상관하지 않는다. 지금 나에게 필요한 것은 집, 집과 로지뿐이 다. 로지 앞에 웅크리고 용서를 빌 것이다. 내 아버지는 그러다 죽 을 것이다. 신문사에서 받은 돈을 술과 약에 쓰다가 썩어갈 것이 다. 나에게 필요한 것은 로지뿐이다.

28

톰이 내 차를 댄다. 말없이 조수석 문을 열고 나를 집으로 데려
간다. 카메라 셔터 소리가 요란하다. 톰이 외친다. "꺼져! 좀 내버
려두라고!"

그가 내게 열쇠를 건넨다. 하지만 현관문이 열리며 로지가 서
있는 게 보인다. 나를 어떻게 생각할까? 표정을 읽어보려고 하지
만 아무것도 보이지 않는다. 내가 아는 것은 그저 로지가 여기, 지
금 바로 내 앞에 있다는 것뿐이다. 무슨 말이든 해야 하지만 무슨
말을 해야 할지 모르겠다. 톰이 내 어깨를 두드리고 간다.

"난……." 무슨 말을 해야 하지?

로지가 내 팔을 잡고 안으로 끌어들인다. 로지도 안다. 내가 왜
집에 왔는지. 기사를 본 것이다. 아빠의 과장된 말을 읽고 최악의
방식으로 내 갈등에 대해 알게 된 것이다. 갑자기 가슴이 죄어든
다. 숨을 쉴 수가 없다. 어떻게 바로잡지? 로지가 문을 닫는다. 씹
할 기자들이 계속 우리 이름을 부른다.

"로지, 난……."

로지가 나를 끌어안는다. 부른 배에 부딪치며 허리를 굽혀 로지

의 검은 울 카디건에 얼굴을 묻는다. 기사를 읽고 로지는 무슨 생각을 했을까? 아빠의 이간질을 믿지 않았을까? 아니면 절망감을 꾹 참고 나를 안고 있을까? 용기를 내 로지의 얼굴을 마주 본다. 연민밖에 안 보인다.

"줄스, 너무 지쳐 보인다. 푹 자고 잘 먹자. 그러면 돼. 전화도, 컴퓨터도 하지 마. 얼굴이 회색이야. 내가 좀 더 일찍 알아챘어야 했는데."

나는 이런 친절을 받을 자격이 없다. 오히려 더 슬퍼진다. 나는 깡그리 방전될 때까지 나 자신을 밀어붙였다. 아침이면 움직이지 않는 몸을 억지로 끌어내 조깅까지 했다. 고통스러운 것은 육체적 통증만이 아니었다. 텅 비어가는 느낌, 남은 연료가 전혀 없는 기분이었다. 다 끝내고 싶은 유혹에 한동안 시달렸지만, 어떻게든 계속 똑같은 일상을 휘적휘적 끌어왔다.

우리가 소파에 앉는다. 로지가 명령한다. "다리 이리 올려봐."

시키는 대로 하고 눈을 감는다. "그럼 다 본 거야? 어떻게? 자고 있었어야 했는데."

로지가 내 종아리를 마사지한다. "이놈의 방광 때문에. 그리고 자주 검색하잖아, 또 무슨 기사가 떴는지. 봐야 도움 안 되는 거 알지만, 그래도 알고 싶지."

"아빠가 한 말은……."

"지금은 걱정하지 마. 지금은 정말 자야 해. 침대로 가서 몇 시간이라도 눈을 붙여."

"어떻게 잠이 오겠어."

"누워 있기라도 해. 그러고나서 같이 점심 먹자. 따뜻하고 건강한 걸로. 그러고보니 살도 빠진 것 같네. 진짜 내가 너무 신경을 못 썼다. 네가 빠질 살이 어디 있다고."

"로지……."

"나한테 말했어야지, 줄스. 무슨 얘기든 들어줬을 텐데."

로지의 진지한 눈빛을 보니 내가 얼마나 잘못했는지 알겠다. 알프네 식물을 뽑았다고, 어린애 같은 짓이라고 격분하다니. 내가 한 짓이 더 나쁘지 않나? 가장 터놓고 의논해야 했던 사람에게 내 감정을 숨기고 우리 관계에 불신을 가져왔다. 복통 때문에 기겁했다가 겨우 안도하는 로지 옆에서, 나는 오히려 실망감을 느꼈다. 아기를 무를 수 있다면 그러고 싶다고 생각했다. 로지의 손을 꼭 잡는다.

로지가 말한다. "이제 침대로 가."

힘없는 몸을 소파에서 일으켜 느릿느릿 위층으로 올라간다. 제발 로지가 날 용서하길. 로지는 상황을 더는 혼란스럽게 만들지 않겠다는 단호한 의지를 보이며 나를 안심시키려고 한다. 아직 나를 포기할 생각이 없다는 뜻이다. 만일 그렇다면, 나도 무슨 일이든 해낼 수 있다.

잠은 오지 않는다. 하지만 한 시간 정도 눈을 감고 있었더니 두 개골 앞쪽에서 욱신거리던 통증이 좀 덜한 듯하다. 집 안은 조용하다. 거실에서 텔레비전 소리가 희미하게 들려온다. 이따금 거리에서 떠들며 지나가는 사람들의 소리도 들린다. 침대 시트에 밴,

복부 튼살에 바르는 카카오버터 향기가 나를 편하게 해준다.

갑자기 아빠의 얼굴이 떠오른다. 형제들에 대해 말할 때 수치스러워하던 눈빛, 붉어진 뺨. 정말 겨우 몇 천 파운드 때문에 나를 배신했을까? 믿고 싶지가 않다. 이런 결과를 생각 못 하고 뱉은 말이라고 믿고 싶다. 취해 있었거나 왜곡 보도 되었다고. 하지만 아빠는 전화하지 않는다. 변명조차 시도하지 않는다.

익숙한 모습을 떠올려본다. 대마초에 눈이 풀린 채 소파에 앉은 아빠. 둘이 손을 꼭 잡고 산책하며 내가 느끼던 확신을 떠올린다. 아빠가 주입한, 내가 커서 중요한 사람이 되리라던 확신. 그런 내 과거가 거짓이었을 수 있다는 생각은 새로운 고통이 되어, 지금껏 겪어본 그 어떤 괴로움보다 더 깊숙이 마음을 파고든다.

로지가 김이 무럭무럭 나는 접시를 쟁반에 담아 침실로 가져온다. "침대에서 점심 먹자. 일어나 앉아야겠네." 쟁반을 침대에 조심스레 내려놓고 베개를 겹겹이 괴며 부산을 떤다.

사실 나는 막 잠이 들 것 같았는데. 어쨌든 최대한 벌떡 일어나 음식을 살펴본다. 내가 2주 전에 만들어서 얼려둔 채식 칠리를 데운 것이다. "네가 반 먹을 거지?"

"아, 내 건 따로 있는데. 아직 데우는 중이야. 나도 침대에서 먹을 거야. 임신한 사람도 그런 특권을 누릴 수 있으니까."

로지가 나갔다가 자기 쟁반을 가지고 돌아온다. 부른 배로 끙끙거리며 침대에 앉더니 맛있게 먹는다. 나는 전혀 배고프지 않지만, 로지 기분을 맞춰주려고 몇 입 먹는 척한다.

"나 해고당할 것 같아. 아까 난리를 좀 쳤거든."

"네가 아까웠어, 줄스. 말도 안 되는 업무 시간에 이런 일까지 벌어지는데, 네가 초능력자도 아니고."

칠리 때문에 콧물이 난다. 목도 메이고, 한 입 먹을 때마다 고역이다. 그래도 로지의 기분을 맞추려고 열심히 먹는 척한다. "하지만 다른 무슨 일을 하겠어? 난 기자 일밖에 모르는데."

"다른 신문사에 지원해보면 되지. 네가 글쓰기를 좋아하는 건 알지만, 〈포스트〉에서는 너무 오래 힘들어했어. 왜 계속 거기서 견뎌야 해?"

"뭐, 오늘 폭발한 것 때문에 이제 그럴 필요는 없어진 것 같아." 내가 한숨을 쉰다.

우리는 잠시 말이 없다. 로지는 계속 열심히 먹는다. 우리 딸의 입맛이 까다롭지는 않은가 보다.

내가 용기를 내어 말한다. "이따가 아빠 집에 가야 하지 않을까 싶어. 변명할 기회라도 줘야지."

"대체 왜 그래야 하는데?" 로지를 보니 토마토소스가 묻은 입술이 벌어지고 눈썹 사이에 깊은 주름 두 줄이 팼다.

"상황을 알아봐야지. 어쩌다 그랬는지."

로지가 손을 뻗어 내 팔을 잡는다. 쟁반이 더 위태로워 보인다. 칠리가 곧 침대에 쏟아질 것 같다. "아아, 줄스……."

"무슨 뜻이야?" 나는 식기를 내려놓는다.

"줄스, 너도 이젠 알아야지. 어쩌면……."

"모르는 일이야. 확실하진 않잖아. 나도 상황이 어떻게 보이는지는 알아. 하지만 아빠는 그냥 불평을 늘어놓은 걸 수도 있어. 무슨 철학적 논쟁에 끼어든 줄 알면서 말이야. 자기가 한 말이 신문에 나올 줄 몰랐을 수도 있어." 목소리에 점점 힘이 빠진다. 새 셔츠를 입고 깨끗이 면도한 아빠의 괴로운 표정. 할아버지가 방에 들어오던 얘기를 하며 딴 데를 보던 눈빛. 혹시 거짓말이었을까? 35년 동안이나 말하지 않다가, 배신의 순간에서야 그런 일을 털어놓는다고?

로지가 칠리를 다시 크게 떠먹는다. "정말 그럴 가능성이 있다고 생각해? 언론이 어떤지, 아버지한테도 몇 번이나 설명하지 않았어? 너도 알잖아."

나는 고개를 숙인다. 눈이 따끔거린다.

"아, 줄스." 로지가 나를 와락 안는다. 끝내 접시가 엎어지며 칠리가 사방에 쏟아진다.

내가 벌떡 일어난다. "걱정 마. 내가 치울게."

이불보와 시트를 간 다음 집 안을 잠시 왔다 갔다 한다. 로지가 계속 소파에서 나를 부른다. 결국 포기한 나는 〈전쟁과 평화〉를 몇 회 본다. 로지가 내 허벅지에 다리를 올리기에 종아리를 주물러준다. 로지는 드라마를 보면서 프링글스 한 통을 해치운다. 자막이 올라가는데 로지가 텔레비전을 끄고 나를 똑바로 본다. 어두워진 거실에는 코너 등 하나만 켜 있다. 바깥도 조용하니, 아직 초저녁이지만 한밤중 같다.

"저기, 이제 〈트리뷴〉 기사에 대해 얘기해도 될까? 만약 하기 싫으면 안 해도 괜찮아. 한잠 푹 자고나서 하는 게 좋을 것 같기도 해."

로지의 손을 잡는다. "얘기하자."

"네 아버지가 한 말…… 회의감이 드는 건 정상이래. 그저 서로에게 정직하게 터놓는 게 중요하지. 정말 나한테 무슨 말이든 다 해도 돼."

로지의 머리를 쓰다듬는다. 이렇게 나를 돕고 싶어 하는데, 다 털어놓으면 얼마나 후련할까? 로지를 꼭 끌어안고 아기를 무르고 싶다고 얘기할 수 있다면. 내가 변한 사실을, 나는 이제 이런 생활에서 기쁨을 찾을 수 없고 내가 선택한 모든 결정을 후회한다고. 로지는 이런 솔직함을 원할 거다.

그럼에도 내 냉담함에 로지가 얼마나 경악할지 안다. 세상에 어떤 여자가 함께 계획한 임신을 후회한단 말인가? 몇 개월을 노력해서 로지가 임신하게 됐다. 건강검진을 받고 계약서를 작성했다. 수백 명의 여성들이 거절당한 기회를 우리가 얻었다. 로지가 화를 내도 당연하다. 아기의 반은 내 것이 되도록 온갖 일을 다 해놓고 원하지 않는다니, 얼마나 속상할까?

로지가 이런 감정을 느끼게 할 수는 없다. 오늘만 잘 넘어가면 앞으로 달라질 수도 있다. 내가 다 없애버릴 거니까, 이 끔찍한 감정을 고백할 필요도 없게 될 것이다.

"아빠가 거짓말한 거야. 물론 내가 언론 때문에 스트레스 받는다고, 앞으로 어떻게 될지가 더 걱정된다고는 했어. 하지만 아이를 원하지 않는다고 말한 적은 없어. 내가 한 말들을 모조리 왜곡한 거야. 믿어줘." 내가 손을 뻗어 로지의 배에 얹는다.

로지의 눈에 눈물이 차오른다. 숨결이 거칠어진다. 임신한 상태에서는 이래도 전혀 이상할 게 없다고, 베카가 전에 안심시켜줬다.

"나도 솔직히 말할게. 스콧에 대해 들었을 때, 임신을 후회하고 있다는 걸 깨달았어. 물론 아이를 사랑하지 않게 된 건 아니야. 하지만 이렇게 모든 게 엉망이 돼버린 삶을 새삼 깨달으면서, 집에 갇힌 포로가 된 기분이었어. 오래가지는 않았지만, 그때는 그렇게 느꼈어."

"당연히 그럴 수 있어."

로지가 계속 나를 보는 동안 여전히 배 위에 놓인 내 손 밑에서 힘찬 발길질이 느껴진다.

"그러니 너도 자책할 필요 없어. 왜냐하면 나도 충분히 이해하니까. 난 우리가 서로에게 정말 솔직할 수 있다는 게 늘 자랑스러웠는데, 더는 그렇지 못할 수 있다는 게 너무 슬펐어."

로지의 눈빛이 더 털어놓으라고 요구한다. 하지만 로지가 후회한 순간은 몇 달에 걸친 내 무감각과 점점 커지는, 내가 아이를 원하지 않는다는 깨달음에 비하면 아무것도 아니다.

로지가 한숨을 쉰다. "힘든 일이지. 안 그래? 어쩔 수 없이 다른 사람들과 비교하게 돼. 내 감정이 정상인가 의심하면서. 그리고 이상적인 모습이라는 게 있잖아. 절대 따라잡을 수 없을 것 같은. 마치 모든 순간이 행복해야 할 것 같은. 그렇지 않으면 실패자, 배은망덕한 존재가 된 것처럼 말이야. 지난 몇 주 동안 부정적인 생각이 조금이라도 들 때마다 아니타의 얼굴이 떠올라 죄책감을 느껴야 했어. 미칠 것 같았다고."

다시, 로지의 눈이 영혼을 꿰뚫듯 나를 들여다본다. 비밀을 나뉘달라고 호소한다. 하지만 로지는 모른다. 내 비밀이 얼마나 나쁜지. 내 감정이 얼마나 틀어져버렸는지.

그래서 아빠 얘기를 한다. "아빠한테 너무 화가 나. 아빠가 어떤 사람인지 못 본 나 자신한테도 화가 나……. 심지어 난 지금도 혹시나 하며 믿고 싶어."

로지가 다시 한숨을 쉰다. "우리 모두 자랑스럽지 못한 생각을 하게 돼, 줄스. 가끔 아기가 내 잠을 방해해서 너무 피곤해질 때는 이런 생각도 들어. 한밤중 태동조차 어쩔 줄 모르면서 아기가 태어나면 어떻게 돌보지?"

로지의 뺨에 키스한다. "걱정 마. 넌 훌륭한 엄마가 될 거야."

로지는 입술을 깨문다. 실망한 눈치다. 나도 당황한다. 아까까지는 그렇게 너그러웠는데. 더 많이 털어놓길 바라나 보다. 내가 뭘 숨기고 있든 용서해줄 수 있다고 생각하기 때문일 것이다. 하지만 그럴 수 없을 것이다. 나에 대해 전혀 몰랐던 면이 있다고 깨닫게 될 것이다. 내가 좋은 사람이 아니라는 걸 말이다.

오늘 우린 충분히 괴로웠다. 구태여 괴로움을 더 끄집어낼 이유가 없다. 이 순간은 뒤로하고 우리 앞에 놓인 더 좋은 삶에 집중해야 한다. 아빠의 인터뷰 기사를 읽은 이후 처음으로, 어떻게 해야 할지 확신이 선다.

"우리 그만 자자." 내가 말한다.

로지가 한숨을 쉰다. 뭔가 더 말하려나 싶었지만 소파 팔걸이를 짚고 일어선다. 침대에서 푹 자고 이 끔찍한 하루를 끝내면, 그러면 내일 다시 시작할 수 있을 것이다.

29

다음 날도 나는 평소처럼 5시 45분에 눈을 뜬다. 알람도 해놓지 않았는데 말이다. 비가 주룩주룩 내리고 차가운 바람이 조깅하는 내 얼굴을 휘갈긴다. 날이 점점 환해진다. 곧 점퍼도 벗고 반바지로 갈아입을 수 있을 것이다.

오늘은 훨씬 상쾌하다. 피터스필드 호수 주변을 한 바퀴 돌면서 늘 마주치는 개와 산책하는 사람에게 목례를 건넨다. 그러고 나서 마을 외곽, 대저택들이 드문드문 늘어선 거리를 따라 뛴다. 집으로 돌아가는 길에 속도를 더 올린다. 정신이 또렷해지고 근래 들어 그 어느 때보다도 기운이 솟는다.

하지만 샤워하면서 발목에 튄 진흙을 닦다가 불안감에 사로잡힌다. 나는 아마 인사팀에 불려갈 것이다. 매튜는 어제 행동에 대한 사과를 요구할 테고. 내가 잘리지 않게 해달라고 빌길 기대하겠지. 심지어 이번에는 결국 '줄리엣이 〈포스트〉에 진솔하게 털어놓다' 기사를 싣겠다고 벼를지도 모른다. 패스트푸드점 정도의 월급이나 주는 주제에.

정말이지 이럴 가치가 없다. 갑자기 너무 확실하게 깨닫는다.

더 좋은 지위로 올라갈 가능성도 희박하고 전국지로 갈 꿈은 예전에 포기했다. 그럼 왜 계속 다녀야 하지? 나는 기사 쓰는 걸 좋아한다. 하지만 난 결국 몇 년째 내 직업의 품위를 떨어뜨리는 데 기여해왔을 뿐이다.

왜 아침 7시 30분부터 열두 시간, 열세 시간을 일하러 가야 하지? 왜 정시에 퇴근하고 다섯 시간은 되는 저녁을 즐길 수 있는 직업을 가지면 안 되지? 왜 로지에게 더 좋은 반려자가 되기 위해 내 인생과 시간을 더 쓰면 안 되지?

〈포스트〉에 계속 있어봤자 헛수고라는 게 너무나 분명해서 내 지난 10년의 우매함을 믿을 수 없을 정도다. 왜 이렇게 질질 끌었지? 대체 왜? 더 높이 날겠다고 수없이 다짐하던 학창 시절의 나는 벌써 사라졌다. 그러니 지금 서둘러 샤워를 끝내고 옷을 꿰어 입고 커피를 삼키고 젖은 머리로 차에 달려갈 이유가 없다. 난 자유다. 수건으로 몸을 닦으며 기쁨에 몸이 떨릴 지경이다. 나도 다른 사람들처럼 살아갈 자유가 있다. 로지와 요리를 하고, 저녁에 산책하고 10분 이상 책을 읽을 여유도 있을 것이다.

나로선 감당하기 힘든 직업적 목표를 선택하지 않았나 싶다. 그러니 지난 몇 년이 실망으로 점철될 수밖에 없었다. 노력했다기보다는 또 어떻게 하루를 보낼까 걱정만 하면서 살았다는 깨달음에 머리가 어지럽다. 이제 용기만 내면 모든 게 좋아질 수 있을 것이다.

천천히 아침을 먹으면서 평소 찬장에 모셔두기만 했던 커피 메이커로 제대로 된 커피를 만든다. 머핀에 캐슈넛 버터를 듬뿍 바른다. 그러고나서 서재로 쓰는 방에 가서 업무 이메일에 접속한다. 새로 받은 이메일은 무시하고 오늘부로 그만두는 사직서를 쓴다.

아드레날린이 솟구친 상태에서 내 이력서 파일을 찾아내 수정한다. 오래 걸리지는 않는다. 언론학을 공부한 뒤 계속 한 직장을 다녔으니까. 45분 안에 출퇴근할 수 있는 홍보 대행사 일곱 군데를 뽑아 이메일을 보낸다. '민간 부문에서 새롭게 도전하고자 합니다. 이 분야에서 활용될 제 경험과 능력에 대해 더 설명드릴 기회가 있으면 기쁘겠습니다.'

"아직 안 갔어?" 로지가 잠옷을 입고 문간에 서 있다. 아직 졸음에 겨운 눈이다.

새로운 자세로 새로운 인생을 시작하는 첫날 아침이다. 나는 벌떡 일어나 로지에게 키스한다. "네 말이 옳았어, 로지. 새로 시작해야 할 때인 것 같아. 나 그만뒀어. 이제 쥐꼬리만 한 월급 받고 열두 시간씩 일할 필요 없어."

"정말 잘했다, 줄스. 정말 그럴 가치가 없었어."

로지가 욕실에 있는 동안 페퍼민트 차 두 잔을 만들고 로지를 위해 토스트도 준비한다. 오늘 하루, 출근하지 않는 온전한 하루가 내 앞에 있다. 중요한 계획을 세워야 한다는 생각에 잠시 아찔해진다.

로지가 거실 소파에 앉아 토스트를 먹는다. 페퍼민트 차 향기가 집 안에 퍼진다. 로지의 잠옷에서 풍기는 눅눅한 땀 냄새도 느껴진다. 그 냄새에 이상하게 가슴이 시리도록 애정이 솟구친다.

로지가 고개를 들어 나를 본다. 아침 햇빛에 다크서클이 두드러진다. 입가에 못 보던 주름이 패어 더 성숙해 보인다. "이제 어떻게 할지 얘기해봐야지."

로지 옆에 앉는다. "내가 정말 그만두다니, 실감이 안 나. 하지만 정말 잘한 일 같아. 돈 걱정 없게 바로 임시직을 알아볼게. 하지만 장기적으로는 홍보 일을 시작해볼 생각이야. 돈도 더 낫고 업무 시간도 일정하니까 아기 키우기에 훨씬 낫지."

"네 아버지가 인터뷰에서 내가 네 경력을 방해한다고 했는데, 혹시 지금도 그래? 내가 임신해서 기자 일을 포기하는 거야?"

"뭐? 로지……." 내가 로지를 감싼다. "말했잖아. 거기 나온 말들은 다 헛소리야. 아예 헛소리. 아빠가 취하면 어떻게 되는지 알잖아. 홍보 일은…… 뭐, 현재 단계에서 실용적인 선택일 뿐이야."

로지가 몸을 빼고 접시를 탁자에 놓는다. "줄스, 어젯밤에 솔직해질 기회를 줬잖아. 정말 털어놔줬으면 했는데."

"털어놓은 거야, 로지. 아빠가 우리를 이간질하게 두면 안 돼. 네가 이러면 그 뜻대로 되는 거라고."

"하지만 네가 얘기하지 않으면 네 아버지 말을 믿을 수밖에 없잖아. 넌 네 감정에 대해서는 한 번도 얘기하지 않았어. 난 네 아버지 말밖에 못 들었고."

"난 솔직히 얘기했어. 좀 흔들릴 때도 있었지만, 난 늘 우리 아이를 원했어." 거짓말하느라 심장이 빨리 뛰지만 자신 있는 목소리가 나온다. 정말 내가 확신해서 하는 말이니까.

로지가 일어선다. "줄스, 그렇게 말하다니…… 난 모르겠다." 이마에 손을 올리고 눈을 꾹 감는다.

나도 일어선다. 로지의 손을 잡고 키스한다. 하지만 로지는 반응하지 않는다.

"아기가 태동을 시작했을 때 네 감정이 어땠니?"

"뭐? 그야…… 놀라웠지."

"그게 언제였는데? 기억 나? 처음 태동이 언제였는지?"

"어……." 배에 손을 올리고 웃으면서 신기한 척하고……. 그런 기간이 꽤 길었는데, 언제가 처음이더라? 기억해야 하는데.

"관심이 없었으니 기억이 안 나지. 내가 정말 멍청했어. 왜 그러는데? 왜 진짜 감정을 얘기하지 않아?"

"로지, 울지 마. 앉아봐. 이러면 아기에게 안 좋아."

허리에 손을 얹고 다시 소파에 앉히려 하지만 로지는 움직이지 않는다. 고개까지 휙 돌려버린다.

"왜 싸우려고 해? 오늘은 기쁜 날인데. 오래전에 내렸어야 했던 결단을 내렸단 말이야. 우리 앞에 새로운 삶이 펼쳐질 거야. 내가 원하는 건 우리 행복뿐이야."

로지는 대답하지 않는다. 입을 꼭 다물고 지쳤다는 표정을 짓는다. 다 내 탓이다. 하지만 내가 차차 모든 걸 바로잡을 것이다.

로지가 결국 입을 열지만 힘이 하나도 없다. "네가 나한테 거짓말을 하는 한 나는 행복해질 수 없을 거야. 우리 관계가 이러면 정말 안 돼. 줄스, 이해가 안 돼. 가끔 넌 내가 어떤 사람인지 전혀 모르는 것 같아. 날 진지하게 대하지 않는 것 같아."

나는 두 손으로 로지의 손을 꼭 감싼다. 마치 작은 새가 도망치지 못하게 막는 것처럼. "로지……."

"우리 좀 떨어져 있어야 할 것 같아. 이 모든 걸 생각해볼 시간이 필요해. 당분간 부모님 집에 있을게."

"안 돼, 로지. 제발."

"너한테 상처 주고 싶지 않아. 더구나 이렇게 힘든 때. 하지만 나도 생각해봐야겠어. 네가 나한테 정직할 수 없다면 이 모든 게 무슨 소용이야? 우리 관계가 어떻게 되겠어?"

"하지만 여기서도 생각할 수 있잖아. 로지, 제발 가지 마."

"그냥 잠깐일지도 몰라. 정말 속상하다……."

"실망시켜서 미안해. 하지만 바뀔 거야. 더 잘할 수 있어. 더 적극적으로 참여할게. 그동안 하루에 열두 시간씩, 얼마나 힘들었는지 몰라. 다른 일은 생각할 여유도 없었다고. 하지만 이제 끝났잖아. 상황이 완전히 달라질 거야."

로지가 손을 빼서 그동안 흐르고 있던 눈물을 닦는다. "네가 아빠한테 배신당해서 너무 안타까워. 난 그러지 않도록……. 이제 끝이라고 말하는 건 아니야. 우리 둘 다 좀 떨어져 있을 시간이 필요한 것 같아."

"나한테 싫증이 났구나. 실용주의자에다 꼼꼼하고 지루한 나한테……."

로지가 내 어깨를 짚는다. "바로 이거야. 이런 것 때문에……." 그리고 돌아서 거실을 나간다. "몇 가지 물건만 챙길게. 원하면 언제든 전화해도 돼. 그저…… 나를 성인으로 보지 않는 사람하고 계속 관계를 이어갈 수 있을지 알 수가 없어."

로지가 나가고 나는 다시 소파에 앉는다. 고개를 푹 숙이고 멍하니 생각한다. 어떻게 해야 할까? 내가 뭘 할 수 있을까? 로지가 원하는 게 진실이라고 해도, 내 진실이 뭐지? 난난 임상 시도에 대한 흥분을 아기를 원하는 감정이라고 착각한 것? 심장박동을 듣고 이상하게 위협을 느낀 것? 아기가 언제 태동을 시작했는지 기억하지 못하는 것? 잠시나마 유산을 탈출구라고, 다시 시작할 기회라고 생각한 것?

나는 호흡 하나하나에 정신을 집중하며 심하게 들썩이는 가슴을 가라앉히려고 노력한다. 조금 있다 로지가 가방을 메고 거실로 와서 내 이마에 키스하며 작별을 고한다.

지금이 마지막 기회다. 나는 로지의 배를, 마치 공이라도 든 것처럼 스웨터 아래로 너무나 예쁘게 부풀어 오른 복부를 본다. 최선을 다해 감정을 끌어올려보려고 애쓴다. 뭐라도 느껴보려고 한다. 저기에 로지와 나의 유전자가 뒤섞인 아기가 들어 있다고. 우리 딸의 얼굴을, 반은 나를 닮고 반은 로지를 닮은 얼굴을 그려보려고 노력한다.

로지가 복도로 나간다. 로지는 아이를 자기 몸 안에서 키워왔다. 어머니가 되는 것을 자신의 근본적인 정체성 가운데 하나로 여긴다. 나는 노력하고 또 노력한다.

로지가 외투 입는 소리가 들린다. 현관문이 달칵 열리는 소리가 들린다. 내 연인이 내 아기를 낳고 기르기를 원했다는 것, 그보다 더한 선물이 있을까?

문이 쾅 닫힌다.

30

2주 동안 로지를 몇 번밖에 볼 수 없었다. 나는 새로 시작한 사무실 청소 일이 끝난 뒤에 인공 레몬 향을 풍기며 일레인과 마이클의 집에 들른다. 그리고 필요한 얘기를 한다. 병원 검진, 산전 수업, 카시트 구매.

아기에 대해 묻는 것도 잊지 않지만, 로지는 언제나 차갑게 형식적인 답만 한다. 키스도 못 하게 한다. 언제 집에 돌아오느냐고 물을 때마다 조용히 말한다. "시간이 필요해."

업무 시간에 주방 설비를 닦어내고 쓰레기통을 비우면서 오늘은 아기가 얼마나 움직였을까, 로지가 잠을 편히 잤을까 궁금해한다. 비록 잠도 못 자고 기저귀를 갈고 젖 먹일 생각을 하면 여전히 끔찍하지만, 뭔가 감정이 생기긴 하는 것 같다. 처음에는 그저 부재에 대한 슬픔뿐이었다. 그렇잖아도 슬프고 힘든 때 뜻밖의 장소에서 부재의 영향을 발견하며 더욱 슬퍼지곤 했다. 하지만 곧 내게 슬픔 이상의 감정이 존재한다는 걸 깨닫는다. 내 안에서 솟아나는 보호 본능이다. 이게 시작이 아닐까?

"나를 성인으로 보지 않는 사람하고 계속 관계를 이어갈 수 있을지 알 수가 없어." 로지가 한 말이 맞을까? 당연히 나는 로지를 성인으로 본다. 하지만 임신 중에 걱정되는 점들을 묵살하고 로지에게 솔직하게 말하지 않던 시기가 있다. 물론 그게 로지에게 좋을 것 같아서였지만, 사실은 내가 좀 편하자고 그랬는지도 모른다. 모든 게 그냥 다 정신없이 지나가버린 것 같다. 내가 문제를 처리할 수 있으니 로지는 걱정시킬 필요 없다고 생각했다.

어쩌면 나 혼자만 생각하고 로지를 배제해버리는 습관은 임신 전부터 있었는지도 모른다. 머릿속에 의문이 떠오를 때마다 그냥 재빨리 괜찮을 거야 하고 넘어간 것 같다. 내가 언제부터 이러기 시작했더라? 그런 일 하나하나마다 돌아가서 용서를 구하고 싶은 심정이다.

이렇게 2주를 지내고나니 더욱 분명해진다. 로지가 내 삶에 가져다주는 특별한 행복감을 늘 알고 있었다. 하지만 사실 내가 내린 인생의 선택에 대해서조차, 다 '로지를 위해서'라고 생각하면서 스스로를 합리화해온 것 같다.

〈미러〉의 주말 근무가 잘 되지 않은 건 내가 원하지 않아서다. 다른 누구의 잘못도 아니다. 로지가 나를 말린 적도 없고 함께 있는 시간이 적다고 한탄하거나 타박한 적도 없다. 〈포스트〉에서 계속 일한 것도 내 선택이다. 로지를 만나지 않았다면 내가 다른 방식으로 살고 성공했을 거라고 상상하기는 참 쉽다. 하지만 그건 환상일 뿐이다. 내가 내 삶을 선택했다. 로지를 선택했다. 그리고 그건 내 인생 최고의 결정이었다.

타블로이드지들이 우리 별거 소식으로 채워진다. 〈시티즌〉은 '두 어머니 사이 아기 커플의 충격적인 별거'라며 난리를 쳤고, 잠입 취재를 했던 〈해럴드〉의 앤젤라 시몬스는 걱정하는 척하며 칼럼을 썼다. "내가 당시 강조했듯이, 포츠머스대학은 이 임상 시도 지원자를 너무 대충 선발하는 것 같았다. 헌신적인 부모로서 가족을 이뤄 아기를 키울 준비가 안 된 사람들을 걸러내는 과정이 부족해 보였다."

프라이어의 말도 많이 인용되었다. "그래서 우리에게 가족 법안이 필요합니다. 유행에 뒤진 말처럼 들릴지 몰라도, 전통적 가족 구조가 아이에게 가장 좋다는 것을 모든 연구가 보여줍니다."

내가 돌아가지 않을 것이 분명해지자 〈포스트〉도 '사무실에서 울화를 터뜨린 줄리엣 커티스' 기사로 잔치에 참여한다. '친했던 동료들'의 말을 인용해 최근 몇 달 동안 내가 얼마나 '난리'를 쳤는지 밝힌다. 스트레스 때문에 '폭력적인 행동'도 보였다고 말이다. 매튜의 말은 인용되지 않는다. 자기를 희생자로 내세우기는 자존심이 허락하지 않았을 것이다. '신문을 위해서' 줄리엣에게 당한 이야기를 하라고 압박받고 있을 매튜를 생각하면 웃음이 절로 나온다.

가장 상처가 된 일은 홍슈가 텔레비전 아침 방송에 나온 것이다. 옥빛 원피스에 힐을 신고 나와 상실에 대해 말하면서 눈물을 찍었다. 나는 그 모습을 보고 얼어붙었다. 구부정한 자세, 방송국 메이크업으로도 가려지지 않은 붉은 눈가.

"누군가는 그 모든 과정을 무사히 통과할 수 있다는 생각에 너무 힘이 들어요. 초음파 검사, 태동. 그 모든 행복해야 하는 과정을……. 아기를 원하지도 않는 사람이 무슨 생각을 하며 겪을지 모르겠어요. 난……." 홍슈가 말을 잇지 못하고 고개를 젓는다.

나는 소파에 앉아 그 후로도 오랫동안 텔레비전을 멍하니 본다. 갈라지는 홍슈의 목소리. 이마에 팬 깊은 주름. 아직도 계속되는 고통이 보인다. 홍슈는 아빠의 인터뷰를 읽고 충격받았을 것이다. 설명하고 싶다. 홍슈에게 전화해 목소리를 듣고 싶다.

한때 멋진 우정을 약속한 공통의 경험은 이제 끝났다. 가까워지고 싶었지만 결국 서먹해져버린 사람들이 또 생겼다. 비난할 데는 참 많다. 〈포스트〉라는 직장, 시술 자체의 스트레스, 배신한 아버지. 이 모든 것이 내가 진창에 빠지는 데 기여했다. 하지만 더 생각해보면, 내게 잘못된 부분이 있지 않았나 싶다. 스트레스가 심할 때 내가 선택을 내리는 방식에 문제가 있는 것 같다. 이 부분을 풀어보는 일이 다시 시작하는 열쇠가 될 것이다.

애비가 몇 번 격려 문자를 보냈다. 자기가 프리랜서로 일하는 홍보회사들 가운데 하나가 직원을 구하려고 한다는 반가운 소식도 전해준다. 우리는 피터스필드의 좀 비싼 술집에서 만나기로 한다. 아빠는 절대 가지 않을 곳이다.

한 시간 일찍 집을 나선다. 피에스타의 타이어가 모두 구멍 난뒤 보안회사에서 높은 울타리와 잠글 수 있는 대문을 설치했다. 그 덕에 이제 기자들이 현관까지 오지는 못한다. 그 대신 거리에서 진을 친다. 어떤 기자는 캠핑 의자까지 가져다 앉아 있다. 적대적인 이웃의 시선을 아랑곳하지 않고 담배를 피우고 커피를 마시고 전화기를 들여다본다.

내가 나가자 다들 벌떡 일어선다. 카메라가 찰칵거린다. "로지 랑은 아예 끝났어요?" "아기를 원하지 않는다는 게 정말이에요?" 나는 뛰기 시작한다. 기자 하나가 따라오다가 헐떡이며 멀어진다. 차들이 시동을 걸고 쫓아온다. 다행히 저들보다는 내가 이 동네를 잘 알기에, 숲 쪽으로 간다. 구불구불한 오솔길에 들어선다.

아무도 따라오지 않는 걸 확인하고 다시 도로로 나와 계단을 한참 올라가야 하는 옛길로 들어선다. 거기서 재킷 주머니에 구겨 넣었던 야구 모자를 쓰고 술집으로 향한다.

애비는 좋아 보인다. 오늘은 홍보대행사에서 일하느라 꽃무늬 블라우스에 바지 정장을 입었다. 불타는 빨강 머리는 세련된 단 발로 잘랐다. 레몬 맥주 칵테일과 치즈 얹은 감자튀김 한 접시를 주문한다. 뛰느라 목이 마른 나는 주스를 주문한다.

술집 내부는 커다란 나무 탁자와 일부러 제각각인 의자들을 어 울리게 놓은 시골풍이다. 재활용 마분지로 만든 메뉴에는 제철, 지역 농산물로 만든 음식이라고 자랑스럽게 쓰여 있다. 정장 입은 무리가 몇 있고, 분명히 데이트 중인 젊은 남녀 한 쌍이 대화 소재 를 생각해내느라 애쓰는 게 보인다.

"줄스가 그만둔 다음에 〈포스트〉에서 나한테 전화한 거 있지. 다시 일할 생각 있냐더라. 무슨 특전이라도 베푸는 것처럼 말하던 데." 애비가 웃는다. "네가 드디어 그만둬서 얼마나 기뻤는지. 정말 그런 데서 일하면 안 되는 거였어."

내가 미소 짓는다. "뭐, 알고보니 청소 일이 더 벌이가 좋더라."

"더는 그럴 필요 없어. 내가 말한 회사, 1주일에 이틀 나가는데 더 일해달라고 난리야. 프리랜서가 더 필요할 거야. 하루에 200파운드. 그 하루도 9시에서 5시까지야. 진짜 업무 시간인 거지. 일도 정말 쉬워. 하루에 보도자료 하나 쓰는 걸 진심으로 생산성이 좋다고 생각한다니까. 내가 뚝딱 해내는 걸 보고 어찌나 놀라던지. 솔직히, 난 이제 거기에서 다른 곳 일도 시작했어. 잘난 척하려는 건 아니지만." 감자튀김이 도착하자 애비가 열심히 먹기 시작한다.

"내 생각 해줘서 고마워. 괜찮은 일 같다. 나도 할게. 아직은 옷살 형편이 못 돼서 한동안은 〈포스트〉에서 입던 허름한 행색으로 다녀야 할 것 같지만."

"신경 안 써도 돼. 그 사람들은 꾀죄죄하면 창의성이 넘쳐 보인다고 생각하니까. 일 자체도 나쁘지 않을 거야. 냉장 트럭에 대해 지루한 글을 써야 할 때도 있지만, 재미있는 일도 좀 있어. 오늘은 동물보호단체 일을 해서 타마린 원숭이에 대해 썼거든."

"기자 일은 어때?"

"생각보다 괜찮아. 어떤 학생 웹사이트랑 실내장식 잡지에서 정기적으로 일감을 주고 있어. 타블로이드지 몇 군데에 포츠머스 건 단신을 계속 납품하고. 1주일에 하루 정도는 오후 내내 영업 일을 하지. 새로운 기획도 하고 제안서를 보내기도 해. 나머지 일과 시간은 정식으로 돈 받는 일을 하는 셈이야. 나쁘지 않지? 아마 매튜보다 많이 벌걸."

애비는 감자튀김을 다 먹고 손을 쪽쪽 빨더니 음료수를 한 잔

씩 더 시킨다. 나한테도 보드카 넣은 주스를 갖다주며 묻는다.

"줄스는 어떻게 지내?"

"인생을 재건하려고 노력 중이지. 그래서 홍보대행사 소개가 고마워. 이력서 보낸 곳들에서는 연락이 전혀 없네."

"줄스는 글을 정말 잘 쓰잖아. 난 늘 네가 왜 〈포스트〉에 그렇게 오래 있는지 의아했어."

"장벽이 너무 높다면서 안이하게 머물렀던 거지. 정말 한심해. 프리랜서로 일해도 그럭저럭 살 수 있었을 텐데. 힘들어도 노력만 하면……."

"줄스가…… 30대 중반이지? 다시 도전할 시간은 충분해."

내가 칵테일을 한 모금 마신다. "최선을 다해봐야지."

"그리고 임신은? 별일 없어? 산달이 얼마 안 남은 것 같은데."

나는 눈을 내리깐다. 애비 기분을 상하게 하고 싶지는 않다. 애비에게 말하는 게 어디로 새어나가지는 않을 거라고 믿고 싶지만, 확신할 수는 없다. 아빠도 돈 때문에 날 팔았는데.

고개를 들자 애비의 상처받은 표정이 보인다. 내 침묵을 알아들은 것이다. 내가 믿지 않는다는 걸 알게 됐다. 애비는 미소 지으며 날씨 얘기로 화제를 돌린다. 드디어 오랜 겨울이 끝나고 봄이 오는 것 같다고.

애비에게 이런 대접을 해서는 안 된다. 이런 불편한 상황을 과감히 극복하고 내 삶에 포함시키고 싶은 사람들에게 마음을 터놓아야 한다. 그들이 주는 것을 열린 마음으로 받아들여야 한다.

내가 작은 소리로 얘기한다. "내가 아기에 대해 그다지 열렬하지는 못했어. 바람직한 모습은 아니니까, 감추려고 무척 노력했지. 하지만 로지가 알아채고 떠나더라." 이렇게 소리 내어 말하려니 가슴이 아프다. 실제로 뭔가에 찔리는 듯하다.

애비가 손을 뻗어 내 팔에 올린다. "다 괜찮아질 거야."

그걸 애비가 어떻게 아나? 뻔한 말밖에 들을 수 없는 상황에 절망감이 든다. 내가 할 수 있는 일이 아무것도 없는 것 같다.

"줄스? 여기서 나갈까? 산책할래? 아니면 보드카 한 잔 더 마시든지. 뭐든지 말해, 돕고 싶어."

인내심을 가지고 버텨야 한다. 바뀌려고 하는 의지가 기분에 따라 요동치면 안 된다. 아무리 힘들어도 계속해나가야 한다. "그냥…… 내가 다 망쳤어. 실은 나도 알아. 사랑하는 사람을 어떻게 대해야 하는지. 그런데 왜 못 하는지 모르겠어. 내가 로지한테 너무 부족해."

"하지만 그건 로지가 판단할 일이지. 어쩌면 줄스가 그냥 로지한테 말하면……."

"우리 아이한테 내가 어떤 엄마가 되겠어? 난…… 엄마가 없었는데. 방법을 모르는 거지. 내가 아주 어릴 때 엄마가 죽었으니까. 그리고 아빠는…… 혼자라도 최선을 다했다고 생각했는데, 결국 날 팔아먹었잖아."

갑자기 말들이 그냥 터져나왔다. 내가 방금 한 말만으로도 애비가 할 수 있는 일은 많다. 그리고 애비는 자기 경력상 중요한 전환점이 될 시기에 있다. 하지만 나는 걱정하지 않기로 한다.

애비가 격려의 미소를 짓는다. "넌 이겨낼 거야, 줄스. 넌 진짜 강하잖아. 난 늘 그렇게 생각했는걸. 카일이 자기 인터뷰이를 놀릴 때 네가 한마디 하던 거, 난 절대 못 잊어. 그런 때도 정말 침착하더라. 그리고 넌 누구든, 모든 사람을 자연스럽게 존중해주잖아. 매튜랑 완전 반대지. 네가 해독제였는데. 그 신문은 네가 없으면 망할 거야."

내가 웃는다. "카일한테 한바탕 퍼부은 거 잊고 있었네."

"그리고 있잖아, 모성애라는 게 난 늘 지나치게 만들어진 경험 가운데 하나라고 생각했어. 잡지에서는 계속 어떻게 느껴야 하는지 떠들어대고 특별한 유대감이니 뭐니 헛소리를 읊어대잖아. 그런 건 도움이 안 돼. 어쩌면 섹스랑 비슷하지 않아? 그러니까, 실제로 해보기도 전에 온갖 소리를 접하잖아. 얼마나 좋아야 하는지, 영화에서는 다들 있는 대로 소리를 지르면서 방방 뛰고 말이야. 현실이 그런 것하고 어떻게 경쟁하겠어?"

웃음이 나온다. "그런 지혜로운 생각은 어떻게 하게 됐어?"

"네 아이는 네가 엄마가 돼서 정말 행운이야. 로지도 잘 알걸."

이렇게까지 격려해주다니, 몸 둘 바를 모르겠다. 하지만 용기가 솟는다. 다음에 로지를 만나면 냉랭하고 사무적이기만 한 의논은 거부할 거다. 다 고백할 거다. 아기에 대한 내 무감각에 로지가 겁을 먹어도 거짓말을 하지는 않을 거다. 내 삶에서 아기가 사라지고 나니 그 존재가 그리워졌다.

31

집까지 태워다준다는 애비의 제안을 받아들인다. 애비는 우리 집 앞에 진을 친 기자들을 보고 눈이 휘둥그레진다. "맙소사. 이러고 어떻게 살아?"

"여기 내려주는 게 좋겠어. 안 그러면 네 차도 에워쌀 거야. 저기서 돌아 나가면 돼."

우리는 서둘러 헤어지며 문자하자고 약속한다. 차에서 나와 집으로 가자, 기자들이 다가오며 소리친다. "누구였어, 줄리엣? 벌써 새 여자 친구를 사귀는 거야?"

대문을 여는데 얼굴에 어떤 액체가 확 뿌려진다. 나한테 들러붙던 기자들이 욕을 하며 물러선다. 나는 본능적으로 손을 들어 눈을 가리며 비명을 지른다. 시간이 좀 지나서야 인화성 물질이 아니라는 걸 깨닫는다. 소변 냄새다. 누가 나한테 오줌을 뿌린 것이다. 입술에는 묻었다. 손을 내리고 몸을 털어내는데 플래시가 일제히 터져 앞이 안 보인다.

"역겨운 년." 내 왼쪽에 서 있는 키 작은 사람이 으르렁거린다. 쉰 살쯤 되었을까, 부스스한 머리에 턱이 뾰족한 남자가 병을 하나 들고 있다. 자기 오줌을 받아놓고 저녁 내내 기다린 것이다. 나는 전화기로 재빨리 폭행범의 사진을 찍고 대문을 잠근다.

현관으로 들어가 문을 닫고 젖은 머리와 얼굴을 소매로 마구 닦는다. 옷은 바로 세탁기에 넣고 샤워를 해야겠다. 그러고나서 경찰에 항의할 거다. 스콧의 집에 불이 난 뒤로 모든 사건마다 꼼꼼하게 신고했다. 수첩 하나를 범죄 관련 부서 번호와 담당 수사관의 이름으로 채워놓았다.

하지만 지금은 복도에서 발이 떨어지질 않는다. 갑자기 불이 켜진다. "줄스?" 아빠가 나타난다.

"으악, 여기서 뭐 하는 거야?" 직접조명 때문이겠지만 얼굴의 굴곡이 대비를 이루며 눈구멍이 시커멓게 보인다.

"줄스……." 아빠가 손을 뻗어 어깨를 잡는데 내가 뿌리친다. "아직 열쇠를 가지고 있었어. 놀라게 해서 미안하다. 하지만 저 바깥 난리통에서 기다리는 것보다는 여기서 널 만나는 편이 나을 것 같아서. 그런데 너 왜 젖었니? 무슨 일이냐?"

"아빠가 내 얘기를 팔았잖아. 사적인 일을 망할 기자한테 다 까발렸어."

잠시 침묵이 흐른다. 나는 부들부들 떨며 팔로 몸을 감싼다. 약해져선 안 되는데.

아빠가 양탄자를 내려다본다. 옷에서 오줌 방울이 떨어진다. "내가 생각한 대로 될 줄 알았어. 사실을 바로잡을 수 있을 거라고, 네가 어떤 여자인지 세상이 알아줄 거라고 생각했는데. 그래, 한두 푼 받긴 했다. 순간적인 결정이었어. 이렇게 될 줄은……."

"내가 그렇게 수없이 경고했는데."

"지금 상황이 안 좋은 거 같긴 하네. 일단 앉자. 차 한잔 하면서 얘기 좀 하자." 아빠가 애원하는 표정을 짓는다.

이 모든 것에도 아빠의 청을 들어주고 싶어진다. 하지만 로지가 여기에 없다. 바로 아빠 때문에. "아니. 아빠는 여기 올 수 없어. 모든 걸 망쳐놨잖아. 우리 얘기를 언론에 하면 안 된다고 내가 말했고, 그걸 존중해줬어야지. 우리 정보를 〈데일리 스케치〉에 넘긴 것도 아빠지?"

"뭐? 아니, 그건 내가 아니야. 줄스, 넌 내 딸이야. 난 〈트리뷴〉에만 얘기했다, 줄스. 네가 얼마나 열심히 일하는지 말하고 네가 늘 나를 돌봐줬다고 말했어. 그들이 너에 대한 그 모든 얘기는 다 빼고 아기를 원하지 않는다는 기사로 만들었어. 하지만 그런 게 아니었어. 그 여자는 친절했고 좋은 얘기도 많이 했는데. 시술뿐 아니라 정말 너한테 진심 어린 관심이 있어 보였어."

내가 한숨을 쉰다. "아빠는 그렇게 순진한 사람이 아니야. 돈 때문이었다고 그냥 인정해." 목소리가 떨린다. 이런 대화를 계속할 수는 없다. 당장 샤워하고 오줌을 내 머리에서 씻어내고 싶다.

아빠는 꼼짝도 않는다. 그리고 이번에는 아주 조용히 말한다. "돈이 무슨 더러운 물건이라도 되는 것처럼 말하는구나. 하지만 우리가 사는 세상에서는 돈이 전부라는 걸 너도 알고 나도 알지. 너도 모를 수가 없잖니, 모든 꿈이 짓밟히고 나보다 못한 사람들이 다 가져가버리는 걸 보는 기분이 어떤지…… 상황이 다르게 돌아갔다면 나도 그런 사람이 될 수 있었는데……."

"그런 소리 마. 노력할 준비가 됐다면 기회는 있었어." 다시 화가 난다. 이렇게 된 편이 낫다. 쉬워질 테니까.

아빠가 한숨을 쉰다. "그놈의 집에서 자란 게 나를 망쳤어. 내가 아무것도 아닌 것처럼 느껴지게 만들었으니까."

나는 눈을 감고 고개를 젓는다. 연민이 느껴지기 시작하지만 거부한다. 아빠의 슬픔, 망가진 꿈은 의심할 바 없이 사실이다. 하지만 그것들이 아무데나 변명처럼 쓰일 순 없다.

"옳은 일을 한다고 생각하고 인터뷰했어……. 실수였다. 하지만 순수한 마음이었어."

나는 벽에 걸린 고리에 열쇠를 건다. 윗도리를 벗고 오줌에 젖지 않은 부분으로 머리를 다시 문지른다. 아빠를 못 보겠다. 보면 누그러져버릴 것이다. 이건 너무 빠르다. 아빠가 한 짓은 너무 심각하다. "아빠 가족에 대해 한 말은 사실이었어? 나한테 삼촌들이 있어? 정말 리파크에서 자란 거 맞아? 전에 말한 것처럼?"

아빠가 다시 내 어깨를 잡는다. "그래, 물론이지. 내가 말하지 못한 게…… 하지만 꾸며서 말한 적은 없어. 내 인생에 내 딸의 가족사에는 절대 들어가선 안 되는 부분이 있어서 없애버리려고 한 거야."

"아빠 형제들…… 삼촌들은 어떻게 됐는지 알아?"

아빠가 코웃음 친다. 그 틈에 슬쩍 보니 코트 주머니에 말보로 한 갑이 튀어나와 있다. 보통은 저렇게 비싼 담배는 절대 안 피운다. 우리를 판 값이다. 내가 현관에서 물러서며 거실 쪽을 막고 선다. 나가달라는 뜻을 전한 것이다.

아빠가 담배 한 개비를 꺼낸다. 집으로 갈 준비를 한다. "네가 데이비드에 대한 기사를 썼지. 폭행죄로 재판을 받는. 4년 전이었어. 난 그린드래곤에서 신문을 훑어보면서 늘 그렇듯 네 기사를 찾고 있었지. 늘 그렇듯. 그런데 법정 밖에서 찍힌 데이비드 사진이 나오더구나. 더 크고 뚱뚱해졌지만 비웃는 듯한 눈만은 예전과 똑같았어. 그리고 기사 위에 줄리엣 커티스 기자라고 쓰여 있었지. 자신에 대한 기사를 조카가 쓴 걸 데이비드가 알아챘을지 아직도 궁금해."

나는 기억이 안 나는 기사다. 폭행 관련 기사는 너무 많았으니까. 현관문을 조금 연다. "나 할 일 있어, 아빠. 샤워해야 돼."

"줄스, 제발."

"술은 그만 마셔. 대마초는 상관하지 않겠지만, 술 때문에 자제력을 잃는 것 같으면 제발 마시지 마."

"그럼 고통은 어떻게 더니?"

"히피 같은 헛소리 좀 그만해. 술 그만 마시고. 어쩌면, 시간이 흐르고나면, 다시 아빠랑 얘기할 수 있을지도 몰라. 하지만 지금은 아니야. 지금은 못 해. 미안해."

아빠가 나를 쳐다본다. 마주 보니 아빠가 작게, 그러나 확실하게 고개를 끄덕인다. 별것 아닌 몸짓이고 약속 같은 것도 아니지만, 문을 닫고나니 왠지 좀 치유된 것 같다.

32

우리는 베카와 주말에 약속을 잡는다. 로지에게 전화해서 데리러 가겠다고 하니, 시내에서 앤서니와 쇼핑할 거니까 연구소에서 만나자고 한다.

도착해서 보니 둘은 연구소 로비에 앉아 대화에 깊이 빠져 있다. 앤서니가 손짓을 하며 열변을 토하고 로지는 끄덕이며 듣는다. 입구에서 손짓을 하자 로지가 고개를 들어 나를 본다. 건강해 보였다. 겨우 며칠 전보다도 배가 더 나와 임부복이 터질 것 같다.

가슴이 시큰하다. 엄마들이 느껴야 한다는 맹목적인 애정은 아닌 것 같지만 뭐라 표현할 수 없는 감정이다. 로지가 뒤뚱거리며 다가와 뺨에 키스한다.

청소 일 덕분에 허리가 아프다. 항상 고무장갑을 끼고 일하는데도 손이 마르고 갈라진다. 낡은 작업 바지와 회색 후드티를 대충 걸치고 왔는데, 옷에 신경 좀 쓸 걸 그랬다는 후회가 든다. 하지만 로지는 나를 안다. 내가 옷에 신경 쓰면 바로 알아볼 것이다. 이제까지는 로지 때문에 애쓸 필요가 없었다. 계산할 필요도, 옷 때문에 고심할 필요도, 좋은 인상을 주려고 말을 꾸밀 필요도 없었다. 우리는 데이트 단계를 건너뛰었다. 처음 만나 키스한 지 2주 만에 로지의 집으로 들어갔으니까. 하지만 이제는 어찌할 바를 모르겠다.

"이게 무슨 냄새야?" 로지가 묻는다.

"아, 레몬…… 다기능 세제야. 사방에 들러붙어서 없어지질 않더라."

로지가 찡그리며 웃는다. "청소부 줄스라니, 상상이 잘 안 돼."

"어떻게 지냈어?"

"잘 지냈지." 로지가 앤서니를 돌아본다. "멋진 아침 외출이었지, 앤서니?"

앤서니가 씩 웃는다. 저쪽에서 베카가 계단을 내려온다. 검은 정장을 입은 드웨인도 함께다. 나는 신경이 곤두선다. 앤서니가 설마 우리와 함께 상담실로 들어가려는 건 아니겠지? 그가 일어선다. 마치 그럴 수도 있다는 듯이.

베카가 우리에게 손을 흔든다. 아빠 인터뷰 이후 처음 본다. 분명 읽었을 것이다. 수치심에 가슴이 죄어온다. 시선을 피하고 싶다는 충동을 억누른다.

"숙녀분들, 가실까요?" 베카가 계단을 향해 손짓한다.

"여기서 기다려줄 수 있지, 앤서니?" 로지가 말한다.

앤서니가 고개를 끄덕이며 나를 흘긋 본다. 내가 너무 날카롭게 쳐다봤나 보다. 이렇게 속 좁게 굴면 안 되는데. 하지만 오늘 로지를 여기 데려온 건 그다. 내가 아니라. 이런 상처를 받고도 대범한 사람이 되기는 힘들다.

위층으로 올라가서 평소에 가던 상담실 대신 회의실로 안내된다. 임시 숙소에 들어가기로 한 날이 한 달 정도밖에 안 남은 상황이라, 그 얘기를 하려는 게 아닐까 싶다. 탁자에는 모르는 남자 둘과 스콧이 있다. 한쪽 다리에 깁스를 하고 있다.

로지가 달려간다. "아, 다시 봐서 너무 기뻐요. 좀 어때요? 이렇게 일찍 복귀해도 괜찮아요?"

스콧이 씁쓸하게 웃는다. 눈빛도 불안해 보인다. "괜찮아요."

"자, 앉지요." 베카가 말하며 윗자리로 간다.

낯선 두 남자는 이상할 정도로 무표정하다. 둘 중 하나는 랩톱을 열어두고 있다. 다른 남자는 노란 메모장과 비싸 보이는 만년필을 앞에 뒀다. 보안회사에서 나온 사람들인 것 같다.

"소개할게요, 이쪽은 크리스 하펜던, 의대 학장이에요. 그 옆은 앨런 포터, 우리 법률 대표입니다."

법률 대표? 잠시 침묵이 흐른다. 베카는 침착하지만, 물잔을 집는 손이 살짝 떨린다. 그제야 베카가 평소 입던 청바지가 아니라 텔레비전에 나올 때 입는 바지 정장 차림인 걸 깨닫는다.

베카가 내 눈을 마주 본다. "그래요…… 다른 방법이 없으니 곧바로 말하는 편이 낫겠네요. 일단 듣고, 필요한 만큼 얼마든지 질문해줘요."

잠시 침묵이 흐르고 베카가 침을 꿀꺽 삼킨다. "음…… 오늘 오라고 한 건 시술에 문제가 있기 때문이에요. 우리는 현재 환자의 난자들이 뒤바뀐 사안을 조사하고 있습니다."

"이런 일이 일어나 정말 미안합니다." 스콧이 말하자 법률 대표가 그를 쏘아본다.

"난자가 바뀌었다고요?" 로지가 묻는다.

냉기가 등골을 따라 온몸에 퍼지는 듯하다. 방 안의 긴장감에 숨이 막힌다. 벌떡 일어나 잠깐 기다리라고 소리치고 싶다. 밖으로 나가 방금 들은 말을 좀 이해하고 싶다. 바뀌었다고?

베카가 심호흡을 한다. "아니타와 홍슈의 비극적 상실에 대해서 직접 들었겠지요."

로지를 흘긋 보니 얼굴이 해쓱하다. 안아주고 싶지만 꼼짝도 못 하겠다. 조금이라도 움직였다간 온몸에 금이 쫙 갈 것 같다. 나 자신이 파열돼 산산이 흩어지는 광경이 떠오른다.

"후속 조사에서 아니타의 아기가 사실은 아니타의 생물학적 아이가 아니라는 게 밝혀졌습니다." 베카가 법률 대표를 얼른 보자 그가 희미하게 끄덕인다. 이제 베카의 얼굴은 벌겋다. 늘 주의 깊게 조율되어 있는 듯하던 평정은 사라졌다. 다시 한 번 침을 삼키고 말을 잇는다. "아니타가 임신했던 아이는 홍슈와 로지의 유전적 아이였습니다."

나는 헉 숨을 들이켜며 나도 모르게 로지를 팔로 감싼다.

로지는 꼼짝 않는다. 얼굴은 경악으로 일그러지지만 목소리는 작다. "하지만…… 이 아기는, 내 아기는…… 얘는 내 아기예요? 나와 줄스의 아기죠?" 떨리는 눈으로 베카를 본다.

"우리가 유전자검사를 해드릴 수 있습니다." 학장이 말한다.

"그럼 지금은 알 수 없다는 말인가요?" 내가 베카에게 묻는다.

베카가 입술을 깨문다. "나도 확실한 대답을 할 수 있으면 좋겠어요. 산전 DNA검사는 두 사람의 결정에 달렸습니다. 탐침을 넣는 시술이기 때문에 위험할 수 있어요. 아이가 태어날 때까지 기다릴 수도 있고요. 현재 우리가 아는 건 우리가 채취한 난자 세포들에 대해 고의적인 바꿔치기가 일어났다는 겁니다. 피해가 어느 정도인지는 아직 확실하지 않아요."

"누가 그런 짓을 했죠?"

다시 침묵이 흐른다. 나는 로지를 본다. 이상할 정도로 멍한 시선을 하고 있다. 등을 문질러도 반응하지 않는다.

스콧이 말한다. "끔찍한 일이에요. 대체 그 머릿속에 무슨 생각이 들어 있었는지, 난 절대 이해 못 할 것 같아요."

"여기서 일하는 사람이었어요? 누구죠?"

"형사고소 가능성을 알아보고 있기 때문에 알려줄 수 없습니다." 학장이 말한다.

나는 베카에게 묻는다. "누구예요? 연구원인가요?"

베카가 탁자를 내려다본다.

"클레어 아녜요? 그렇죠? 뭔가 이상했어요. 알 수 있었다고요. 대체 왜 그랬답니까? 이유를 말하던가요?"

베카가 고개를 젓는다. 얼굴에 슬픔이 어린다.

"말했듯이, 현재 경찰이 조사 중이라 더는 얘기할 수 없어요."

나는 일어선다. 그럴 수밖에 없다. 분노가 온몸을 휘감는다. "그런데 이제야 우리를 불러서 아기가 누구 아기인지 모른다고 말하는 겁니까?"

"줄스……." 스콧이 따라 일어서려다가 꼴사납게 다시 주저앉는다. "아, 정말 뭐라고 사과해야 할지. 혹시 위로가 될지 몰라도, 그날 난자를 채취한 사람들은 당신들 넷뿐이에요. 당신과 로지, 아니타, 홍슈. 그리고 우리는 바로 활성화 작업을 시작했어요. 두 연구원이 이름표를 확인하고 저장고를 잠그죠. 그러니 이름표 하나를 바꾸기도 쉽지 않았을 거예요. 그러니 그 표본 하나만 바뀌었을 수도 있어요."

"그걸로 안심하라고요?" 목소리가 갈라진다. 나는 울기 시작한다. 갑자기 로지와 홍슈의 아기 모습이 떠오른다. 다섯 살 정도의 작은 소녀가 보인다. 검은 머리칼. 로지처럼 숱이 많다. 살짝 째진 눈과 로지의 보조개가 담긴 뺨. 로지의 딸이 죽었다. 나는 비탄에 무너지며 통곡한다.

베카의 팔이 내 어깨를 감싼다. 늘 뿌리는 가벼운 꽃향기가 느껴진다. "우리가 할 수 있는 조치는 모두 취할게요. 어떤 검사든, 상담이든. 둘이 상담받을 수 있도록 할게요. 필요한 건 뭐든지……."

다시 오싹해지며 로지가 병원에 간 날이 떠오른다. 베카가 뭔가 숨기는 것 같던 이상한 느낌이 기억난다. "안 지 얼마나 됐죠?"

베카가 다시 침을 삼킨다. "두 분을 걱정시키기 전에 확실히 알아내야 했어요."

나는 소매로 눈물을 닦으며 말한다. "더 알아내는 게 있으면, 꼭 말해줘야 해요. 즉시. 어떤 것도 숨기면 안 된다고요."

"물론이죠."

"그럼, 우리……." 로지의 목소리는 여전히 너무 조용하다. 눈물

자국도 없다. 그래서 더 두렵다. "난 그저 확실히 하고 싶어요. 내 아기, 내가 임신하고 있는 아기는 나와 줄스의 아기인가요?"

베카의 입이 벌어진다. 얼굴이 생각지도 못한 정도로 구겨지다가 망연자실한다. 정장 입은 남자 둘이 시선을 교환한다. 작은 합창 소리가 창문 쪽에서 들려온다. 교회 시위대가 다시 돌아왔다. 온 힘을 다해 찬송가를 부르고 있다.

결국 스콧이 대답한다. "알 수 없어요, 로지. 둘의 아기일 가능성이 크다고 생각하지만, 정말 미안합니다, 지금으로선 우리도 확신할 수 없네요."

우리는 멍한 상태로 회의실에서 나온다. 베카가 검사며 상담이며 얘기하면서 우리를 계단까지 배웅한다.

아래층으로 내려가면서 로지가 내 소매를 잡는다. "제발 아무에게도 얘기하지 말아줘."

나는 걸음을 멈춘다. 정말 로지답지 않은 말이다. 나는 로지가 엄마에게 다 쏟아놓고 싶어 할 거라고, 앤서니 품에 안겨서 울고 싶을 거라고 생각했다. "나랑 집에 같이 가자. 이건 너무 심각한 문제야. 어떻게 해야 할지 의논해야지."

로지가 난간을 잡고 고개를 젓는다. "이건 우리 아기야, 줄스. 그 사실엔 변함이 없어."

"로지……."

"서둘러. 앤서니가 뭔가 안 좋은 일이 있었던 걸 알아채지 못하게 해야 돼."

"하지만…… 그 차를 타고 아무 일도 없었던 것처럼 갈 순 없잖아. 나랑 같이 가자. 우리, 얘기를 해야지."

로지가 고개를 젓는다. "할 얘기는 아무것도 없어."

나는 로지가 앤서니를 향해 미소를 짜내는 모습을 본다. 앤서니는 로지를 데리고 가면서 나에게 손을 흔든다. 정말 로지답지 않은 행동이다. 로지는 모든 일에 늘 가장 자연스러운 쪽으로 반응했다. 감정이 가는 대로 행동했고, 누가 뭐라 생각하든 조금도 신경 쓰지 않았다. 나도 이렇게 분노하고 눈물을 흘렸는데, 로지는 말없는 부인뿐이다.

로비의 주황색 의자에 주저앉는다. 한동안 운전을 할 수 없을 것 같다. 걷지도 못할 것 같다.

우리 아기가 아니라고? 혹시 내 탓인가? 아기를 무를 수 있다면 그러겠다고 한 생각에 대한 응징인가? 로지가 눈물을 가득 담은 눈으로 아니타와 홍슈에게 아기 포대를 건네는 모습이 떠오른다. 아기를 가지려던 로지의 꿈이 끝나는 모습. 토할 것 같다. 아침에 먹은 뮤즐리가 그대로 바닥에 쏟아진다. 바지와 운동화에도 다 튀었다.

로비가 조용해진다. 하지만 나는 창피하지 않다. 그저 잠시 눈을 감고 싶다. 그렇게 한다. 위장이 계속 요동치는 동안 어지러운 생각이라도 가라앉히려고 애쓴다. 어느 친절한 이가 다가와 젖은 수건을 이마에 올려준다.

33

고요한 집 안이 너무 숨막혀서 침실 창문으로 한두 번 밖을 엿보다가 기자들의 고함만 이끌어낸다. 그들은 카메라를 찰칵거리고 질문을 외치면서 내 삶이 계속되고 있음을 깨닫게 한다.

"그냥 놔둬, 줄스." 오후에 전화를 걸었더니 로지가 속삭인다. 오늘 들은 얘기에 대한 의논도 거부하고 통화를 짧게 끝낸다.

나 혼자 충격적 정보와 함께 남겨진다. 저녁 청소 일정은 아프다며 취소하고 이 방에서 저 방으로 왔다 갔다 한다. 이렇게라도 움직여야 뿌연 안개 같은 머릿속 상태에서 조금이라도 벗어날 수 있을 것 같다.

불쌍한 죽은 아기 생각이 자꾸 난다. 홍슈와 로지의 아기. 보드라운 검은 머리, 아몬드 모양 눈, 완벽하고 통통한 팔다리. 전에는 친구들에 대한 연민을 느꼈지, 지금같이 슬픔을 느끼지는 않았다. 로지의 아름다운 아기, 숨 한번 못 쉬어보고, 아직 묻히지도 못한 아기. 아마 지금도 실험실 선반 위 용액에 담겨 있을 것이다.

그렇게 생각하니 새삼 뜨겁고 세찬 분노가 치솟는다. 일부러

늦게까지 남아 있던 클레어가 다른 사람들 앞에서는 감춘 증오를 내뿜으며 몰래 실험실로 들어가 이름표를 바꾸는 모습이 떠오른다. 그러고나서 아니타와 로지의 배 위로 초음파 기기를 움직일 때는 어떤 기분을 느꼈을까? 죄책감을 느끼기는 했을까? 아니면 속으로 흡족하게 웃었을까? 이름표가 몇 개나 바뀌었는지는 클레어만 알겠지. 로지의 아기가 누구의 아기인지도.

위층에 두었던 서류철을 꺼내 대학과 관련된 문서들을 샅샅이 훑는다. 깨알 같은 글씨 가운데 어디에도 지금 우리가 처한 상황을 규정하는 부분이 없다. 뒤바뀐 난자에 대한 언급 같은 것도 없고, 고의적 악행이나 과실이 발생했을 경우에 대한 내용도 없다.

그래도 인터넷을 찾아보니 나오는 게 있다. 뒤바뀐 체외수정 사례다. 업체의 부주의로 흑인 엄마들이 백인 아이를 낳기도 했다. 이런 비극적 사례의 경우 영국에서는 산모에게 친권이 있다. 로지가 임신한 아기가 우리 유전자를 갖지 않았어도, 법은 우리 편이 될 것 같다.

지쳐 바닥에 드러눕는다. 천장을 보며 지난 몇 달을 돌이켜본다. 아기에게 친밀감을 느낄 수 없어서 얼마나 괴로웠는지. 셋이 함께하는 새로운 가족의 미래가 도저히 그려지지 않아 얼마나 괴로웠는지. 유전자가 같다고 해서 유대감이 생기지는 않았다.

전에는 마치 생명의 울림 같은, 신성한 자연이 퍼뜨리는 공명 같은, 뼛속 깊이 느껴지는 유대감 같은 것을 기대했다. 몇 장 안 되는 엄마 사진에서 본 표정 같은 것이 내게도 나타나리라고 기대했다. 소속감, 확신 같은 것. 로지와 일레인이 가지고 있는 것을 나도 원했다. 자연스러운 신체 접촉, 미묘한 눈길, 말없는 교감.

그럼에도 이 모든 것의 핵심은 유전자가 아니었다. 여전히 나에게는 효과가 발휘되지 않는 어떤 숨은 요소였다. 나와 로지의 유전자를 결합시키는 마법은 우리가 견뎌야 했던 격변에 대처하는 데 충분치 않았다. 우리가 함께 나누던 생활, 예전 생활은 끝났다는 위기감에 대응하기에도 충분하지 않아서 더욱 괴로웠다.

하지만 슬슬 뭔가 느껴지기 시작했다. 뭔가 보호하고 싶은 낯설고도 강한 욕망. 너무 늦게 왔는지는 몰라도 분명 실재한다. 지금은 더 절박해졌다. 로지의 배 속에 있는 아이에겐 이 난장판에서 보호해줄 굳건한 보호자가 필요하다.

아기가 움직이면 갑자기 바뀌던 로지의 표정, 부드러운 미소, 처음 우리 딸이 딸꾹질한다는 걸 알아채고 터지던 웃음. 이런 유대감은 유전자에서 오는 걸까? 아니면 단순히 아이를 키우는 행동에서? 부모님 집 소파에 앉아 있을 로지를 떠올려본다. 로지도 이런 감정들을 느끼고 있을까?

전화가 울려서 보니 베카다. 무시해버릴까 하다가, 어쩌면 새로운 소식이 있을지도 모른다는 생각에 받아본다.

"좀 어때요? 괜찮아요?" 베카가 묻는다.

제대로 대꾸할 기분도 나지 않아 모호하게 웅얼거린다.

"줄스, 정말 미안해요. 오늘 정말 힘들었을 거예요. 거기다 새로운 스트레스를 더하고 싶지는 않은데…… 〈선데이리뷰〉에서 연락을 받았어요. 그 범죄자가 인터뷰를 했다네요. 우리 대학에서도 한마디 하라는 거예요."

"젠장."

"우리 보안업체에서 당신들을 한 달 일찍 임시 숙소로 데려가는 게 현명하겠다고 해요. 햄스테드에 당신들을 위한 집을 준비했으니 거기서 상황을 지켜볼 수 있을 거예요. 로열프리병원에서도 가깝고. 그쪽에서는 기꺼이 내가 로지를 진찰할 때 시설을 이용해도 좋다고 합니다."

"로지한테 얘기했어요?"

"보안회사에서 한 시간 안에 로지를 데리러 갈 겁니다. 줄스와는 따로 도착하게 될 거예요."

"한 시간요? 한 시간 안에 짐을 싸서 떠나야 한다고요?"

"지금 담당자가 줄스에게도 가고 있어요. 그가 절차에 대해 설명할 겁니다. 갈지 말지 선택은 당신이 해요. 하지만 난 줄스가 보안회사에서 제공하는 절차를 따르면 좋겠어요."

"우리 집은 어쩌고요. 내가 안전가옥에 갇혀 있느라 일을 못 하면 대출금은 누가 갚아요?"

잠시 말이 없던 베카가 한숨을 쉰다. "난 우리 시술이 당신들 삶을 이렇게 뒤흔들어놓을 거라고는 상상도 못 했어요. 정말 단 한 순간도……. 물론 언론에서 집요하게 관심을 가질 줄은 알았지만, 상황이 이렇게 전개될 줄은……." 베카의 목소리가 갈라진다.

내 화도 가라앉는다. 베카는 훌륭히 해왔다. 찬사를 받아 마땅한 획기적인 연구를 일궈냈다. 매도가 아니라 축복 속에 진행되어야 하는 작업이었다. 우리가 처한 상황은 베카의 잘못이 아니다.

그리고 사실, 비난해봐야 무슨 소용이 있나?

20분 뒤에 우리를 맡은 게리 윌리엄즈가 도착한다. 전에도 한 번 우리 집에 와서 보안 시설 설치를 감독했다. 키가 크고 머리 색이 옅은 그는 오늘 짙은 회색 정장을 입고 빨간 타이를 맸다.

거실에서 검은 서류철을 꺼낸다. "자, 대학에서 이 집에 관한 모든 비용을 출산 한 달 후까지 부담하기로 했습니다. 여기, 계약서예요. 당신은 여기에 서명하고 우리가 우편물을 열어 보는 데 동의한 다음 열쇠와 비밀번호를 주면 됩니다. 당신들이 돌아올 때까지 우리가 집을 돌보겠습니다."

멍하니 그를 노려본다. "내일 면접이 있는데요." 애비가 연결해준 홍보회사다. 내 삶에 전환점이 될 쉬운 돈벌이.

"자, 줄리엣. 어, 줄리엣이라고 불러도 될까요?"

"줄스라고 부르세요."

"네, 줄스. 그건 취소해야 할 겁니다. 아니면 연기하거나. 오늘 밤 당장 움직여야 돼요. 언론에서 더 날뛰기 전에. 만남이나 방문에 대해서는 내일 아침 이후 상황을 봐서 의논합시다."

"하지만…… 이해가 안 가네요. 우린 그동안 내내 언론의 괴롭힘을 견뎠는데, 왜 이제 와서 도망쳐 숨어야 하죠?"

게리의 표정은 침착하다. 짜증 내는 기색은 없다. 하지만 친절한 미소나 연민 어린 표정도 짓지 않는다. "언론은 몇 가지 위험 요소 가운데 하나일 뿐입니다. 경찰과 우리는 시술에 더 과격하게 반대할 가능성들을 살펴왔어요. 지금은 전면적인 대규모 보안이 필요해요. 제퍼슨 교수 가족도 내일 임시 거처로 들어갈 겁니다."

나는 입술을 깨물며 계약서를 내려다본다. 이미 로지의 단정한 서명이 들어 있다. 선택의 여지가 없다. 서명을 하고 게리의 지시에 따라 여행 가방에 옷과 로지의 책 등을 집어넣는다. 열쇠를 넘겨 주고 문을 나가 벤츠에 탄다.

밤 10시가 지나서야 런던의 어느 번잡한 거리, 문 닫은 펍의 뒤편에 차를 댄다. 바깥벽이 누추한 갈색 벽돌로 마감된 3층 건물이다.

"이게 우리 안전가옥이라고요?"

"한적한 전원주택보다는 이런 거리에 있어야 눈에 띄지 않는 법입니다. 여긴 뒷문도 잘 숨겨져 있어요."

게리가 열쇠로 문을 열고 복도로 들어가 비밀번호를 입력한다. 그러고나서 좁고 퀴퀴한 계단으로 올라간다. "당신과 로지는 3층을 쓸 겁니다. 거기 별도로 현관문과 24시간 감시 카메라가 있어요. 우리 팀은 그 아래층을 써요. 감시 카메라는 사방에 있습니다. 앞문, 뒷문, 계단. 누가 버저를 누르면 우리가 대답할 거예요."

좁은 층계참이 나온다. 벽은 목련색이고 바닥에는 끔찍한 연어색 양탄자가 깔렸다. 게리가 문을 두드리는 동시에 열쇠로 연다. 커다란 거실이 나온다. 낡은 갈색 소파 세트가 TV 주변에 있다. 벽에 있는 깨끗한 네모 자국이 한때 액자가 걸렸던 자리를 알려준다. 빈 책장이 하나 있고 식탁에는 의자가 여섯 개 놓여 있다. 실내 전체에서 인공 라벤더 향이 강하게 나지만 묵은 담배 냄새를 가리진 못한다.

로지가 소파에 앉아 있다. 나를 흘긋 보더니 표정 없이 시선을 피한다. 역시 짙은 색 정장을 입고 머리를 가닥가닥 땋은 여자가 일어나 나와 악수한다. "자밀라예요. 하루 종일 힘들었을 텐데, 두 분이 쉬게 우린 나가겠습니다. 저쪽 탁자에 전화가 있어요. 외부와 통화할 순 없으니까 필요한 게 있으면 0번을 누르세요. 아래층 팀이 받을 겁니다. 냉장고에 몇 가지 기본적인 건 넣어뒀어요. 지금은 그것뿐이지만 내일부터 제대로 준비할게요."

게리와 자밀라가 나가고 문이 닫히자, 잔뜩 곤두섰던 근육이 풀리며 한숨을 내뱉는다. 나는 달려가 로지를 꼭 안는다. 로지는 말이 없지만 몸을 빼지는 않는다. 눈을 감고 한참 동안 로지의 품을 느낀다. 너무나 필요했던 안도감을 찾는다.

"아기는 어때?"

"계속 움직이고 있어. 그걸 묻는 거라면." 로지가 몸을 빼며 멍하니 나를 본다.

나는 상처받은 표정을 짓지 않는다. 로지가 무표정 뒤에 어떤 감정을 숨기고 있든 풀어내야 한다. 나한테 모든 분노를 쏟아내고 슬픔을 분출해도 된다. 그래서 도움이 된다면 말이다.

"넌 어땠어?"

로지가 어깨를 으쓱한다. 창백한 안색, 멍한 눈빛. 아직도 충격 상태다.

"로지, 이 아기는 네 아이야. 우리 아이야. 누가 뭐라든 우리 애야. 어떤 검사 결과가 나오든, 무슨 일이 있든 우린 아이를 포기하지 않을 거야. 네 안에서 자란 아이잖아."

"나도 알아."

"다행이다." 로지의 팔을 꼭 쥔다. "그럼 바뀌는 건 없어."

로지가 뭔가 말할 듯하다가 마음을 바꿨는지 다시 시선을 떨군다. "어느 쪽 침실을 쓸래? 똑같은 방이지만 넌 안쪽 방이 더 좋을 수도 있을 거야, 더 조용하니까."

오늘 같은 밤을 혼자 보내려고 하다니! 내가 그렇게 싫은가? 우리 사이가 이 정도가 됐나? "로지……."

"나 피곤해, 줄스. 나중에."

로지의 말을 따른다. 설득하려고 해봤자 짜증만 돋울 것 같다. 어쩌면 지금은 거리를 두는 편이 나을 수도 있다. 나는 안쪽 방을 선택하고 거의 한숨도 못 잔다.

아빠의 인터뷰 때문에 나한테 실망했다고는 해도, 이렇게 나를 거부한 적은 처음이다. 충격을 받아서 그렇다고 해도, 새로운 두려움이 생긴다. 혹시 그 이상이면 어쩌지? 정말 우리 관계가 끝났으면 어쩌지? 그럴 수는 없다. 10년도 넘는 세월 동안 키스를 주고받고, 해외여행을 가고, 소파에 나란히 앉아 음식을 먹었다. 로지와 함께라면 내가 어떻게 자랐는지는 중요하지 않았다. 내가 자라난 냄새 나는 집이 더는 나를 규정할 수 없었다. 내 생애 처음으로 받아들여진 기분을 느꼈다. 더는 분투하지 않아도 될 것 같았다. 난 매 순간을 그냥 즐길 수 있었다.

이렇게 깊은 관계라면 당연히 지속되어야 하지 않을까? 하지만 내 가슴을 찌르다가 온몸으로 퍼져나가는 듯한 진실 같은 게 느껴진다. 속삭인다. 이제 끝났다고, 너도 알지 않느냐고.

34

푸른 수술복을 입지 않은 연구원은 아주 달라 보인다. 클레어는 검은 민소매 원피스를 입고 다리를 얌전하게 꼰 채 손을 무릎에 포개고 소파에 앉아 있다. 방송 분장사가 입체적으로 화장한 얼굴에, 최근 염색한 듯한 머리는 곧게 폈다. 공들여 연출된 프로다운 모습에서 유일하게 거슬리는 부분은 금색 스틸레토 샌들을 신은 발이다.

"자, 클레어." 남자 진행자가 아낌없이 미소를 날린다. "포츠머스 대학 연구소에서 작년 9월 4일에 무슨 일이 있었는지 말해주시죠."

클레어가 카메라를 보며 머리카락을 귀 뒤로 넘기고 심호흡을 한다. "저는 사람들을 돕고 싶어서 의료 일을 선택했어요. 포츠머스에서 임신에 어려움을 겪는 커플들의 문제를 해결해준다고 생각하고 들어갔지요. 사람들에게 기쁨을 주는 일을 하고 싶었어요. 하지만 이것, 두 어머니 아기는 자연스럽지 않았어요. 잘못됐죠."

카메라가 다시 진행자를 잡는다. 열심히 고개를 끄덕이고 있다.

"함정에 빠진 기분이 들었죠. 저는 사랑스러운 아이가 셋 있어요. 아이들을 위해 돈을 벌어야 했죠. 다른 직장을 찾아볼 생각이었지만, 그러는 동안에는 비록 내가 동의할 수 없는 일이라도 계속해야 한다고 스스로를 다독이고 있었어요. 그러다가 작년 9월 4일에 그만 폭발하고 말았어요. 무슨 대단한 계획이 있었던 건 아니에요. 내가 무슨 짓을 저지르는지도 미처 생각 못 했죠. 순전히 충동적인 행동이었어요."

진행자가 미소 짓는다. "다른 분들을 위해 그날이 어떤 날이었는지 알려드리죠. 로지 바컴과 줄리엣 커티스 그리고 다른 두 여성의 난자가 채취된 날입니다. 맞습니까?"

"그래요. 난자는 채취될 때 액체와 섞여서 나와요. 불투명한 액체 용기에 담기죠. 수정 과정에 들어가기 전에 연구원들이 난자를 하나하나 분리합니다."

"당신이 그 과정에 관여했나요?"

"엄격한 주의와 과학적 통제가 필요한 작업이에요. 표본을 보관하기 전에 연구자 두 명이 이름표 작업을 확인하게 돼 있어요. 하지만 아무도 신경 쓰지 않고 내버려두는 시간이 꽤 길었죠. 실무진 가운데 절반이 열쇠를 가지고 있었고요. 심지어 보관 장소에는 감시 카메라도 없었어요. 처음에는 그냥 얼마나 대충 처리되는지 폭로하고 싶었던 것 같아요."

"말하자면, 표본들의 이름표를 고의로 바꿨다는 건가요?"

클레어가 눈물을 닦으며 보일 듯 말 듯 고개를 끄덕인다.

"그리고 병원 보안 체계 때문에 당신이 그렇게 했다는 게 쉽게 밝혀졌고요."

"네."

"표본을 얼마나 바꿔놓았나요?"

"순식간에 일어난 일이라…… 충동적인 행동이었어요. 정말 잘 모르겠습니다."

"이 인터뷰를 지켜보는 시청자 중 일부는 당신의 행동이 다소 이해하기 힘들다고 생각할 수도 있어요. 악행이라고 할 사람도 있을 겁니다."

두꺼운 화장인데도 클레어의 얼굴이 확 붉어지는 것이 보인다. "하지만 그들이 하는 짓이 훨씬 나쁜 일 아닌가요? 그들은 자연의 질서를 뒤집고 있어요. 자기들이 생각하는 정치적 올바름을 우리 모두에게 강요하면서 말이죠. 내가 한 행동은 무모하긴 해도 더 큰 선을 위한 거였어요."

"좋아요……. 이름표 교체에 대해 좀 더 얘기하죠. 많은 사람들이 로지 바컴이 임신하고 있는 아기에 대해 물을 텐데요. 6주 뒤에 출산한다는 것 같더군요. 그 부모가 누군지 짐작되나요?"

클레어가 눈을 휘둥그렇게 뜬다. "말했듯이, 순식간에 일어난 일이라서요. 정말 모르겠습니다."

"그럼 물어보지 않을 수 없군요. 혹시 후회되지는 않습니까? 이번 일로 관련된 여성들이 분명 큰 충격을 받았을 텐데요."

클레어는 카메라를 똑바로 노려본다. "나한테는 남자아이 셋이 있어요. 그래서 후회할 수가 없습니다. 이번 시술이 성공하면 그 애들이 어떤 세상에서 자라게 될까요? 소수자가 되고 말겠죠."

"하지만 줄리엣과 로지는 자기들이 함께 아기를 가졌다고 생각했을 텐데요. 그들에게 연민을 느끼지는 않습니까?"

"저도 어머니예요. 임신이 얼마나 소중한 일인지 압니다. 하지만 이번 시술에 참여한 여자들은 기본적으로 과학 실험 대상이 된 거예요. 자기 자신도 그렇지만 자기 아이들을 그런 대상으로 만들다니, 어떻게 그럴 수 있죠? 어떤 건강 문제가 생길지 모를 아이를 낳으려고 하다니, 무책임하고 잔인한 일이죠."

로지가 텔레비전을 끄고 눈을 감는다.

"확실히 미쳤구나." 나는 로지의 팔에 손을 올린다. "그리고 정말 한 세트만 바꿨는지도 모르겠어. 더 많이 바꿨을 수도 있다는 듯이 여지를 둔 건, 그냥 우리를 괴롭히려는 전략인지도 몰라."

"전략 같은 게 있을 만큼 똑똑해 보이지도 않던데, 줄스."

아무 대꾸도 하지 못한다. 그리고 다시 자문해본다. 이 아기가 로지나 내 아기가 아니라면, 아기를 받아들일 수 있을까? 바로 답이 나온다. 그렇다. 너무나 확신이 들어서 긴장이 풀린다. 로지의 사랑을 받으며 자라나는 아기는 로지의 아기다. 로지의 아름다운 머릿결을 물려받지 못한다고 해도 무슨 상관이란 말인가? 로지가 키우면서 훨씬 중요한 것들을 물려줄 터다.

로지는 벌써 동화책을 모아들였다. 우리 아기에게 읽어주며 즐거워할 로지가 상상된다. 등장인물 각각의 목소리를 달리해서 읽어주면 우리 딸은 신이 나서 꼼지락거릴 것이다.

"정말 누구의 난자인지는 상관없어." 내가 말한다.

로지가 얼굴을 문지른다. 착 달라붙는 녹색 임부복을 입고 있어서 팽팽한 복부 한쪽에 조그만 발길질이 언뜻 나타났다가 사라진다. "말하기는 쉽지."

로지에게 팔을 두른다. "정말이야. 네 안에 있는 아기는 이미 오랫동안 우리 삶의 일부였어. 누가 뭐라든 우리 딸이야. 우리는 이 애를 키울 거고, 이 애는 우리 딸이 될 거야. 어떤 결과가 나와도 내 마음을 바꿀 순 없어."

로지가 내 팔을 떨치고 일어난다. "태도가 바뀌었네." 그러고는 식탁으로 가서 랩톱컴퓨터를 켠다.

안전가옥에서 사흘째다. 우리 둘 다 집 밖으로 한 번도 나가지 않았고 보는 사람은 게리, 자밀라와 보안회사의 다른 직원 넷뿐이다. 음식은 온라인으로 주문하고 팀원들이 받아준다. 게리는 이 단계가 적응 단계라면서 이 집에 보안회사 사람들만 드나드는 게 이웃들 눈에 익숙해져야 한다고 했다. 조깅을 나가게 해달라고 빌었지만 단호하게 거절당했다.

이렇게 가까이 지내면서도 아침에 텔레비전을 보면서 나눈 말이 로지와 내가 한 가장 긴 대화다. 노력해봤지만 로지는 아기나 우리 미래에 대해 말하기를 거부하면서 긴긴 침묵 속에 컴퓨터만 들여다본다.

어제는 어깨너머로 보니 '클레어 펜튼'을 검색했다. 클레어는 자연임신연대의 품에 들어가 법률 비용을 지원받고 있으며 인터뷰도 관리받는 것 같다. 어떤 자들은 클레어를 영웅이라며 칭송하고, 프라이어는 '양심의 희생자'라고 했다.

로지가 나랑 더 대화하지 않을 게 분명하니 내가 보안팀에 전화한다. 게리가 받는다.

"진짜 나가야겠어요. 야구 모자 쓰고 잠깐만 뛰고 올게요."

잠시 말이 없더니 푹 한숨을 쉬는 소리가 들린다. "알았어요. 하지만 나랑 같이 가야 합니다."

로지에게 나간다고 말했더니 잠시 내키지 않는 표정을 짓는다.

나는 한 줄기 희망을 느끼며 말한다. "안 나가도 돼. 네가 원하면 그냥 있을게."

"무슨 소리야, 나가야지. 조심하고."

운동복을 입는 것만으로도 기분이 좋아진다. 밖이 화창해서 민소매만 입고 겉옷은 입지 않는다. 야구 모자는 푹 눌러쓴다. 게리와 밖으로 나가 햄스테드 숲을 향해 서둘러 달린다.

얼굴에 와 닿는 신선한 바람과 햇볕이 너무 좋다. 경쾌하게 움직이는 내 몸의 리듬감도.

처음에는 누가 알아챌까 두려워 고개를 푹 숙였지만, 이곳 런던에서 나는 그저 익명의 조깅족 중 하나일 뿐이다. 아무도 내 얼굴을 자세히 들여다보지 않는다. 내가 여기 있으리라 기대하는 사람은 아무도 없다.

나무가 무성한 숲에서 신선한 공기를 들이마시자, 비참했던 기분이 한 겹 떨어져나가는 듯하다. 날도 아름답고 나는 살아 있으며 강인하다. 무슨 일이 일어나든, 이것만으로도 고마워할 수 있다. 언덕으로 향하며 빠른 속도를 유지하자 게리의 숨이 거칠어지더니 뒤쳐지기 시작한다.

"이봐요!" 게리가 부르지만 무시한다.

나도 숨이 가빠지지만, 달리면서 느끼는 몸의 힘과 감각에 취하고 다리가 더 뛸 수 있다며 보내는 조그만 행복 신호에 취했다.

"이봐요!" 게리가 이번에는 더 날카롭게 부른다.

언덕 위에서 그를 기다리며 팔다리를 쭉쭉 편다. 눈 밑에 펼쳐진 도시 풍경에 감탄한다. 로지와 나도 20대일 때 런던으로 이사 왔어야 했다는 생각이 든다. 왜 그러지 못했지?

"다시는 그러지 맙시다." 게리가 따라와서 헐떡인다.

"보안회사 사람들은 잘 뛰어야 하지 않나요?"

게리가 인상 쓰며 허벅지를 집고 숨을 고르려고 애쓴다. "잠깐 걷죠."

"하지만……."

"다시 조깅하고 싶으면 내 규칙에 따라야 해요."

나는 스트레칭을 좀 더 하면서 기분 나쁜 걸 참는다. 사흘 만에 밖으로 나왔다. 이 순간을 즐겨야 한다. 로지도 잠깐 밖으로 나오게 할 수 있다면 나만큼이나 좋아할 거다.

아직도 헐떡이며 어기적어기적 언덕을 내려가는 게리 옆을 순순히 따라간다. "난 체육관에서 주로 근력 운동을 한다고요."

코커스패니얼 한 마리가 가까이 와서 냄새를 맡으며 줄을 내 발목에 감는다. 나이 든 주인이 웃으며 아침 인사를 한다. 알아보는 눈치는 전혀 없다.

"리처드 프라이어와 그의 가족 법안에 대해 읽어봤어요?" 프라이어가 뉴스를 주도하며 법안 초안을 언론에 뿌리고 의회에서 공청회를 열어야 한다고 주장하고 있다.

게리가 의아한 듯 돌아보며 그렇다고 웅얼거린다.

"어떻게 생각해요?"

"나는 정치와 상관없이 내 일을 합니다. 특정 견해를 가지라고 월급을 받는 게 아니에요."

"알아요. 떠보려는 게 아니라, 그냥 궁금해서 그래요."

"글쎄요, 중요한 문제일 수 있을 것 같더군요."

"계속 얘기하시죠."

"그도 조사해봤을 거 아닙니까? 남녀 부모가 키우는 아이들이 더 낫다고 나온 거고요. 당신과 로지가 제대로 못 키울 거라는 게 아닙니다. 잘 키울 거라고 확신해요. 그저 이 남자가 통계에 근거한 건 잘했다고 생각해요." 차분한 어조다. 동성애 혐오증 같은 건 전혀 보이지 않는다. 적어도 지금 내가 보기엔 그렇다.

"어떤 통계요? 기분 나빠서 하는 질문이 아니라, 정말 알고 싶어서 그래요. 전통적인 방식이 더 낫다고 확신하게 된 이유가 정확히 뭐죠?"

"뭐, 엄마와 아빠가 다 있는 아이가 학교에서 더 잘 지낸다고 하니까요. 안 그래요? 탈선하는 일도 적고."

"하지만 누가 그러나요? 실제 연구 사례를 찾아봤어요?"

게리가 어색하게 웃으며 한숨을 쉰다. "역시 좋은 대화 소재가 아니었어요. 2분만 더 걷고 나머지는 달려가죠."

"안 찾아봤다는 뜻이겠죠? 알았어요. 난 그저 왜 그렇게 많은 사람들이 프라이어와 언론의 주장을 그대로 믿는지 이해해보려는 거예요. 전혀 다른 말을 하는 연구 결과가 많이 나와 있는데 말이죠." 가벼운 어조를 유지한다.

게리가 어깨를 돌리고 목을 뚝뚝 꺾는다. "신문을 자세히 들여다볼 여유는 없었어요. 그 사람은 늘 뭔가 잘 아는 것 같았고."

우리는 옛날 펍을 향해 다시 달리기 시작한다. 뭔가 잘 아는 것 같다……. 대부분의 사람들에게는 이것으로 충분하다. 어쩌다 이렇게 됐을까? 논쟁에서 화자의 카리스마가 그렇게 중요한가? 하지만 베카도 능력 있는 인터뷰 상대인데, 언론은 베카를 항상 수세에 몰아넣는다. 아마도 대중의 인식에 그렇게 틀이 박혀버렸을 것이다.

처음 난난 논쟁이 시작되었을 때를 돌이켜본다. 정론지들은 과학적 사실에 대해 상세한 설명을 싣고 도덕적 논쟁에서도 양쪽을 다 들여다봤다. 다양한 분야의 자료도 활용했다.

하지만 타블로이드지는 예외 없이 반대하는 쪽에 섰다. 그 신문들을 대충 넘겨보거나 소셜 미디어로 소비하는 사람들 대다수는 이 시술을 인구의 지각 변동이나 소수 레즈비언 엘리트의 자원 낭비로 생각하게 될 것이다. 그런 사람들의 생각을 어떻게 바꿀 수 있을까? 그들이 절대 읽지 않는 〈가디언〉 기사로 그렇게 할 수는 없다. 그리고 대중은 자기 생각을 반영하는 블로그만 찾아본다. 표면적으로는 다 소용없어 보인다. 하지만 나는 바로 이런 딜레마 때문에 기자가 되고 싶었다.

아빠가 나한테 처음으로 대마초를 준 열일곱 살 생일이 기억난다. "열일곱이면 어른이야." 아빠가 말했다. 나는 우쭐하며 대단한 특권이라도 얻은 기분이었지만, 그 독한 연기에 숨이 막힐 뻔했다.

우리는 저녁 내내 킬킬대며 그날 그린드래곤에서 벌어진 헛짓거리들에 대해 떠들었다. 아빠가 빌 던이라는 단골의 넋두리를 자세히 들려줬다. 빌 던은 외국인들이 자기 일자리를 뺏는다고 한탄했지만, 누가 9시에서 5시까지 일을 시키면 바로 내뺄 게 뻔한 인물이었다.

나는 고개를 젖히고 담배 연기에 찌든 우리 집 천장의 페인트 무늬를 노려봤다. "내가 그들이 깨닫게 해줄 거야. 언론을 내부에서부터 혁명하고 다시 대중을 위해 제구실을 하게 만들 거야." 아빠에게 그리 말한 기억이 난다. 그렇게 웅장한 포부를 품은 적이 있다.

게리와 숲길에서 나와 거리로 돌아가며 어린 시절의 향수에 젖는다. 게리나 빌 던 같은 사람들이 문제를 조금만 더 탐구하게 독려할 기자나 편집인은 어디에 있을까?

그토록 오랫동안 〈가디언〉을 금과옥조로 여겼는데. 하지만 내가 원하던 직장을 구했더라도, 내 진짜 목표에는 전혀 가까이 다가가지 못했을 것이다. 학창 시절의 내 이상은 사람들을 계몽하는 것, 앎에 대한 욕구를 사람들에게 일으켜 오랜 기만을 파괴하고 새로운 시각을 일깨워주는 것이었다.

게리가 따라와주길 바라며 속도를 조금 올린다. 난자 대 난자 체외수정이 지지를 잃고 있다. 처음부터 지지가 충분하지도 않았는데. '놈들이 지쳐 떨어져나갈 때까지 기다린다' 작전을 너무 오래 고집했나? 뭔가를 해야 할 의무가 내게 있지 않았을까? 적합한 대변인이, 훌륭한 언론인이 나타나 프라이어를 쳐부숴주길 염원했지만, 아직도 안 나타나고 있다.

숙소로 돌아와 보니 로지가 창백한 얼굴로 울고 있다.

"무슨 일이야?" 내가 땀도 씻지 않고 얼싸안으며 물었다.

"방금 정부에서 난난 시술에 대한 감사를 진행할 거라고 발표했어. 대학도 당분간 연구를 중단할 거야. 모든 게 망가지고 있어, 줄스."

"씹할." 나는 로지를 꼭 안아주며 목에 키스한다.

로지가 몸을 뺀다. "더는 시술이 없을 거야. 우리 아기는 평생 별종이 되겠지."

"그렇지 않아. 스웨덴이 있잖아. 네덜란드도 있고. 뉴캐슬에도 임신부가 있어. 그걸 생각해야지."

로지가 고개를 젓는다. 나는 내 연인을 향한 강렬한 육체적 갈망에 사로잡혀 손가락을 로지의 살결 위로 움직인다. 서로에게서 위안을 구하는 것이 지금 이 순간 세상에서 가장 자연스러운 일로 느껴진다. 로지의 다리에 손을 얹고 애무를 시작한다. 처음에는 다정하게. 그리고 로지가 제지하지 않자 몸을 기울여 키스한다.

로지가 내 손을 확 치운다. "대체 왜 이래, 줄스. 섹스 한번 한다고 네가 나한테 얼마나 상처를 줬는지 잊어버릴 수 있을 것 같아?"

"그럼 내가 어떻게 해야겠니?"

로지가 시선을 피한다. "실은 나도 모르겠어. 그게 가능한지조차 모르겠어."

35

안전가옥에서 2주를 보낸 우리의 첫 외출은 일레인과 마이클을 만나는 것이다. 안전가옥의 위치는 아무에게도 알려서는 안 되기에 바컴 부부가 잠시 피신한 그리니치의 호텔로 우리가 간다.

"우리 집 앞에 기자가 다섯 명 이하로 줄어든 적이 없어. 편지도 오고. 사람들이 끔찍한 내용을 써서 보내." 일레인이 말한다.

바컴 부부가 머물고 있는 스위트룸은 널찍하고 커다란 창으로 강이 내려다보인다. 킹사이즈 침대, 소파, 일레인의 비싼 화장품들이 단정히 늘어선 화장대를 놓고도 여유 있을 만큼 넓다. 아빠도 비슷한 괴롭힘에 노출돼 있을까 봐 걱정된다. 아빠는 이런 호텔로 피신할 돈이 없을 것이다. 하긴 〈트리뷴〉에서 받은 돈 덕에 가능할지도.

로지가 바컴 부부를 만나러 같이 가자고 해서 희망을 좀 느꼈다. 하지만 소파에 앉아 배를 끌어안은 로지의 표정은 멍할 뿐이다. 충격 때문이라고 해도 너무 오래간다. 내가 무슨 말을 해도 소용없는 것 같다. 어떤 말도 통과하지 않는 단단한 껍데기 안에 웅크리고 있는 듯하다.

내 절망은 더욱 커진다. 정말 우리 관계가 끝난 게 문제가 아니라, 내가 사랑하던 로지가 아예 사라져버린 거면 어쩌지? 지난 몇 주의 수난이 로지를 아예 다른 사람으로 바꿔놓았으면?

"너희는 어떻게 지내니?" 마이클이 묻는다. 바컴 부부는 침대에 앉고, 나는 화장대 의자에 걸터앉았다.

로지가 대답하지 않아서 내가 대신 말한다. "괜찮아요. 하루에 한 번은 조깅하러 나갈 수 있어서 다행이에요. 대개 책을 보면서 지내고 있어요. 그동안 읽지 못한 것들이 너무 많더라고요."

나는 인터넷에서 프라이어에 대한 정보도 캐고 있다. 적확한 근거와 자료를 찾아서 대응할 준비를 하는 것이다. 아직 계획은 모호하다. 하지만 프라이어의 가족 법안을 들여다볼수록 오래 잠자고 있던 내 이상들이 깨어난다.

"우리나라를 위대하게 만들기 위해 우리 가족을 다시 위대하게 만들 겁니다." 프라이어가 인터뷰마다 지치지도 않고 되풀이하는 말인데, 아무도 그게 대체 무슨 뜻인지 캐묻지 않는 것 같다. 구체적으로 말해보라는 사람도 없다.

"불쌍해라……." 일레인이 말한다.

불편한 침묵이 흐른다. 로지는 어깨를 잔뜩 웅크린 채 우리 중 누구도 쳐다보지 않는다.

"그 중국 여성이 소송한다는 기사를 봤어. 정말 몰지각하더라." 일레인이 말한다.

홍슈와 아니타가 친권 확인 소송을 준비하고 있다. 우리가 강제로 DNA 검사를 받아야 한다는 것이다. 그 결과에 따라 우리 아기의 친권을 가져가려고 한다.

우리가 의뢰한 변호사는 그들이 거의 100퍼센트 패할 거라고 한다. 영국 법은 임신해서 기르고 낳은 어머니를 아이의 법적 어머니로 아주 분명하게 규정하며, 수정란이 뒤바뀐 경우에도 법원은 늘 임신한 어머니의 편을 들었다.

이건 우리 아이다. 나와 로지의 아기다. 우리의 옛 친구들이 너무 안됐지만, 낳지도 않은 아이를 두고 드잡이를 하는 건 불필요한 고통을 키울 뿐이다. 일단 충격이 가라앉고나면 그들도 깨달을 것이다. 그들이 겪고 있는 상실과 고통을 보상받을 길은 어디에도 없다.

"너희는 어떻게 할 거니?" 일레인이 묻는다.

로지가 고개를 든다. "무슨 뜻이야?"

일레인이 입술을 깨문다. "알고 싶지 않니?"

"뭘 말이야?" 로지가 다시 묻는다.

나는 일레인에게 간절히 눈짓한다.

"누구 아기인지 말이야."

"내 아기야." 로지의 목소리는 차분하지만 눈빛은 타오른다.

일레인이 침대에서 일어나 로지 옆으로 간다. 그리고 손을 잡는다. "아, 내 딸……. 대체 무슨 일이……."

"엄마, 이러지 마. 이 아인 내 아기야."

"하지만 애야, 중국인 혼혈 아기가 태어날 수도 있어. 그럼 어떻겠니? 네 아기가 아닐 수도 있는 걸 뻔히 아는데. 줄스 아기가 아닐 수도 있고. 힘든 일이라는 거 알지만 어떻게 해야 할지 생각해봐야 해."

"네가 어떤 결정을 내리든 우리는 지지할 거야." 마이클이 말한다.

일레인이 마이클을 보며 눈살을 찌푸린다. 그러고나서 다시 로지에게 말한다. "임신한 동안에 검사받지 않겠다는 건 이해해. 하지만 아기가 태어나면 너도 알고 싶을 거야."

로지가 일어선다. "엄마가 알고 싶겠지. 안 그래? 아기가 확실히 이 가족이 아니라는 결과를 받고 싶은 거잖아. 그러면 넘겨줘버리고 이 모든 일을 끝낼 수 있을 테니까. 나도 다시 정상이 될 수 있을 테니까!"

"로지, 그러지 마……." 내가 애원한다.

"아니, 말해야겠어. 엄마가 이…… 이 비극을 기회로 보고 있어. 탈출구로 본다고. 아무도 이 아기를 나보다 사랑하지 못해. 내가 키웠어. 아기는 내 거야."

"로지……." 일레인이 눈물을 흘린다.

"이제 가자." 로지가 나한테 말한다. "미안, 아빠. 난 더는……." 그러고는 문으로 향한다.

나는 일레인에게 위로의 표정을 지어 보이고 따라나선다. 일레인은 계속 딸의 이름만 부른다.

우리가 다시 벤츠에 안전하게 탔을 때 내가 말한다. "그냥 도우려고 그런 건데."

로지가 고개를 젓는다. "도대체 어떤 결과를 생각하고 한 말이겠어? 아기는 내 아이가 아닐 거고, 내가 아기를 포기할 거라고 생각하지 않았겠어?"

"그런 게 아니라……."

"넌 엄마에 대한 환상을 버려야 해. 예전에는 고맙다고 생각했지만, 엄마는 좋은 사람이 아니야. 어쨌든 항상 좋기만 한 사람은 아니야."

나는 로지의 손을 잡는다. "하지만 널 사랑하잖아. 가끔 서툰 모습을 보여도, 네가 잘되길 바라서 그런 거야."

로지가 창밖을 보며 짜증과 한숨이 섞인 신음을 뱉는다. 우리는 빅토리아 시대 테라스 하우스들을 지난다. 줄줄이 늘어선 조그만 굴뚝들이 사랑스럽다. 나는 런던을 사랑한다. 여기서 차를 세우고 골목을 정처 없이 돌아다니고 싶다. 역사적 분위기에 잠기고 싶다. 잠시라도 현재의 삶에서 벗어날 수 있다면.

운전자는 도로에만 집중하는 것 같다. 그와 우리 사이의 칸막이도 올라가 있다. 어쩌면 지금이 로지와 진지한 이야기를 나눌 기회인지도 모른다. 다른 방으로 피해버릴 수 없을 테니까.

"아빠 인터뷰가 나온 날 우리가 나눈 대화에 대해서 많이 생각해봤어."

로지가 고개를 돌려 내 얼굴을 살펴본다.

가슴이 조여드는 것 같다. 하지만 털어놓아야 할 때다. 더 숨겨봐야 얻을 게 없다. 게다가 이번엔 로지가 귀를 기울인다.

"나도 아기에 대해 회의감이 있었어. 너도 알겠지만 처음 지원할 때는 절박하게 원했어. 네가 내 아기를 갖고 싶어 한다는 사실이 내게는 너무 영광이었거든. 내 생애 처음으로 영원한 약속 같은 걸 느꼈어. 정자 기증도 받아들이긴 했을 거야. 그 방법밖에 없었다면. 하지만 그랬다면 외부인이 된 기분이 들 수밖에 없었겠지."

"줄스……." 로지의 눈에 물기가 어린다. 감정을 억누르며 보내야 했던 안전가옥에서 나왔기 때문일까? 희망이 솟는다.

"그래도 할 수 없었을 거야. 하지만 네가 내 아기를 원했어. 그리고 난 기대에 부풀었지. 대단한 과학적 돌파구가 생겼고, 우리가 거기 참여해 역사의 일부가 되는 거였으니까."

"우리가 유일한 사례가 될 줄은 몰랐지만."

"그러게." 내가 한숨을 쉰다. "네가 임신했을 때 가장 두려운 건 회의감이 아니었어. 일종의 무감각이었어. 나한테도 어떤 강렬한 감정이 생길 줄 알았거든. 곧 엄마가 된다는데 아무 느낌이 없다니……. 정말이지, 나도 나 자신이 이해되지 않았어. 아무리 노력해도 안 되는 거야……. 기뻐하려고 무진 애써도 소용없었어. 억지로 기뻐하려고 할수록 더 비참해지는 것 같더라."

"그럼 지금은?" 로지가 기대에 찬 시선을 보내면서 이마에 주름을 잡는다. 완벽히 집중하면서도 곧 상처받을 것 같은 표정. 예전 로지로 돌아간 것 같다. 내 로지로.

손을 뻗어 로지의 턱을 잡고 눈을 들여다본다. "정말 솔직히 말할게. 아이를 가진 걸 후회할 때가 있었어. 아기를 갖지 않았다면 우리가 여전히 행복했을 거라고 생각한 때가 있어. 하지만 네가 떠나고나서, 난 정말 우리 딸이 그리워졌어. 아기가 많이 움직였는지, 뭔가 다른 움직임도 생겼는지 궁금해하는 나 자신을 발견했어. 나도 모르게 아기가 내 삶의 일부가 된 거야."

자동차가 느려진다. 교통 정체 구간에 들어섰다.

"그리고 아기를 보호해주고 싶어졌어. 꼭 내 힘으로. 여전히 내가 형편없을 거라는 생각은 들어. 아기가 울면 어쩔 줄 모를 것 같아. 하지만 누가 아기를 해치려 하면 그자의 머리를 뽑아버릴 수도 있을 것 같아. 이런 기분은 처음이야. 내가 형편없는 엄마가 될지는 몰라도, 훌륭한 경비견은 될 수 있을 거야."

로지가 몸을 곧게 펴며 목소리를 가다듬는다. 하지만 얼굴이 발갛다. "왜 말 안 했어? 난 정말 바보가 된 기분이었어. 처음에 앤서니가 네 반응이 이상하다고 말했을 때 난 믿지 않았어. 왜냐하면 뭔가 이상한 게 있으면 네가 나한테 말해줄 거라고 생각했거든. 정말 바보 같았지."

"말하기가 쉽지 않았어. 내가 느끼는 감정을 인정하고 싶지 않았거든. 믿기지가 않았어."

로지가 고개를 젓는다. "줄스, 내 기분이 어떤지 모를 거야. 몇 달이나 나한테 그런 걸 숨기고 있었다니. 난 언제나 우리 관계가 정말 특별하다고 생각했는데 말이야."

"정말 그래, 로지. 그저 딱 한 번 그랬을 뿐이야."

"줄스……."

"제발 내가 어떻게 해야 하는지 말만 해줘."

"난 〈트리뷴〉에서 네 회의감에 대해 읽었어. 제발 잠깐만 다 멈추고 내가 어떤 기분이었을지 생각해봐."

눈이 따갑다. "끔찍했겠지. 내가 어떻게 이런 파괴적인 행동을 하게 됐는지 모르겠어. 정말 나답지 않은 행동이었어. 그런 사람이 되고 싶지 않아. 난 더 잘할 수 있어……. 약속할게, 로지."

로지가 손을 뻗어 내 눈물을 닦아준다. 나는 그 손을 감싼다. 우리는 잠시 조용히 있는다. 로지의 눈빛도 부드러워졌다. 가슴속에 안도감이 스며든다. 로지는 아직 나를 사랑한다.

"만일 네 아기가 아니면 어떻게 해?" 로지가 묻는다.

"우리가 이 모든 일을 겪고나서는 정말이지 아기가 누구의 난자에서 만들어졌는지는 상관없어졌어. 셋이 함께 우리 앞에 놓인 어려움을 헤쳐나가자. 아기는 이미 우리 가족이야. 네가 그동안 내내 아기를 사랑하고 보호했잖아."

"만약 내 아기가 아니면 내가 어떤 감정을 느끼게 될지 모르겠어, 줄스."

"그래, 그럴 수도 있지. 힘들 수도 있어."

로지가 잠시 말이 없다. "난 위선자인 것 같아. 나는 정자를 기증받을 준비가 돼 있었어. 그리고 친자식이 아니어도 네가 키워주기를 바랐지. 그런데 내가 그 처지가 되고보니……." 로지가 손으로 얼굴을 감싼다.

"거기 문제없나요?" 운전자가 인터콤으로 묻는다.

"괜찮아요, 고맙습니다." 내가 외친다.

로지의 등을 문지른다. "자책할 필요 없어. 이상한 감정을 느낄 수밖에 없는 때가 있을 거야. 하지만 다 지나가게 돼 있어. 지나갈 거라고 믿어야 해."

로지가 엉엉 울기 시작한다.

"넌 아기를 정말 잘 키울 거야, 로지. 우리가 원하고 계획하던 아기야. 그래서 우리 아기가 되는 거야. 어떤 검사 결과가 나와도 그 사실을 바꿀 수는 없어."

로지가 얼룩진 얼굴로 나를 본다. "난 잘 모르겠어. 내 아기가 아니면, 아기를 포기할 것 같아."

"그럴 리가 없어."

"그럴 것 같은데."

로지를 꼭 안아준다. 로지가 내 가슴에 얼굴을 묻는다. 정말 그럴까? 아직도 충격과 호르몬의 영향을 받고 있을 것이다. 늘 친구 아이, 심지어 낯선 이의 아이하고도 바로 친해지던 로지가 딸아이를 낳고도 아무런 감정을 느끼지 않게 되기란 불가능하다.

하지만 로지가 정말 그렇게 생각한다면? 내 안에서 보호 본능이 솟는 것을 느낀다. 그렇다면 양육은 내 일이다. 내가 우리 아기를 돌볼 것이다. 아이가 마땅한 사랑을 받을 수 있도록 최선을 다할 것이다. 로지의 마음도 돌려놓으려고 노력할 것이다. 로지의 유전자를 받지 않았어도, 로지의 딸이 될 수 있다는 것을 깨닫게 해야 한다.

한때 낭만적으로 보이던 혈연과 유전의 욕망이 결국 환상이라는 것을 이제야 깨닫는다. 우리는 사랑과 노력으로 이 아이가 우리 아이가 되도록 만들 것이다.

36

한 주가 지난다. 로지가 안쪽 방으로 들어온다. 우리는 몇 주 만에 처음으로 사랑을 나눈다. 로지가 한밤중에 내 입술을 찾고 내 몸을 더듬으며 마치 내가 누구인지, 내가 어떤 느낌인지 다시 기억해내려는 듯 일을 시작한다. 키스가 거칠어지며 우리는 아무 말도 하지 않는다. 마치 상처를 뜯는 듯한, 상처를 즐기는 듯한 행동이다.

어느 날 밤에는 로지가 내 품에서 잠든다. 마치 예전으로 돌아간 것처럼 팔베개를 해주고 로지의 머리를 쓰다듬는다. 하지만 이런 친밀한 시간이 낮에는 돌아오지 않는다. 차 안에서 나눈 대화를 다시 이어보려고 아기에 대한 감정을 얘기해보도록 격려하지만, 로지는 이렇게 저렇게 빠져나간다. 나한테 배운 새로운 버릇인가 보다.

로지는 아직도 그 망할 연구원에 대해 검색하느라 한참을 보낸다. 집 밖으로 나가지 않으려고 한다. 자밀라도 기분 전환 좀 하라며 내 권유에 힘을 보태지만 요지부동이다. 어떻게 하면 로지의 기분이 나아질까 열심히 궁리해본다. 결국 앤서니를 만나게 해줘야겠다고 인정한다. 그렇게 거슬리던 킬킬 소리를 다시 들으면 소원이 없을 것 같다. 세심하게 준비한 뒤 우리는 거처를 떠나 캠버웰로 간다.

앤서니가 달려와 로지를 안는다. "아아, 로지, 보고 싶었어. 지금 어디에 살아? 정말 어디 숨은 거야?"

앤서니와 로지가 소파에 앉자 인조가죽 소파가 삐걱거린다.

"선물 가져왔어." 앤서니가 테스코 쇼핑백을 뒤진다. "그 긴긴 시간을 보내려면 드디어 데이비드 포스터 월러스를 읽을 시간도 나겠지." 두툼한 책을 건넨다. "그리고 아기가 초콜릿을 먹고 싶어 하지 않을까 싶어서."

"둘이 밀린 얘기 해. 난 부엌에 있을게." 나는 랩톱을 가져다 식탁에 앉는다.

프라이어에 대해 메모한 내용을 다시 살핀다. 의회 공개 자료를 보면, 데이터인사이트라는 회사에서 그에게 선거 때부터 한 달에 1만 파운드에 상당하는 자문을 제공한다. 데이터인사이트의 홈페이지를 보면 '복합적 분석을 통해 목표 시장의 진단과 고객의 이해를 돕는다'고 돼 있다. 그저 그런 마케팅 대행사라고 무시할 수도 있지만, 반복적으로 '신중함'과 '기밀'을 강조하는 게 걸린다. 내가 이메일을 하나 만들어 가명으로 접촉하려고 했지만 아직 답장이 없다.

그런데 데이터인사이트의 뉴욕 지사를 찾아보다가, 그곳이 아메리칸프리덤이라는 우파 로비 단체와 같은 주소를 쓴다는 점을 알아냈다. 어느 저명한 자본가가 '미국의 가치를 우리 민주주의의 핵심으로 다시 세우'기 위해 만든 단체다. 무엇보다 이 단체는 낙태, 줄기세포 연구, 난자 대 난자 인공수정을 반대한다.

데이터인사이트가 아메리칸프리덤과 연결돼 있다는 것이 밝혀진다면, 미국 로비 단체가 영국 보궐선거에 개입했다는 증거가 된다. 더구나 퇴행적 법안을 도입하려는 영국 정치인을 후원하는 것이다. 로지에게 가서 알려주려는데, 웃음소리가 들린다.

한숨이 난다. 얼마나 고대하던 소린가? 어쩌면 로지가 이제는 조금씩 좋아질 수밖에 없었는지도 모르지만, 앤서니를 만나게 하길 잘했다는 생각이 든다. 앤서니는 내가 로지에게 줄 수 있는 것과 아주 다른 어떤 것을 주는 친구다. 로지에겐 그것도 필요하다. 우리 아이가 태어난 뒤에도 앤서니의 실없음을 조금은 즐길 수 있을 것이다. 웃음이 피어나는 집에서 우리 딸이 어른들을 지켜보는 모습을 상상해본다. 이 상상 속 아이는 조그만 청바지를 입고 어른들을 주의 깊게 관찰한다.

잠시 후 앤서니가 주방에 와서 주전자를 불에 올린다. 거실에서는 텔레비전 소리가 들려온다. 로지가 우리 임시 거처로 바로 돌아갈 생각은 없는 것 같다. 잘 됐다.

"줄스, 잘 지내고 있어?" 앤서니가 뜻밖에 진지한 얼굴로 묻는다. "로지가 웃는 걸 들으니 좋네."

앤서니가 조금 가까이 서더니 속닥인다. "내가…… 아기가 다른 여자의 아이로 밝혀지면 어떨 것 같은지 물었는데…… 로지가 화제를 바꿔버렸어."

앤서니의 표정에 걱정이 깃든다. 아이를 원하지 않을 것 같다던 로지의 말이 진심일까? 다시는 그런 말을 하지 않았고 부른 배를 감싸는 모습에선 그런 기미가 보이지 않았다.

"로지에게 무엇보다 필요한 건 아기나 뒤섞인 난자 생각에서 하루라도 벗어나는 거야. 예전 생활과 최대한 비슷한 시간 말이야."

앤서니가 기쁜 미소를 짓는다. "로지는 훌륭한 엄마가 될 거야."

나는 시선을 피한다. 옛 상처가 되살아난다. 둘이 비밀 계획을 속삭이는 모습이 또 떠오를 것 같다.

"나 지난주에 정자를 기증했어."

내가 눈을 껌뻑거린다.

"응, 로지도 진짜 재미있어했어. 실은 너희 둘을 보고 있으니까 나도 아버지가 된다는 게 얼마나 중요한 일인지 깨닫게 되더라. 아버지가 된다기보다는 다음 세대에도 내 자리 같은 걸 마련하고 싶은 기분이랄까? 언젠가 아무것도 안 남기고 죽는다고 생각하면 너무 싫더라고."

웃음을 애써 참는다. "그렇게 아이를 원하면 왜 결혼을 안 해?"

앤서니가 한숨을 쉰다. "난 형편없는 아빠가 될 거야. 우리 아빠랑 비슷하겠지. 관계를 망치고 자기 입맛에 맞을 때만 관심을 보이고. 아이들도 내 말을 잘 들은 적이 없어. 혹시 로지가 도와주면 해냈을 수도 있지만…… 네가 있으니까…… 네가 잘하고 있고."

마음이 누그러진다. 그리고 정말 궁금해진다. "그럼 내가 아버지 노릇을 잘할 것 같다는 말이야? 아이들도 내 말을 잘 들을 것 같고? 직장에서 돌아오면 아버지로 대접받고?"

앤서니가 웃는다. "그런 식은 아니겠지. 하지만 넌 성실하고, 어떤 틀 같은 것도 잘 만들고…… 아기한테 잘할 거야."

"너도 어느 정도 도와주겠지, 안 그래?" 이런 말을 하게 될 줄은 몰랐지만, 어쩐지 옳은 말 같다. 아이를 키우는 데 더 많은 어른이 개입할수록 좋지 않을까? 앤서니와 로지가 웃는 소리를 들으니 안정감이 드는 것 같다. 앤서니가 위협일 필요는 없다. 그는 내가 못 주는 것을 준다. 그 자체로 가치 있는 것을 말이다.

앤서니가 고마워하는 표정이다. "나도 정말 그러고 싶어."

"너도 알겠지만, 가족을 이루는 데 한 가지 방법만 있지는 않아. 정말 아이를 원하면, 다른 사람의 방식처럼 네 방식도 의미가 있을 거라고 생각해."

앤서니가 고개를 젓는다. "지금으로선 내 정자를 넘겨주는 것으로 충분해. 수많은 앤서니가 뛰어다니게 될 거라고 생각하니까 기분 좋더라고. 그렇다고 그 애들 기저귀를 갈아주고 싶지는 않고 말이야."

돌아서 나가는 앤서니의 뒷모습을 멍하니 노려본다. 갑자기 새로운 생각거리가 생겼다. 앤서니의 아버지에 대한 언급을 곱씹는다. 몇 달 동안 완벽한 모성애의 표준에 맞춰 나 자신을 재단하며 실망을 거듭했다. 앤서니도 부성애에 대해 나와 같지 않았을까? 아버지의 빈자리를 영화와 잡지에서 본 이미지로 채우면서 이상을 창조하고 주눅이 들어버린 거다.

앤서니가 바컴 부부의 집에 격의 없이 드나드는 것을 보고 심기가 뒤틀리던 기억, 일레인에게 거의 알랑거리는 것 같던 태도. 로지는 내가 자신의 부모를 좋게만 생각했다고 비난했는데, 생각해보면 앤서니도 그랬던 것 같다. 우리 둘 다 핵가족을 이상화하면서 자신을 외부인으로만 느낀 것이다.

안전가옥으로 돌아오는 차 안에서 로지에게 프라이어에 대해 조사한 얘기를 해준다. 로지는 미소 지으며 예전 에너지를 좀 되찾는 듯하다. "줄스, 사람들도 이 사실을 알아야 해. 집에 갇혀서도 계속 조사할 수 있겠어?"

"할 수 있는 한 해볼게. 정식으로 문제를 제기하기 전에 좀 더 조사해봐야 할 것들이 많아. 시간이 좀 걸릴 수도 있어. 하지만 공청회 전까지는 꼭 준비해놔야지."

로지가 내 팔을 꼭 잡는다. "오늘 나오자고 끌어내줘서 고마워. 즐거웠어."

"다행이다."

"우리 다시 예전으로 돌아갈 수 있기는 할까?"

우리라고 했다. 우리……. 나는 로지의 머리를 쓰다듬는다. "예전 그대로는 아니겠지. 하지만 우리에게 중요한 것들을 지키려고 노력할 수 있어. 친구, 가족……."

"혹시 아빠 보고 싶니?"

어린 시절 기억이 떠오른다. 아빠가 소파에 혼자 앉아 있는 모습이 보이는 듯하다. 끊임없이 문을 두들기는 소리에 시달리면서.

"응. 그럴 필요 없는지도 모르겠지만, 혼자 비참하게 있을 걸 생각하면 불쌍해져."

"그럼 만나봐야지. 널 위해서."

로지의 표정을 살핀다. 눈빛은 또렷하고 다시 생기를 띠고 있다. 배려할 여유가 생긴 것이다. 내가 행복하길 바라는 것이다.

"그래야 할지도. 하지만 너도 엄마를 다시 만나보면 좋을 것 같아."

로지가 한숨을 쉰다. "또 DNA 검사 얘기가 나오면 못 참을 것 같아."

"그럼 그렇게 말해. 어디까지 허용할 수 있는지 알려드려. 널 다시 보면 정말 좋아하실 거야. 정말, 로지, 우리 삶의 중요한 부분을 보호할 수 있는 건 우리 자신뿐이야. 너와 네 엄마의 관계는, 둘이 서로 많이 다르다고 해도 지켜낼 가치가 있어."

"너, 바뀔 거라더니 정말이었구나." 로지가 미소 짓는다.

"그럼. 우리가 온갖 일을 다 겪고 있는데, 거기서 얻는 교훈 같은 것도 좀 있어야지."

37

아빠한테 전화해서 아빠가 자란 곳에 같이 가보자고 한다. 리 파크에서 자란 것은 알고 있었다. 만성적 실업과 범죄로 악명 높은 공공 주택단지다. 우리가 관계를 계속 이어가려면 더 자세한 얘기를 들어봐야 할 것 같았다.

게리가 나를 햄스피어까지 데려가준다. 하지만 피터스필드까지 가기는 위험해 근처 기차역에서 아빠를 만나기로 했다. 〈트리뷴〉 인터뷰 때 입은 청록색 셔츠를 입고 역 밖에 서 있던 아빠가 다가가는 우리 차를 의심스러운 듯 노려본다. 게리가 창문을 내리고 아빠를 부른다.

게리가 차에 탄 아빠에게 묻는다. "어디로 갈까요?"

아빠가 셔츠 주머니에서 종잇조각을 꺼내 게리에게 준다. 나를 보고 긴장된 미소를 짓는다. 내가 고개를 끄덕인다. 아직 인사말을 건넬 기분은 아니다. 내가 말도 안 되는 짓을 하는 건 아닐까? 이 남자는 내가 털어놓는 비밀을 듣고, 들끓는 걱정과 불안감에 대해 들은 다음 그 얘기를 언론에 팔았다. 지금도 아빠가 저지른 짓을 생각하면 마음이 아프고 믿기지 않는다. 아직도 그런 게 아니었다고, 실수였다고 믿고 싶어진다.

좁아터진 부엌에서 아빠가 나를 위해 음식을 만들던 기억, 산책하며 학교에 대해 떠드는 내 얘기를 세심하게 들어주던 기억. 이런 기억이 모두 망가지고 남을 공허함을 나는 감당할 수 없다. 그래서 이상한 연옥 같은 상태로 분노, 사랑, 연민을 한꺼번에 느끼고 있다.

우리는 리파크로 가서 어느 콘크리트 연립주택 밖에 선다. 집 앞에 산딸기 덤불이 무성한 작은 정원이 있다. 정원 문은 울타리에서 떨어져나가고 현관의 창 하나는 판자로 막아놓았다. 위층 창문의 커튼은 분홍색이고 창턱에는 곰 인형이 줄줄이 놓여 있다.

게리는 차에 남고 아빠와 내가 밖으로 나온다. 이 집 앞에 온 것만으로도 아빠에겐 육체적 영향이 나타나는 듯하다. 등을 웅크려서 더 작아진 것 같다. 내면의 무언가가 시들어버린 사람처럼.

아빠가 무슨 말을 할 것처럼 입을 벌리다가, 그럴 힘도 사라진 듯 무기력하게 보도만 내려다본다. 할아버지에 대한 말이 사실인 것이다.

"잠깐 걷자." 내가 말한다.

우린 말없이 도로 끝 작은 공원으로 향한다. 거기 그네에 나란히 앉는다.

"여기서 내가 처음 대마초를 피웠어." 아빠가 말한다.

"옛날 집에는 누가 사는지 알아?" 내가 묻는다.

아빠가 어깨를 으쓱한다. "데이비드는 아닐 거야. 한동안 교도

소에 있었으니까. 빅터는 뭐하는지 모르겠네. 계속 저기 살게 됐는지 몰라도, 지금까지는 아닐걸."

창턱의 곰 인형이 내 사촌 것은 아닐까? 이 미지의 친척들에게 친밀감을 느껴야 하나? 나와 피를 나눈 데이비드, 빅터 같은 사람들에게? 멀리서 한번 보고 싶다. 인사를 나누기는 힘들 것 같고, 어떻게 생겼는지는 궁금하다.

나는 그네를 앞뒤로 구르기 시작한다. 그네를 탈 때 느낄 수 있던 아주 단순한 쾌감을 기억한다.

"줄스, 내가 어떻게 하면 일을 바로잡을 수 있겠니?"

나도 스스로에게 많이 한 질문이다. 그리고 그 대답은 계속 바뀐다. 하지만 지금 내 생각은 꽤 명확하다. 내가 아빠와 삶을 계속 공유하려면, 온전하고도 완벽한 솔직함과 믿음이 필요하다. 로지가 나한테 요구한 것과 같다.

"〈데일리 스케치〉 기사 말이야, 그것도 아빠였지? 아니라고 했지만 그건 그냥 순간적으로 한 거짓말 아니야? 다시 기회를 줄게. 솔직하게 말해줘."

아빠가 발을 내려다보며 입술을 깨문다. 나는 좀 마음이 풀어진다. 거짓말을 하지는 않으려는 것 같다.

"왜 그랬어?"

"취해서. 기억도 잘 안 나."

"그것뿐이었어? 그냥 취해서?"

아빠가 눈물을 흘린다. 마음이 아프지 않을 수 없다. 이 남자는 스물한 살에 아내를 잃고 싱글 파더 같은 말도 없던 시대에 혼자 아이를 키웠다. 어린 시절에 당한 학대의 기억을 누구에게든 말할 엄두도 못 내고 말이다.

나는 너무 오랫동안 아빠를 불쌍하게만 여겼다. 그래서 아빠의 결점을 제대로 못 보고 그의 변명을 두둔하기만 했다. 심호흡을 한다. "내 딸은 할아버지를 만나면서 살면 좋겠어. 하지만 취했을 때 만나게 할 수는 없어. 그건 약속해줘."

"당연하지, 줄스…… 난……."

"아빠 행동도 고쳐야 해. 우리 집에 왔을 땐 손님으로서 예의도 갖춰야 하고."

"줄스……." 아빠가 담배와 라이터를 꺼낸다. "내가 너한테 다 맞출게. 어떻게든 보상할게…… 생각해봤는데, 네가 이렇게까지 갇혀 있게 됐잖아. 그러니 내가 아기방을 만들게 해줘. 내가 아직 너희 집 열쇠를 갖고 있잖니. 들어가서 좀 꾸며놓을게."

"그런 거 해본 적 없잖아."

"알아보면 되지. 도움이 되고 싶다."

정말 그럴 수 있을지 모르겠다. 어쨌든 보안회사에 얘기는 해둬야겠다. 우리가 걱정할 문제가 한두 가지가 아닌데, 아빠가 우리에게 도움이 된다고 생각하게 두는 편이 낫기도 할 거다. "알았어. 고마워."

아빠가 슬픈 미소를 지으며 담배를 빨아들인다. 나는 다리를 쭉 펴고 높이 더 높이 그네를 구른다. 어쩌면 나는 지금껏 깨닫지 못한 방식으로 아빠를 닮았는지 모른다. 10대가 되면서 아빠의 게으름에 화날 때가 많았다. 직장을 못 구하는 이유나 더 공부하긴 늦었다며 늘어놓는 변명이 한심했다.

하지만 그네에서 솟아올라 주변을 에워싼 콘크리트 주택들과 낙서투성이 담장과 녹슨 차들을 한눈에 보니, 나도 편한 곳에만 머무르지 않았나 싶다. 물론 나는 성실한 일꾼이었지만, 다음 단계로 넘어가지 못하는 이유를 대느라 바빴던 것도 사실이다. 한참 전에 작아진 옷을 계속 입고 다니면서 성장을 멈춘 일상을 고집스레 반복했다.

아빠와 나의 공통점을 이렇게 연결해본 건 처음이다. 그렇다고 풀이 죽진 않는다. 오히려 결심이 굳어질 뿐이다. 내 삶의 다음 단계는 달라질 것이다.

아빠가 담배를 비벼 끈다. 나도 그네 속도를 줄인다.

"아빠 말이 옳았어. DNA는 중요하지 않더라. 중요하다고 생각했어. 하지만 정말, 혈연을 고집한다는 건 이상한 소유욕이야. 아이를 사랑하기 때문에 내 아이가 되는 거야. 아이를 기르기 때문에 부모가 되는 거고."

아빠가 미소 짓는다. "네가 그네 타는 건 정말 오랜만에 본다. 하지만 어쩔 때는 바로 어제 일 같아."

아빠를 마주 본다. 미소 짓고 있어도 너무 슬퍼 보인다. 행복한 순간이 너무 짧기만 했던 사람. 생각지도 못한 책임감을 짊어지고 살아와야 했던 인생. 어쩌면 곧 또 다른 어린 소녀를 그네에 태우게 될지도 모른다. 그리고 이번에는 그렇게 외롭지 않을 것이다. 아이를 기르는 고통과 기쁨을 다른 사람들과 나누며 그 순간을 즐길 수 있을 것이다.

38

만나고 1주일 뒤 아빠가 전화해서 아기방을 다 꾸몄다고 말한다. 솔직히 잊어버리고 있었다. 우리한테 색깔 같은 것에 대해서도 물어보지 않았으니까. 그냥 한 가지 색을 골라 벽에 페인트를 칠했다면 1주일로 충분했을 것이다.

안전가옥에서 보내는 우리 일상도 반복되면서 좀 안정되었다. 아니타와 홍슈는 6월로 재판 일정을 잡았다. 그러니 적어도 아기가 로지 배 속에 있는 동안은 유전자 검사 문제가 거론되지 않을 것이다. 우리는 1주일에 한 번씩 변호사와 의논하는데, 대부분 절차에 관한 것이다.

변호사가 안심시키려고 무척 애쓰지만 로지는 늘 냉랭하고 멍한 눈빛이다. 로지의 아기가 아닐 가능성을 누가 제시할 때마다 로지의 유일한 대처법은 철저히 무관심해지는 것이다. 그건 나에게도 마찬가지다. 예전 같은 친밀함이 조금 돌아왔지만, 내가 미래에 대해 얘기하려고 할 때마다 로지의 표정은 바로 굳는다.

왠지 아주 잠깐뿐이라도, 우리 집에 다시 돌아가보면 도움이 될 것 같다. 아기방에 가보면, 한때 로지가 그렸을 행복한 미래의 이

미지가 돌아올지도 모른다. 우리가 안전가옥에 숨은 지도 벌써 한 달이 되었다. 보안회사에서 우리 집에 가끔 가보는데, 이제는 파파라치도 포기하고 나타나지 않는다.

그래서 어느 화창한 4월 아침, 고속도로를 타고 우리 동네로 간다. 로지가 끊임없이 자세를 바꾼다. 부른 배 때문에 한 자세로 계속 있기가 불편한 것이다. 잠시 다리라도 펴게 쉬어 갈까 묻지만 고개를 젓는다.

"네 기사는 언제 완성돼?"

"다 됐어."

프라이어의 법안이 6월 초에 의회에서 토론에 부쳐질 것이다. 언론에서는 계속 그에 관한 기사를 다루지만, 데이터인사이트와 미국 우파 로비 단체의 연관에 대해서는 아무도 말하지 않는다. 터무니없어 보일 수도 있지만 현재로선 내 특종이다.

"어떨 때는 그냥 〈가디언〉에 전화해서 내가 가진 정보를 알려주는 편이 나을 것 같기도 해. 능력이 있으니 더 많이 알아낼 테지."

"그런 생각 하지 마. 너 혼자 이만큼이나 해냈는데."

조사해보니 데이터인사이트와 아메리칸프리덤은 이사 두 명을 공유하고 있다. 나는 데이터인사이트의 영업대표와 한 통화를 녹음해두었다. 서비스 내용에 대한 개요인데, 그들은 소셜 미디어 계정을 수천 개 추출해서 유권자 성향을 분석하고 대상 집단에 확실하게 호소하는 메시지를 만들어낸다.

나는 유력한 의원 후보를 위해 일하는 척했다. "그럼 당신들은 우리 지역구 유권자들이 어떤 쟁점에 가장 관심 있는지 알려줄 수 있다는 말인가요?"

영업대표가 말했다. "그 이상입니다. 정확히 어떤 말을 써야 유권자들이 귀를 기울일지 알려드릴 수 있어요. 유권자들이 가장 두려워하는 게 뭔지, 그걸 어떻게 이용할지, 정확한 문구와 이미지를 알려드려요."

다음 단계는 프라이어에게 연락해서 공식 답변을 듣는 것이다. 그다음 재빨리 기사를 내보내야 한다. 우리의 대화 직후 그가 날릴 트윗도 짐작된다. '레즈비언 엘리트가 가족 법안 파괴에 나서다! 전통적 가족을 반대하는 자들이 가짜 뉴스 생산을 시작했다!'

옛길로 들어선다. 침엽수와 단정한 진입로가 어쩐지 내 마음을 아프게 한다. 처음 여기 이사 왔을 때는 얼마나 낙관적이었나? 새로운 곳에서 새로운 시작을 꿈꾸었는데……. 거리엔 아무도 없고 알프 혼자 가위를 들고 정원에 나와 있다. 우리 벤츠를 보더니 허리를 펴고 인상을 쓴다.

로지가 헉 숨을 들이쉰다. 우리 울타리가 성기 그림과 욕설로 얼룩져 있다. 이번 방문에 큰 기대를 걸었는데, 표정이 더 안 좋아졌다. 모조리 구멍 난 피에스타의 타이어, 나와의 불화. 이런 것들이 떠오르는 듯하다.

"딱 30분입니다. 시간 재기 시작할게요." 게리가 말한다.

우리가 차에서 내리자 알프가 천천히 걸어온다. "다시 얼굴 볼 수 있을 줄 몰랐네." 하늘색 눈동자와 숱 많은 흰머리 때문에 정말 다정한 노인처럼 보인다. 그런 못된 짓들을 한 사람이라 믿을 수 없을 정도다.

"얼른 가자, 로지." 내가 끌지만 로지는 머뭇거린다.

"혹시 팔러 온 거요?" 알프가 한 발 더 우리 쪽으로 뗀다.

로지가 한 걸음 물러서며 돌에 걸려 비틀거리다가, 쾅하고 넘어지며 날카로운 비명을 지른다.

"앗!" 나도 소리치며 옆에 무릎을 꿇고 로지를 부축한다.

로지는 넘어지면서 한 팔로 바닥을 짚었다. "난 괜찮아, 괜찮아."

"난 아무것도 안 했어! 건드리지도 않았다고!" 알프가 외친다.

게리가 달려오는 게 언뜻 보인다. 나는 혹시 몰라 전화를 더듬어 꺼낸다.

"난 괜찮아. 별일 아니야." 로지가 다시 말하며 몸을 옆으로 일으켜 바닥에 손을 짚고 엎드렸다가 천천히 일어난다. "봐, 손만 좀 까졌어."

게리가 인상을 쓴다. "그래도 검사받아봐야 할 것 같은데."

"심하게 넘어지진 않았어요. 팔을 짚었으니까. 그리고 여기까지 왔는데, 할 일은 하고 가야죠. 저런 꼰대 때문에 겁먹진 않아요." 로지가 알프를 흘긋 보며 말한다.

알프는 자기 정원으로 도망쳐 화단을 다듬는 척하고 있다.

게리가 한숨을 쉰다. "알았어요. 30분이에요."

대문을 열고 들어가니 진입로에 놓인 내 차 때문에 다시 마음이 아파진다. 빛바랜 빨강 페인트 위로 먼지와 새똥이 내려앉았다. 집으로 들어가 로지의 손을 씻기면서, 마치 남의 집에 몰래 들어온 사람처럼 숨죽여 대화한다.

아무래도 오늘 여기 온 건 실수다. 이곳에서 우리가 꿈꾸던 삶은 단 한 순간도 실현되지 못했다. 앞으로도 실현되지 못하리라는 사실을 이제야 깨닫는다. 어쩌면 다시 돌아오지 못할 곳인지도 모른다. 우리 딸에게 평범한 삶을 선물하려면 전혀 다른 곳으로 이사 가야 할 것이다. 이름도 바꾸는 편이 좋을 것이다. 나중에 게리에게 물어봐야겠다. 경찰에서도 일한 사람이니 방법을 알지도 모른다.

위층으로 올라가는데 미안한 마음이 든다. 아빠가 어떤 노력을 기울여놓았든, 아기방은 쓸모없게 될 것이다. 로지는 헉헉거리며 천천히 계단을 오른다.

"정말 괜찮아?"

"응. 아기가 움직여서 그래. 그러니 아기도 괜찮은 거야. 걱정 마, 줄스."

우리는 밝은 햇살 같은 노랑으로 칠해진 방에 들어선다. 뒷마당이 내려다보인다.

"아, 줄스……."

방은 그냥 칠만 된 게 아니다. 완벽한 아기방으로 바뀌어 있다. 하얀 망사 커튼이 창문에 걸리고, 한쪽에는 아기 침대가 놓여 있다. 아빠는 그 위에 색색의 모빌까지 걸어놓았다. 그 옆에는 수유하기에 편해 보이는 하얀 가죽 안락의자가 놓였다. 우리한테 이런게 필요한 줄 어떻게 알았을까? 게다가 돈은 어디서 났을까? 〈트리뷴〉에서 받은 돈일 것이다.

"줄스, 이거 봐." 로지가 새 서랍장을 열어본다. 단정하게 갠 잠옷들이 있다. 조그만 모자들도. 로지의 눈에서 눈물이 흐른다. "완벽해."

로지를 뒤에서 안아준다. 감당하기가 힘들다. 조금 전까지만 해도 다시는 옛 생활로 돌아갈 수 없다고 일깨우던 집 안에, 이렇게 꿈만 같은 정경이 펼쳐져 있다. 로지가 바라고 기대하던 바로 그 아기방이 만들어졌다.

힘들게 이 모든 물건을 날랐을 아빠의 모습이 떠오른다. 놀랍기도 하고 가슴이 미어진다. 아빠는 이런 사람이기도 하다. 대부분의 저녁에는 앉아서 대마초를 피우느라 전혀 볼 수 없던 면이 있는 사람.

"우리 아기가 이 방에서 잘 일은 절대 없겠지?" 로지가 말한다.

"그래. 하지만 이 물건들을 다 새로운 집으로 옮길 수 있어. 아기도 좋아할 거야."

로지가 방을 한 바퀴 둘러보더니 내 어깨에 얼굴을 묻는다. "아, 줄스……."

나는 로지의 머리를 쓰다듬는다. "어떤 일이 있어도 우리 딸에게 좋은 삶을 만들어줄 거야. 그렇게 하자."

로지가 나에게 키스한다. "네가 얼마나 노력하는지 알아."

"난 그냥 우리가 행복하면 좋겠어."

로지가 고개를 떨구며 부른 배에 손을 올린다. "나도 알아. 나도 노력할 거야. 난 무엇보다도 이 아기가 내 아기라는 걸 느끼고 싶어. 정말로 알고 싶어. 그렇게 느껴질 때도 있지만 어쩔 때는……."

로지의 손을 꼭 잡는다. "괜찮아질 거야."

우리가 런던으로 반쯤 돌아왔을 때 로지가 꺅 소리를 지른다. 나는 졸던 참이었는데, 번쩍 깨어보니 로지가 한 손으로 가랑이를 막고 있다.

"나…… 난……."

"로지, 왜 그래?"

"양수가 터진 것 같아. 온통 젖었어."

"이런, 게리, 우리 로열프리병원으로 가야 해요."

로지가 내 손을 잡는다. "아직 너무 일러."

마음에 공포가 차오른다. 재빨리 계산해본다. "괜찮을 거야, 로지. 36주면 나쁘지 않아. 거의 나올 때가 됐는걸."

로지가 떨리는 숨을 들이쉬며 눈을 감는다.

나는 얼마 안 받은 산전 교육을 기억해보려고 애쓴다. "심호흡을 해. 천천히 심호흡을."

로지가 눈을 뜬다. "줄스, 무서워. 난 준비가 안 됐어."

39

로지는 응급 제왕절개를 해야 한다. 아이가 스트레스를 받고 있다. 로지가 수술실로 서둘러 들어가는 바람에 우리는 잠시 떨어진다. 나도 수술실에 들어가기 위해 옷을 갈아입고 모자를 쓴 다음 떨리는 손에 살균 젤을 바른다. 간호사가 나를 데리고 눈이 부신 복도를 걸어간다. 다른 여자의 괴로운 비명이 들린다. 젊은 남자 하나가 나를 밀치고 지나간다.

앞에서 로지가 이동 침대에 실려 간다. 내가 달려가 손을 잡는다. "로지, 나 여기 있어, 로지."

"줄스, 아기가 느껴지지 않아. 아기가 움직이지 않아." 로지의 표정에서 절망감이 배어 나온다.

어떤 간호사가 나를 가로막는다. "빨리 이동해야 해요."

나를 빼고 모두가 자기 할 일을 아는 것 같다. 어떻게 이렇게 절박하게 원하는 게 있으면서도 아무것도 할 수 없는 상태가 될 수 있을까?

"괜찮을 거야, 로지. 다 잘될 거야, 로지." 나는 계속 말한다. "사랑해, 로지."

수술실로 들어간다. 로지의 하반신이 안 보이게 푸른 커튼을 쳤다. 눈부시게 하얀 빛이 타일 바닥에서 반사된다. 사람이 너무 많다. 비닐 앞치마를 두르고 저마다 할 일을 한다. 나는 이를 너무 악물어서 턱이 아프다.

"안녕하세요? 로지, 저는 알렉이고 당신을 마취할 의사입니다."

서둘러야 한다. 알렉, 서둘러요. 모두, 서둘러요! 로지의 손을 꼭 잡고 속으로 주문을 외운다. 입으로는 계속 쓸데없는 위로의 말을 주절거린다. 로지는 울음이 북받쳐 말을 할 수가 없다. 이렇게 넋을 놓은 로지는 처음 본다. 우리 아기가 살아나지 못해도 로지가 회복될 수 있을까? 그런 일이 일어나서는 안 된다. 내가 할 수 있는 일이 있어야 한다.

하지만 내가 할 수 있는 일은 아무것도 없다. "다 잘될 거야, 로지. 다 잘될 거야."

로지는 수술칼의 움직임을 느끼지 못하지만, 그들이 아기를 휙 꺼낼 때 인상을 쓴다. 모든 일이 아주 빨리 진행된다. 무기력하게 울기만 하던 로지가 허둥거리며 묻는다. "아기는 괜찮아요? 줄스? 줄스? 아기 좀 봐봐! 왜 안 울지?"

내가 한 걸음 옆으로 간다. 커튼 뒤 광경이 보인다. 외과의가 간호사들에게 지시 사항을 외친다. 로지의 복부 피부가 젖혀져 있다. 간호사가 고인 피를 흡입 기구로 열심히 빨아들이다.

또 다른 간호사가 우리 아기를 수건으로 감싸 맹렬히 문지른다. 그래, 이게 우리 딸이다. 밀랍 같은 피부, 분비물에 끈적거리는 몸. 아기가 있다. 로지가 내 이름을 외친다. 수건이 핏빛 액체로 지

저분해진다. 아기는 아무 소리도 내지 않는다. 있는 대로 귀를 곤
두세우고 기다리지만 침묵이 너무 길어진다.

이럴 순 없다. 나는 다시 로지를 볼 수 없다. 공포에 찬 내 얼굴
을 로지에게 보여줄 순 없다.

그때 우리 딸이 울기 시작한다.

심장이 뚝 멎었다가 환희로 퍼덕이기 시작한다. 날카로운 통증
이 가슴에 번진다. 내가 다시 로지에게 간다. 로지의 뺨에서 눈물
이 흘러내린다. 나도 울고 있다.

"네가 해냈어. 아기는 괜찮아. 아기는 괜찮아." 내가 말한다.

우리 아이의 울음소리가 방 안을 가른다. 간호사가 아이를 안
고 다가온다.

"보여줘요! 아, 우리 아기." 로지가 외친다.

"잠시만입니다. 빨리 봉합 수술을 해야 해요." 간호사가 아기를
내려 로지 얼굴 옆에 댄다.

그리고 미처 마음의 준비를 할 새도 없이 아기가 내 품에 안긴
다. 아이는 놀랍도록 강하게 발버둥 치며 울어댄다. 그러다가 편
한 자세를 찾았는지 비명 같던 소리가 잦아들며 칭얼거리는 울음
으로 변한다. 아기는 작은 사람이다. 관념이 아니다. 겁에 질린 채
이 세상에 나온 조그만 사람이다. 이 방의 냄새, 눈이 시린 빛. 이
모두가 낯설고 겁날 것이다. 나는 아이를 꼭 안는다. 나도 모르게
되지도 않는 달래는 소리를 웅얼거린다.

아기에게는 곱고 검은 머리가 듬성듬성 나 있다. 입을 벌리고
완벽한 잇몸을 드러낸다. 꼭 감고 있던 눈을 이따금 떠서 새로운

세상을 잠깐씩 내다볼 용기를 낸다.

내가 다시 고개를 든다. 침대에서 로지가 나와 우리 딸을 보고 있다. 우리에게 그 많은 일이 일어났지만 세상에서 제일 행복한 사람처럼 보인다.

명한 상태에서 복도를 걸어가며 어디어디에 전화해야겠다는 생각을 어렴풋이 떠올린다. 우리 소식을 알릴 사람들을 생각해본다. 로지는 그럭저럭 첫 수유를 해냈다. 둘 다 잠이 들었다. 이제 내가 해야 할 일만 남았는데, 머릿속이 잘 정리되지 않는다.

아기가 세상에 태어났다. 그 작은 몸을 품에 안자 모두가 말하는 순수하고 동물적인 감정이 나에게도 밀려왔다. 나는 정상이다. 그리고 행복하다. 너무나 행복하다. 오늘부터 내 삶은 새롭게 시작될 것이다. 모든 일이 잘 풀리리라는, 이 조그만 인간의 모든 가능성이 실현되리라는 믿음이 생긴다. 우리 셋이 행복해질 거라는 믿음이다. 나는 맹목적인 믿음을 갖는 사람은 아니지만, 내 안에 새로 장착된 이상한 확신 때문에 기쁨이 넘쳐난다.

로지의 부모님, 아빠, 애비, 톰, 앤서니에게 전화한다. 축복처럼 우리의 좋은 소식을 전해준다. 그러고나자 갑자기 너무 허기가 져 식당으로 간다. 웅성거리는 대화 소리 속에 중년의 자녀들과 함께 온 노인, 피곤해 보이는 새내기 아빠들이 보인다. 나는 마카로니 치즈 큰 접시랑 콜라를 주문해 구석 자리에 앉는다. 아직도 부푼 가슴에 눈물이 터질 듯한 상태다. 계속 이럴 것 같다.

음식을 먹다가 BBC 웹사이트를 볼 용기를 낸다. 우리 아기의 탄생이 벌써 화제다. 기사에 실린 사진은 로열프리병원 입구다. 이미 진입 장벽이 쳐지고 기자들이 잔뜩 몰려 있다. 제복 입은 경찰이 통제한다. 그동안 겪은 일들과는 비교가 안 되는 상황이다. 우리가 이 병원을 나가려면 경찰의 호위를 받아야 할 것이다. 우리 안전가옥도 얼마나 더 안전할 수 있을지 의문이다.

얼마 지나지 않아 베카가 드웨인과 함께 온다. "줄스, 축하해요."

일어나서 베카를 안는다. 몸을 맞대니 눈물이 또 나온다. 몰래 닦아낸다.

"아직 이름 안 지었어요?" 베카의 얼굴이 흥분으로 환하다. 평소보다 훨씬 조급하고 격의가 덜한 태도가 느껴진다.

내가 고개를 젓는다. "아기는 보셨어요? 완벽한 아기예요. 2.74킬로그램이고 작지만 완벽하죠. 인큐베이터를 준비했지만 필요 없어요. 젖도 아주 잘 먹고요."

"그래요. 보고 왔어요. 우리에게 필요한 치수를 재고 사진도 찍었어요. 천사 같은 아기예요. 나도 너무 행복해요. 드디어 이 순간이 오다니 믿기질 않아요."

"밖에 잔뜩 몰려왔던데요."

베카가 입을 다물고 고개를 끄덕인다.

"이런 상태에서 아기를 어떻게 지키죠? 이렇게 작은데⋯⋯. 조금만 실랑이가 벌어져도 떨어뜨릴 거예요."

베카가 웃다가 내 심각한 표정을 보더니 멈춘다. "다 잘될 거예요, 줄스. 앞으로도 대학에서 경호 비용을 댈 거예요. 내가 학장에게 '주의 의무'에 대해 얘기했고, 학장도 아주 진지하게 생각하고 있어요."

"고마워요. 경호 문제뿐 아니라, 이 모든 일이 일어나게 해준 데 대해서요. 우리에게 이런 기회를 준 것에 대해서요."

베카가 내 손을 잡는다. "좋은 소식도 있어요. 뉴캐슬 일곱 명의 임신이 모두 성공적이래요. 부모들이 서로 의논하면서 함께 신원을 공개하기로 결정했대요. 당신들 아기에 대한 관심도 좀 꺼질 거예요."

나는 깜짝 놀란다. "하지만! 이런저런 방문에 시달리고 생활이 엉망이 될 텐데……."

"그동안 주의 깊게 의논했대요. 줄스와 로지가 받는 관심을 봤으니까 단체 공개라는 전략적인 결정을 내린 거예요. 그리고 그 혐오스러운 정치인과 그가 낸 가족 법안에 대해서도 고민한 결과예요. 대응하고 싶어 하는 거죠. 줄스와 로지에게 도움이 될 거예요. 관심의 강도가 줄어들겠죠."

나는 고개를 끄덕인다. 연대하는 사람들이 생겼고, 뉴스 가치는 줄어들 것이다. 이제 안심해도 된다. 믿음을 갖자는 생각이 옳다. 우리는 임신이라는 여정을 거치면서 인간성의 추악한 면을 너무 많이 보았다. 하지만 사람들은 친절해질 수 있다. 자주 잊게 되지만 말이다.

"난난 시술이 중단되면 이제 어떻게 할 거예요?"

"스톡홀름에서 자리를 제안받았어요. 그리 가기로 했습니다. 복잡한 심경이에요. 여기 남아서 싸워야 한다는 생각도 들지만, 실용적으로 봤을 때 몇 년이 될지도 모르는 지루하고 힘든 싸움과 원치 않는 사적 관심에 대처할 자신이 없어요. 내 가족에게도 부당한 일이고요."

"그렇군요. 스웨덴으로 가는군요." 내가 미소 짓는다.

"그래요. 당신들 아기에게 조만간 스웨덴 친구들도 생길 거예요."

나는 로지의 방으로 돌아간다. 아기는 잠들어 있고 로지는 아기 침대에 기대어 그 고운 검은 머리를 쓰다듬는다. "너무 완벽한 아기야."

나도 아기 침대로 가서 내 딸의 조그만 가슴이 오르내리는 모습을 바라본다. 만족스럽고 포근해 보인다. 우리 둘과 닮은 점이 있나? 아니다. 그렇다고 홍슈나 아니타를 닮지도 않았다. 아기는 우리 아이다. 우리가 낳으려고 한 아기다. 로지가 내 허리를 감싸고, 나는 벅찬 기쁨을 느낀다. 이제 우리의 별거는 반쯤 잊힌 불쾌한 악몽 같다. 우리는 새로운 가족을 만들었다. 나는 이제 작은 공동체의 일원임을 느낀다.

"이름을 뭐라고 할까?" 로지가 묻는다.

"할머니 이름을 따서 마거릿으로 하고 싶댔지?"

"아니, 이젠 아니야. 마거릿처럼 보이지 않는걸."

"에멀린은 어때? 에멀린 팽크허스트*에서 따다……."

로지가 잠깐 생각에 잠긴다.

"너무 거창한가?"

---

* 20세기 영국 여성 참정권 운동을 상징하는 인물.

"아니야. 정말 꼭 맞는 이름이야. 의미 있고 예쁘기도 하고. 에미라고 부르면 되겠다. 잘 어울려."

뿌듯하다. 실은 몇 주 동안 이런저런 이름을 찾아봤다. 로지에게 화해 선물로 알려줄 생각이었다. 에멀린은 그중 가장 마음에 든 이름이다. 언론이 놀리려면 얼마든 그러라지. 나는 내 딸에게 가치 있는, 의미 가득한 이름을 주고 싶다.

40

다음 날 아침 로지와 에미가 자는 동안 나는 병원 정원으로 나가서 홍슈에게 전화를 건다.

"난 너랑 말하면 안 돼." 홍슈가 말한다.

"끊지 마. 예전처럼 얘기 좀 하면 안 될까?"

"내가 축하해주길 바라니?"

"아니야. 난 네가 어떤 기분일지 짐작도 못 해. 정말이야, 홍슈. 하지만 이번 사태에 변호사들까지 끌어들인다고 해서 상황이 나아질 수는 없어."

꽃무늬 환자복을 입고 링거를 꽂은 여자가 나와 담배에 불을 붙인다.

"아기는 내 아이일 수도 있어. 아니타 아이일 수도 있고. 네가 왜 그 애를 키우려고 하니? 원하지도 않았으면서."

내가 심호흡을 한다. 홍슈가 이런 말을 하는 것은 고통 때문이다.

"난 아기를 원해. 세상 무엇보다도. 하지만 너희도 아기의 삶에 참여할 수 있어. 그래야 하고."

"정말 친절하구나."

"변호사가 뭐라고 했는지 몰라도 너희는 재판에 질 거야. 혹시 거짓 희망을 품게 해줬는지 모르겠지만, 인간 체외수정과 태아 관련법에는 산모가 아기의 법적 어머니로 규정돼 있어. 너도 알잖아."

홍슈는 말이 없다. 훌쩍 소리가 잠깐 들린다. "우리도 받아들이기 시작했었어, 줄스. 제시카를 영영 잃어버렸다는 걸. 여전히 아프지만 이해할 수는 있었어. 그러다가…… 그 연구원이…… 상상이 가니? 우리 아기가 살 수도 있었다는 게, 그런 생각이 드는 게 어떤 기분인지?"

나도 목이 멘다. "어떤 기분일지 짐작도 못 해. 하지만 유전자 검사를 하면 고통만 심해지리라는 건 알아. 소송을 취하해. 그리고 너희가 아기의 삶에 어떤 역할을 할 수 있을지 얘기해보자. 로지랑 나는 너희하고 계속 보길 바라. 우리 넷이 어떤 일을 같이 겪어왔는데. 우리가 어떤 친구가 될 수 있는지 알잖아. 법정에서 싸우는 관계가 되지 말자."

홍슈가 한숨을 쉰다. "모르겠다, 줄스. 정말 앞으로 어떻게 될지 나도 모르겠어."

방으로 돌아오자 바컴 부부가 와 있다. 방문객 의자에 앉은 일레인이 자는 에멀린을 안고 있다가 나를 보고 활짝 웃는다. "아기가 너무 예쁘다, 줄스."

로지는 머리가 떡이 됐고 얼굴엔 아직도 졸음이 가득하지만, 어머니에 대한 분노는 잊은 듯 평온한 표정이다.

"정말 그렇죠."

마이클도 손녀에게 푹 빠진 표정이다. 새하얀 잠옷에 감싸인 에멀린은 너무 연약해 보이지만 가슴은 기운차게 규칙적으로 오르내린다. 회복력을 보여주는 듯하다. 이렇게 작은 몸속에 인생 전체가, 무한한 가능성의 우주가 담길 수 있다니.

한 시간 정도 지나 나는 바컴 부부와 식당으로 간다. 입구쯤에서 일레인이 내 팔을 잡는다. "정말 로지를 설득해서 유전자 검사를 받게 할 수 없겠니? 그저 마음의 평화를 위해서 말이야. 너도 알 권리가 있잖니?"

당황스럽다. 조금 전까지만 해도 사랑이 가득한 할머니의 전형으로 보였는데. 더구나 손녀와 처음 만나는 특별한 자리, 평생 기억할 순간이었다. 그런데 일레인은 계속 에미의 얼굴을 뜯어보며 닮은 점을 찾고 있었나? 에미가 로지의 친자식이 아니라면 기꺼이 포기하려고? 그렇게는 생각하고 싶지 않지만, 로지의 방을 나선 일레인은 초조해 보인다. 확실한 결론이 나지 않으면 못 견디는 것 같다.

"이러시면 안 돼요. 우린 에멀린을 오랫동안 우리 아이로 생각해왔어요. 로지의 몸에서 자랐고요. 유전자가 어떤지는 알고 싶지 않아요. 상관없으니까요. 그 점을 존중해주시면 좋겠네요. 에멀린도 사랑해주시면 좋겠고요."

"하지만……."

"당연히 그래야지, 줄스." 마이클이 아내의 허리에 손을 얹고 식당으로 데려간다.

그들의 뒷모습 너머로 식당에 틀어놓은 BBC 채널이 보인다. 병원 앞에는 아직도 언론이 진을 치고 있다. 우리가 에미를 집으로 데려가는 장면을 찍으려는 것이다. 어느 집으로 가든지 간에 말이다.

로지의 방으로 돌아가니 에멀린은 아직 자고 있다.

"밖에 언론이 와 있어. 첫 사진 한 장에 1만 파운드는 할 거야."

"아무도 우리 아기를 이용해서 돈을 벌 순 없어."

"관심은 줄어들지 않을 거야. 이젠 알겠어. 내가 언론에 대한 작전을 잘못 세웠던 것 같아. 네 말이 옳았어. 주목받는 걸 싫어하고 대중 앞에 나서기 싫어하는 내 성향 탓도 있었지. 우리가 참여한 일에 대해 당당하게 나서야 했어. 모습을 드러내고 인터뷰도 하고. 네가 원한 것처럼."

"자책하지 마, 줄스."

"아냐, 실수에서 배워야지."

전화기를 꺼내 우리 딸이 자는 모습을 찍는다. 입술 모양이 살짝 보인다. 조그만 눈꺼풀에 드러난 완벽한 모양의 핏줄도 보인다.

로지에게 사진을 보여주며 내가 말한다. "인스타그램에 올리자. 글도 같이. 링크를 몇몇 전국지 사진부에 보낼게. 그럼 파파라치 사진의 가치가 많이 떨어지겠지. 밖에서 기다리는 보람도 적어지고 말이야."

로지의 눈에 장난스러운 웃음이 번진다. "정말 그러게?"

"응. 그리고 난 우리 아기가 자랑스러워. 널리 자랑하고 싶어."

"우리 아기야."

"그럼."

우리는 잠시 존다. 그러고나서 오후에 로지가 에미에게 젖을 먹인 다음, 전 세계 언론이 우리 소식을 전한 상황을 들여다본다. 귀여운 아기의 사진 한 장이 어떤 반향을 불러일으킬 수 있는지 놀랍다. 임신 기간 내내 로지와 나는 그저 먹잇감이었다. 하지만 아직 휴머니즘이 아주 죽진 않았나 보다. 소셜 미디어에는 독한 댓글이 폭발했지만, 언론은 무기를 내려놓은 듯 긍정적 반응을 보인다.

"정말 귀엽네!" 〈데일리 스케치〉가 외친다. 그리고 해괴한 실험보다는 의학적 진보를 이야기한다. 로지와 나도 입 꽉 다문 레즈비언보다는 자랑스러운 부모라는 식으로 이야기한다.

〈트리뷴〉은 시술에 대한 기분 나쁜 요약 기사를 실었지만 전처럼 분노를 조장하려는 분위기는 아니다. 지금으로서는 아기를 귀여워하지 않는 비판적 어조가 독자의 호응을 받지 못할 것을 아는 듯하다. 우리 인스타그램 글도 그대로 실었다. '에멀린 커티스 바컴, 두 어머니 사이에서 4월 28일 12시 2분, 2.7킬로그램으로 태어나다.'

〈가디언〉은 우리 딸을 '비판가들을 이겨낸 아기'라고 했으며 프라이어조차 축하 트윗을 날렸다.

로지가 다시 졸기 시작한다. 이제 우리 관계는 안정된 걸까? 로지는 다시 나를 믿기로 했나? 이제 우리는 서로 눈치를 보지는 않는다. 신체 접촉도 다시 자연스러워지고 잦아졌다. 그리고 우리에겐 에멀린이 있다. 우리가 함께 만들어낸 존재, 유전자와 상관없이 육체적으로 연결된 존재다.

내 안에서 일어나기 시작한 보호 본능이 이제는 마구 솟아오른다. 그리고 이 감정은 로지와 우리 딸뿐 아니라 시술 자체로까지 확대된다. 어떻게 감히 사람들이 이 시술을 조롱할 수 있지? 나는 이제 숨지 않을 것이다. 다른 여성들이 함께 아이 가질 권리를 옹호할 것이다. 과학이 펼친 가능성을 이용할 권리를 지켜낼 것이다. 우리 앞에서도 수많은 사람들이 그렇게 했듯.

병원에서 나가자마자 프라이어와 그의 미국인 후원자들에 대한 기사를 마무리할 생각이다. 내 이름 하나만으로도 어느 전국지든 실으려 할 것이다. 그게 직업윤리상 정당한가에 대한 고민은 하지 않을 것이다. 훌륭한 기사고, 지면을 얻을 가치가 있는 기사다.

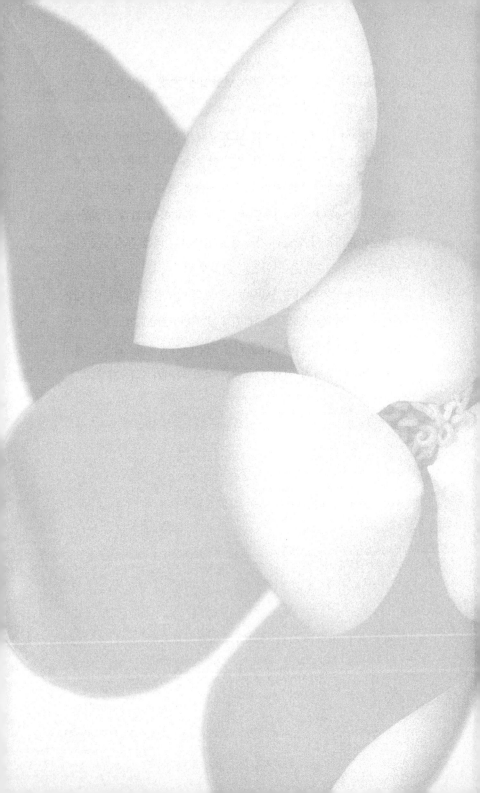

에멀린을 위한 책

4년 뒤 우리는 크레타섬 해안의 조용한 지역, 방 두 개짜리 목조 단층집에 살고 있다. 이곳 보안 경비가 영국보다 싸다. 너무 요란하지는 않은 24시간 시스템을 계약했다. 근육질 남자 둘과 여자 하나가 교대로 오면서 집에서 만든 장난감과 조카들에게서 받은 헌옷을 갖다준다. 셋 중 한 사람은 에미에게 금지된 초콜릿을 몰래 건네주는 게 틀림없지만, 에미는 그게 누구인지 절대 실토하지 않는다.

작은 정원이 있어서 로지가 주홍 제라늄, 로즈메리, 바질을 심었다. 철망 탁자와 의자도 있어서 나는 저녁 미풍을 맞으며 랩톱으로 우리 딸의 탄생에 대해 쓸 수 있다. 선금 제안이 많이 들어오고 있다. 짧은 글은 몇 만 파운드, 책은 수십만 파운드가 거론된다.

우리 이야기를 쓰는 게 꽤 즐겁다. 책이라는 매체가 주는 여유도 좋다. 〈포스트〉 때 뭐든 한 쪽 분량으로 뚝딱 써내던 버릇을 버리느라 시간이 좀 걸렸다. 중요한 일인 만큼 잘 해내고 싶다.

에미가 점점 자라다보니, 어떻게 태어났는지 알려주고 싶어진

다. 어떤 사랑의 과정을 통해 태어났는지 내가 직접 얘기해줄 것이
다. 다른 사람에게 맡기기에는 너무 중요한 일이다.

***

사랑하는 에미에게.

에멀린, 네 탄생은 나를 더 온전한 사람으로 만들었어. 모성애에 대
해 감상적으로 하는 말이 아니야. 똥 싼 기저귀를 갈거나 냉동 모유를
녹이면서 통찰력이 샘솟을 수 있었던 건 아니지만, 네 탄생을 둘러싼
상황이 내가 살아가는 방식과 내가 사랑하는 사람들을 대하는 방식에
의문을 품게 했어. 나는 이제 관계망의 일부가 됐어. 네 곁에서 너를 지
켜줄 뿐 아니라 나도 지켜주는 사람들의 관계망 말이야. 나는 다른 사
람들이 필요해. 그리고 그건 좋은 일이야.

이제 세상에는 너와 같은 방식으로 태어난 소녀들이 서른일곱 명이
나 있어. 우리는 그중 열두 명을 만나봤지. 나는 그들이 모두 네 자매
라고 생각해. 로지와 나는 그 애들의 어머니들과 유대감을 나누고 있
고, 때로는 그 깊은 감정에 눈물이 나기도 해. 우리 경험을 공유하는
온라인 게시판에 우리 건강한 딸들의 사진도 올리고 있지. 유언비어를
퍼뜨리던 사람들은 모두 틀렸다는 게 매일 증명돼.

프라이어의 가족 법안은 의회를 통과하지 못했어. 간발의 차이였지
만. 그의 유세 자금에 대해 밝힌 내 기사가 어느 정도 기여했다고 믿고
싶어. 하지만 지금까지도 영국 내 난난 시술 중단 명령은 풀리지 않고
있어. 윤리위원회에서 아직 최종 보고서를 제출하지 않았거든. 서둘 필

요가 전혀 없다고 생각하나 봐. 여론이 바뀔 때까지 편리하게 중단 명령을 질질 끌고 싶은지도 모르지. 그래서 홍슈와 아니타의 두 아이, 벨라와 재크는 정자 기증을 통해 임신할 수밖에 없었어. 하지만 우리 친구들은 아이들을 진심으로 사랑해. 너를 사랑하는 것처럼 말이야.

네가 태어나고 첫 며칠은 혼란스러웠어. 하지만 네 사진이 보도되자 언론이 다소 누그러졌고, 두 번째 임신들도 발표되었지. 하지만 우리에 대한 관심은 별로 수그러들질 않았어. 우리도 빨리 계획을 세워야 했지. 살 곳과 돈이 필요했어. 친구들하고 베카와 많이 의논한 끝에 우리는 조심스럽게 매체를 골라 몇 군데와 인터뷰를 하기로 했고, 그 수익금을 이용해서 네 미래를 위한 기금을 만들었어. 그리고 책 집필에 대한 제안도 받았어. 피터스필드를 벗어나 살 수 있게 됐지.

크레타에서 널 돌보느라 그리고 커가는 너와 놀아주느라 내 집필 속도는 그리 빠르지 못했어. 방문객이 끊이지 않기도 했지. 톰, 애비, 앤서니, 베카, 스콧, 아니타, 홍슈. 네 할아버지까지 난생처음 여권을 만들었으니까.

로지의 부모님은 여기서 15분 떨어진 시내에 별장을 샀고 자주 방문해. 너한테 푹 빠져 있으니까. 하지만 네 할머니가 네 얼굴을 열심히 뜯어볼 때가 있다는 걸 눈치챘지? 핏줄이 아직도 그렇게 중요한가 봐. 이제 말씀은 안 할 정도가 됐지만 말이야.

책 선금에 피터스필드의 월세가 더해져서 우리 생활에는 걱정이 없어. 그런데 출판사에서 주는 돈이 매우 고맙긴 해도 책을 쓰는 첫 번째 동기는 아니야. 사생활을 지키려고 정말 오래 애쓴 내가 지금은 너에 대해 외치고 싶어, 에멀린.

너무 지쳐서 몇 가지 꼭 해야 하는 일 말고는 아무것도 못 하는 날도 있지만, 어떤 날은 숨조차 멎을 정도로 고통에 가깝게 격한 행복을 느껴. 감상적인 얘기가 아니라, 훨씬 복잡하고 깊은 감정을 말하는 거야. 나는 네가 너무 자랑스러워. 로지, 베카, 새로운 또는 오래된 친구들과 얘기해보니 내가 느끼는 감정이 정상이래.

우리 가족이 전통적인 방식으로 임신된 아이들에게서 빼앗은 건 전혀 없어. 늘 기존 세상을 뒤흔들고 과거와 전혀 다른 방식을 시도하는 인류의 오랜 전통을 생각할 때, 우리도 그 일부일 뿐인지 몰라. 어쨌든 우리 삶을 구성하는 일상은 정말 다른 사람들과 똑같이 평범해.

그래서 사랑하는 내 딸아, 이건 네 이야기야. 비록 내가 때때로 문제적으로 행동했고 인정하기 부끄러운 감정도 느꼈지만, 솔직히 설명하려고 노력했어. 내 생각에 여자는 이 세상에서 자신이 맞닥뜨릴 문제를 온전히 알 필요가 있어. 좋은 것만, 좋은 면만 보고 자라면 어떻게 되겠니? 그리고 나는 이 책을 통해서 사랑이 얼마나 무한하고 창조적이며 가능성이 풍부한 세계를 만들 수 있는지도 보여주고 싶어.

옮긴이의 말

1978년 영국에서 처음 인공수정에 의해 루이즈 브라운이라는 여성이 태어난 지도 40년이 흘렀고, 1997년 역시 영국에서 최초의 체세포 복제 방식으로 돌리라는 이름의 암컷 양이 태어난 지도 벌써 20년이 지났다. 그 사이 인공수정은 보편적인 난임시술로 자리 잡았지만, 아직 체세포 복제에 의한 인간 탄생은 『나를 보내지 마』나 〈아일랜드〉 같은 디스토피아 소설과 영화에서만 볼 수 있다.

막상 현실에서 생명공학 분야는 논쟁만 분분한 채 투자도, 법규도 머뭇거리고 있는 분위기다. 어쩌면 우리가 속한 세상은 과학의 발전보다도 사회의 발전을 기다리고 있는지 모르겠다. 그래서 생명과학을 다룬 소설과 영화들도 과학 자체보다는 그것이 가져올 사회적 결과에 더 주목할 때가 많다.

이번에 영국에서 출간된 장편소설 『XX』 역시 일견 간단해 보이는 생명과학 진보에 대한 인간 사회의 대응을 상상한다. 두 명의 여성에게서 추출된 난자를 서로 결합시켜 새로운 생명을 탄생시키는 시술이 가능해졌을 때, 현실은 어떻게 소용돌이치기 시작할까? 역사는 어떤 방향으로 전개될까? 남자 없이 아이를 낳을 수 있고

더구나 여자아이만 낳을 수 있는 기술이라는, 논쟁적이고 페미니즘적인 소재가 '사회학적 과학소설'이랄 수 있는 기법을 통해 다각도로 예리하게 형상화된다.

40년 전 처음 난임시술이 도입되었을 때도 영혼이 없는 아기라는 등 일부 여론의 반발이 심했고, 시술 대상자들은 공개적, 개인적으로 비난을 받았다고 한다. 21세기 초, 우리와 동시대로 설정된 이 소설 속 영국 사회에서도 난자 대 난자 인공수정에 대해 비슷한 반발이 일어난다. 보수적 종교 단체들은 신에 대한 모독이라 주장하며 반대 운동을 조직하고, 남성우월주의자들은 이제 남자가 필요 없다는 거냐, 남자를 멸종시키겠다는 거냐며 분노를 표출한다. 인구비율이 무너져 군인, 소방관 등 국가를 보호할 남자 인력이 부족해진다거나, 유전자 변형으로 미지의 질병이 의심된다는, 좀 더 이성적이어 보이는 문제를 제기하는 사람들도 있다. 심지어 소수의 여성 동성애자들에게나 필요한 기술을 위해 의학 연구 자금이 불공평하게 사용되고 있다는, 경제적 평등의 문제를 제기하는 정치인도 등장한다.

이런 거센 반대들 속에서 난자끼리 수정된 아기는 미국 입국이 금지된다거나, 내 아들이 소수자로 전락하지 않도록 지키겠다는 어머니들의 궐기 등은 차라리 유머러스하다. 한편, 불임인 남자가 여동생에게서 난자를 기증받아 아내의 난자와 결합하는 식으로 남자를 위해서도 사용 가능한 기술이라고 화해의 해법을 제시하는 측도 있다. 반면에 오히려 한 술 더 떠 정말 남자의 수가 줄어들면, 아니 아예 남자가 없어지면 얼마나 평화로운 세상이 될까, 적어도 전쟁과 폭행은 없어지고 경쟁도 현저히 줄어들 것이라고 말하는 사람들도 생겨난다. 레즈비언이 아닌데도 여자인 친구와 아기를 낳겠다는 선언을 한 칼럼니스트도 등장한다.

> "이제 과학이 진화됐으니 여자들이 집단적으로 아이를 기르겠다고 결정하지 못할 것도 없지. 그러니까 지금까지 여자들이 남자와 함께 아이를 길렀던 건, 선택의 여지가 없었기 때문이야. 이제 다른 선택이 가능해졌으니 어떻게 될지는 아무도 몰라. 지금까지는 볼 수 없었던 양육 방식이 나올 수도 있지."

주인공 줄스가 신문사 기자로 설정돼 있고 소설을 쓴 작가와 같은 경력을 밟아나가는 것으로 설정된 만큼, 언론사들의 생존 경쟁과 소셜 미디어 시대 난맥상을 자극적으로 드러내는 일화들도 인상적이다. 그리고 의외로 이 소설은 뻔한 성별갈등이나 주류 대 소수의 갈등을 넘어, 계급 갈등과 세대 문제까지 섬세하게 파고든다. 연인 사이에서도, 가족 내에서도, 정치적 올바름을 추구하는 좌파들 내에서도 감정적, 재정적 차이에 따라 입장이 갈리고, 결국 과학기술을 둘러싼 사회의 갈등은 점차 집단들 내부로, 그리고 개인의 내면으로 번진다.

이야기 중반 이후에는 결국 아이를 가지기로 한 것을 후회하게 된 주인공에게 한층 가혹한 시련들이 연달아 닥치면서 철학적인 면에서도 인간이 아기를 낳고 기른다는 것, 즉 '번식'의 의미가 새로운 관점에서 조명된다. 아이를 임신하고 낳지는 않지만 유전자를 제공하고 함께 기른다는 것, 즉 아버지의 역할을 여자가 맡게 되었을 때의 생경한 감각, 낭만적 애정의 대상이 아닌 자와 함께 아기를 가진다는 것의 실용적 의미, 반면에 우정의 공동체 내에서 유전적 혈연관계까지 만들어갈 수 있는 초월적 선택의 문제 등, 타인과의 인간관계에 새로운 차원이 더해졌을 때 어떤 결과가 나올 수 있을지 일종의 사고 실험이 생생하게 펼쳐진다.

그러면서도 이 소설은 의외의 반전을 통해 결국 독특한 미래에서 평범한 우리의 현재 속으로 돌아오며, 뜻밖의 고전적 의미에서 감동을 준다. 중요한 것은 '특정 아이를 배척하는 것'이 아니라 '모든 아이를 사랑하는 것'이라는 휴머니즘 철학 말이다. 사실 누구에게나 아기를 낳는다는 것은 엄청난 역경을 유발하는 개인적 결단이지만, 사람들은 그럼에도 불구하고 미래에 대해 믿을 수 없을 만큼 밝은 희망을 품고 아이를 낳기로, 기르기로 결심한다.

아마조네스의 전설도 있었지만, 여성들만으로도 생식이 가능한 미래 사회를 그리는 과학소설은 샬롯 퍼킨스 길먼의 『허랜드Herland』, 마지 피어시의 『시간의 경계에 선 여자Woman on the Edge of Time』 등 영어권에서는 가끔 발표되었다. 이 소설 『XX』도 그런 사고 실험에서 출발했지만, 과학기술의 진보를 가모장제 사회의 도래를 알리는 기회 같은 것으로 상정하지는 않는다. 저자는 대중의 비이성적 공포와 기득권의 분노에 끈기 있게 대처하며 아주 조금씩 인류의 지평을 넓혀나가는 과정을 보여주고자 한다. 아기를 가진다는 것은 결국 개인의 번식 욕구를 넘어 세계의 미래에 대한 포용적 긍정이라는 깨달음을 주는 결론이다.

어떤 진보든 보수 세력의 역습을 불러올 수밖에 없다. 그리고 이 소설에서 보여주듯이, 그런 반발은 종종 개인을 공격 대상으로 삼는 경우가 많다. 그럴 때는 그저 끈기 있게 기다리고 최선을 다해 조금씩 길을 찾아 나가는 것이 진보를 갈망하는 사람들의 자세인지도 모른다.

"연대해 주는 사람들이 생겼고 뉴스 가치는 줄어들 것이다. 이제 안심해도 되는 것이다. 믿음을 가지자는 내 생각이 옳다. 우리는 임신이라는 여정을 거치며 인간성의 추악한 면을 너무 많이 보았다. 하지만 사람들은 친절해질 수 있다. 자주 잊어버리게 되지만 말이다."

"아이를 키우는 데 더 많은 어른이 개입할수록 좋지 않을까. (중략) 앤서니가 위협일 필요는 없다. 그는 내가 못 주는 것을 준다. 그 자체로 가치 있는 것을 말이다."

현실의 사건만 쫓아가기도 숨 가쁠 정도로 격동적인 시대다. 요즘은 성별전쟁의 격화도 거기 한몫을 하고 있다. 끊임없이 업데이트되는 뉴스들에 진력나고 무뎌지기 쉬운 상상력에, 이런 과학소설이 좋은 자극이 되어주지 않을까. 『XX』는 지적인 탐구심이 있는 사람들에게도, 단순히 재미있는 이야기를 좋아하는 대중적인 독자들에게도 훌륭한 읽을거리가 될 작품이다.

옮긴이 : 이수영

연세대 국문과와 같은 대학원 비교문학과를 졸업했다. 편집자, 기자, 전시기획자로 일하며 『밴디트: 의적의 역사』 등 인문서로 번역을 시작했다. 지금은 문학 번역에 전념하고 있으며 소설 『야생종』, 『비하인드 도어』, 『휴그랜트도 모르면서』, 에세이 『국경 너머의 키스』, 『마이 코리안 델리』, 여행기 『헤밍웨이의 집에는 고양이가 산다』, 『너의 시베리아』 등을 옮겼다.

XX – 남자 없는 출생

1판 1쇄 인쇄 | 2019년 2월 22일
1판 1쇄 발행 | 2019년 3월 6일

지은이 앤젤라 채드윅
옮긴이 이수영
펴낸이 김기옥

문학팀 제갈은영 | **마케팅** 김주현
경영지원 고광현, 김형식, 임민진

인쇄·제본 (주)민언프린텍

펴낸곳 한스미디어(한즈미디어(주))
주소 (04037) 서울시 마포구 양화로 11길 13(서교동, 강원빌딩 5층)
전화 02-707-0337 | **팩스** 02-707-0198 | **홈페이지** www.hansmedia.com
출판신고번호 제313-2003-227호 | **신고일자** 2003년 6월 25일

ISBN 979-11-6007-345-4 03840

한스미디어 소설 카페 http://cafe.naver.com/ragno | 트위터 @hans_media
페이스북 www.facebook.com/hansmediabooks | 인스타그램 @hansmystery